Frances Waller

CW01662584

Doeltreffende Afrikaans

'N HANDBOEK VIR SKRIFTELIKE TAALGEBRUIK

D. J. VAN SCHALKWYK
G. KROES

NASOU BEPERK

Nasionale Opvoedkundige Uitgewery Beperk
Voortrekkerweg 386, Goodwood, 7460
Takkantore: Bloemfontein, Johannesburg, Pietermaritzburg
Omslagontwerp en tipografie deur Nasou Beperk
Geset in 10 op 11 pt Plantin 110 Monotype
Gelitografeer en gebind deur
Nasionale Boekdrukkery, Goodwood
ISBN 0 625 01577 0

Eerste Uitgawe
Eerste Druk – Okt. 1979

© Alle regte voorbehou. Geen gedeelte van hierdie boek mag gereproduseer word in enige vorm of op enige manier, elektronies of meganies, insluitende fotokopiëring, plaat- en bandopname of deur enige inligtingbewaring- en ontsluitingstelsel, sonder skriftelike verlof van die uitgewer nie

© All rights reserved. No part of this book may be reproduced or transmitted in any form or by any means, electronic or mechanical, including photocopying, recording, or by any information storage and retrieval system, without permission in writing from the publisher.

Voorwoord

Ek beveel hierdie handboek vir tersiêre opvoeding van ganser harte aan. Die boek is gebore uit die skrywers se jare van ervaring binne-in die situasie waarin die boek moet funksioneer: 'n klas vol tersiêre opvoedelinge met nie-maksimale taalvaardigheid, onder die leiding van 'n dosent met min klasperiodes. En ek weet dat die hoofstukke van die boek almal al in dié situasie gebruik, getoets en doeltreffend gevind is.

Dis 'n kursus opgestel met die oog op sigbare resultaat. Ná die student die verduidelikings bestudeer en die oefeninge deurgewerk het, móét sy taalvaardigheid hoër wees en sy bewustheid van gebruikte Afrikaans groter. Teorie is beperk tot die minimum wat nodig is om vir die student genoeg insig te gee dat hy sy taalvermoë kan opvoer.

Die boek is soepel van opset. Enersyds kan die dosent met 'n minimum moeite die oefeninge by 'n bepaalde hoofstuk uitbrei as die betrokke studente meer hulp nodig het op dié punt. Andersyds hoef die student wat met een bepaalde aspek hulp nodig het, nie alle voorafgaande hoofstukke eers onder die knie te kry nie. En derdens is die handboek se leerstof so georden dat dit net so as kursusinhoud kan dien.

Wat maak hierdie boek uitsonderlik in sy klas, en daarom aanbevelenswaardig? Nommer een, hy is getoets: hy werk uitstekend. Nommer twee, hier is 'n unieke opset, 'n aanbieding wat voldoen aan die vereistes van ons tyd (en tydsgebrek). En nommer drie, dis 'n boek wat studente uitlok tot selfwerksaamheid.

Johan Combrink
Professor in Afrikaanse Taalkunde
Universiteit van Stellenbosch

Inleiding

Die titel van hierdie boek is *Doeltreffende Afrikaans*. Dit veronderstel dat iemand die vermoë kan ontwikkel om sy taal doeltreffend te gebruik. Onmiddellik laat dit die vraag ontstaan: Wat is doeltreffende taalgebruik?

Ons sou kon sê dat doeltreffende taalgebruik die instrument is waarmee 'n mens geslaagde kommunikasie kan bewerkstellig.

Ons hoofdoel met hierdie handleiding is om vir die student die apparaat te gee wat hom in staat kan stel om doeltreffend skriftelik te kommunikeer. Ons hoop dus om met hierdie handboek die student konstruktief aan die gang te kry op pad na doeltreffende taalgebruik.

In 'n poging om van studente vaardiger taalgebruikers te maak, streef ons in hierdie handboek daarna:

1. om aan studente 'n gemeenskaplike taalkundige agtergrondkennis te gee;
2. om die studente se taalkennis uit te brei;
3. om vir studente oefening te gee in die toepassing van taalteorie en taalkonvensies, sodat hulle vaardiger kan word in hulle taalgebruik;
4. om vir studente die apparaat te gee wat hulle in staat sal stel om taalkundige naslaanbronne met insig te gebruik.

Alhoewel hierdie handboek ook deur onderwysers en deur studente aan kolleges gebruik kan word, is dit in die eerste plek saamgestel vir studente wat 'n eenjarige kursus in Afrikaans aan 'n universiteit volg. Aangesien laasgenoemde studente gewoonlik 'n wyd-uiteenlopendheid vertoon ten opsigte van agtergrondkennis, was dit noodsaaklik om by elke onderafdeling 'n hoeveelheid teorie in te sluit.

By die seleksie van die teorie is nooit daarna gestrewe om die betrokke onderwerp in fyn besonderhede te behandel nie. In so 'n inleidende studie is dit ook onmoontlik om reg te laat geskied aan die wye verskeidenheid van gesigspunte in verband met bepaalde onderwerpe. By die samestelling van die teorie het die skrywers probeer om nie verstrik te raak in ingewikkelde teoretiese en terminologiese kwessies nie. Die ideaal was deurentyd om te hou by basiese aangeleenthede en by terminologie wat algemeen gebruiklik is.

Die vraag oor watter teorie wel ingesluit moes word en watter nie, het telkens groot probleme opgelewer, maar die volgende vraag was deurgaans die rigsnoer: Kan hierdie teorie 'n positiewe bydrae lewer tot doeltreffender taalgebruik? Hiermee wil ons natuurlik nie voorgee dat alles wat nie opgeneem is nie, nie 'n bydrae kan lewer tot vaardiger taalgebruik nie, maar ons meen tog dat dit wat opgeneem is, in die een of ander opsig wel so 'n bydrae kan lewer.

Omdat dit 'n inleidende studie is, was dit vanweë verskeie redes onmoontlik om elke brokkie teorie te noteer, daarom is teen konsekwente bronaanduidings besluit. Die bronne waaruit geput is, of waaruit die student verder kan put, is aan die einde van elke afdeling aangegee.

Die mens kan sy taalgebruik verbeter en verfyn so lank as wat hy leef, mits hy voortdurend 'n poging in dié verband aanwend. Hierdie kursus is bedoel as nog 'n prikkel tot die uitbreiding van die student se taalkennis en tot verfyning van sy taalgebruik. Die skrywers het hier uitgegaan van die standpunt dat die ganse lewenswerklikheid rondom ons die beste taallaboratorium is; daarom het hulle met die opdragte daarna gestreef om die student by die taal self uit te bring. Geleenthede om met die taal self om te gaan moet vir die student geskep word, sodat hy sy taalgebruik kan verfyn.

Ondervinding het geleer dat studente dit oor die algemeen maklik vind om selfs ingewikkelde taalteorie en taalreëls te memoriseer en te reproduseer, maar dat hulle dit oor die algemeen moeilik vind om selfs eenvoudige teorie en reëls konsekwent toe te pas. Vir die bevordering van 'n spreker of skrywer se taalgebruik is dit van groot belang dat selfs die heel basiese taalteorie en taalreëls goed toegepas moet kan word. Hierdie kursus bied vir die student 'n geleentheid om te leer hoe om by taalgebruik voordeel te trek uit sy teoretiese taalkennis.

Die doel met hierdie boek is dus nie in die eerste plek om van studente taalkundiges te maak nie, maar om van hulle vaardiger taalgebruikers te maak, met ten minste 'n basiese hoeveelheid taalkundige kennis wat hulle kan toepas.

As iemand sy taalgebruik wil verbeter, dan is dit belangrik dat hy moet weet watter naslaanbronne hy tot sy beskikking het en dat hy hierdie bronne moet kan hanteer. Daarom beskou ons dit as 'n belangrike deel van ons taak om die student te leer en aan te moedig om dié bronne te gebruik. Indien die taalgebruiker hierdie bronne kan hanteer, kan dit hom in staat stel om ten minste sommige van sy taalprobleme selfstandig op te los.

Ons is van mening dat formele voorlesings alleen nie voldoende is as daarna gestreef word om die student se taalgebruik te verbeter nie. Formele voorlesings moet aangevul word deur tutoriale klasse, groepwerk en individuele besprekings. Aangesien taalontwikkeling individueel gerig is, verg dit 'n poging van die individu indien hy sy taalgebruik wil verbeter. Individuele besprekings kan gebruik word om vir die student 'n analise te maak van sy taalgebruik op grond van geskrewe opdragte wat hy uitgevoer het. Tekortkominge sowel as bates in die taalgebruik van die student kan tydens sulke besprekings uitgelig word. Sodoende kan die student deurlopend 'n aanduiding kry van die vooruitgang van sy taalgebruik.

Aangesien taal onder andere 'n denk- en kommunikasiemiddel is, is dit onmoontlik vir die mens om sy aangebore potensiaal maksimaal te benut en homself te verwesenlik as hy sy taal nie doeltreffend kan gebruik nie. Dit is dus in die belang van elke mens om sy taalgebruik voortdurend verder te ontwikkel.

Dankbetuiging

Ons wil ons opregte dank betuig teenoor ons kollegas aan die Departement van Afrikaans en Nederlands met wie ons soveel nuttige gesprekke gevoer het oor 'n verskeidenheid van onderwerpe wat in hierdie boek opgeneem is.

Ons dank gaan verder aan die student-assistente wat ons sedert 1971 in ons werk bygestaan het. Hulle het steeds 'n noodsaaklike skakel gevorm tussen ons en ons studente en ons sodoende gehelp om op hoogte te kom van die taalkundige behoeftes van ons studente.

Ons wil ook 'n woord van dank rig aan ons studente wat in hul samewerking aan meningsopnames en in persoonlike gesprekke help skaaf het aan inhoude wat in hierdie boek opgeneem is. In sommige hoofstukke is ook van hul skriftelike werk gebruik gemaak.

Aan mev. J. Degenaar en mej. H. Loubser is ons ook besondere dank verskuldig vir uitstekende tikwerk wat meestal in tye van ongelooflike drukte afgehandel moes word.

Teenoor Hannetjie en Johanna en ons kinders sal ons altyd dankbaar bly omdat hulle met soveel geduld ons toegelaat het om hierdie taak af te handel.

Die Skrywers

Inhoud 2-9

Voorwoord
Inleiding
Dankbetuiging

Hoofstuk 1 – Kommunikasie 1

Doelstelling; die begrip kommunikasie; noodsaaklikheid van kommunikasie; doel van kommunikasie; die beginsels van geslaagde, skriftelike kommunikasie; opdragte en aanvullende bronne

Hoofstuk 2 – Herkoms van die Afrikaanse woordeskat 21

Doelstellings; inleiding; herkoms van die Afrikaanse Woordeskat; ooreenkomste en verskille tussen Afrikaans en Nederlands; opdrag en aanvullende bronne

Hoofstuk 3 – Woordvorming 25

Inleiding; afleiding – wat dit is, kenmerke van 'n goeie definisie, voor- en agtervoegsels; kompositum; samestellende afleiding; kontaminasie; volksetimologie; klanknabootsing (onomatopee); stapelvorming (toutologie); analogiese vorminge; neologismes en advertensietaal; opdragte en aanvullende bronne

Hoofstuk 4 – Morfologie 47

Die selfstandige naamwoord – meervoudsvorming, verkleiningsvorm, geslagsaanduiding; die werkwoord; die byvoeglike naamwoord en die bywoord – trappe van vergelyking; opdragte en aanvullende bronne

Hoofstuk 5 – Woordsoorte 56

Woord, woordsoort en betekenis; woordsoorte – die begrippe morfologie, sintaksis, semantiek; *die selfstandige naamwoord* – subkategorieë en hul morfologiese, sintaktiese en semantiese kenmerke, groepwerk; *die werkwoord* – algemene kenmerke, subkategorieë, groepwerk; *die byvoeglike naamwoord* – morfologiese, sintaktiese en semantiese kenmerke; *die bywoord* – sintaktiese en semantiese kenmerke, subkategorieë, bywoordvolgorde; *die lidwoord* – morfologiese, sintaktiese en semantiese kenmerke, groepwerk; *die telwoord* – hooftelwoorde en rangtelwoorde; *die voornaamwoord* – subkategorieë en hul kenmerke, groepwerk; *die voegwoord* – neweskikkend en onderskikkend; *die voorsetsel* – onderskeid tussen voegwoorde en voorsetsels, groepwerk; *die tussenwerpsel* – voorbeelde en groepe; opdragte en aanvullende bronne

Hoofstuk 6 – Meerfunksionaliteit 91

Wat meerfunksionaliteit is; homonieme; meerfunksionele woorde; tipes meerfunksionaliteit; moontlikhede wat meerfunksionaliteit bied vir die taalgebruiker; opdragte en aanvullende bronne

Hoofstuk 7 – Woordbetekenis en woordeboeke 96

Kernmerke van woordbetekenis; terminologie – sinonimie, antonimie, hominimie, polisemie, meerfunksionaliteit, wisselvorme; woordeboeke en betekenisverklaring – Afrikaanse verklarende woordeboeke, wenke en waarskuwings, verskeidenheid van inligting uit woordeboeke, woordeboekdefinisies; hantering van inligting uit woordeboeke – besware teen die WAT, enkele gebreke van handwoordeboeke; opdragte en aanvullende bronne

Hoofstuk 8 – Vaktaal 111

Wat vaktaal is; ontwikkeling van vaktaal in Suid-Afrika; soorte vakwoordeboeke en vaktaallyste; terminologiebehoeftes van die vaktaalgebruiker; hoe vakterme geskep word; die verantwoordelikheid van vak- en beroepslui; inligting oor vakwoordeboeke of vaktaallyste; opdragte en aanvullende bronne

Hoofstuk 9 – Die Afrikaanse sin 124

Inleiding – sintaksis; enkele kenmerke van sinstrukture; drie tipes kern-sinspatrone in Afrikaans; byvoeglike en bywoordelike bepalings; kenmerke en funksies van die bysin; die samegestelde en die veelvoudige sin; drie sinstipes – beweringsinne, vraagsinne en bevelsinne; sinsverband en sinsbetekenis; wenke, opdragte en aanvullende bronne

Hoofstuk 10 – Idiomatiese taalgebruik 148

Idiomatiese taalgebruik kom meer dikwels voor in die spreektaal as in die skryftaal; verklaring van die term "idioom"; morfologiese, sintaktiese en semantiese kenmerke van sinne en idiomatiese uitdrukkings; opdragte en aanvullende bronne

Hoofstuk 11 – Taalsuiwerheid 158

Wat taalsuiwerheid is; soorte -ismes; wedersydse beïnvloeding van tale; verskillende standpunte in verband met taalsuiwerheid; Anglisismes – definisie, probleme in verband met Anglisismes; leenwoord – "geleerde" en "vreemde" woorde; wenke in verband met die bruikbaarheid van woorde; ooreenkomste tussen die Afrikaanse en Engelse woordeskat; opdragte en aanvullende bronne

Hoofstuk 12 – Tegniese versorging van geskrifte 173

Die Afrikaanse spelling – metodes om spelvermoë te verbeter, bespreking van die spelreëls aan die hand van die *Afrikaanse Woordelys en Spelreëls*, opdragte; lees- en skryftekens – wenke, bespreking van die gebruik van lees- en skryftekens aan die hand van H. J. J. M. van der Merwe se "Lees- en Skryftekens" in *Afrikaanse Taalmonografieë*, no. 3; opdragte en aanvullende bronne

Hoofstuk 13 – Taalgebruik 199

Bondige taalgebruik – die opstel van kennisgewings en instruksies, skryf en telegramme en maak van opsommings; korrespondensie – vorm van informele en formele briewe, voorbeelde; logiese redenering – wat dit is en waarom ons logies behoort te redeneer, eienskappe van 'n goeie redenaar, beoordeling by debatskompetisies, sake van belang by 'n skriftelike betoog, opdragte en aanvullende bronne; paragraafanalise – hoe 'n paragraaf geanaliseer word, die nut daarvan, opdragte; advertensietaal – doel van adverteerder en hoe hy dit probeer bereik, taalgebruik en ingesteldheid op die leser, opdragte en aanvullende bronne

HOOFSTUK I

Kommunikasie

1.1 Doelstelling

Ons doel met hierdie hoofstuk is:

1. om kortliks aandag te skenk aan die verskynsel *kommunikasie;*
2. om te konsentreer op die beginsels wat van belang is vir geslaagde, skriftelike kommunikasie. Dit spreek vanself dat sommige van hierdie beginsels ook geld vir geslaagde, gesproke kommunikasie.

1.2 Die begrip kommunikasie

Wat beteken die term *kommunikasie?* Die woord *kommunikasie* kom van Latyn *communicare* wat "om te deel" of "uitdeel" beteken. Dit is belangrik om daarop te wys dat dit in hierdie handboek om kommunikasie wat met behulp van taal bewerkstellig word, gaan.

Drie pogings om die begrip *kommunikasie* te omskryf, is die volgende:

Kommunikasie is die handeling van 'n begrip of begrippe met iemand te deel met die doel om intellektuele en/of fisieke reaksie uit te lok.
Kommunikasie is die bewerkstelliging van 'n ooreenkoms in wete.
"Communication is the action of giving to another as a partaker."

Kommunikasie beteken *medeling*, d.w.s. *met* iemand iets *deel.* Die woord *met* impliseer *meer as een* en *deel* (iets deel met iemand) impliseer dat daar 'n gewilligheid van minstens twee kante (partye) moet bestaan, naamlik 'n gewilligheid om te *gee* en 'n gewilligheid om te *ontvang*. As hierdie tegemoetkoming by een van die partye ontbreek, kan kommunikasie nie plaasvind nie.

Dit is belangrik om daarop te let dat sowel die woord *deel* as die woord *ontmoet* die gedagte van *kompromie* inhou. As ek 'n gedagte met iemand wil deel, dan moet ek seker maak dat die mededeling en die manier waarop die mededeling aangebied word vir die ontvanger aanvaarbaar is. As ek iemand wil ontmoet, kan ek nie slegs op my eie pad voortgaan nie, maar ek sal in 'n mate van my pad moet afwyk om hom te ontmoet, anders sou dit bloot 'n toevallige ontmoeting wees indien ek hom wel op my pad sou ontmoet. Die ontvanger van die mededeling moet natuurlik gewillig wees om die mededeling te ontvang, soos ook die persoon wat ontmoet word, gewillig moet wees om ontmoet te word; vandaar die opmerking dat daar in sowel die betekenis van die woord *deel* as in die betekenis van die woord *ontmoet* die gedagte van kompromie opgesluit lê.

Die woord kommunikasie kan ook *verbinding* beteken. Ook hierdie woord hou die gedagte van minstens twee partye in wat in 'n mate van hulle vryheid afstand doen om in die betrokke gedagtewêreld aan mekaar verbind te kan wees. Dit geld vir sowel die spreker/skrywer as die hoorder/leser in 'n kommunikasiesituasie. Vir geslaagde kommunikasie is dit belangrik dat die taalgebruiker hierdie aspek in gedagte moet hou.

1.3 Die noodsaaklikheid van kommunikasie

Is dit noodsaaklik om met ander mense te kommunikeer? Kan die wêreld sonder kommunikasie voortbestaan? Waarom wel, of waarom nie? Hoe sien die kommunikasie tussen ouer en kind, onderwyser en leerling, predikant en gemeentelid, dosent en student daaruit? Is die kommunikasie by hulle gewoonlik suksesvol of praat hulle dikwels by mekaar verby?

Omdat die mens nie sonder sy medemens kan voortbestaan nie, word hy deur die omstandighede daartoe gedwing om met hom te kommunikeer. Wanneer die kommunikasie *gebrekkig* is, lei dit maklik tot ernstige wanverhoudings wat vir beide partye tot nadeel strek en selfs groot gevare inhou. Kan u aan voorbeelde in hierdie verband dink?

1.4 Die doel van kommunikasie

Waarom kommunikeer mense met mekaar? Is dit nodig om te weet waarom jy met iemand kommunikeer? Enigiemand wat skryf (of praat) om met iemand anders te kommunikeer, moet weet wat hy daarmee wil bereik. Sy doelstellings sal altyd een of meer van die volgende insluit.

1. Om *informasie* oor te dra. Hierdie oordra van informasie sluit ook o.a. in: om *gevoelens* bekend te maak, om 'n *versoek* te rig, of 'n bevel te gee, om *simpatie* of *eenstemmigheid* of selfs *geselskap* te soek.
2. Om iemand te *oortuig* of te *beïnvloed* of te *dwing*, sodat sy insig en/of gedrag daardeur sal verander.

As ek skryf of met iemand praat bloot om *helderheid* in myself oor sake te kry, of om aan my eie *gedagtes en gevoelens vorm te gee*, dan is daar, streng gesproke, geen sprake van kommunikasie nie.

1.5 Die beginsels van geslaagde, skriftelike kommunikasie

1.5.1 'n Duidelike doelstelling

1. Doelgerigtheid

Wanneer 'n sakeman 'n brief aan iemand rig, of 'n predikant sy preek beplan, wanneer 'n student 'n brief aan die administrasiekantoor skryf of 'n dosent 'n lesing voorberei dan moet hy 'n baie *duidelike omlynde doelstelling* voor oë hê en *deurgaans daarop bly afstuur*, anders kan die resultaat van sy onderneming heeltemal anders wees as hy aanvanklik vaagweg gehoop het. Indien die skrywer soms effens van sy hoofdoel afwyk, moet hy daarvan bewus wees en die afwyking(s) vir 'n bepaalde ondergeskikte doel aanwend. Hy kan byvoorbeeld 'n grappige insident byhaal om vir 'n oomblik die konsentrasie te verbreek sodat die leser se aandag nie a.g.v. vermoeidheid of verveeldheid afdwaal nie.

Die doelstelling wat die skrywer/spreker voor oë het, bepaal die vorm en inhoud van sy skrywe of mededeling. As dit byvoorbeeld sy doel is om die insig van die leser/hoorder ten opsigte van 'n bepaalde onderwerp te verruim en om hom hierdie skrywe of mededeling te laat onthou, dan sal hy waarskynlik van 'n oorsigtelike inleiding en 'n samevattende slot gebruik maak. Veral by langer aanbiedinge soos verslae, lesings en preke kan dit van groot waarde wees.

2. *Doeltreffendheid van kommunikasie*

Die doeltreffendheid van kommunikasie hang af van die hoeveelheid *ooreenstemming* wat daar bestaan tussen die *bedoelde* inhoud en die *verstaande* inhoud van die gebruikte woorde, en/of die mate waarin dit die hoorder *oortuig of beïnvloed, en/of sy verdere gedrag bepaal.*

manier om te toets jou doelstelling - nie 'n beginsel nie

3. *Die graad van kommunikasie*

Die graad van kommunikasie word alleen bepaal deur die begripsontmoeting wat plaasgevind het. Dit gaan hier dus alleen om die mate van ooreenstemming tussen bedoelde en verstaande begripsinhoud.

Beide begripsontmoeting en oortuiging/beïnvloeding word deur menslike reaksies te kenne gegee. Indien iemand die *graad van kommunikasie* wil bepaal, moet hy slegs let op die begripsaspek van die kommunikasie en wel hoe groot die ooreenstemming is tussen bedoelde en verstaande inhoude. Indien iemand die *doeltreffendheid van kommunikasie* wil bepaal, moet hy let op sowel

(*a*) die begripsaspek, as
(*b*) die oortuigings-/beïnvloedingsaspek, as
(*c*) die gedragsaspek van die reaksie van die hoorder/leser.

Voorbeeld 1

As ek vir my seun sê:

"Johan, gaan doen jou huiswerk",

en hy draai om en gaan weer voort met sy pot skaak, dan kan ons van sy reaksie die volgende afleidings maak:

Johan was ingedagte en het nie opgeneem wat ek gesê het nie. Daar het dus geen kommunikasie plaasgevind nie,

of

Johan het wel verstaan wat ek gesê het, maar hy vind dit onaanvaarbaar of hy dink nie ek is ernstig nie. Daar het dus wel 'n hoë graad van kommunikasie plaasgevind, maar die kommunikasie was slegs gedeeltelik doeltreffend.

Voorbeeld 2

As ek vir my seun sê:

"Johan, begin dadelik hersien, want 'n man wat wil presteer, moet so vroeg as moontlik met sy hersieningsprogram begin",

en hy begin dadelik daarmee, dan kan ons van sy reaksie die volgende afleidings maak:

(*a*) Johan het verstaan wat ek gesê het. Daar het 'n hoë graad van kommunikasie plaasgevind (begripsontmoeting).
(*b*) Johan is oortuig/beïnvloed deur my woorde.
(*c*) Sy oortuiging het tot 'n gedragsverandering aanleiding gegee.
(*d*) Die kommunikasie was hoogs doeltreffend.

1.5.2 'n Geskikte medium

Daar is reeds op gewys dat taal (gesproke en geskrewe) die mens se belangrikste medium is om met sy medemens te kommunikeer. In hierdie verband sê David Crystal: "*Language is the most powerful means of communication we have* – but only if it is used *well.* (Dit beteken nie noodwendig grammaties suiwer of korrek nie, maar die regte woorde vir die betrokke situasie.) If used *badly*, it can be just as much a barrier to communication. The familiar phrase, 'they just don't seem to speak the same language' is levelled at people who fall out at all levels of society, whether they be husband and wife, employer and employee, opposing sides in government, or even opposing governments. We have heard of strikes being caused by one side in a dispute taking hold of the wrong end of a verbal stick, or of business letters designed to appeal which have in fact repelled." (*What is Linguistics?*, p. 70.)

Die mens is oor die algemeen uiters sensitief vir die taal wat ander gebruik om met hom te kommunikeer. Ons hoef maar bloot te dink aan woorde soos *liberalis*, *verkramp*, *kommunis*, *kampusbeheer*, *doop*, ens. om te besef dat sulke woorde vir bepaalde mense totaal verskillende betekenisse inhou en by hulle soms heeltemal uiteenlopende gevoelens opwek. In hierdie verband is daar ook al die stelling gemaak dat die ystergordyn ook 'n semantiese gordyn is, d.w.s. die betekenis van woorde voor die gordyn verskil dikwels hemelsbreed van die betekenisse van daardie selfde woorde agter die gordyn.

Taal vorm so 'n onontbeerlike deel van ons daaglikse bestaan dat ons geneig is om dit as vanselfsprekend te aanvaar dat ons die taal doeltreffend gebruik. Selfs wanneer die taalgebruik die oorsaak van 'n bepaalde probleem is, is ons geneig om die fout op ander plekke te soek. As ons egter ophou om die bestaan van goeie taalgebruik as vanselfsprekend te aanvaar en die kompleksiteit daarvan probeer verstaan en as ons bewus is van die probleme wat verbonde is aan die gebruik daarvan, kan dit miskien heelwat moeite en verdriet bespaar. Selfbewustheid ten opsigte van jou taalgebruik, sê Crystal, is 'n ideaal wat die moeite werd is om na te streef.

Om geskrewe taal as 'n geskikte medium vir kommunikasie te bespreek, kan ons gerieflikheidshalwe twee aspekte daarvan onderskei:

1. Taal- en taalkundige kennis

Dit omvat alles wat in die grammatika-afdeling van 'n taalkursus aangebied word, soos bv. woordeskat, sinsleer, betekenisleer, ens. asook die konvensies wat geld vir die taal soos spelling, interpunksie, paragrafering, ens.

'n Kennis van al hierdie dinge help ons om die taalinstrument met gemaak en suiwerheid te gebruik. *As 'n skrywer nie eers die elementêre beginsels van die grammatika ken nie, sal sy mededeling beswaarlik anders as uiters onbeholpe en gebrekkig wees.* Nee, taal moet grammaties korrek, suiwer en versorg wees. Dit is 'n voorvereiste waarsonder goeie styl ondenkbaar is. Wanneer 'n skrywer die vermoë besit om sy taal soos 'n fyn, presiese instrument te gebruik, om met groot gemak en vlotheid sy gedagtes neer te skrywe, praat ons van sy tegniese vaardigheid in die taal. Veral ook in wetenskaplike boeke waar die aanbied van kennis en inligting die hoofdoel is, is so 'n vaardigheid van onskatbare waarde.

In aansluiting hierby moet daar ook op gewys word dat *foutiewe spelling* 'n uiters negatiewe uitwerking op die leser kan hê. Dit laat hom eintlik sy respek vir die skrywer

My moeite om helder te skryf, is sy vreugde om maklik te lees

verloor en as gevolg daarvan kan die inhoud ook onaanvaarbaar word. *Korrekte punktuasie* lewer 'n belangrike bydrae tot die leesbaarheid en verstaanbaarheid van 'n geskrewe stuk. Dit word dikwels verwaarloos of geringskat. *Paragrafering* help die leser om gouer te ondek hoe die skrywer sy stof sistematiseer en dit help hom om gouer 'n geheelbeeld van die stof te kry en om die betoog van punt tot punt te volg.

2. *Styl*

Enkele eienskappe van 'n goeie skryfstyl is die volgende:

(*a*) *Helderheid*

Dit is 'n eerste en onmisbare vereiste. 'n Skrywer of spreker moet homself verstaanbaar kan uitdruk; uit 'n verwarde gedagtegang kan niemand tog iets wys word nie.

Helderheid kom van binne. Dit veronderstel 'n helderheid van gees, van gevoel en van geordende denke. 'n Mededeling word soms so duister gestel dat 'n mens die algemene betekenis daarvan nie kan snap nie – gewoonlik omdat die mededeler self nie presies weet wat hy wil meedeel nie. Al raad is om doelbewus helder te dink, te praat en te skryf.

Voorbeeld

> Al 'n mens se strewes na betekenisvolle waardes in die lewe loop uiteindelik uit op een beslissende soektog na 'n aanvaarbare en standhoudende lewensbeskouing.

Sodra 'n sin of mededeling vir meer as een interpretasie vatbaar is, noem ons dit dubbelsinnig, bv.

> *Die seun wat die onderwyser geskiet het, is dood.*

kan beteken –

> Die seun wat deur die onderwyser geskiet is, is dood.
> Die onderwyser wat deur die seun geskiet is, is dood.

So 'n dubbelsinnige sin vertroebel kommunikasie.

(*b*) *Eenvoud*

Eenvoud is bevorderlik vir groter helderheid. Dit is die eienskap van bykans alle groot kuns.

Alle vorme van hoogdrawendheid en geleerddoenery moet uitgeskakel word. Dikwels is al die grootdoenery en vertoon maar 'n soort uiterlike kleed waarmee 'n skrywer sy innerlike armoede probeer verberg. Let byvoorbeeld op na die volgende breedsprakige gedrog:

> Hoogeerwaarde Heer
>
> Met referte tot my verkeersoortreding van 5 deser te Birdstraat, wens ek u hiermee te versoek om . . .

(*c*) *Natuurlikheid*
'n Skrywer wat doelbewus probeer om "mooi" te skrywe, is tot mislukking gedoem.

'n Mens tref dit aan wanneer iemand nou regtig uit sy pad gaan – nie om te skryf wat hy werklik voel en werklik sien of dink nie – maar om te probeer beïndruk. Ons praat dan van gekunsteldheid.

Voorbeeld

"Roepingsbewuste arbeid laat ons kultuurakker daar staan in verhewe perspektief met elke getroue medewerker blink in die ploegvoor."
Uit *Die Burger*, 2 Okt. 1975, bl. 19 onder die opskrif: "Dit is tyd vir opsaal!"

(*d*) *Saaklikheid*
Hierdie eienskap veronderstel die afwesigheid van die oortollige en toespitsing op die essensiële. Hierdie eienskap sluit mooi aan by die behoeftes van ons moderne gejaagde tyd: Min woorde wat baie sê; woorde wat so streng gekeur is dat elkeen onmisbaar is. Let maar op, as u weer 'n werkstuk skryf, hoeveel woorde (veral b.nwe. en bwe.) maar geskrap kan word sonder om enige verskil te maak. Hierdie eienskap, sowel as eenvoud, vereis 'n onverbiddelike selfbeheer en selfkritiek van die skrywer. Elke woord en elke punktuasieteken moet hy sorgvuldig oorweeg voordat hy dit gebruik. Elke simbool moet 'n doel dien. Omslagtigheid verwar die leser en lei maklik tot verveling.

(*e*) *Korrekte toon*
Hierdie eienskap hang altyd ten nouste saam met die onderwerp wat beskryf of bespreek word. Is die onderwerp verhewe, dan is die toon ook so. Lees maar byvoorbeeld Psalm 90 en 91 of die Openbaring van Johannes. Maar onthou: *Alle woorde moet pas in die gevoelsfeer waarin hulle gebruik word;* dis van die uiterste belang. Dink byvoorbeeld hoe die woorde wat 'n seremoniemeester in 'n toespraak by 'n huweliksonthaal gebruik, sou verskil van die woorde van 'n leraar op die kansel.

Sommige skrywers, veral jongmense, het die gewoonte om in platheid te verval. Dit is 'n stilistiese swakheid wat gebrek aan verbeelding en 'n onkunde insake die gevoelswaarde van woorde aandui. In hierdie verband is dit dan ook belangrik om daarop te let dat woorde dikwels nie slegs 'n *leksikale waarde* (denotasie) het nie, maar dat daar ook 'n sekere assosiasie (konnotasie/bygedagte) in hulle opgesluit lê. Dit is juis hierdie assosiasie wat dikwels veroorsaak dat mense mekaar se bedoelings nie reg interpreteer nie, of wat woorde geskik maak vir beïnvloeding op allerlei gebiede.

Voorbeeld

Hy is 'n Kommunis, kan beteken: "Hy is 'n lid van die Kommunistiese party" of "Hy is 'n persoon wat hom besig hou met ondermynende aktiwiteite om die regering tot 'n val te bring omdat hy in die Kommunisme glo".

'n Werkgewer wat die applikante bespreek wat om 'n betrekking aansoek gedoen het, sê byvoorbeeld: *Ek wil hom nie aanstel nie; hy is 'n student*. Die werkgewer kan met die woord *student* bedoel: "iemand wat nog aan 'n universiteit of kollege studeer" of "een van daardie onverantwoordelike, onbetroubare, slordige en ongemanierde jongmanne wat studeer".

Dit is noodsaaklik dat die woorde wat deur die skrywer gebruik word vir die leser en die skrywer dieselfde betekenis moet hê. Die skrywer moet ook bewus wees van die assosiasies wat sy woorde waarskynlik by die leser sal opwek want as dit nie die geval is nie, kan daar geen behoorlike kommunikasie tussen hulle tot stand kom nie. Dan kan die skrywer nie in sy doel slaag nie omdat die leser sy gedagtes nie met hom kan deel nie.

Ons moet 'n besondere gevoeligheid ontwikkel om gedurig onsself af te vra of die medium (gesproke of geskrewe) wat ons aanwend nog geskik is om die doel te bereik wat ons in gedagte het. Dit geld vir elke soort situasie – in die voorlesinglokaal, in die kerk, in die kantoor, in die eksamenkamer, ens. Is my sinne te lank, my woorde te verhewe of plat, my stem/optrede/aanbieding hinderlik? Is ek besig om werklik kontak te maak en my doel te tref?

1.5.3 Die aanbieding

Vir werklik doeltreffende kommunikasie is die aanbieding van die stof deur die skrywer van die uiterste belang. Sake waaraan besondere aandag geskenk moet word, is die volgende:

1. Uiterlike tegniese versorging

Die uiterlike tegniese versorging van 'n geskrewe stuk, byvoorbeeld die gehalte van die papier, die skrif en die uiterlike aantreklikheid oor die algemeen, tel veral baie by die eerste kennismaking daarmee. Dit kan onmiddellik die belangstelling prikkel of dit kan die leser koud laat of selfs afstoot.

2. Die uiteensetting

Die uiteensetting moet getuig van 'n logiese gedagtegang. Hierby verdien veral die volgende sake aandag:

(a) Opskrifte

Dit sluit die hoofopskrif sowel as die opskrifte by onderafdelings in. 'n Goeie opskrif behoort eintlik die samevattende hooftema te noem wat in die daaropvolgende gedeelte uitvoeriger behandel word. In plaas van opskrifte word die hoofmomente soms onderstreep of met hoofletters geskryf. Dit bespaar die leser geweldig baie tyd en dit is ook verhelderend. Dit is veral nuttig by briewe, kennisgewings en aantekeninge.

(b) Vorm

Hier word veral gedink aan die korrekte vorm waarin formele briewe geskryf word in die sakewêreld, in die professionele wêreld en aan hooggeplaastes. Dit sluit ook die prosedure in wat gevolg word met sitate, verwysings, die aanhaling van woorde, die aanduiding van name en titels van mense, boeke en tydskrifte.

1.5.4 Die skrywer en die leser

Dit is seker logies dat daar van die kant van die skrywer, van wie tog eintlik die inisiatief om te kommunikeer uitgaan, 'n poging aangewend moet word om sy woorde só te gebruik dat hy die leser daarmee sal kan bereik.

Eerstens moet sy woorde binne die begripsvermoë van die leser val. Tweedens moet die skrywer rekening hou met die verhouding waarin hy tot sy leser staan. Is hy bloot 'n verskaffer van informasie, beklee hy 'n gesagsposisie of 'n posisie van onderdanigheid of respek teenoor die leser; is hy verleë in die versoek wat hy wil rig of staan hy miskien in 'n posisie van beïnvloeding teenoor sy lesers? Hierdie verhouding tussen die skrywer en die leser sluit natuurlik weer aan by die doelstelling wat die skrywer voor oë het. As die skrywer byvoorbeeld probeer om die leser te beïnvloed of van iets te oortuig, sal hy in 'n gesagsposisie waarskynlik ander woorde kies of dieselfde woorde op 'n ander manier gebruik as wanneer hy 'n ondergeskikte posisie beklee. Hierby speel die toon waarin 'n stuk geskryf word natuurlik 'n baie belangrike rol.

Voorbeeld

'n Kennisgewing van die Universiteitsadministrasie aan motoreienaars om nie hul motors op die kampus te gebruik nie, sou min of meer soos volg lui:

Gerig aan die studente
"Studente word versoek om nie hul motors op die kampus te gebruik nie. Alleen voetgangers en fietsryers sal daar toegelaat kan word."

Gerig aan die doserende personeel
"Dit sal besonder waardeer word indien dosente so vriendelik sal wees om nie hul motors op die kampus te gebruik nie. Indien dit vir u ongerieflik is om te stap, sou u desnoods van 'n fiets gebruik kon maak."

Opsommenderwys kan daar dus gesê word dat die skrywer wat seker wil maak dat hy werklik met sy leser kommunikeer, homself gedurig op die behoeftes van sy leser moet instel. As hy dit nie doen nie en bloot sy eie gedagtes op sy eie manier neerskryf, kan dit maklik gebeur dat hy geen leser sal vind wat gewillig is om dit te lees nie. Van kommunikasie sal daar uit die aard van die saak dan natuurlik geen sprake wees nie.

1.6 Ten slotte

Dit is belangrik om daarop te wys dat ons vir hierdie handboek hoofsaaklik aandag skenk aan taalkennis en die toepassing daarvan en dat in hierdie hoofstuk net terloops aandag gegee word aan stylkwessies.

1.7 Opdragte

1.7.1 Veelvuldige antwoordvrae oor die teorie van kommunikasie

Kies een of meer korrekte antwoord(e) en trek dan 'n kruisie oor die betrokke letter(s) van die ooreenstemmende nommer(s) op die antwoordblad.

1. 'n Kernelement van die begrip *kommunikasie* lê ook in die betekenis van die woorde *mededeling* en *tegemoetkoming* opgesluit. Noem die basiese begrip wat al drie hierdie woorde in gemeen het.
(*a*) persoonlike ontmoeting (*b*) dialoog (*c*) kompromie (*d*) spraak
(*e*) gemeenskaplike belange

2. ’n Ander kernelement van die begrip *kommunikasie* lê in die betekenis van die woord *verbinding* opgesluit. In beide gevalle impliseer dit:
(*a*) ’n verlies van gemeenskaplikheid
(*b*) ’n verlies van oorspronklikheid
(*c*) ’n volkome verlies van vryheid
(*d*) die afwesigheid van verdraagsaamheid
(*e*) ’n gedeeltelike verlies van vryheid
(*f*) ’n toename in spontaneïteit
3. Wanneer kommunikasie tussen mense ontbreek, lei dit maklik tot:
(*a*) ’n oplossing van wanverhoudings
(*b*) ’n neutrale houding
(*c*) ’n soeke na toenadering
(*d*) ’n gebrekkige gesprekskontak
(*e*) die ontstaan van wanverhoudings
4. Die doel van kommunikasie kan een of meer van die volgende insluit:
(*a*) om ’n gevoel van toegeneentheid teenoor iemand te openbaar
(*b*) om informasie van iemand te bekom
(*c*) om ’n gedagte te formuleer
(*d*) om iemand tot ’n ander insig te bring
(*e*) om met jouself te praat
(*f*) om iemand tot handeling te laat oorgaan
5. Die mens kan ook deur middel van die volgende handelinge met sy medemens kommunikeer:
(*a*) huil (*b*) liggaamlik iemand aanraak (*c*) teken (*d*) skree (*e*) gebare maak
6. Die kommunikasiemiddel wat vandag vir alle kommunikasiesituasies as die mees geslaagde beskou kan word, is:
(*a*) die radio
(*b*) televisie
(*c*) die persoonlike gesprek
(*d*) die een wat die beste die doel tref
(*e*) die een waarby die beste rekening gehou kan word met die omstandighede
7. Om seker te maak dat u in alle kommunikasiesituasies geslaag kommunikeer, moet u nie slegs met ’n duidelike doelstelling begin nie, maar u moet ook sorg dat:
(*a*) daar ’n bykomstige doelstelling is
(*b*) die ontvanger dadelik die doelstelling begryp
(*c*) die doelstelling verduidelik word
(*d*) daar deurgaans op die doelstelling afgestuur word
(*e*) die doelstelling periodiek genoem word
8. Om seker te maak dat u in alle kommunikasiesituasies geslaag kommunikeer, moet u *veral* sorg dat die woorde wat u gebruik:
(*a*) baie eenvoudig is
(*b*) algemeen beskaafde Afrikaans is
(*c*) ongeveer dieselfde betekenis vir u het as vir die leser of hoorder
(*d*) so min as moontlik is om die saak duidelik te stel
(*e*) nie iemand in ’n negatiewe lig stel nie
9. By die gebruik van woorde is dit nie slegs hul woordeboek-betekenis wat kommunikasie kan laat misluk nie, maar soms ook hul:

(*a*) onbekendheid
(*b*) konnotasie
(*c*) leksikale waarde
(*d*) gekompliseerdheid
(*e*) lae gebruiksfrekwensie
(Trek slegs een kruisie asb.)

10. *Veral* die volgende is daarvoor verantwoordelik dat geskrewe kommunikasie geslaag verloop:
(*a*) die skrywer
(*b*) die leser
(*c*) die skrywer in dieselfde mate as die leser
(*d*) die woorde wat gebruik is
(*e*) die doelstelling(s)
(Trek slegs een kruisie asb.)

11. Wanneer 'n medikus 'n kongres vir medici toespreek, is dit nie slegs sy gehoor wat sy woordkeuse bepaal nie, maar *veral* ook sy:
(*a*) onderwerp
(*b*) status
(*c*) bedrewenheid as spreker
(*d*) sin vir sisteem
(*e*) gevoel
(*f*) uiteensetting
(Trek slegs een kruisie asb.)

12. "Voorgraadse studente van die Universiteit word *nie toegelaat* om motors op Stellenbosch aan te hou nie, . . ." In hierdie sin kan selfs die woorde "nie toegelaat" aanvaar word as 'n deel van geslaagde kommunikasie *veral* omdat die skrywer:
(*a*) 'n gesagsposisie beklee
(*b*) die leser se agtergrond in gedagte gehou het
(*c*) die waarskuwing besonder diplomaties stel
(*d*) van eenvoudige woorde gebruik maak
(*e*) die doel nie direk op die voorgrond stel nie
(Trek slegs een kruisie asb.)

13. Korrekte punktuasie dra *veral* by tot die:
(*a*) Logiese uiteensetting
(*b*) sistematiese aanbieding
(*c*) verstaanbaarheid
(*d*) doelgerigtheid
(*e*) netheid
(*f*) indeling van 'n geskrewe stuk
(Trek slegs een kruisie asb.)

14. Korrekte paragrafering dra *veral* by tot die:
(*a*) doel
(*b*) tipografie
(*c*) implikasies
(*d*) besonderhede
(*e*) kern
(*f*) sisteem van 'n geskrewe stuk
(Trek slegs een kruisie asb.)

Antwoordblad

1.	*a*	*b*	*c*	*d*	*e*	*f*
2.	*a*	*b*	*c*	*d*	*e*	*f*
3.	*a*	*b*	*c*	*d*	*e*	*f*
4.	*a*	*b*	*c*	*d*	*e*	*f*
5.	*a*	*b*	*c*	*d*	*e*	*f*
6.	*a*	*b*	*c*	*d*	*e*	*f*
7.	*a*	*b*	*c*	*d*	*e*	*f*
8.	*a*	*b*	*c*	*d*	*e*	*f*
9.	*a*	*b*	*c*	*d*	*e*	*f*
10.	*a*	*b*	*c*	*d*	*e*	*f*
11.	*a*	*b*	*c*	*d*	*e*	*f*
12.	*a*	*b*	*c*	*d*	*e*	*f*
13.	*a*	*b*	*c*	*d*	*e*	*f*
14.	*a*	*b*	*c*	*d*	*e*	*f*

1.7.2 Veelvuldige antwoordvrae om die geslaagdheid van 'n artikel te beoordee

Lees die volgende artikel en beantwoord dan die vrae wat daarop volg deur **een** kruisie per antwoord op die antwoordblad te trek.

JONG ROKERS SE LONGE HERSTEL NOOIT (New York)

Tienderjariges wat 'n paar jaar sigarette rook, ondergaan funksionele veranderinge in die longe. Party van die veranderinge kan blywend wees, selfs al hou hulle later op met rook, het navorsers aan die Yale-universiteit bekend gemaak.

Tienderjariges wat tussen een en vyf jaar gerook het, hoes oormatig, het speekselafskeiding en ly aan kortasemigheid, en hul longkapasiteit neem af weens die verstopping van die klein luggangetjies.

Die proewe, wat in die jongste uitgawe van Science Magazine gepubliseer is, is op 365 hoërskoolleerlinge – 195 seuns en 170 meisies – in die gebied New Haven gedoen. Hul ouderdomme het tussen vyftien en negentien jaar gewissel. Vyftig persent van die seuns en 37 van die meisies was gewoonterokers.

"Hoes, slymafskeiding en kortasemigheid kom meer algemeen voor onder rokers as onder nie-rokers, met geen beduidende verskil in die voorkoms daarvan tussen die geslagte nie."

KAN HERSTEL

"Na aanleiding van hierdie gegewens het ons tot die gevolgtrekking geraak dat dit genoeg is om tussen een en vyf jaar gereeld te rook om 'n bewysbare afname in die longwerking te veroorsaak. Die luggange raak verstop wanneer die gladde spiere in die wande saamtrek, of wanneer afskeidings daar openbaar."

Volgens die verslag "kan minstens die helfte van die skade aan die longe herstel wanneer 'n roker ophou rook. Die moontlikheid dat blywende skade in dié jare aangerig word, kan nie uitgesluit word nie."

"Hoewel jong mense blykbaar deeglik bewus is van die gevare van rook as 'n oorsaak van longkanker en ander kwale, help propagandaveldtogte teen rokery min om hulle van dié gewoonte te laat afsien. Daar word selfs gemeen dat rokery onder tienderjariges aan die toeneem is eerder as aan die afneem."

"Senior studente en ander mense in hul twintigerjare wat rook, ly ook aan vertraagde longwerking, maar op dié ouderdom kan rokery al 'n vaste gewoonte geword het. Omdat objektiewe gegewens oor die skade aan hul eie longwerking vir tienderjariges meer oortuigend kan wees as die vae moontlikheid van longkanker, word gesoek na sodanige gegewens," lui die verslag.

Uit: *Die Burger*, 17 Mei 1971

By hierdie vrae is daar slegs een korrekte antwoord. U moet dus slegs een kruisie by elke nommer trek.

1. Gedagtig aan die vereistes vir 'n goeie opskrif en die feit dat dit 'n koerantartikel is, sou u sê dat die opskrif:
   (*a*) geslaag
   (*b*) swak
   (*c*) te lank
   (*d*) nie kernagtig
   (*e*) ongrammatikaal is?
2. Motiveer bogenoemde antwoord deur **een** van die volgende stellings ten opsigte van die opskrif te kies:
   (*a*) Dit is onduidelik.
   (*b*) Dit stem nie heeltemal ooreen met die feite van die berig self nie.
   (*c*) Dit is sensasioneel.
   (*d*) Dit is 'n goeie samevatting van die artikel.
   (*e*) Dit is redelik duidelik.
3. Wat was, volgens u, die doelstellings(s) van die skrywer van hierdie berig?
   (*a*) Slegs die oordra van informasie.
   (*b*) Slegs om lesers te beïnvloed.
   (*c*) Om informasie oor te dra sowel as om die leser te beïnvloed.
   (*d*) Om 'n versoek te rig.
   (*e*) Om informasie oor te dra sowel as om 'n versoek te rig.
4. Vir wie is hierdie artikel geskryf?
   (*a*) Slegs vir tienderjariges?
   (*b*) Slegs vir volwassenes?
   (*c*) Slegs vir volwassenes en tienderjariges?
   (*d*) Vir mense wat reeds van 1 tot 5 jaar rook.
   (*e*) Slegs vir senior studente en ander mense in hul twintigerjare.
5. Gedagtig aan die vereistes vir 'n goeie openingsparagraaf, sou u sê dat die eerste paragraaf:
   (*a*) geslaag
   (*b*) swak
   (*c*) heeltemal onvolledig
   (*d*) volkome gesistematiseer
   (*e*) volkome ongesistematiseer is?

6. Motiveer bogenoemde antwoord deur een van die volgende stellings ten opsigte van die paragraaf te kies:
   (*a*) Die doelstelling van die stuk word duidelik daarin gestel.
   (*b*) Dit is onduidelik.
   (*c*) Dit is 'n volledige weergawe van die stuk.
   (*d*) Dit is 'n oorsigtelike samevatting van die kerngedagte.
   (*e*) Dit is nie 'n oorsigtelike samevatting van die kerngedagte nie.
7. Gedagtig aan die vereistes vir geslaagde taalgebruik, sou u sê dat die stuk:
   (*a*) geslaag (*b*) swak (*c*) hoogdrawend
   (*d*) onverstaanbaar (*e*) verwarrend is?
8. Motiveer bogenoemde antwoord deur een van die volgende stellings ten opsigte van die taalgebruik te kies:
   (*a*) Dit sluit aan by die begripsvermoë van die leser.
   (*b*) Dit is eenvoudig.
   (*c*) Dit sluit glad nie aan by die begripsvermoë van die leser nie.
   (*d*) Dit bevat besonder moeilike woorde en ingewikkelde sinne.
   (*e*) Daar is heelwat foute.
9. Vir hierdie nuusberig het die koerantskrywer sy feitemateriaal uit 'n tydskrif vir wetenskaplikes gehaal. Met alle positiewe en negatiewe aspekte in ag geneem, sou u sê dat die skrywer in sy kommunikasie geslaag het, dit wil sê dat 'n redelike aantal lesers dit volledig sou gelees en verstaan het en selfs daaroor nagedink het?
   (*a*) Waarskynlik wel die geval.
   (*b*) Ongetwyfeld nie die geval nie.
   (*c*) Waarskynlik nie die geval nie.
   (*d*) 'n Uiters beperkte aantal lesers.
   (*e*) Onmoontlik om te sê.
10. Motiveer bogenoemde antwoord deur een van die volgende faktore te kies as *dié een* wat die belangrikste rol gespeel het om dit geslaag of nie geslaag nie te maak:
   (*a*) Die feitemateriaal word duidelik oorgedra.
   (*b*) Die feitemateriaal word nie duidelik oorgedra nie.
   (*c*) Die aanbieding is swak.
   (*d*) Die aanbieding is redelik (middelmatig).
   (*e*) Die skrywer het homself goed op die leser ingestel.
   (*f*) Die skrywer het homself nie goed op die leser ingestel nie.

Antwoordblad

1.	*a*	*b*	*c*	*d*	*e*	*f*
2.	*a*	*b*	*c*	*d*	*e*	*f*
3.	*a*	*b*	*c*	*d*	*e*	*f*
4.	*a*	*b*	*c*	*d*	*e*	*f*
5.	*a*	*b*	*c*	*d*	*e*	*f*
6.	*a*	*b*	*c*	*d*	*e*	*f*
7.	*a*	*b*	*c*	*d*	*e*	*f*
8.	*a*	*b*	*c*	*d*	*e*	*f*
9.	*a*	*b*	*c*	*d*	*e*	*f*
10.	*a*	*b*	*c*	*d*	*e*	*f*

1.7.3 Die evaluering van 'n artikel

Die volgende artikel is geneem uit *Die Eggo*, lyfblad van die Stellenbosse Universiteitskoor. Lees hierdie artikel noukeurig deur en beantwoord dan die vrae wat daarop volg voordat u die bespreking lees.

Hierdie vrae vorm 'n begripstoets om seker te maak dat u volkome vertroud is met die teks voordat u die daaropvolgende bespreking lees. Die bespreking is gerig op 'n evaluering van hierdie artikel volgens die vier vereistes vir geslaagde, skriftelike kommunikasie.

DIE OU MAN

Dis die einde van die jaar. Alles is rustig.

"Hoekom skeer jy nóu met 'n stomp lemmetjie byna die helfte van jou kinnebak weg?" Dit was die vraag wat my beeld aan my gevra het een bloederige oggend in die badkamer.

Die akademie? – nee, dis verby en het in elk geval nooit skielike rukbewegings tot gevolg gehad nie.

Die liefde? – nee, want dan sou ek seker my keel afgesny het.

Die laaste jaar? – 'n Oomblik dink ek na: ook nie presies dit nie. Die studie is voltooi en nou is die toekoms een fantastiese geleentheid met amper onbeperkte moontlikhede.

Eindelik (tog baie gou) is die antwoord daar. Vinnige gedagtes begin voor my verbygaan terwyl die bloed van my ken af

drup,

    drup,

        drup.

Die geel bus op die swart pad. Oom Bossie: "Why are we all here?" Die gesellige rookgroepie voor in die bus. Oom Philip se "double action". Die openingsakkoorde van Psalm 42. Kameraadskap, vriendskap. Die terugrit na 'n konsert. Oggendgodsdiens by die "Fresh Air" kamp.

Skielik merk ek dat die bloed gestol het; asof ons ou koorlede uit die koor getap het en die wond genees het. Volgende jaar is 'n nuwe jaar: nuwe koorlede en nuwe geleentheid tot diens aan God.

Dan verdwyn die onwerklikheid as iemand die badkamervenster oopmaak. Die wasem op die spieël verdamp en my stukkende gesig kyk helder na my: "Kom nou, plak iets op hierdie ou krapmerkie sodat ons die dag kan begin."

'n Ou Man

1.7.3 A *Vrae*

1. Waarom gebruik die skrywer *die* in die opskrif en *'n* in die ondertekening van die artikel? Bespreek die verskil in hul betekenisse.
2. Waarom is daar 'n akuutaksent bo *nóu* en waarom gebruik die skrywer hierdie woord? Is die aksentteken reg gebruik?
3. Waarom gebruik die skrywer die woorde *stomp* en *helfte*?
4. (*a*) Is die woord *kennebak* ook korrek i.p.v. *kinnebak*?
   (*b*) Is die woorde *ken* en *kin* vir dieselfde liggaamsdeel albei algemeen beskaafde Afrikaans?

(*c*) Wat noem ons hierdie taalverskynsel by laasgenoemde twee woorde ?

(*d*) Hoe het dit gebeur dat hierdie twee woorde met geen verskil in betekenis en 'n klein verskil in uitspraak naas mekaar ontstaan het ?

(*e*) Wat is die neiging in sulke gevalle, neem hulle toe of sterf die verskillende vorme van dieselfde woord stadig uit ?

5. Is die woorde *beeld* en *bloederige* goed gekies ? Motiveer u antwoord.
6. Waarom word *nee* en *nee* in die derde en vierde paragraaf met 'n klein letter geskryf en *Oomblik* in die vyfde paragraaf met 'n hoofletter ?
7. Wat beteken die woorde:

(*a*) "........ nooit skielike rukbewegings tot gevolg gehad nie."

(*b*) "........ dan sou ek seker my keel afgesny het ?"

8. Waarom gebruik hy die woord *fantastiese* i.p.v. byvoorbeeld *geweldige ?*
9. Waarom sluit die skrywer die woorde *(tog baie gou)* in hakies by die sin in ?
10. Is daar vir u 'n betekenisverskil tussen die woorde *kameraadskap* en *vriendskap ?* Indien wel, lig dan die verskil presies uit.

1.7.3 B *Voorbeeld van 'n bespreking van 'n artikel wat beoordeel is volgens die vereistes van geslaagde, skriftelike kommunikasie*

DIE OU MAN

1. Doelgerigtheid

Die skrywer het die volgende *doelstellings* gehad met hierdie artikel:

(*a*) Hy probeer gestalte gee aan 'n gevoel van *heimwee* en hy wil hierdie gevoel deel met sy leser.

Motivering uit die teks: Die besef dat sy koordae verby is, het hom laat ruk van die skrik. Die terugflitse uit sy koordae is almal aangename herinneringe.

(*b*) Hy probeer ander "ou manne" oortuig van sy verkreë *insig*, nl. dat niemand onmisbaar of onvervangbaar is nie. 'n Mens moenie oor die verlede bly mymer nie, maar die toekoms dadelik met mening aanpak.

Motivering uit die teks: Sulke "wonde" genees gou en "nuwe bloed vervang gou die oue wat verlore gegaan het".

Die skrywer slaag beslis in sy doel. Hy stuur deurgaans daarop af. Hy sê nooit direk wat sy doel is nie. Dit skemer *indirek* deur uit die verhaal – dus tref 'n mens geen verklaarde doel hier aan nie, maar die skrywer het wel 'n werklike doel gehad met die skryf van die stuk.

2. Taalgebruik

(*a*) Die skrywer gebruik eenvoudige, helder en informele taal met enkele studentewoorde. Die taal sluit aan by die *leser* en by die *inhoud*.

Motivering uit die teks: "........ stomp lemmetjie, ... helfte, ... bloederige, ... akademie, ... nooit rukbewegings, ... keel afgesny, ... fantastiese ...." asook die Engelse woorde wat hy gebruik.

(*b*) Die skrywer maak treffend gebruik van die kort sin. Daar is geen onnodige woorde of sinne nie, behalwe die laaste sin van die tweedelaaste paragraaf. Hierdie sedeprekie pas onses insiens nie in die artikel nie.

(*c*) *Spelling en punktuasie: Fresh Air-kamp* moet 'n koppelteken hê. Die stuk is verder foutloos gepunktueer.

(*d*) *Paragrafering:* Dit is effektief aangewend. Dit vergroot die helderheid van die artikel en gee sisteem in die ontwikkeling daarvan. Aanvanklik lyk dit of daar rojaal van nuwe paragrawe gebruik gemaak is, maar die skrywer begin telkens 'n nuwe paragraaf met 'n duidelike doel voor oë – die paragrafering is dus uiters funksioneel aangewend. Die *openingsparagraaf* skets die agtergrond. Dit bied die kontras vir die daaropvolgende "bloederige oggend". Die *slotparagraaf* sluit die stuk bevredigend af met 'n raakgekose beeld en 'n tikkie humor in die beeld van die "krapmerkie", i.p.v. "die helfte van jou kinnebak" in die opening. Die slotparagraaf bevat ook die *boodskap* dat ons die moue moet oprol vir die taak wat voorlê en nie moet voortgaan met 'n gemymer oor die verlede nie.

(*e*) *Opskrif en ondertekening:* In die *opskrif* gebruik die skrywer met opset die bepaalde lidwoord **die,** want hy verwys na die spesifieke ou man, die oud-koorlid, die man wat nie meer by die groep tuishoort nie. In die *ondertekening* gebruik hy met opset die onbepaalde lidwoord **'n,** want hy verwys hier na **'n** oud-lid. Dit maak nie saak wie dit is nie, hy wil anoniem bly.

3. Aanbieding

Die stuk is netjies en duidelik aangebied. Die beoordeling van die aanbieding is hier eintlik nie moontlik nie; daarvoor moet 'n mens die artikel in sy oorspronklike vorm in die tydskrif *Die Eggo*, mondstuk van die Stellenbosse Universiteitskoor, sien.

Tipografie: Met die plasing van die woorde "drup, drup, drup", slaag die skrywer om die gewenste effek te bereik van druppende bloed, tyd wat verbygaan en iemand wat staan en dink.

4. Die verhouding skrywer tot leser

Die skrywer stel homself goed in op sy leser wat die *inhoud* en *taalgebruik* betref. Die inhoud sal bestaande lede sowel as oud-lede dadelik interesseer en die taal waarin dit geklee is, is die gewone omgangstaal van die student.

Samevattend: Hierdie artikel voldoen aan die vereistes vir geslaagde skriftelike kommunikasie.

1.7.4 'n Toetsvraag om 'n artikel te evalueer

Die volgende redaksionele artikel het in 'n studenteblad verskyn. Lees dit noukeurig deur voordat u die opdragte uitvoer.

REDAKSIONEEL

Om student te wees, is om avonturier en bergklimmer te wees. Elke dag bied sy uitdagings wat soos 'n Everest voor jou staan, iewers moet jy begin en dit is in hierdie soektog na dit wat wesentlik die moeite werd is, wat elke mens een of ander tyd onderneem. Hierdie soektog na 'n rigtinggewende en betekenisvolle inhoud vir die lewe is die belangrikste strewe van elke mens. Maar dit is juis in hierdie strewe na selfverwesenliking wat 'n mens tot hoogtes voer of wat jou op doodloopstrate van verydeling en teleurstelling dwing.

Op Stellenbosch is daar drie doodloopstrate wat deur vele onwetend bewandel word. Daar is die doodlooppad van die sosiale lewe, waarin 'n mens so vasgevang word dat jy hierdie oppervlakkige lewe vir niks wil verruil nie, totdat hierdie glorie ook afgedra is. Dan is daar die doodlooppad van passiwiteit, wat wil dwing om van die studentelewe 'n dooierige spel te maak. Hierdie passiewes loop hulle nog elke dag teen die eerste helling van 'n Everest vas. Maar dan is daar ook die egoïste wat in hul eie bekrompenheid as 't ware hul eie ondergang bewerkstellig. Laasgenoemde se doodlooppad is van alle ander doodlooprigtings die kortste.

Volgehoue menslike verhoudinge, diens aan die samelewing, die beoefening van of voorbereiding vir 'n beroep, die een of ander intellektuele belangstelling en 'n skeppende tydverdryf gee inhoud aan die lewe en bring geluk.

Al 'n mens se strewes na betekenisvolle waardes in die lewe loop uiteindelik uit op een beslissende soektog na 'n aanvaarbare en standhoudende lewensbeskouing.

1. Bespreek in watter mate hierdie stuk voldoen aan die vereistes van geslaagde skriftelike kommunikasie onder die volgende hoofde:
   (*a*) Doelgerigtheid
   (*b*) Taalgebruik (woordkeuse, sinsbou, toon, ens.)
   (*c*) Aanbieding (paragrafering, punktuasie, ens.)
   (*d*) Die verhouding van skrywer tot leser (Kyk weer na die bespreking van "Die ou man".)
2. Skryf hierdie redaksionele artikel oor en probeer so duidelik as moontlik sê wat die skrywer bedoel het, maar nie altyd so duidelik gesê het nie.

1.7.5 Die verstaanbaarheid of helderheid van skriftelike werk

Lees die volgende stuk deur en voer dan die opdragte uit wat daarop volg.

HOE VERSTAANBAAR SKRYF U?

Dit gebeur te dikwels dat sakelui, regeringsamptenare, studente en selfs dosente nie daarin slaag om hulle gedagtes in 'n geskrewe vorm verstaanbaar oor te dra nie.

In Engels noem sommige mense 'n hoogdrawende taal wat onverstaanbaar word "psychobabble" of "gobbledygook".

In Afrikaans sou ons dit kon beskryf met iets soos "pedantiese bombardisme" – 'n grootdoenerige bombardement met bombasmes.

Die *Staff Training Centre* is 'n internasionale maatskappy wat mense leer kommunikeer. Hulle het navorsing gedoen oor hoe om groter helderheid (verstaanbaarheid) in skriftelike kommunikasie te verkry. Hulle het 'n formule ontwikkel wat hulle die *Clarity Index* (verstaanbaarheidsindeks, d.w.s. 'n aanduidingsyfer van helderheid) noem.

Maar ek het dit mos nie só bedoel nie! Hoekom sê sy my dan af?

Hoe om die verstaanbaarheidsindeks – hierna VI genoem – te bereken:
Die VI bestaan uit twee dele: (*a*) + (*b*) uitgedruk as 'n syfer
(*a*) *Die gemiddelde getal woorde per sin wat soos volg bereken word:*

$$\frac{\text{Totale getal woorde}}{\text{Totale getal sinne}}$$

(Sinne word afgesluit deur punte, uitroeptekens, vraagtekens en dubbelpunte.)

(*b*) *Die persentasie lang woorde wat soos volg bereken word:*

$$\frac{\text{Getal woorde met meer as 2 lettergrepe}}{\text{Totale getal woorde}} \times \frac{100}{1}$$

(Eiename word nie getel by woorde met meer as 2 lettergrepe nie. Die *ge-* word nie as lettergreep getel nie.)

Voorbeeld

'n Geskrewe stuk van 200 woorde bestaan uit 10 sinne. Dit gee 'n gemiddeld van 20 woorde per sin.
As 10% van die woorde drie lettergrepe of meer het, is die verstaanbaarheidsindeks $20 + 10 = 30$.
Hoe laer die indekssyfer, hoe minder gekompliseerd is die geskrewe stuk en hoe makliker is dit leesbaar en verstaanbaar.
Die indekssyfer van 'n vriendskaplike brief moet ongeveer 25 wees. In u eie geskrifte moet u probeer om altyd die indekssyfer onder 35 te hou.

Gebruik
Dié formule kan op enige stuk geskrewe werk toegepas word. Dit dui nie aan hoe goed, hoe stilisties of hoe grammatikaal korrek dit is nie. Dit dui slegs die verstaanbaarheidsgraad aan.

1. In die redaksionele artikel onder paragraaf 1.5.4 word 250 woorde in 12 sinne gebruik. En die skrywer gebruik 48 woorde wat meer as 2 lettergrepe het. Bereken die verstaanbaarheidsindeks van die artikel.
2. Bereken die verstaanbaarheidsindeks van u herskrewe stuk van die redaksionele artikel (par. 1.5.4, opdrag 2). Is die verstaanbaarheidsindeks van u stuk laer as dié van die oorspronklike artikel?
3. Bereken die verstaanbaarheidsindeks van die "Onse Vader".
4. Gaan na watter soort geskrewe stukke 'n besonder hoë verstaanbaarheidsindeks het en watter soort geskrifte 'n besonder lae verstaanbaarheidsindeks het. Bring 'n voorbeeld van elk saam klas toe.

1.8 Aanvullende bronne

Blignaut, F. W. en H. P. Fourie: *Kommunikasiekunde; inleidende opstelle.* Universiteit van Suid-Afrika, Pretoria, 1970.

Crystal, D.: *What is linguistics?* Arnold, London, 1969.

Meyer, P. S. en andere: *Ons Moedertaal* vir standerds IX en X. Vierde uitgawe. Nasou, Kaapstad, 1974, pp. 393-396.

Rudolph, C. F. "Kommunikasie as kontrole" in *Tydskrif vir Letterkunde,* November 1971, pp. 53-60.

Van Schalkwyk, H. en D. A. Viviers: *Taalkommunikasie Afrikaans.* Maskew Miller, Kaapstad, 1977.

"A word in your ear" in *Financial Mail,* 17 Februarie 1978, pp. 460-461.

HOOFSTUK 2

Herkoms van die Afrikaanse Woordeskat

2.1 Doelstellings

Ons doel met die studie van die Afrikaanse Woordeskat is:

1. Om die kennis van studente in verband met enkele taalkundige aspekte van die woord op te fris en uit te brei;
2. Om die student se insig in die woord en in woordbetekenis te verdiep;
3. Om gaandeweg 'n bydrae te lewer tot die uitbreiding van die student se woordeskat;
4. Om vir die student die apparaat te gee wat hom in staat sal kan stel om sy woordeskat voortdurend, selfstandig uit te brei.

2.2 Inleiding

Almal van ons gebruik dikwels die term *woord* so asof ons presies weet wat met dié term bedoel word, tog is dit so dat daar geen algemeen aanvaarde definisie van die term *woord* bestaan nie. Daar bestaan wel baie definisies van dié term, maar almal is in 'n mindere of meerdere mate onbevredigend.

Sonder om te probeer om per definisie te sê wat 'n woord is, wil ons wys op twee baie belangrike aspekte van die woord wat regdeur hierdie kursus in gedagte gehou moet word. In gesproke taal is 'n woord 'n akoestiese (hoorbare) teken vir "iets" en in geskrewe taal is 'n woord 'n skriftelike teken daarvoor. 'n Woord het dus 'n *waarneembare aspek* en 'n *begripsaspek* of 'n betekenis. Die gesproke woord bestaan uit een of meer klanke en die geskrewe woord bestaan uit een of meer letters: klanke is waarneembaar met die oor en letters is waarneembaar met die oog. Die betekenis van 'n woord, daarenteen, weet ons, is nie sintuiglik waarneembaar nie – dit is 'n abstrakte aangeleentheid, gevolglik lewer betekenis vir die taalgebruiker, maar ook vir die taalkundige, velerlei probleme op.

Ons werk hier op die veronderstelling dat woorde die basiese boustene van 'n taal is, maar dit is belangrik om daarop te let dat stene alleen nog nie 'n gebou vorm nie, net so min vorm woorde alleen die hele taal. Daarom is dit so dat 'n mens nog nie 'n taal beheers nie al sou jy die woordeskat van 'n taal in sy volle omvang en na sy volle betekenisskat ken – wat in elk geval menslik onmoontlik is. Maar dit is ook waar dat 'n mens nie 'n taal doeltreffend kan gebruik as jy nie 'n grondige kennis van die woordeskat het nie. Indien 'n mens se kennis van die woordeskat van 'n taal te beperk is, kan jy nie jou gedagtes noukeurig en doeltreffend weergee nie, veral nie as jy dit moet doen ten opsigte van 'n verskeidenheid van onderwerpe nie.

In hoofstukke 2 tot 8 handel dit oor die volgende aspekte van die Afrikaanse woordeskat:

1. Die herkoms
2. Die prosesse waarvolgens nuwe woorde gevorm word (woordvorming)
3. Die vormkenmerke van woorde (morfologie)

4. Die groepe waarin woorde verdeel kan word op grond van gemeenskaplike kenmerke (woordsoorte)
5. Die verskillende funksies wat woorde kan verrig in verskillende sinsverbande (meerfunksionaliteit), en
6. woordbetekenis. Saam met woordbetekenis sal ook aandag geskenk word aan woordeboeke en in aansluiting hierby ook aan
7. vaktaal.

2.3 Die herkoms van die Afrikaanse woordeskat

2.3.1 Ooreenkomste tussen Afrikaans en Nederlands

As 'n mens die herkoms van die Afrikaanse woordeskat nagaan, val dit op dat die grootste gedeelte van die basiese Afrikaanse woordeskat ook in Nederlands voorkom. Sommige taalkundiges meen selfs dat nege-en-neëntig persent van die Afrikaanse woordeskat ook Nederlands is.

2.3.2 Redes vir die ooreenkoms

Die vraag wat ontstaan, is: Hoekom is daar so 'n groot ooreenkoms tussen die Afrikaanse en Nederlandse woordvoorraad? Hierdie groot ooreenkoms berus hoofsaaklik op gelyke oorerwing uit 'n gemeenskaplike sewentiende-eeuse taalskat. Dit word vandag geredelik aanvaar dat die sewentiende-eeuse Nederlandse volkstaal aan Afrikaans ten grondslag lê. Afrikaans het waarskynlik nie ontwikkel uit die sewentiende-eeuse Nederlandse skryftaal nie, maar uit die spreektaal van die minder-ontwikkelde laag van die Hollandse volk. Moderne Nederlands sowel as Afrikaans het die grootste gedeelte van hul woordeskat van sewentiende-eeuse Nederlands gekry, daarom is daar vandag nog so 'n groot ooreenkoms tussen die Nederlandse en die Afrikaanse woordeskat. Maar dit is nie die enigste rede vir hierdie hoë mate van ooreenkoms nie. Afrikaans het ook, veral gedurende die neëntiende en die twintigste eeu, baie woorde aan Nederlands ontleen, bv. woorde soos *snert*, *klets*, *fuif*, *onluste*, ens. Gevolglik is die woordeskat van dié twee tale in nog 'n hoër mate gelykgemaak aan mekaar.

2.3.3 Verskille tussen Afrikaans en Nederlands

Alhoewel daar groot ooreenkomste is tussen die Afrikaanse en Nederlandse woordeskat is daar ook tog wel verskille. So verskil die vorm van Afrikaanse woorde dikwels van hul Nederlandse ekwivalente. Die Afrikaanse woord *deur* (voors. of bw.) is in Nederlands *door*, *neut* is *noot*, *pers*(kleur) is *paars*, *vrug* is *vrucht*, *gees* is *geest*, ens. Maar daar bestaan ook ander verskille tussen dié twee tale se woordvoorraad.

2.3.4 Redes vir die verskille

Ons moet in gedagte hou dat Jan van Riebeeck en die ander koloniste nie die hele sewentiende-eeuse Nederlandse woordeskat na Suid-Afrika toe gebring het nie omdat hulle nie die hele woordeskat geken het nie. Sommige van die woorde wat wel hierheen gekom het, het mettertyd in onbruik geraak, bv. streekwoorde, ambagswoorde en geleerde woorde. Ander woorde het weer onafhanklik van Europese Nederlands betekenisveranderinge ondergaan. Die Afrikaanse woord *olik* beteken "siekerig, naar", maar in Nederlands beteken *olijk* "ondeund, dom, dwaas". In Afrikaans beteken *liederlik* "vuil, onsindelik, onooglik", maar in Nederlands beteken *liederlijk* "slordig, agtelosig, losbandig". *Amper* beteken in Afrikaans "byna, net-net nie", maar in Nederlands "nouliks, net-net".

Sommige woorde wat gedurende die agtiende en neëntiende eeu in Nederlands opgeneem is, is nie opgeneem in Afrikaans nie omdat die koloniste gedurende hierdie tyd min kontak met Nederland gehad het. Voorbeelde hiervan is: *bengel* (kwajonge), *bil* (boud), *bot* (been), *fruit* (vrugte), *geeuwen* (gaap), *geit* (bok), *keuken* (kombuis), *kip* (hoender), rund *(bees)*, *vaak* (dikwels).

Afrikaans het ook onafhanklik van Nederlands sommige woorde aan ander tale ontleen, wat nie in Nederlands voorkom nie. So het Afrikaans enkele woorde aan Hottentots ontleen, bv. *abba*, *aitsa*, *arrie*, *karos*, *kierie*, ens. Die woorde *aikôna*, *mamba*, *hokaai*, e.a. het Afrikaans aan die Bantoetale ontleen, terwyl *laer*, *uitwiks*, *swaap*, *sweis*, *swernoot*, *werskaf*, ens. aan Duits ontleen is. Afrikaans het ook enkele woorde aan Maleis-Portugees ontleen, bv. *karba*, *tjalie*, *tronk*, *tiekie* (= 3 in Maleis), *blatjang*, *borrie*, *aia*, *ramkie*, *maai* soos in die uitdrukking *gaan na jou maai* (ma).

In die voorafgaande bespreking is enkele redes gegee waarom daar 'n groot ooreenkoms sowel as verskille tussen die Afrikaanse en Nederlandse woordeskat bestaan. Dit moet egter beklemtoon word dat al die redes vir die ooreenkoms sowel as die verskille nie gegee is nie. Dit behoort egter duidelik te wees dat daar wel ooreenkomste sowel as verskille is.

2.3.5 'n Kennis van die herkoms van woorde

'n Kennis van die herkoms van woorde kan bydra tot 'n beter begrip van die betekenis van woorde en uitdrukkings. As 'n mens weet dat die Nederlandse woord *loep* "vergrootglas" beteken, dan kan 'n mens die uitdrukking *om iets onder die loep te neem*, wat beteken "om iets deeglik te beskou", ook beter verstaan. Die Nederlandse woord *pril* beteken "jonk" of "vroeg". *In my prille jeug* beteken dan letterlik "in my jong, vroeë jare". Die woord *laaie* in die uitdrukking *in ligte laaie staan* wat beteken "aan die brand wees", kom van die Middelnederlandse woord *laeye* wat "vlam" beteken, terwyl *laai* in die uitdrukking *Dis sy ou laai* van Portugese herkoms is. *Laia* beteken in Portugees "aard" of "soort".

Die woordeskat van Afrikaans is in die verlede uitgebrei en dit word nog daagliks uitgebrei deur eie skeppinge (neologismes). Hierdie eie skeppinge kan op verskeie maniere gevorm word en dit bring ons by die volgende punt, nl. *woordvorming*, wat in die volgende afdeling bespreek word.

2.4 Opdrag

Lees die volgende stellings deur en besluit dan of die stelling waar of onwaar is. As u meen die stelling is waar, trek dan 'n kruisie oor die W en as u dink dit is onwaar, trek dan 'n kruisie oor die O aan die linkerkant van die bladsy.

W/O 1. Afrikaans het die grootste gedeelte van sy woordeskat aan Maleis-Portugees ontleen.

W/O 2. Daar is 'n groter ooreenkoms tussen die Afrikaanse en Nederlandse woordeskat as wat daar verskille is.

W/O 3. Die ooreenkoms tussen die Afrikaanse en Nederlandse woordeskat berus hoofsaaklik op gelyke oorerwing uit 'n gemeenskaplike sewentiende-eeuse taalskat.

W/O 4. Afrikaans het sy ontstaan te danke aan moderne Nederlands.

W/O 5. Gedurende die neëntiende en die twintigste eeu het Nederlands baie woorde aan Afrikaans ontleen.

W/O 6. Die woord *onluste* wat Afrikaans aan Nederlands ontleen het, het in Afrikaans 'n belangrike betekenisverandering ondergaan.

W/O 7. Gedurende die agtiende en neëntiende eeu is daar baie woorde in Nederlands opgeneem wat nie in Afrikaans opgeneem is nie.

W/O 8. Die woord *aia* is aan Hottentots ontleen.

W/O 9. 'n Kennis van die herkoms van woorde kan bydra tot 'n beter begrip van die betekenis van woorde en uitdrukkings.

W/O 10. Geen ander taal het 'n groter invloed op Afrikaans uitgeoefen as sewentiende-eeuse Nederlands nie.

2.5 Aanvullende bronne

Boshoff, S. P. E.: *Volk en taal van Suid-Afrika.* De Bussy, Pretoria, 1921.

Bosman, D. B.: *Afrikaans en Maleis-Portugees.* Noordhoff, Groningen, 1916.

Oor die ontstaan van Afrikaans. Swets en Zeitlinger, Amsterdam, 1928.

Combrink, J. G. H.: *Waar kom daardie woord vandaan?* SAUK, Johannesburg, 1969.

De Villiers, M.: *Nederlands en Afrikaans.* Nasou, Kaapstad, 1970.

Ontlening. Stellenbosch, 1956.

Kloeke, G. G.: *Herkomst en groei van het Afrikaans.* Universitaire Pers, Leiden, 1950.

Raidt, E. H.: *Afrikaans en sy Europese verlede: van Tacitus tot Van Wyk Louw.* Nasou, Kaapstad, 1971.

Scholtz, J. du P.: *Naamgewing aan plante en diere in Afrikaans.* Nasou, Kaapstad, 1975.

Smith, J. J.: *Theories about the origin of Afrikaans.* Witwatersrand University Press, Johannesburg, 1952.

Swiegers, F.: Die Middelnederlandse woordeskat en woordbetekenis besien uit die oogpunt van Afrikaans. M.A., Pretoria, 1943.

Valkhoff, M. F.: *New light on Afrikaans and "Malayo-Portuguese ...".* Editions Peeters, Impr. Orientaliste, Louvain, 1972.

HOOFSTUK 3

Woordvorming

3.1 Inleiding

Die aktiefste prosesse waardeur nuwe woorde in Afrikaans gevorm word, is afleiding en kompositum (samestelling en samekoppeling). Daar is ook ander, minder aktiewe, prosesse van woordvorming waardeur die Afrikaanse woordeskat uitgebrei word, nl.

1. Samestellende afleiding
2. Kontaminasie
3. Volksetimologie
4. Klanknabootsing
5. Toutologie
6. Analogiese vorming

3.2 Afleiding

3.2.1 Wat is afleiding?

Afleiding is 'n proses van woordvorming. Afleidings kan gevorm word (*a*) deur 'n voorvoegsel (*ver*slaap) of 'n agtervoegsel (mou*loos*), of 'n voor- sowel as 'n agtervoegsel (*ge*been*te*) by 'n grondwoord/stam te voeg. Afleidings kan ook gevorm word (*b*) deur klankwisseling, bv. *drink – drank – dronk; suig – soog; skiet – skut – skoot*, ens. Sodoende ontstaan dan 'n ander woord, wat 'n *afleiding* genoem word, waarvan die betekenis verskil van dié van die grondwoord en wat dikwels ook tot 'n ander woordsoort behoort as die grondwoord.

Die woord *mouloos* is 'n voorbeeld van 'n afleiding wat gevorm is met behulp van 'n agtervoegsel. *Mou-* is die grondwoord/stam van hierdie afleiding en *-loos* die agtervoegsel.

Die woord *mou* is 'n s.nw., terwyl *mouloos*, soos dit voorkom in die sin *Die rok is mouloos*, 'n byvoeglike naamwoord is. *Mou* en *mouloos* behoort dus nie tot dieselfde woordsoort nie.

Mou kan gedefinieer word as: "Die deel van 'n kledingstuk waarin die arm gesteek word". *Mouloos*, daarenteen, beteken: "sonder moue". Omdat *mou* en *mouloos* tot verskillende woordsoorte behoort, maar veral ook omdat *mou* en *mouloos* se betekenisse verskil, is dit twee verskillende woorde.

Mou is 'n woord, maar as *mou-* gebruik word as stam van die afleiding *mouloos* is dit nie 'n woord nie, maar wel 'n woorddeel.

1. Wat is die verskil tussen 'n woord en 'n woorddeel?

Die woord *mou* kan morfologiese veranderinge ondergaan. *Moue* is die meervoudsvorm en *moutjie* is die verkleiningsvorm van *mou*. Indien *mou-* as woorddeel gebruik word in die afleiding *mouloos*, kan hy in daardie posisie nie hierdie morfologiese veranderinge ondergaan nie. **Moueloos* en **moutjieloos* bestaan nie in Afrikaans nie. *Mou* is 'n woord en *mou-* is 'n woorddeel.

2. Die term "gelede woord"

'n Mens moet in gedagte hou dat 'n afleiding wat gevorm is met behulp van 'n voor-en/of 'n agtervoegsel altyd 'n gelede woord is, d.w.s. so 'n afleiding bestaan altyd uit meer as een lid. Dit bestaan altyd uit 'n stam plus 'n voor- en/of 'n agtervoegsel, bv.

miljoen (stam)	+	*-êr* (agtervoegsel)	=	*miljoenêr* (afleiding)
wan- (voorvoegsel)	+	*gedrag* (stam)	=	*wangedrag* (afleiding)

ge- (voorvoegsel)	+	*been* (stam)	+	*-te* (agtervoegsel)	=	*gebeente* (afleiding)

3. Die definiëring van afleidings

Dit is belangrik om daarop te let dat 'n afleiding of 'n afgeleide woord gewoonlik in terme van die grondwoord gedefinieer kan word. Of anders gestel: As 'n mens 'n afleiding definieer, dan moet jy sover as moontlik die stam van die afleiding in die definisie gebruik, bv.

wan*gedrag*: afwykende, slegte *gedrag*
*miljoen*êr: iemand wat minstens 'n *miljoen* rand besit
*dak*loos: sonder *dak*
*bly*dskap: toestand van *bly* te wees
*huishou*dster: vroulike persoon wat *huishou*

Dit is egter soms nie moontlik om die grondwoord in die definisie te gebruik nie, vergelyk byvoorbeeld 'n afleiding soos *EENling* = iemand wat *alleen* gebore is.

3.2.2 Kenmerke van 'n goeie definisie

'n Goeie definisie van 'n woord en dus ook van 'n afleiding het die volgende kenmerke:

1. Dit is woordsoortelik korrek

Voordat 'n afleiding gedefinieer word, moet 'n mens eers vasstel tot watter woordsoort dit behoort.

Wangedrag is 'n s.nw. Indien 'n mens nou die woord *wangedrag* sou definieer as: "om jou aan slegte gedrag skuldig te maak", dan is *wangedrag* woordsoortelik nie korrek gedefinieer nie, want die *om* dui reeds daarop dat *wangedrag* hier gedefinieer is asof dit 'n werkwoord is.

2. Dit is kort en duidelik

Indien 'n afleiding op meer as een wyse gedefinieer kan word, moet daar altyd voorkeur verleen word aan die kortste definisie, tensy die kort definisie nie die betekenis van die afleiding duidelik uitbring nie. In so 'n geval sal voorkeur gegee word aan die langer definisie as dit die betekenis van die afleiding duideliker weergee.

3. Dit is inhoudelik korrek

'n Mens moet altyd seker maak dat die definisie die betekenis van die afleiding noukeurig weergee.

4. Dit voldoen aan die vervangingsbeginsel.

Volgens die vervangingsbeginsel moet die definisie van 'n afleiding die afleiding in 'n sin kan vervang en die resultaat moet dan nog steeds 'n grammatikale sin wees.

Ons het reeds gesê dat *wangedrag* "afwykende" of "slegte gedrag" beteken. In die sin: *Hy het hom aan wangedrag skuldig gemaak* kan die afleiding *wangedrag* deur die definisie vervang word. *Hy het hom aan afwykende/slegte gedrag skuldig gemaak* is 'n grammatikale sin, maar indien *wangedrag* gedefinieer word as: "om jou aan slegte/afwykende gedrag skuldig te maak" kan die definisie nie die afleiding *wangedrag* in die sin vervang nie. **Hy het hom aan om jou aan slegte/afwykende gedrag skuldig te maak skuldig gemaak* is 'n ongrammatikale sin. Wanneer daar by vervanging so 'n ongrammatikale sin gelewer word, kan 'n mens vermoed dat die definisie foutief is.

Waarskuwing: Moet nooit 'n definisie begin met "is wanneer" of "is as" nie, bv. "*wangedrag* is wanneer/is as iemand hom sleg/afwykend gedra". Dit gee gewoonlik aanleiding tot 'n foutiewe definisie.

3.2.3 Voor- en agtervoegsels

Vervolgens word aandag geskenk aan die voor- en agtervoegsels wat in Afrikaans aangetref word, maar almal word nie hier behandel nie. Slegs die gebruikliker en enkele van die problematiese gevalle sal aangegee word. U moet veral ook let op die betekenis van die voor- en agtervoegsels.

1. Voorvoegsels

a- (gekant teen) of *an-* (nie): a-dans, analfabeet
aarts- (opperste, grootste, baie): aartsvyand, aartsonnosel
ante- (voor, vorentoe): antedateer
anti- (teen, gekant teen): antichris, anti-alles
be- (voorsien van): bedraad
ge- (met): gebaadjie en gedas
her- (weer, oor, opnuut): herbekragtig, heradresseer
mis- (verkeerd(e)): misdaad, misreken
oer- (baie ou(d)): oerdier, oergesteente
on- (nie): onaangenaam, onaangeraak
(Vergelyk hierby ook die voorvoegsels *il-*, *im-*, *in-* en *ir-*, bv. illiberaal, immoreel, informeele, irrelevant.)
ont- (wegdoen met, ontdaan van): ontblaar, ontkoppel
ver- (te lank, oor, weer, anders): verslaap, verveer, verklee
wan- (sleg, verkeerd, swak): wanbestuur, wanverhouding

2. Agtervoegsels

-a	pappa, boeta
-aan	Indiaan, Europeaan
-aar	bedelaar, bewonderaar
-aard	dronkaard, wreedaard
-agtig	advokaatagtig, amandelagtig
-asie	lekkasie, plantasie, pakkasie
-baar	besproeibaar, bewoonbaar
-dom	Afrikanerdom, Engelsdom

-e	grote (s.nw.), kale (s.nw.)
-êr	miljoenêr, militêr
-erd	stouterd, lelikerd
-erig	afknouerig, bangbroekerig
-ery	mooipratery, aanlêery
-gewyse	klompiesgewyse, speelsgewyse
-heid	aantreklikheid, doofheid
-ier	skolier, winkelier
-ies	akrobaties, alfabeties
-ig	pynig, vierkantig
-ing	bekering, aanvaarding
-is	botanis, alkoholis
-isme	alkoholisme, Amerikanisme, Confucianisme
-lik	kinderlik, beweeglik
-ling	bekeerling, huurling
-loos	bedoelingloos, beginselloos
-saam	arbeidsaam, waaksaam
-sel	aanpaksel, broeisel
-skap	ballingskap, burgemeesterskap
-te	siekte, skuinste

3.2.4 Uitbreidingsmoontlikhede van die Afrikaanse woordeskat deur afleiding

Die Afrikaanse woordeskat word in 'n baie hoë mate uitgebrei deur afleiding. Afleiding bied groot moontlikhede, want daar is baie voor- en agtervoegsels om afleidings mee te vorm en die meeste voor- en agtervoegsels bied 'n verskeidenheid van moontlikhede, want die meeste van hulle het meer as een betekenis.

Die agtervoegsel *-aar* het die volgende betekenismoontlikhede:

1. Soms is die grondwoord 'n *pleknaam* en die afleiding is 'n *persoonsnaam*, bv.

   Egipte – Egiptenaar
   Londen – Londenaar
   Parys – Parysenaar
   Kaap – Kapenaar, ens.

Hierdie afleidings verwys na 'n persoon woonagtig in, of afkomstig van die land of plek wat deur die grondwoord genoem word.

2. Soms verwys die grondwoord na 'n *ding* of *saak* en die afleiding wat gevorm word, is 'n *persoonsvorm*, bv.

   kuns – kunstenaar (iemand wat kuns beoefen)
   amp – amptenaar (iemand met 'n amp)
   skuld – skuldenaar (iemand met skuld)
   leuen – leuenaar (iemand wat leuens vertel)
   geweld – geweldenaar (iemand wat geweld pleeg)

(Wat van die woord *wewenaar?* Is dit 'n afleiding? Hoekom nie?)

3. Soms verwys die grondwoord na 'n *handeling* en die afleiding wat gevorm word, is 'n *persoonsnaam*, bv.

dobbel – dobbelaar
goël – goëlaar
hakkel – hakkelaar
hengel – hengelaar
inteken – intekenaar

Al hierdie afleidings verwys na 'n persoon wat doen wat deur die grondwoord genoem word.
Afleidings wat gevorm word met behulp van -*aar* (en sy wisselvorme) verwys nie net altyd na persone nie, maar soms verwys hulle ook na *dinge* of *diere*.

4. Die grondwoord verwys soms na 'n *handeling* en die afleiding verwys na 'n *ding* of 'n *dier*, bv.

koppel – koppelaar (deel van 'n voertuig wat die versnellingsratte met die enjin *koppel*)
skakel – skakelaar (toestel wat krag in- en uit*skakel*)
rammel – rammelaar (kinderspeelding wat *rammel* wanneer dit geskud word)
trippel – trippelaar (dier, gewoonlik 'n perd, wat kan *trippel*)
tuimel – tuimelaar (soort duif wat in sy vlug *tuimel*)

By hierdie groep woorde het ons te doen met 'n *ding* of 'n *dier* wat doen of waarmee gedoen word wat deur die grondwoord genoem word.
Vergelyk:

rammelaar – ding waarmee gerammel word, wat *rammel*
trippelaar – dier wat *trippel*

As al die betekenismoontlikhede van elke voor- en agtervoegsel nagegaan word, dan kom 'n mens onder die indruk van watter groot moontlikhede afleiding bied vir woordvorming. In die Afrikaanse woordeskat is derduisende woorde wat deur afleiding gevorm is.

3.2.5 Vormverandering van die grondwoord

Ten slotte moet daarop gewys word dat die grondwoord soms 'n vormverandering ondergaan in die proses van afleiding. Vergelyk bv.:

Hongarye – Hongaar
Malta – Maltees
Kanada – Kanadees

3.2.6 Afleiding of nie?

Soms lyk 'n woord soos 'n afleiding, maar as die woord ontleed word, blyk dit dat dit nie 'n afleiding is nie, bv. *aaklig*, *besig*, *ledig*, *salig*, *suinig*, ens. (Hoekom is dit nie afleidings nie?)

3.2.7 Latynse en Griekse voorvoegsels

In die omgangstaal, maar veral in die skryftaal en meer spesifiek in die vaktaal, kom sg. "geleerde" of "vreemde" woorde soos *abdikasie*, *addendum*, *amfibrag*, *anachronisme*, *antesedent*, ens. voor. Omdat die meeste van ons sommige van hierdie soort woorde nie dikwels gebruik nie, behoort hulle nie altyd tot ons aktiewe woordeskat nie, maar omdat ons hulle van tyd tot tyd raaklees, behoort hulle ten minste tot ons passiewe woordeskat.

Deur lees kan 'n mens jou aktiewe sowel as jou passiewe woordeskat voortdurend uitbrei. Kennis van voor- en agtervoegsels is ook 'n waardevolle hulpmiddel by die opbou van woordeskat, maar dan is dit belangrik dat jy die betekenis van hierdie voor- en agtervoegsels moet ken indien jy 'n kwalitatiewe woordeskat wil opbou. So 'n kennis bevorder ook 'n intelligente antisipasie van die betekenis van "vreemde" woorde en by lees kan dit die leestempo sowel as die leesbegrip van die leser aansienlik laat toeneem.

Om hierdie redes gee ons vervolgens aandag aan enkele Latynse en Griekse voorvoegsels. Die hieropvolgende lys is op die volgende manier ingedeel:

1. Die Latynse en Griekse voorvoegsels staan links in die eerste kolom.
2. In die tweede kolom staan die Afrikaanse woord waarin hierdie "vreemde" voorvoegsels voorkom. U moet daarop let dat hierdie voorvoegsels in Latyn en Grieks as voorvoegsels optree, maar in Afrikaans tree hulle nie almal meer as isoleerbare voorvoegsels op nie. In die woord *absorbeer* tree *ab-* nie as 'n voorvoegsel op nie, omdat daar nie 'n grondwoord *-sorbeer* in Afrikaans voorkom nie.
3. In die derde kolom word een of meer benaderde, letterlike betekenisse gegee van die dele van die woord soos dit in Latyn of Grieks voorkom. Die woorde of woorddele wat nie onderstreep is nie, is slegs 'n benaderde weergawe van die letterlike betekenis.
4. Ten slotte word die gebruik van die woord in Afrikaans in sinsverband aangetoon.

Voorvoegsel	**Afrikaanse woord**	**Letterlik vertaal**
a-, an-	**a**morf	*sonder* vorm
Lampswart is 'n *amorfe* stof omdat dit geen kristalle vorm nie.		
	amoreel	*sonder* moreel
Machiavelli is deur sy tydgenote as 'n *amorele* staatsman beskryf.		
	anoniem	*sonder* naam
Die *anonieme* skenker wil nie hê die gemeenskap moet weet dit is hy wat die klavier aan die skool gegee het nie.		
	asosiaal	*nie*-sosiaal/*on*sosiaal
Die *asosiale* ministersvrou vind dit moeilik om by die lewenswyse van haar man aan te pas en onttrek haar aan sy openbare optredes.		
	analfabeet	*nie/sonder* alfabet
Hy is 'n *analfabeet* omdat hy nie kan lees en skryf nie.		
	anorganies	*nie*-organies
Anorganiese stowwe het geen lewensfunksies nie.		

a-, ab-, abs- — **ab**sorbeer — *weg*suig/*weg*slurp

Die spons *absorbeer* die water.

abdikasie — *weg*verkondig/oorhandig

Die *abdikasie* van die koning het ontevredenheid veroorsaak omdat die volk die troonopvolger te onervare geag het.

abnormaal — *weg* vanaf die reël

Die reënweer wat die Kaap die laaste tyd ondervind, is *abnormaal.*

apart — *weg*/tersyde

Die twee susters slaap in *aparte* kamers.

ad- — **ad**disioneel — *aan*vulling (of) *by-*/*toe*voeging

Die onderwyseres doen saans tikwerk vir 'n *addisionele* inkomste.

addendum — *aan*hangsel (of) *by-*/*toe*voegsel

Die sensuurwet het as *addendum* die verbod op Sondag-rolprentvertonings.

adapteer — *aan*pas/(iets) *by* (iets anders) geskik (maak)

Die nuwe intrekkers moet hulle by hul omgewing en omstandighede *adapteer.*

amphi- — **amfi**teater — *vir die helfte/aan beide kante/rondom* toneel

Die Grieke en Romeine het die eerste *amfiteaters* gebou waarin toneelstukke opgevoer is.

amfibie — *aan beide/twee kante* (lewe)

Die krokodil, 'n *amfibie*, is die water uit en die doringveld in.

amfibrag — *aan beide kante* kort lettergrepe

'n *Amfibrag* is 'n versvoet van drie lettergrepe waarvan die middelste die klemtoon het, bv. *bĕlēwĕ*

ana- — **ana**choreet — *terug*getrokkene, kluisenaar

'n *Anachoreet* is iemand wat hom uit die samelewing teruggetrek het na 'n eensame plek om 'n asketiese lewe, aan God gewy, te lei.

anachronisme — *terug* (in die) tyd

As in 'n toneelstuk 'n Voortrekker van 1838 'n polshorlosie dra of na die radio sit en luister, sou die toneelstuk twee *anachronismes* bevat.

anabaptis — *opnuut* do(o)peling

'n *Anabaptis* is 'n aanhanger van die Anabaptisme, 'n beweging wat die kinderdoop verwerp en die volwassenedoop ingestel het.

anabaties — *na bo* gaan

Anabatiese lugstrome veroorsaak reën in die binneland.

anafase — *omhoog*-fase

Anafase is 'n stadium in die mitotiese seldeling na kliewing van die chromosome waarin die chromosome van die middel van die sel af wegbeweeg.

ante-	**ante**sedent	*vooraf*gaande

Die *antesedent* gaan die betreklike voornaamwoord vooraf.

	antedateer	*voor*datum (plaas)

Die man moet die tjek *antedateer*, d.w.s. van 'n vroeër datum voorsien as die dag van uitskryf.

anti-	**anti**doot	*teë*gif

Die dokter het die pasiënt 'n serum toegedien as 'n *antidoot* teen slangbyt.

	antipatie	*teë*gevoel

Sy onvriendelike houding het by my 'n *antipatie* opgewek.

	antiliggaampie	*teen*liggaampie

Serum wat teen slangbyt gebruik word, bevat *antiliggaampies*.

apo-	**apo**logie	*weg*woord/praat (verskoning)

Ek maak *apologie* vir my onbeleefdheid.

	apostel	*weg*gestuurde

Christus het sy *apostels* uitgestuur om die evangelie te gaan verkondig.

	apokopee	*weg*kap (van eindklanke)

Apokopee is die afkapping van een of meer klanke aan die end van 'n woord, soos in die werkwoorde *vlie* teenoor *vlieë*, *ploe* teenoor *ploeë*.

bi-	**bi**karbonaat	*dubbel*koolsuursout (H_2CO_3)

Natriumbikarbonaat ofte wel koeksoda word o.a. gebruik by koekbak en as middel teen suur in die maag.

	biseps	*twee*kop (spier), (boarmspier)

Die *biseps* van die gewigopteller is sterk ontwikkel.

	bikonkaaf	*dubbel*hol

Die lens is *bikonkaaf* (aan twee kante hol).

	bilabiaal	*twee* lippe

Die *m*-klank word *bilabiaal* uitgespreek.

cis-	**Cis**kei	*aan hierdie kant* (van die) Kei
	Cisalpyne	*aan hierdie kant* (van die) Alpe

circum-	**sirkum**polêr	*rondom* pool (beweeg)

Sirkumpolêre sterre beweeg rondom die pool.

	sirkumspeksie	*om*sigtigheid

Hy het die netelige saak met groot *sirkumspeksie* hanteer.

	sirkumfleks	*rondom* buig (kappie)

Plaas 'n *sirkumfleks* op die *e*.

co-	**ko**öperasie	*samewerking*

Die generaal het aan sy manskappe gesê dat hulle alleen deur *koöperasie* die vyand kon verslaan.

	koördinasie	*saam*ordening

Die *spierkoördinasie* van 'n spastiese kind kos oefening, want sy spiere is in 'n toestand van voortdurende spanning.

koöpteer — *by* kies

Benewens die ag gekose lede is nog twee lede deur die voorsitter *gekoöpteer*.

com- — **kom**pak — *same*gedronge

Deesdae is woonstelgeboue baie *kompak* om ruimte te bespaar.

kompeteer — *saam*gaan/*saam*strewe

Die twee spanne *kompeteer* teen mekaar vir die gesogte beker.

komponent — *saam*stel

Een van die *komponente* van lug is koolsuurgas.

con- — **kon**fereer — *saam* dra/vergelyk (bespreek)

Die twee leiers het ure lank *gekonfereer* en uiteindelik ooreenstemmigheid bereik.

kongres — *saam*kom

Die *kongres* vir regsgeleerdes het baie interessanthede opgelewer.

konflik — *saam* slaan (botsing)

Israel en Egipte is in 'n hewige *konflik* gewikkel.

contra- — **kontra**diksie — *teë*spraak

Die politikus se toespraak is 'n *kontradiksie* van sy party se beleid.

kontras — *teen*stelling

Sy optrede vorm *'n* sterk *kontras* met dit wat hy propageer.

kontra-revolusie — *teen*revolusie

Na die revolusie in Mosambiek was daar 'n poging tot 'n *kontrarevolusie*.

de- — **de**genereer — *ont*aard

Sorg dat jy nie geleidelik *degenereer* tot 'n dranksugtige nie.

degradasie — *verminder/verlaag* (in) status/graad/rang

'n Amptenaar beskou soms sy verplasing as 'n *degradasie*, alhoewel dit in werklikheid vir hom promosie kan beteken.

demoraliseer — *vermindering* (van) sedes/moed/selfvertroue

Die nuus van die oorgawe het die manne *gedemoraliseer*.

dia- — **dia**faan — *deur*skynend

'n Naaldekoker se vlerke is *diafaan*.

diabetes — *deur*gaan (van suiker in die liggaam)

Die jong suikersiekte-lyer ontvang reeds 'n geruime tyd behandeling vir *diabetes*.

diakrities — *onderskeidend* (van die) kriterium/maatstaf

Diakritiese tekens is belangrik by spelling om woorde van mekaar te onderskei.

diagnoseer — *onderskeidend* leer ken

Die dokter het die pasiënt as moreel swaksinnig *gediagnoseer*.

diameter — *deur*meet (deursnee)

Voor hom was 'n krater van omtrent dertig meter in *diameter*.

dis- **dis**junksie *uitmekaar* bind

Die marteling het gelei tot die *disjunksie* van liggaam en siel.

diskriminasie *onder*skeid (by behandeling)

Suid-Afrika word oorsee gekritiseer weens *diskriminasie* teen gekleurde rasse.

distansieer *uitmekaar* staan

'n Sielkundige moet hom kan *distansieer* van sy vooroordele.

dys- **dis**pepsie *slegte* (spys)vertering

Dispepsie is die gevolg van die inname van te veel verskillende soorte kos.

dissonant *wan*klank

Gedurende die simfonie-uitvoering van die skoolkinders het ek heelwat *dissonante* klanke gehoor.

disharmonie *(sleg)te* saamklink/akkoord

Die Volkebond was 'n *disharmoniese* vereniging van volke.

e-, ex- **e**jeksie *uit*werping

Die *ejeksie* van lawa uit daardie krater hou groot gevare in.

emansipasie *uit* besit van handgreep (vrymaak van beperkende magte)

As gevolg van die *emansipasie* van slawe het slawe-eienaars groot verliese gely.

edisie *uit*gawe

Met die uitbreek van die oorlog het daar spesiale *edisies* van die nuusblaaie verskyn.

eksponeer *uit*stal (uiteensit)

Dit is die geheime organisasie se werksaamhede wat hy aan die wêreld wil *eksponeer*.

eksporteer *uit*dra (uitvoer)

Ná die baie reën in die oestyd was daar min koring om te *eksporteer*.

ekstensief *uit*brei/*uit*-strek (uitgebreid)

Ekstensiewe boerdery beteken die aanwending van relatief min arbeid en kapitaal per eenheid van grondoppervlakte.

ek-, eks- **eks**port *uit*dra (uitvoer)

Die boer se *eksportvrugte* is bederf deur die hitte van die somerseisoen.

eksklusief *uit*sluitend

Die prys van die boek is vyf rand, *eksklusief* versendingskoste en algemene verkoopbelasting.

ekskursie *uit*stappie

Die reisburo reël *ekskursies* na die Griekse eilande.

eksegese *uit*leiding (uiteensetting)

Die *eksegese* bly noodsaaklik omdat die Skrif ingegee is deur die Heilige Gees en die bedoeling van die Gees vir ons mense nooit volkome te ken is nie.

ekspirasie *uit*blaas

Die *ekspirasie* en insprasie van skoon lug is iets wat rookbesoedelde stede se inwoners nie ken nie.

en- **en**demies — *in*volk (inheemse, kenmerkend vir spesifieke land/streek)

Builepes is vandag nog *endemies* in Suid-Afrika.

ensemble — *in*-tegelyk (geheel)

Helderkleurige bykomstighede by die donker kostuum vorm 'n deftige *ensemble*.

entoesiasme — *in*-god (besete deur 'n god; geesdriftig)

Die internasionale rugbywedstryd het groot *entoesiasme* uitgelok.

epidermis — *op* (die) vel (opperhuid)

Daardie uitslag kan die *epidermis* van die vel ernstig beskadig.

epigraaf — *op*skrif

Die *epigraaf* op die grafsteen het vertel van die oorledene se liefde vir perde.

epigram — *op*skrif (puntdig, meestal 'n kort, hekelende gedig met 'n onverwagte, gevatte wending)

Langenhoven het 'n hele aantal *epigramme* geskryf.

extra- **ekstra**ordinêr — *buiten*gewoon

Die atleet het 'n *ekstraordinêre* prestasie behaal deur die honderd meter in minder as tien sekonde af te lê op 'n stadige atletiekbaan.

ekstravagant — *buite*-rondsweef (buite die reël gaan)

Die *ekstravagante* kostuums vir die skoolkonsert het groot ontevredenheid onder die ouers veroorsaak, omdat hulle dit moes betaal.

ekstrovert — *na buite* gekeerd

Krygsmanne is dikwels *ekstroverte*, terwyl digters en musici introverte is.

huper- **hiper**sensitief — *oor*gevoelig

Die jong man is *hipersensitief* oor sy vader se slegte dade en hy raak baie ontsteld as iemand daaroor praat.

hiperkorrek — *oor*(matig) korrek

Teenoor dames is hy altyd *hiperkorrek*.

hipersentimenteel — *oor*(matige) gevoel

Die skrywer steek die draak met *hipersentimentele* retoriek in die doodsberigte.

hupo- **hipo**tese — (ver-)*onder*stelling

Hierdie mening is suiwer *hipotese*, want daar is geen enkele bewys daarvoor nie.

hipoteek — *onder*pand

Hoe groot is die *hipoteek* op sy grond?

hipodermies — *onder*huids

By die vrou verleen die *hipodermiese* vetlaag beskerming teen koue.

in- **in**karnasie — *in* vlees

Inkarnasie beteken die aanneming deur 'n gees van 'n vleeslike gedaante.

insident — *in* val (tussenkomende saak, voorval)

Die onaangename *insident* tydens die vergadering was onverwags.

integriteit — *on*aangeraak/*on*-aangetas (ongeskonde)

Die magistraat se *integriteit* staan bo alle twyfel.

informeel — *nie*-formeel

Hy het 'n aangename, *informele* manier van 'n lesing gee.

incognito — *nie* leer ken (onbekend/onder 'n ander naam)

Die beroemde chirurg reis altyd *incognito.*

inter- **inter**universitêr — *tussen* universiteite

Interuniversitêre mededinging verhoog die standaard.

interkerklik — *tussen* kerke

Die ring reël *interkerklike* bidure en konferensies.

intermolekulêr — *tussen* molekules

Deur *intermolekulêre* reaksie vorm twee molekules melksuur 'n laktide.

intro- **intro**duseer — *na binne* lei

Die skoolhoof het die nuwe onderwyser aan die personeel *geïntroduseer.*

introvert — *na binne* gekeer

Ons noem hierdie mense *introverte* omdat hulle tot hulself ingekeer is en nie veel uiting gee aan hul gevoelens nie.

*intro*speksie — *na binne* kyk

Hy is geneig tot *introspeksie* en ontwikkel so 'n oordrewe skuldkompleks.

juxta- **juksta**posisie — *naas mekaar* geplaas

Die ruimte in die prent is gevul deur 'n *jukstaposisie* van gekleurde vlakke.

kata-, kath- **kata**bolisme — *af*werp/-wend/-breek

Die siekte het *katabolisme* tot gevolg gehad.

katalisator — *los*maker (wat een stof in 'n ander verander sonder om self te verander).

Die verbeterde kraakmetode is ontwikkel deur die gebruik van *katalisators.*

katalogus — *na onder* orden/woord

Die vervaardigers van staalvensters gee *katalogusse* uit waarin die verskillende tipes en groottes aangegee word.

meta-, meth- **meta**bolisme — *om*werp/-wend/-verander (stofwisseling)

Alle lewe is van *metabolisme* afhanklik.

metamorfose — *van* vorm (verander), gedaanteverwisseling.

Na die voorkoms het sy beslis 'n *metamorfose* ondergaan.

metatese — *om*stelling (van medeklinkers)

Voorbeelde: born uit *bron; burg* uit *brug; grot* uit *gort*

ob-	**ob**jekteer	*teen*werp

Ek *objekteer* teen hierdie prosedure.

	obstinaat	*teen*staan (koppig)

Die leier het 'n *obstinate* houding ingeneem en wou na geen verdere redenasie luister nie.

	obstruksie	*voor* (iets) bou/teenstand

Die *obstruksie* in die pyp voorkom die egalige vloei van water.

para-	**para**nimf	*by/langs* bruidegom (begeleier, helper)

By die plegtige toekenning van sy doktorsgraad het sy *paranimf* hom waardevolle bystand verleen.

	parabool	*langs* gooi/werp

Die *parabool* is 'n kromme beskryf deur 'n punt wat steeds op gelyke afstand van 'n gegewe punt en 'n gegewe lyn bly.
(*Figuurlik:* 'n gelykenis wat versin is om 'n sedelike verband te tipeer.)

	parallel	*langs* mekaar (ewewydig)

Die twee paaie loop *parallel.*

	paradoks	*teen* mening (in); skynbare teenstrydigheid.

Paulus gebruik baie *paradokse* in 2 Kor. 6 : 10, bv. "... as bedroefdes, maar altyd opgeruimd; as armes, maar wat baie ander ryk maak; as mense wat niks het nie en tog alles besit."

per-	**per**spektief	*deur*kyk

Hy wou eers die saak in *perspektief* stel voordat hy optree.

	perfek	*vol*maak/deur-en-deur maak (vervolmaak)

Sy het die gedig *perfek* voorgedra.

	permanent	*voortdurend* bly

In die kunsmuseum is 'n *permanente* uitstalling van die werk van Rembrandt.

peri-	**peri**ferie	*rondom* dra (omtrek)

Hierdie senuwees lê op die *periferie* en nie naby die rugmurg nie.

	perifrase	*rondom* frase (omskrywing)

Hierdie *perifrase* bevredig my nie omdat dit 'n aantal onakkuraathede bevat.

	periskoop	*rondom* sien

'n *Periskoop* word in 'n duikboot gebruik om te sien wat rondom op die oppervlak van die water aangaan.

post-	**post**scriptum	*na*skrif (P.S.)

Die versoek is gerig in die *postscriptum* onderaan die brief.

	postuum	*na*dood

Die boek wat *postuum* verskyn het, het die skrywer se naasbestaandes se goedkeuring weggedra.

post-factum *na* die feit (agteraf)
Hy het hierdie gegewens *post factum* verstrek.

prae- **pre**histories *voor*histories
Hierdie *prehistoriese* diere het baie gou uitgesterf.
prefek *vooraan* maak (as hoof aanstel)
'n *Prefek* is 'n senior leerling wat 'n sekere mate van gesag beklee.
prefiks *vooraan* vasheg (voorvoegsel)
Dit is makliker om 'n woord se betekenis te begryp as die *prefiks* se betekenis bekend is.

pro- **pro**duseer *na vore* bring (voortbring)
Die fabriek *produseer* motoronderdele.
profeet *vooruit*spreker (voorspeller)
Die *doemprofete* voorspel 'n oorlog in Suidelike Afrika binne die volgende jaar.
promosie *vooruit*beweging
Die knap lektor het 'n goeie kans op *promosie*.

pro- **pro**loog *voor*rede/voorwoord
In die *proloog* van die drama is die tema saamgevat.
propageer *verder* sit/*uit*brei (versprei)
Die minister het sy party se beleid *gepropageer*.

pros- **pros**eliet *oor*kom (toegetredene)
'n *Proseliet* is 'n persoon wat deur 'n ander tot sy geloof oorgehaal is.

re-, red- **re**tireer *terug*trek/terugtree
Die troepe het in wanorde *geretireer* nadat hulle in 'n hinderlaag gelei is.
refleks *terug*buiging (weerspieëling/weerkaatsing)
Die man het 'n *refleksie* in die spieël gesien en betyds omgeswaai voordat die dief hom kon oorrompel.
reaksie *terug*voer/terugstoot (terugwerking na die oue)
Sy *reaksie* op jou voorstel het my teleurgestel.
rejeksie *terug* werp (verwerping)
Die *rejeksie* van mnr. Richards se voorstelle het sy skikkingsplanne in duie laat stort.
reperkussie *terug* stoot (vergeldende teenmaatreël)
Sy boek het hewige *reperkussies* tot gevolg gehad.
revisie *her*siening (weer)
'n Student moet gereeld *revisie* doen van sy werk.
revalueer *weer* waardeer
Nadat ek my huis *revalueer* het, het ek dit vir 'n groter bedrag verseker.
regenereer *weer* voortbring (weergebore)
Die *geregenereerde* volk staan voor 'n bloeitydperk wat sy kultuur betref.

sub- **sub**klas *onder*klas

Amfibieë vorm 'n *subklas* van die hoofklas werweldiere.

subkomitee *onder*komitee

Die komitee het sy werk onder drie *subkomitees* verdeel.

subkontinent *onder*samehang/onder vasteland.

Europa is 'n *subkontinent* van Eurasië.

sin- **sin**tese *same*stelling (samevoeging van afsonderlike elemente tot 'n nuwe geheel)

Na 'n behoorlike analise van al die gegewens het hy tot die volgende *sintese* gekom.

sinagoge *same*voer/saamkom (saamkomplek)

'n *Sinagoge* is 'n godsdienstige byeenkoms/byeenkomplek van Jode.

sinoniem *mede* naam (met ongeveer gelyke betekenis)

Professor is *sinoniem* met *hoogleraar*.

super- **super**intendent *bo* toesien (oppertoesiener/inspekteur)

Die *superintendent* van die koshuis het die studente gemaan om nie die reëls te oortree nie.

superioriteit (wat) *bo(onste)* (is)

Die Rooms Katolieke kerk erken die pous se *superioriteit*.

superlatief *oorheen* dra (oortreffende trap)

Mooiste is die *superlatief* van *mooi*.

trans- **Trans**kei *oor* Kei (aan die ander kant van die Keirivier)

Die *Transkei* lê aan die ander kant van die Keirivier en die Ciskei aan hierdie kant.

transaksie *oor* handel/doen/voer (handelsooreenkoms)

Die *transaksie* tussen die twee banke is gister beklink.

transitief *oor*gaan (oorganklik)

In die sin *Ek eet brood* is *eet* 'n *transitiewe* werkwoord omdat die handeling *eet* oorgaan op die direkte voorwerp *brood*.

3.3 Kompositum

3.3.1 Wat is 'n kompositum?

'n **Kompositum** is enige woord wat uit twee of meer dele bestaan wat elkeen as 'n selfstandige woord buite die kompositum kan optree. *Maan* en *landing* wat komponente is van die kompositum *maanlanding* is selfstandige woorde, maar sodra hulle optree in die woord *maanlanding* dan is *maan-* en *-landing* nie meer woorde nie, maar woorddele.

Onder die term kompositum word *samekoppeling* en *samestelling* ingesluit.

3.3.2 Samekoppeling en samestelling

Wat word verstaan onder die terme samekoppeling en samestelling?

Samekoppeling is die verskynsel dat woorde wat oorspronklik los geskryf was, bv. *dik bek* of *blou wilde bees* deur hul herhaalde gebruik langs mekaar in 'n sin, uiteindelik saamgekoppel /-getrek is tot een woord, nl. *dikbek*, *blouwildebees*, *wildekat* (soort), *suurlemoen*, ens.

Samestelling is weer die verskynsel dat woorde wat normaalweg nie naas mekaar voorkom in sinne nie, saamgevoeg word tot 'n nuwe eenheid, bv.

amptenaar + *mentaliteit* > *amptenaarsmentaliteit;*
bedelaar + *maniere* > *bedelaarsmaniere;*
maan + *landing* > *maanlanding*, ens.

Samekoppeling en samestelling het soveel gemeenskaplike kenmerke en funksies dat hulle albei benoem kan word deur die groepnaam: *kompositum.*

3.3.3 Die betekenis van komposita

Wat die betekenis van komposita aanbetref, val dit op dat die laaste deel van 'n kompositum gewoonlik die kernbetekenis van die geheel dra: *karperde* is perde; 'n *perdekar* is 'n kar; *blikkiesmelk* is melk; *hemptruie* is truie en *truihemde* is hemde.

3.3.4 Die skryfwyse van komposita

Wat die skryfwyse van komposita betref – dit word altyd aanmekaar geskryf, bv. 'n *straatvrou*, *blokkiesraaisel*, *vyflaagkoek*, *elf-woord-waarskuwing*, *vierverdiepingwoonstel*, ens.

3.3.5 Uitbreidingsmoontlikhede van die Afrikaanse woordeskat deur komposita

Samekoppeling en *samestelling*, het ons reeds op skool geleer, is saam met *afleiding* die aktiefste prosesse waarvolgens nuwe woorde in Afrikaans gevorm word.

Talle nuwe woorde word voortdurend gevorm deur kompositum en 'n baie groot gedeelte van die Afrikaanse woordeskat is komposita.

Alhoewel afleiding en kompositum die twee aktiefste prosesse is waarvolgens nuwe woorde in Afrikaans gevorm word, is daar ook ander prosesse van woordvorming wat vervolgens bespreek word.

3.4 Samestellende afleiding

3.4.1 Wat is 'n samestellende afleiding?

'n Samestellende afleiding word gevorm wanneer die prosesse van samestelling en afleiding gelyktydig toegepas moet word.

Die woord *selfstandig* is 'n samestellende afleiding. In Afrikaans bestaan nie 'n woord soos **selfstand* waarby die agtervoegsel *-ig* gevoeg kan word om dan die afleiding *selfstandig* te kry nie en daar is ook nie 'n woord soos **standig* in Afrikaans waarby *self* gevoeg kan word om 'n kompositum te vorm nie. Ons het wel die woorde *self* en *stand* en die agtervoegsel *-ig*. Deur samestelling en agtervoeging gelyktydig toe te pas, word die woord *selfstandig* dan gevorm.

Ander samestellende afleidings wat in Afrikaans aangetref word, is bv. *bywoner*, *modemaakster*, *tweedekker*, *hardnekkig*, *kleinserig*, *voltallig*, ens.

3.4.2 Uitbreidingsmoontlikhede van die Afrikaanse woordeskat deur samestellende afleiding

Hierdie proses word baie minder aangewend om woorde mee te vorm as afleiding en kompositum.

3.5 Kontaminasie

(4)

3.5.1 Wat beteken die term kontaminasie?

Die woord *kontaminasie* is afgelei van die Latynse woord *contaminare* wat vermeng of besoedel beteken.

Kontaminasie is die verskynsel waarby twee of meer woorde deurmekaar loop. Die resultaat is dan dat 'n deel van die een woord en 'n deel van die ander woord bymekaar gevoeg word, bv.

verlei + weglok: verlok
modder + moeras: modderas
koggelman + salamander: koggelmander
omslagtigheid + beslommernis + belemmering: omslommering
altyd + gedurig: aldurig
verseker + assureer: verassureer
Maleiers + Slamse: Slamaiers

3.5.2 Uitbreidingsmoontlikhede van die Afrikaanse woordeskat deur kontaminasie

Kontaminasie kom meestal in die spreektaal voor en selde in die skryftaal. Dit kan beskou word as 'n soort verspreking en dit verklaar ook waarom dit meer in die spreektaal voorkom as in die skryftaal. Kontaminasie speel 'n onbeduidende rol by die uitbreiding van die Afrikaanse woordeskat.

3.6 Volksetimologie

(5)

3.6.1 Wat word verstaan onder die term etimologie?

Die **etimologie** is dié deel van die taalwetenskap wat nagaan wat die herkoms en oorspronklike betekenis van woorde is. Die woord *oorlams* is byvoorbeeld gevorm van die Maleise woord *orang* wat mens beteken en *lama* wat lank in die land beteken. 'n *Oorlamse mens* is dus 'n ervare mens.

3.6.2 Wat word verstaan onder die term volksetimologie?

By **volksetimologie** het ons te make met die volksmens se opvatting of interpretasie van iets wat vir hom vreemd of onbekend is. Die sprekers ken soms nie 'n onbekende woord nie en dit word dan vervorm tot 'n woord wat bekend klink. Die Maleise woord *musak* (vyand, meerdere) is in Afrikaans vervorm tot *moses*, soos dit voorkom in die uitdrukking: *jou moses teenkom.*

In Nederlands beteken *muizenissen* beuselagtige dinge, los gedagtes. Hieruit is die Afrikaanse woord *muisneste* gevorm wat voorkom in die uitdrukking: *Jou kop is vol muisneste* (peinsery, dromery).

Die oorspronklike vorm van die woord *perlemoen* is *parelmoer* of *paarlemoer* wat letterlik beteken die moeder van die pêrel, en *liddoring* se oorspronklike vorm is *likdoorn. Lik* beteken lyf. *Koperkapel* is 'n vervorming van die Portugese *cobra de capello* wat beteken die slang met die hoed op.

3.6.3 Uitbreidingsmoontlikhede van die Afrikaanse woordeskat deur volksetimologie

Volksetimologie spruit hoofsaaklik uit onkunde. Ons het vandag al te kundig geraak, dus sou 'n mens kon verwag dat die aantal voorbeelde van volksetimologie nie in Afrikaans sal toeneem nie. Dit is in elk geval nie 'n aktiewe proses waarvolgens nuwe woorde in Afrikaans gevorm word nie.

3.7 Klanknabootsing (onomatopee) (6)

3.7.1 Wat is klanknabootsing?

Dit is die nabootsing van die klank wat deur 'n mens, dier of ding gemaak word. 'n Poging word dus aangewend om die klank in skrif vas te lê, bv.

Hy *doem-doem* teen die deur
Die voël *kwê* in die boom
Die *miaau* van die kat
Die *tjirp* van voëls
Die *zoem* van die bye
Karplaks! val die goed op die grond, ens.

Soms word diere en dinge benoem ooreenkomstig die geluid wat hulle maak, bv. 'n *kwê-voël, klapklappie, kelkiewyn, piet-my-vrou, tinktinkie, toktokkie, tjienkerientjee,* ens.

3.7.2 Uitbreidingsmoontlikhede van die Afrikaanse woordeskat deur klanknabootsing

Klanknabootsende woorde is interessant en soms tekenend, maar oor die algemeen te min om 'n sterk invloed op die Afrikaanse woordeskat uit te oefen.

3.8 Stapelvorming (toutologie)

3.8.1 Wat is stapelvorming?

Stapelvorming vind plaas wanneer dieselfde begrip herhaal word, bv.

kabeltou (kabel = tou)
tortelduif (tortel = duif)
brokstuk (brok = stuk)
winkelhaak (*haak* hou verband met *hoek* en in Mnl. het *winkel* hoek beteken).

Ook die pleknaam *Leeugamka* is 'n toutologiese vorm, want *gamka* is 'n Hottentotswoord en dit beteken leeu.

3.8.2 Taalfoute as gevolg van stapeling

Stapeling gee soms aanleiding tot taalfoute, bv.

Hy **loop** *te voet* daarheen.
'n Spreker moet altyd **selfvertroue** *in homself* hê.
Die Tukkies wend nou 'n **laaste,** *finale eind*poging aan.
Gedurende die **afgelope week** *wat verby is*, het die Vrystaat 150 mm reën gehad.
Hulle loop in **ronde** *sirkels.*
Ek en my neef lyk **identies** *dieselfde.*
Ek wil **weer** *herhaal* . . . (*her* = weer), ens.

3.8.3 Uitbreidingsmoontlikhede van die Afrikaanse woordeskat deur stapelvorming

As 'n proses van woordvorming is stapelvorming totaal onbelangrik omdat dit nie bewustelik en opsetlik gebruik kan word om nuwe woorde mee te vorm nie. Die aantal toutologiese vorme is ook uiters beperk in Afrikaans.

3.9 Analogiese vorminge – wat dit is

Nuwe woorde word soms geskep na analogie van verwante woorde of vorme. In die taal van Langenhoven kom baie analogiese vorminge voor, bv.

handspore n.a.v. *voetspore*
'n *brief ondertjap* n.a.v. *onderteken*
voormoeders n.a.v. *voorvaders*
veeding n.a.v. *slagding*
blaamwaardig n.a.v. woorde soos *kredietwaardig*, *afkeurenswaardig*, ens.

3.10 Ten slotte

3.10.1 Neologismes

In 'n jong taal soos Afrikaans, wat vinnig ontwikkel, moet voortdurend nuwe woorde geskep word vir nuwe dinge of begrippe. Al die bogenoemde prosesse, maar veral afleiding en kompositum, word ingespan om nuwe woorde in Afrikaans te skep. Nuwe skeppinge word ook **neologismes** genoem. Enkele voorbeelde van neologismes in Afrikaans is:

paaipappie (sugar daddy), *plettervat* (in rugby),
koestoeter (air raid siren), *bekdrywer* (back-seat driver),
toeterbuffel, *parkeerwagter*, *kroostrooster*, *braairestaurant*, *frikkadelbroodjie*, ens.

3.10.2 Advertensietaal

Veral in advertensietaal kom baie neologismes voor, bv.

Die koffie is *volgewig* en *varsgerooster* vir *fynproewerkoffieliefhebbers*.
Die sjokolade is *smaakverseël*.
Die motor het *komsitplekke*, 'n verstelbare *lendesteun* en 750 verskillende *bestuurposisies*.
Eikehout-veredeling gee 'n *rondheid* en *drinkbaarheid* sonder gelyke aan bier.
Vir *donsligte*, *blapsvrye* gebak moet 'n mens meel gebruik wat vars en *flatervry* is.

3.11 Opdragte

1. *Onderstreep die korrekte antwoord(e).*
   (*a*) Die woord *verslaap* is gevorm deur die proses van afleiding, samestelling, samekoppeling, kontaminasie of klanknabootsing.
   (*b*) Die woord *plegstatig* is gevorm deur afleiding, samestellende afleiding, kontaminasie, volksetimologie of toutologie.
   (*c*) Die woord *wielspore* in die sin *Jy volg in die wielspore van die toonaangewendes in ons land*, is gevorm deur afleiding, volksetimologie, kontaminasie, samestelling, analogiese vorming.
   (*d*) Die woord *modemaakster* is 'n samekoppeling, samestellende afleiding, analogiese vorm, afleiding, kompositum.
   (*e*) By die vorming van die woord *miau-miau-katpilletjies* het die volgende prosesse van woordvorming 'n rol gespeel: afleiding, samestellende afleiding, samestelling, volksetimologie, klanknabootsing.

2. *Voltooi die volgende omskrywings:*
   (*a*) *Afleiding* is die proses van woordvorming deur ....
   (*b*) Onder die term *kompositum* word .... en .... ingesluit.
   (*c*) *Samekoppeling* is die verskynsel dat ....
   (*d*) *Samestelling* is die verskynsel dat ....
   (*e*) *Samestellende afleidings* word gevorm wanneer ....
   (*f*) *Kontaminasie* is die verskynsel waarby ....
   (*g*) By *volksetimologie* het ons te make met ....
   (*h*) *Klanknabootsing* is die nabootsing van die klank wat deur ....
   (*i*) *Stapelvorming* vind plaas wanneer ....
   (*j*) *Analogiese vorming* vind plaas wanneer nuwe woorde geskep word ....
   (*h*) 'n *Neologisme* is ....

3. *Definieer die volgende afleidings en onthou om die grondwoord in u definisie te gebruik:* aanhitsery, afskeperig, aansteker, opstoker, vloeibaar, katoenagtig, aartsknoeier, rykaard, beoordelaar, wanbegrip, blouerig, geselsery, luiheid, aapagtig, herken, dakloos, kinderlik, kinderagtig, beminlik, beweeglik

4. Die kursiefgedrukte woorde in die onderstaande sinne is gevorm met behulp van 'n Latynse of Griekse voorvoegsel. *Lees die sinne noukeurig deur en probeer vasstel wat die onderstreepte woorde beteken, vervang dan hierdie woorde deur ander woorde of deur 'n omskrywing, maar sorg dat die betekenis van die sinne dieselfde bly, bv.*
Sy toespraak was vol *kontradiksies,* daarom kon hy die gehoor nie oortuig van sy standpunt nie.
Die woord *kontradiksies* kan ons vervang deur *teenstrydighede.*

   (*a*) As jy nie nou geld het nie moet jy maar eers 'n *geantedateerde* tjek gee, want ek *antisipeer* dat hy nie die *antidote* op skuld sal gee nie.
   (*b*) Ek dink nie *koëdukasie* is in belang van beide geslagte nie.
   (*c*) *Demoralisasie* het by die soldate ingetree nadat *demobilisasie* plaasgevind het.
   (*d*) Jy moet nooit *diskrimineer* teenoor ander mense nie, want *diskriminasie* kan veroorsaak dat jy in *diskrediet* kom en dit kan lei tot *disharmonie.*

5. *Versamel 10 voorbeelde van woorde wat met behulp van Grieks of Latynse voorvoegsels gevorm is en sê dan wat elke woord beteken.* Hierdie voorbeelde moet u versamel uit u handboeke en u moet die bron aandui waar u dit gekry het.

6. *As* **kontra-** teen *beteken, wat beteken die volgende woorde dan?*
kontrabesoek, kontrabewys, kontrabetoog, kontrabeleefdheid, kontradans, kontradiksie, kontrarevolusie, kontrasteer, kontrareformasie, kontras

7. Die Latynse voorvoegsel **re-** beteken (*a*) terug, (*b*) teen of (*c*) weer, her-, opnuut, vir 'n tweede keer. *Gee deeglik aandag aan die onderstaande woorde en probeer dan vasstel wat* **re-** *in elke geval beteken:*
reflekteer, reageer, reïnkarneer, rekonstruksie, reaksie, repatrieer, rebelleer, Renaissance, retireer, retoer, repetisie, reünie

8. *Gebruik die prosesse van woordvorming wat met u behandel is en skep 'n oorspronklike naam vir die volgende sake:*
   (*a*) U en u vennoot is beleggings- en versekeringsmakelaars. U doen finansiële, boedel- en testamentbeplanning vir u kliënte. Skep 'n naam vir u onderneming.
   (*b*) U het jare lank gespaar om u eie huis te kan bekostig. U het pas u nuwe huis betrek. Skep 'n naam vir u huis.
   (*c*) Daar gaan elke kwartaal 'n nuusbrief aan die ouers van eerstejaarstudente uitgestuur word. Die doel met dié nuusbrief is om die ouers van eerstejaarstudente op hoogte te hou van die aktiwiteite van hul kinders. Skep 'n naam vir die nuusbrief.

9. *Versamel ten minste 5 name van sakeondernemings of van produkte* wat met behulp van een van die behandelde prosesse van woordvorming gevorm is. Konsentreer op goed gekose name en *sê dan hoekom u dink dit is 'n goeie naam.*

10. In die sin *Die ontbyt wat ons soggens kry, is baie swak* kom 'n onnodige herhaling voor, want ontbyt word altyd in die oggend bedien. *Versamel ten minste 5 soortgelyke voorbeelde van stapelvorming uit die spreektaal.*

11. Lees advertensies in tydskrifte en *versamel 10 nuwe skeppinge wat daarin voorkom. Ontleed nou hierdie woorde en sê dan watter prosesse van woordvorming 'n rol gespeel het by die vorming daarvan.* (Bring die advertensies waaruit u die voorbeelde gehaal het, saam klas toe.)

12. *Kies enige artikel en skryf 'n geskikte advertensie daaroor.* U moet ten minste 5 neologismes in die advertensie gebruik. Onderstreep die neologismes.
Voorbeeld:
Drink Coca Cola, die *borrelgasdrankie* wat *skuimsprankelend* en *goudbruin* vonkel van *lokgenot*. Elke mondvol smaak *rondvol* met *lekkerprikprikkels* op die tong en laat die mond *dagvars*. 'n Mens kry hope lewenslus en *wêreldkrag* van die sprankelende towerdrankie.
Drink Coca Cola!

3.12 Aanvullende bronne

Boshoff, S. P. E. en G. S. Nienaber: *Afrikaanse etimologieë*. Die Suid-Afrikaanse Akademie vir Wetenskap en Kuns, Pretoria, 1967.

Botha, R. P.: Voorstudie tot 'n klassifikasie van die Afrikaanse komposita. M.A., Stellenbosch, 1964.

De Vries, W.: *Iets over woordvorming*. N.V. W. J. Thieme & Cie., Zutphen, s.j.

Kempen, W.: *Samestelling, afleiding en woordsoortelike meerfunksionaliteit in Afrikaans*. Nasou, Kaapstad, 1969.

Marchand, H.: *The categories and types of present-day English word-formation*. Otto Harrassowitz, Wiesbaden, 1960.

Rossouw, P. J. e.a.: *Die lewende taal* (standerds 9 en 10). Juta, Kaapstad, s.j.

HOOFSTUK 4

Morfologie

4.1 Inleiding

Ons is nog steeds besig met die *woordeskat van Afrikaans*. Ons het reeds aandag gegee aan die herkoms van die Afrikaanse woordeskat, en aan woordvorming in Afrikaans. Vervolgens gaan ons aandag gee aan die *morfologiese kenmerke* (vormkenmerke) *van woorde*.

In die afdeling wat handel oor woordsoorte sal ons daarop wys dat daar hoofsaaklik *drie* hoofprinsipes/hoofoorwegings is wat 'n rol speel by die rangskikking of ordening van woorde in woordsoorte. Hierdie 3 oorwegings is:

1. morfologiese oorwegings,
2. sintaktiese oorwegings en
3. semantiese oorwegings.

Die studiegebied in die Taalkunde waarby dit gaan om *die bestudering van die prosesse waarvolgens woorde gebou of gevorm word*, word die **morfologie** genoem.

Die morfologie bestudeer m.a.w. die woordvorming in die taal – alles wat gaan om die elemente waarmee woorde gevorm word. Ons moet dus in gedagte hou dat die afdeling wat gehandel het oor *woordvorming in Afrikaans* ook tuishoort onder die morfologie, maar ons het om praktiese redes besluit om woordvorming apart te bespreek.

Die morfologie hou hom eintlik besig met die vraag of die vorm van die woord op die een of ander manier gewysig kan word deur die byvoeging van een of ander element. Dit is hieraan wat ons vervolgens aandag wil skenk. Dit is hoofsaaklik *s.nwe.*, *wwe.*, *b.nwe.* en *bwe.* wat vormveranderinge kan ondergaan, maar ons gaan nou kyk wat *die aard* van die vormveranderinge is wat dié soort woorde kan ondergaan en wat *die funksie* van die vormveranderinge is.

4.2 Die selfstandige naamwoord

4.2.1 Meervoudsvorming

Sommige selfstandige naamwoorde het naas 'n enkelvoudsvorm ook 'n meervoudsvorm, bv.

boek – boek**e**, maar tafel – tafel**s.**

Verreweg die meeste selfstandige naamwoorde in Afrikaans vorm hul meervoud met behulp van **-e** of **-s.**

Wanneer meervoudsvorme van Afrikaanse woorde met die meervoudsvorme van die Nederlandse ekwivalente vergelyk word, is daar een aspek wat onmiddellik opval: Afrikaans maak meer gebruik van die **-s** om meervoude te vorm as wat dit in Nederlands die geval is. Afrikaans gebruik dikwels die **s-**meervoudsuitgang ten koste van die Nederlandse **en-**meervoudsuitgang. So is die meervoud van *halm* in Afrikaans *halms* (grasstingels), terwyl dit *halmen* in Nederlands is.

Taalkundiges het in die verlede probeer om 'n verklaring te bied vir die verskynsel dat Afrikaans meer gebruik maak van die **s-**uitgang om meervoude te vorm as wat dit die geval in Nederlands is.

Hesseling het byvoorbeeld hierdie verandering in die getalsisteem by die selfstandige naamwoord in Afrikaans toegeskryf aan die plotselinge botsing wat hier aan die Kaap plaasgevind het tussen Nederlands en Maleis-Portugees. Hesseling het gemeen dat die meervoudsvorm **-s** wat so baie in Afrikaans gebruik word, die resultaat was van die feit dat die Maleis-Portugese slawe die meervoudsvorme onder invloed van Maleis-Portugees verkeerd aangeleer het.

Na aanleiding van hierdie beskouing van Hesseling kom die vraag by 'n mens op: Hoe vergelyk die Afrikaanse getalsisteem met dié van Nederlands en met dié van Maleis-Portugees? By die beantwoording van hierdie vraag word dit vir 'n mens duidelik in hoe 'n mate die Afrikaanse getalsisteem afwyk of ooreenstem met dié van Nederlands en van Maleis-Portugees onderskeidelik.

Die verskil tussen die Afrikaanse en Nederlandse getalsisteem by die selfstandige naamwoord lê, soos ons reeds gesê het, daarin dat Afrikaans meer dikwels die **s-**uitgang gebruik om meervoud aan te dui en dat Nederlands meer dikwels die **en-**uitgang gebruik. Dit is die situasie as 'n mens hedendaagse Afrikaans met moderne Nederlands vergelyk, maar die feit is dat sewentiende-eeuse Nederlands ook meer gebruik gemaak het van die **s-**uitgang as van die **en-**uitgang om die meervoud te vorm. In die seemanstaal van die sewentiende eeu is die meervoudsvorm **-s** dikwels gebruik. In dié seemanstaal is daar selfs verder gegaan met die gebruik van die meervoudsvorm **-s** as wat dit in Afrikaans die geval is. In sewentiende-eeuse Nederlands en spesifiek in die seemanstaal kom byvoorbeeld meervoude voor soos *boots*, *sees*, *fregats*, ens. wat nog nooit Afrikaans was nie. Afrikaans gebruik die meervoudsvorme *bote*, *seë* en *fregatte*.

As 'n mens die gebruik van die meervoudsvorm **-s** in Afrikaans in moderne Nederlands en in sewentiende-eeuse Nederlands nagaan, kom jy tot die gevolgtrekking dat Afrikaans, wat hierdie punt betref, nader aansluit by sewentiende-eeuse Nederlands as Nederlands self.

Alhoewel daar in Afrikaans en in Nederlands 'n kwantitatiewe verskil is in die gebruik van die meervoudsvorm **-s** is die grootste ooreenkoms in die Afrikaanse en Nederlandse getalsisteem daarin geleë dat Afrikaans sowel as Nederlands 'n enkelvoudsvorm teenoor 'n meervoudsvorm het – dus 'n vorm vir *een* en 'n vorm vir *meer as een*.

Maar hoe vergelyk die Maleis-Portugese getalsisteem met dié van Nederlands en met dié van Afrikaans? Dit is heeltemal anders as in Afrikaans en Nederlands. Wat die selfstandige naamwoord betref, het Maleis-Portugees ook die sisteem enkelvoud-meervoud, maar die vorm wat die meervoud aanneem, verskil van dié van Afrikaans en van Nederlands. Die meervoud is in die vorm van 'n herhaling, bv. *orang* beteken *mens*, maar *mense* is *orang-orang;* 'n grondboontjie is *cadjangh*, maar *grondboontjies* is *cadjangh-cadjangh.*

Maleis-Portugees verskil dus wat die vorm van sy getalsisteem betref totaal van Afrikaans sowel as van Nederlands. Ten opsigte van die gebruik van die meervoudsvorm **-s** moet ons dus liewer beïnvloeding van Afrikaans deur sewentiende-eeuse Nederlands sien as beïnvloeding deur Maleis-Portugees.

Dit was net 'n kort oorsig oor die geskiedenis van die Afrikaanse meervoudsvorm **-s.**

1. *Die vraag ontstaan: Watter tipe s.nwe. kan 'n meervoud kry?*

Abstrakte selfstandige naamwoorde en stofname kry *gewoonlik* nie 'n meervoud nie, maar soortname, eiename, persoonsname en versamelwoorde kan met 'n meervoud gebruik word.

Anders gestel: slegs dié selfstandige naamwoorde wat na telbare selfstandighede (dinge wat getel kan word) verwys, neem in die reël 'n meervoudsvorm.

2. *Hoe word die meervoud in Afrikaans gevorm?*
Ons het reeds daarop gewys dat die meeste selfstandige naamwoorde se meervoud gevorm word met behulp van **-e** of **-s.**

Die presiese besonderhede van wanneer die meervoud gevorm word met behulp van **-e** of **-s** sal nie hier bespreek word nie. Vir meer inligting in dié verband word slegs verwys na Senekal, e.a.: *Die Patroon van Afrikaans*, pp. 280-281.

Sommige meervoude wat gevorm word met behulp van die **-e** lewer soms spelprobleme, bv.

monnik – monnike, sekretaris – sekretarisse,

maar dié probleme sal bespreek word wanneer die afdeling oor *spelling* aan die beurt kom.

Nie alle selfstandige naamwoorde wat 'n meervoud kan neem, vorm hul meervoud met **-e** of **-s** nie. Sommige selfstandige naamwoorde neem ander uitgange om die meervoud mee te vorm, bv.

kalf – kalwers, lied – liedere, gevoel – gevoelens, ens.

Besonderhede in dié verband kan nageslaan word in Senekal e.a.: *op cit.*, pp. 281-282

Soms verander die stam van die selfstandige naamwoord wanneer 'n meervoud gevorm word, bv.

brug – brûe, smid – smede, gebod – gebooie, ens.

Vir meer besonderhede word verwys na Senekal e.a.: *op cit.*, pp. 282-283.

Enkele selfstandige naamwoorde het 'n vorm wat lyk na 'n meervoud, maar dit is in werklikheid geen meervoud nie, bv.

pokkies, masels, harsings, hurke, groete, stuipe, ens.

Hoekom is hierdie voorbeelde nie meervoude nie?

'n Meervoud in Afrikaans is altyd 'n gelede woord; dit bestaan altyd uit 'n grondwoord plus 'n agtervoegsel. 'n Mens kan net van 'n meervoud praat indien dit staan teenoor 'n enkelvoud; dus *boom* – *bome*, maar nie *stuip* – *stuipe* nie.

3. *Die funksie van die enkelvoud en van die meervoud*
Die enkelvoud is dié vorm wat gebruik word wanneer daar slegs na een van die dinge wat die betrokke selfstandige naamwoord benoem, verwys word, die meervoud verwys altyd na meer as een van die dinge wat 'n betrokke selfstandige naamwoord benoem.

4.2.2 Verkleiningsvorm van die selfstandige naamwoord

Meervoudsvorming is nie die enigste vormvervandering wat die selfstandige naamwoord kan ondergaan nie. Sommige selfstandige naamwoorde het ook 'n verkleiningsvorm. Abstrakte selfstandige naamwoorde en stofname kry gewoonlik nie 'n verkleiningsvorm nie.

1. Hoe word die verkleinwoord gevorm?
'n Verkleinwoord is 'n woord wat van 'n grondwoord afgelei is deur middel van een van die volgende agtervoegsels, nl.

-ie	vlaggie, bankie, glasie
-jie	latjie, badjie, paadjie

(Woorde wat eindig op **-d** of **-t** kry 'n **jie** in die verkleiningsvorm.)

-tjie	tekentjie, treintjie, paartjie
-etjie	karretjie, poeletjie, wieletjie
-tjie/-etjie	kooltjie of koletjie
-kie	vertoninkie, koninkie, beloninkie

Die meeste woorde wat eindig op **-ng** kry 'n **kie** in die verkleiningsvorm, maar dis nie altyd so nie.

Sommige woorde wat op **-ng** eindig, kry **-etjie** in die verkleiningsvorm, bv. *ding – dingetjie; gesang – gesangetjie.*

-pie	wurmpie, besempie

In kindertaal hoor 'n mens soms verkleiningsvorme soos *wurmkie*, *besemkie*, ens.
Vir die besonderhede van wanneer watter een van hierdie uitgange gebruik word vir die vorming van 'n verkleinwoord, word verwys na W. Kempen: *Die verkleinwoord in Afrikaans*, p. 5-6.

2. Die funksie van die verkleinwoord
Die verkleinwoord word gebruik wanneer 'n mens wil praat van 'n vermindering van die gewone of normale omvang van die ding wat deur die selfstandige naamwoord benoem word. Die verkleinwoord word dus algemeen gebruik om verkleining uit te druk. Is die volgende woorde verkleinwoorde?

Sy dra die sampioene in 'n *mandjie*.
Sy *boordjie* druk hom.

Nee? Hoekom nie? Dis nie gelede woorde nie. Die verkleiningsvorme hiervan is *mandjietjie*, *boordjietjie*.
Is *bietjie* 'n verkleiningsvorm in die konstruksie *'n klein bietjie?*
Let daarop dat die verkleiningsuitgang gewoonlik in Afrikaans gebruik word wanneer die woord *klein* in die betrokke sin voorkom: *'n klein mannetjie*, *'n klein boompie.*
Die verkleiningsvorm word nie altyd gebruik om verkleining mee uit te druk nie, dit word soms ook gebruik om:
(*a*) liefde of toegeneentheid uit te druk, bv. by woorde soos *skatjie*, *skapie*, *skelmpie*, *hartjie*, *diertjie*, *hondjie*, wanneer dit as aanspreekvorm gebruik word.
(*b*) minagting (veragting, geringskatting) uit te druk, bv.
Hy dink baie van homself, maar hy is maar 'n ou *klerkie*, *prokureurtjie*, *dosentjie.*
(*c*) Soms word die verkleiningsvorm gebruik om *beskeidenheid* te kenne te gee, bv. as die miljoenêr na sy plaas en geld verwys as *my plasie* en *my geldjies.*

3. Die sterk voorliefde van Afrikaans vir verkleinwoorde
Die eerste taalkundiges wat die Afrikaanse grammatika bestudeer het, was getref deur die sterk voorliefde wat Afrikaans het vir verkleinwoorde. Dr. Hesseling was een van

diegene wat gemeen het dat Afrikaans baie meer gebruik maak van die verkleinwoord as Nederlands.

As 'n mens na die volgende Langenhoven-sitaat kyk, is jy amper geneig om met Hesseling saam te stem. Die moeder sê vir haar kind:

> "Moeder se duifie, se blommetjie, se sterretjie, se sonnetjie, se wêreldjie, se pêreltjie, se dingetjie, se lingetjie; moedertjie, moedertjie, m-oe-d-e-r se k-in-djie",

maar dr. W. Kempen het 'n baie deeglike studie gemaak van die gebruik van die verkleinwoord in Afrikaans en in Nederlands en hy het tot die gevolgtrekking gekom dat die verskille tussen Nederlands en Afrikaans, wat die verkleinwoord betref, baie geringer is as wat die taalkundiges aanvanklik gemeen het.

4.2.3 Geslagsaanduiding

Naas meervoudsvorming en verkleining kan die selfstandige naamwoord ook nog 'n ander vormverandering ondergaan, nl. vir die aanduiding van *geslag*.

Manlikheid teenoor vroulikheid word soms deur aparte woorde aangedui, bv. *man – vrou*, *reun – teef*, *hings – merrie*, ens., maar 'n agtervoegsel kan ook by 'n stam gevoeg word om vroulikheid aan te dui.

Die volgende agtervoegsels is die vervroulikers:

-e	prinsipaal – *prinsipale*, kaptein – *kapteine*
-es(**se**)	leser – *leseres*, bibliotekaris – *bibliotekaresse* (Natalleres ?)
-in	kelner – *kelnerin*, heiden – *heidin*
-ster	tennisspeler – *tennisspeelster*, tikker – *tikster*, klaer – *klaagster*
-(**tr**)**ise**	direkteur – *direktrise*, inspekteur – *inspektrise*

Samestellings word dikwels gebruik om geslag by diere aan te dui. By sulke samestellings tree woorde soos *mannetjie* of *wyfie*, *ram* of *ooi*, *hings* of *merrie*, *koei* of *bul* op as tweede komponent van die samestelling, bv.

leeu	leeu*mannetjie* – leeu*wyfie*
springbok	springbok*ram* – springbok*ooi*
sebra	sebra*hings* – sebra*merrie*
olifant	olifant*bul* – olifant*koei*

Soms verander die stam wanneer die vroulike vorm gevorm word, bv.
akteur – *aktrise*, masseur – *masseuse*, ens.
Wat is die verskil tussen 'n *vrouedokter* en 'n *vroulike dokter?*
Hoe spreek 'n mens 'n vreemde vrou aan as jy nie weet of sy getroud is of nie?
Dame? Mevrou? Mejuffrou?
Sommige selfstandige naamwoorde is gemeenslagtig en het dus geen afsonderlike vorm vir die manlike of vroulike vorm nie, bv.

lidmaat	knoeier	organiseerder	Transvaler
reisiger	raser	vreemdeling	Kapenaar
ruiter	leerling	Vrystater	Tukkie
musikus	kollega	Nataller	Matie, ens.
maat	landgenoot	Suidwester	

Omdat 'n woord soos Vrystater gemeenslagtig is, word woorde soos *meisie*, *dame* en *vrou* in kombinasie hiermee gebruik as jy na 'n vroulike Vrystater wil verwys, bv. *'n Vrystaatse meisie*, *dame*, *vrou*, ens. of *'n Matie-meisie*. Uit die konteks waarin die woord gebruik word, blyk dit dikwels of 'n manlike of vroulike persoon bedoel word, bv. *sy is 'n lidmaat van ons kerk*.

Die vroulike vorm van *onderwyser* is *onderwyseres*, maar *onderwyser* kan soms ook gebruik word as 'n vrou ter sprake is, bv. *Sy is 'n onderwyser by Paul Roos*. Hoekom dink u is dit moontlik dat *onderwyser* so gebruik word?

As ons in Afrikaans praat van "geslag" verwys ons gewoonlik na natuurlike geslag en nie na die grammatiese geslag van die woord nie. Afrikaans het geen woordgeslag nie.

4.3 Die werkwoord

Behalwe selfstandige naamwoorde kan *werkwoorde* ook vormveranderinge ondergaan. Deur die byvoeging van **ge-** by 'n werkwoordstam, en saam met die woord **het,** druk dit die verlede tyd uit, bv. *Hy* **het ge***werk*.
Die vorm van die werkwoord met **ge-** word die verlede deelwoord genoem.
Let daarop dat werkwoorde wat begin met **be-, ge-, -er, her-, ont-** en **ver-** nie 'n **ge-** bykry wanneer die verlede deelwoord gevorm word nie.
Let ook daarop dat die **ge-** by die deelwoord opsioneel is as die werkwoord uitgaan op **-eer,** dus: *Ek het (ge)studeer*, *(ge)probeer*, ens.

4.4 Die byvoeglike naamwoord en die bywoord

4.4.1 Trappe van vergelyking

Ons het ook reeds gesien dat byvoeglike naamwoorde en bywoorde vormveranderinge kan ondergaan.
Hulle kan trappe van vergelyking kry, bv.

mooi – mooi**er** – **die** mooi**ste**

-er word gebruik vir die vergrotende trap (komparatief) en **-ste** word gebruik vir die oortreffende trap (superlatief). Die lidwoord **die** word altyd saam met die oortreffende trap gebruik.

1. Die funksie van die vergrotende trap
Die vergrotende trap druk 'n groter maat uit as die stellende trap.

2. *Die funksie van die oortreffende trap*
Die oortreffende trap dui die grootste maat of sterkste intensiteit van 'n verskynsel aan.
Let op die volgende trappe van vergelyking:

rats	ratser	rat**s**ste
kras	krasser	kras**s**te
ru	ru**w**er	r**uu**ste
slu	slu**w**er	sl**uu**ste
sku	sku**w**er	sk**uu**ste

Sommige trappe van vergelyking lewer soms spelprobleme, maar dié aangeleentheid sal verder bespreek word in die afdeling oor *Spelling*.

3. Die gebruik van meer/meeste en minder/minste om trappe van vergelyking te vorm
Byvoeglike naamwoorde en bywoorde vorm nie altyd hul trappe van vergelyking met behulp van **-er** en **-ste** nie, maar soms ook met *meer* en *die meeste*, bv.

gedissiplineerd – **meer** gedissiplineerd – **die meeste** gedissiplineerd
uitgeslape – **meer** uitgeslape – **die meeste** uitgeslape

Daar word soms gesê dat drie- en meerlettergrepige byvoeglike naamwoorde en bywoorde hul trappe van vergelyking vorm met *meer* en *die meeste*, maar dit is nie altyd waar nie, want sommige tweelettergrepige woorde vorm ook hul trappe van vergelyking met *meer* en *die meeste*, bv.

beangs – meer beangs – die meeste beangs

Wankelmoedig wat 'n vierlettergrepige woord is, vorm weer trappe van vergelyking met **-er** en **-ste**. Dit lyk dus nie moontlik om vaste reëls te gee oor die gebruik van **-er** en **-ste** of **meer** en **die meeste** nie.

Minder/die minste
Die woorde **minder** of **die minste** kan ook gebruik word om trappe van vergelyking te vorm, bv.

beskeie – **minder** beskeie – **die minste** beskeie

Sommige byvoeglike naamwoorde en bywoorde vorm hul trappe van vergelyking met **meer** by die vergrotende trap en **-ste** by die oortreffende trap, bv.

dikwels – **meer** dikwels – **die** dikwels**ste**

In verband met die gebruik van trappe van vergelyking sou 'n mens twee wenke kon gee:
(*a*) Moet nooit **meer** en **die meeste** gebruik waar **-er** en **-ste** moontlik is nie, bv.
nie:
*Jan is meer belangrik as Piet nie,
maar
Jan is belangriker as Piet.
Nie:
*Die Eerste Minister is die mees belangrike persoon wat ek ken
nie, maar
Die Eerste Minister is die belangrikste persoon wat ek ken.
(*b*) Moet nooit **-er** en **meer** of **-ste** en **die mees(te)** gelyktydig by dieselfde woord gebruik nie. Ons sê nie

'n *Offisier is baie meer belangriker as 'n manskap,
*Dit is die mees interessantste boek wat ek nog gelees het, nie.

Saam met **mees** verbuig die byvoeglike naamwoord, maar hy kry nie 'n **-ste** by nie, bv.

Dit is die **mees** interessan**te** boek wat ek nog gelees het.
Dit is die **mees** fantastie**se** wedstryd waarna ek nog ooit gekyk het.

4.4.2 Ander vormveranderinge van die byvoeglike naamwoord

Byvoeglike naamwoorde kan ook 'n **-e** bykry om 'n selfstandige naamwoord te vorm, bv.

Ek verkies die mooie, bloue, fyne, smalle, maere, ens.

Wanneer die verlede deelwoord as byvoeglike naamwoord gebruik word en dit tree attributief op t.o.v. die selfstandige naamwoord waarmee dit saam gebruik word, word die byvoeglike naamwoord verboë gebruik, bv.

ingeleg**de** vrugte, gevrees**de** siekte, ens.

Die wyse waarop dié deelwoorde verbuig, is nie altyd so voorspelbaar nie. Is dit

gedroogde	of	gedroogte vrugte;
gevlegte	of	gevlegde hare;
'n gegruisde	of	gegruiste pad?

Hierdie soort verbuigings moet u in die *Afrikaanse Woordelys en Spelreëls*, p. 19, nagaan en dit baie noukeurig leer.

Byvoeglike naamwoorde kan ook nog 'n ander vormverandering ondergaan. Indien hulle attributief gebruik word t.o.v. die selfstandige naamwoord, kom dit soms verboë voor. Dit word verbuig deur 'n **-e** by die byvoeglike naamwoordstam te voeg, bv.

die stoute skoene aantrek, *'n mooie dag*, ens.

Die struktuur van die byvoeglike naamwoord bepaal of attributief-gebruikte byvoeglike naamwoorde verbuig of nie.

1. Indien die byvoeglike naamwoord uitgaan op 'n /m/, /n/, /ŋ/ verbuig dit gewoonlik nie, bv.

   'n *slim* kind, 'n *dom* mens, 'n *lang* nek, 'n *bang* speler, ens.

2. Indien die byvoeglike naamwoord uitgaan op /l/, /k/, /p/ of /t/ verbuig dit gewoonlik nie, bv.

   'n *stil* man, 'n *mank* been, 'n *oop* venster, 'n *kort* rokkie, ens.

Gewoonlik word dié soort attributief-gebruikte byvoeglike naamwoorde nie verbuig nie, maar in die volgende gevalle word hulle wel verbuig:

1. Wanneer die byvoeglike naamwoord lid is van vaste of geykte uitdrukkings van Nederlandse herkoms, bv. *op hete kole sit.* Dit word gewoonlik verboë gebruik ooreenkomstig die Nederlandse sisteem.
2. Indien die byvoeglike naamwoord gelaai is met affek (= gevoel): *jou stoute kind, my mooie meisie.*
3. Indien daar 'n betekenisverskil is tussen die verboë vorm en die onverboë vorm, bv. *'n blank vel* teenoor *'n blanke vrou.*
4. Enkele voorbeelde wyk af van die patroon, bv. *blote toeval, elke mens.*
5. Soms is die verboë en onverboë vorme sinonieme, bv. *oop see* teenoor *ope see.*

Indien 'n attributief-gebruikte byvoeglike naamwoord 'n afgeleide woord is, word die byvoeglike naamwoord verboë gebruik, bv.

'n mannetjiesagtig**e** vrou, 'n langerig**e** man, 'n jaarliks**e** byeenkoms, ens.

Daar bestaan 'n hele aantal reëls i.v.m. die verboë of onverboë gebruik van die attributief-gebruikte byvoeglike naamwoord. Hier sal nie verder aan dié reëls aandag geskenk word nie. Vir verdere besonderhede word hier slegs verwys na E. H. Raidt se *Geskiedenis van die byvoeglike verbuiging in Nederlands en Afrikaans*, pp. 104-114. In hierdie boek gaan Raidt die geskiedenis van die byvoeglike verbuiging na vanaf Middelnederlands tot in moderne Nederlands en in Afrikaans.

4.5 Opdragte

1. Teken meervoude en verkleiningsvorme aan wat deur sprekers of skrywers van Afrikaans verkeerd gebruik word, en verbeter dan hierdie vorme.
2. Sprekers gebruik redelik dikwels vir **meer** en **die meeste** in plaas van **-er** en **-ste** om trappe van vergelyking te vorm. Teken sulke voorbeelde aan uit die spreektaal.
3. Blaai-lees deur die werke van ouer skrywers, byvoorbeeld van Langenhoven, D. F. Malherbe, Leon Maré, ens. en kyk hoe hulle die attributief-gebruikte byvoeglike naamwoord gebruik. Teken voorbeelde aan wat deur dié skrywers anders gebruik word as in hedendaagse Afrikaans. (Dui die bron noukeurig aan.)

4.6 Aanvullende bronne

De Klerk, G. J.: Meervoudsvorming in Afrikaans as 'n linguistiese kategorie. M.A., Pretoria, 1962.

Hauptfleisch, D. C.: Vorm en gebruik van attributief-adjektiwiese voltooide deelwoorde in Afrikaans, met inbegrip van skynbare partisipia. M.A., Stellenbosch, 1953.

Kempen, W.: *Die verkleinwoord in Afrikaans.* Nasionale Pers, Kaapstad, 1940.

Raidt, E. H.: *Geskiedenis van die byvoeglike verbuiging in Nederlands en Afrikaans.* Nasou, Kaapstad, 1968.

Senekal, H. J. e.a.: *Die patroon van Afrikaans.* Afrikaanse Pers-Boekhandel, Johannesburg, 1972.

Sieberhagen, A.: Die meervoudsvorming in Afrikaans: beskrywend en verklarend. M.A., Kaapstad, 1949.

Simonis, A. E. J.: Die verbuiging van die byvoeglike naamwoord in Afrikaans, met spesiale verwysing na die werk van N. P. van Wyk Louw. M.A., Kaapstad, 1947.

HOOFSTUK 5

Woordsoorte

5.1 Inleiding

5.1.1 Woord, woordsoort en betekenis

Die Afrikaanse taal bestaan uit 'n hele paar honderdduisend woorde. Die eerste ses dele van die *Woordeboek van die Afrikaanse Taal* (WAT) bevat 180 000 woorde, maar ons moet in gedagte hou dat die WAT nog net voltooi is tot by die woord **kolyk.** 'n Groot gedeelte van die Afrikaanse woordeskat is dus nog nie in die WAT opgeneem nie.

Die hoeveelheid woorde wat in Afrikaans voorkom, is nie hier van soveel belang nie; wat wel van belang by hierdie kursus is, is die *soorte* woorde wat in die woordeskat onderskei kan word.

Voordat ons verder gaan, moet ons eers weer daarop wys dat 'n woord in gesproke taal 'n *akoestiese* (hoorbare) teken of simbool en in geskrewe taal 'n *skriftelike* teken of simbool is. 'n Woord is 'n teken of simbool wat gebruik word om te verwys na "iets". Dié "iets" waarna 'n woord verwys, is die *betekenis* van die woord. 'n *Woordsoort* is die taalkundige groep of soort waartoe woorde met dieselfde kenmerke behoort.

So onderskei ons dan in *Die meisie is mooi* tussen die **woord** *meisie*, die **betekenis** van *meisie* ('n jong persoon van die vroulike geslag) en die **woordsoort** waartoe *meisie* behoort, nl. selfstandige naamwoord.

Hoekom is dit belangrik dat die taalgebruiker moet kan onderskei tussen die woord, die betekenis van die woord en die woordsoort waartoe 'n woord behoort? As 'n mens nie hierdie onderskeiding kan maak nie, sal jy nie noodwendig altyd begrippe suiwer omskryf of gebruik nie. Dit is dus in belang van doeltreffende taalgebruik om wel hierdie onderskeiding te kan maak.

5.1.2 Rededele of woordsoorte?

Die indeling van die woordeskat in rededele is nie 'n nuwe gedagte nie. Reeds in die vyfde eeu voor Christus het die Grieke en die Romeine begin om die woordeskat in rededele te verdeel. Maar vir hulle was taalstudie hoofsaaklik filosofie en nie 'n outonome wetenskap soos ons dit vandag ken nie. Hulle het hul begrippe gehaal uit die Wysbegeerte, die Psigologie en ander vakgebiede. Die tien groepe waarin die woordeskat van 'n taal volgens die Griekse beskouing ingedeel word, korrespondeer dan ook met die tien kategorieë van die Griekse denkleer. Hierdie tien groepe is deur die Grieke beskou as verteenwoordigend van die tien dele van die menslike rede of intellek. Hulle het hierdie tien dele of groepe dan ook **rededele** genoem.

Ons gaan ook die woordeskat verdeel in tien groepe, maar hierdie indeling word nie gemaak op grond van die tien dele van die menslike rede soos die Grieke dit gedoen het nie. Op grond van die kenmerke van woorde word tien verskillende soorte woorde onderskei en hierdie kategorieë word **woordsoorte** genoem.

Daar is 3 hoofoorwegings wat 'n rol speel by die indeling van woorde in woordsoorte, naamlik:

1. morfologiese oorwegings
2. sintaktiese oorwegings
3. semantiese oorwegings.

Om hierdie oorwegings goed te kan verstaan, moet 'n mens eers weet wat bedoel word met die begrippe *morfologie*, *sintaksis* en *semantiek*.

1. Wat is die morfologie?

Die morfologie is dié onderafdeling van die Taalkunde wat die prosesse wat 'n rol speel by die vorming van woorde, bestudeer. Die morfologie handel oor die woordvorming in 'n taal. Dit betrek alle elemente waardeur en waarmee woorde gevorm word. Die morfologie word ook die **vormleer** genoem.

Die volgende morfologiese oorwegings speel o.a. 'n rol by die indeling van woorde in woordsoorte:

(*a*) of 'n woord 'n meervouds- of 'n verkleiningsvorm kan hê,

(*b*) of 'n woord trappe van vergelyking kan kry, ens.

2. Wat is die sintaksis?

Die sintaksis is dié onderafdeling van die Taalkunde wat die bou of die struktuur van die verskillende soorte sinne bestudeer. Die sintaksis is die studie van die sinvolle of betekenisvolle saamgebruik van woorde in sinne. Die sintaksis word soms ook die **sinsleer** genoem.

Die sintaktiese vermoëns van woorde speel 'n rol by die indeling van woorde in woordsoorte. Daarom moet daar ook altyd by die indeling van woorde in woordsoorte aandag geskenk word aan die vraag: Watter soorte woorde kan met watter ander soorte woorde saamgebruik word in sinne? Ons weet byvoorbeeld dat dit 'n sintaktiese vermoë van die selfstandige naamwoord is om met 'n lidwoord te kombineer, bv. *die boek* of *'n boek*.

3. Wat is die semantiek?

Die semantiek is dié onderafdeling van die Taalkunde wat die betekenis van woorde en sinne bestudeer. Die semantiek is dus die **betekenisleer.**

Die vraag ontstaan: In watter opsig speel die *betekenis* van 'n woord 'n rol by die indeling van woorde in woordsoorte?

Die woord *stoel* verwys na 'n meubelstuk waarop een persoon kan sit, terwyl die woord *bank* na 'n meubelstuk verwys waarop meer persone kan sit. *Stoel* en *bank* se betekenisse stem ook ooreen in 'n ander opsig. Die woord *stoel* sowel as die woord *bank* word gebruik om na 'n ding/voorwerp te verwys.

Woorde soos *eet*, *werk*, *slaap* verwys nie na dinge nie, maar na *handelinge*.

Bank en *stoel* behoort tot dieselfde woordsoort en *eet*, *werk* en *slaap* behoort weer tot 'n ander woordsoort. Dit is hierdie *kategoriale waarde of aspek* van die woord se betekenis wat 'n rol speel by die indeling van woorde in woordsoorte.

Samevattend kan gesê word dat die vormverandering wat 'n woord kan ondergaan, sy verbindbaarheid met ander woorde en sy kategoriale betekenis, as basis dien by die indeling van 'n woord in 'n bepaalde woordsoort.

Op grond van morfologiese, sintaktiese en semantiese oorwegings word die woordeskat van Afrikaans in die volgende tien woordsoorte verdeel:

1. selfstandige naamwoord (s.nw.)	2. werkwoord (ww.)
3. byvoeglike naamwoord (b.nw.)	4. bywoord (bw.)
5. telwoord (telw.)	6. lidwoord (lw.)
7. voornaamwoord (vnw.)	8. voorsetsel (voors.)
9. voegwoord (voegw.)	10. tussenwerpsel (tw.)

Omdat selfstandige naamwoorde nie almal dieselfde morfologiese, sintaktiese en semantiese kenmerke het nie, kan die selfstandige naamwoord weer verder onderverdeel word in kleiner groepe of **subkategorieë.** So weet ons byvoorbeeld dat die woord *boek* 'n meervoudsvorm kan hê, nl. *boeke*, terwyl die woord *goud* nie 'n meervoudsvorm het nie. Ons kan sê dat die woord *boek* morfologiese veranderinge kan ondergaan terwyl *goud* nie morfologiese veranderinge kan ondergaan nie. Die woord *goud* is dus **amorf.**

Die woord *boek* kan met **'n** verbind, nl. **'n boek,** maar **goud** kan nie met **'n** verbind nie. **Boek** het dus sintaktiese vermoëns wat **goud** nie het nie.

Verder is dit ook so dat boeke getel kan word, terwyl goud nie getel kan word nie, of anders gestel: *Boek* verwys na 'n telbare selfstandigheid terwyl *goud* na 'n ontelbare selfstandigheid verwys. Daar is dus ook 'n semantiese verskil tussen *boek* en *goud.*

Op grond van hierdie morfologiese, sintaktiese en semantiese verskille tussen *boek* en *goud* behoort hierdie twee woorde tot verskillende subkategorieë van die selfstandige naamwoord.

Dit is belangrik om daarop te let dat al drie oorwegings nie altyd 'n onderskeidende rol speel by die indeling van woorde in woordsoorte nie en al drie oorwegings speel ook nie altyd 'n onderskeidende rol by die indeling van 'n woordsoort in subkategorieë nie. Die meeste woorde word in woordsoorte ingedeel en dié woordsoorte word weer in subkategorieë verdeel, primêr op grond van semantiese oorwegings. Sommige woorde, soos voorsetsels en voegwoorde, word in dié woordsoorte ingedeel, primêr op grond van sintaktiese oorwegings, maar ons sal later weer terugkom hierop.

5.1.3 Die taalgebruiker en woordsoorte

Voordat ons na die onderskeie woordsoorte en hul subkategorieë kyk, kan ons net eers aandag skenk aan die vraag: Hoekom behoort die taalgebruiker kennis te dra van woordsoorte?

Dit is belangrik dat die taalgebruiker kennis dra van woordsoorte omdat 'n kennis van woordsoorte die taalgebruiker in staat stel:

1. Om die woordsoortelike patroon waarop komposita, afleidings, ens. gevorm is, uit te ken;
2. Om 'n groter insig in die morfologiese kenmerke van woorde te ontwikkel;
3. Om die verskynsel van woordsoortelike meerfunksionaliteit te kan begryp;
4. Om sy insig in betekenis te verskerp, wat kan bydra tot suiwerder omskrywing en gebruik van woorde en begrippe;
5. Om sy begrip in verband met die struktuur van die sin uit te brei;
6. Om naslaanbronne soos woordeboeke asook die *Afrikaanse Woordelys en Spelreëls* met meer begrip te gebruik;
7. Om met begrip die grammatiese sisteem by punktuasie te hanteer.

Dit is enkele van die redes waarom die taalgebruiker 'n kennis van woordsoorte moet hê indien hy sy taalgebruik voortdurend wil ontwikkel en verfyn en 'n beter begrip vir sy taal wil ontwikkel. 'n Kennis van woordsoorte kan dus bydra tot die vaardiger gebruik van Afrikaans en daarom is 'n kennis van woordsoorte ook vir die taalgebruiker van belang.

Vervolgens kan ons aandag skenk aan die verskillende woordsoorte en hulle subkategorieë; alle woordsoorte sal egter nie in subkategorieë verdeel word nie.

5.2 Die selfstandige naamwoord (s.nw.)

Voordat ons aandag skenk aan die subkategorieë van die selfstandige naamwoord, kan ons eers kyk na enkele algemene kenmerke daarvan.

1. Morfologiese kenmerke

(*a*) Dit is slegs selfstandige naamwoorde wat 'n meervoudsuitgang kan kry, bv. *mens***e**, *meisie***s**, ens. Nie alle selfstandige naamwoorde kan 'n meervoudsuitgang kry nie. Selfstandige naamwoorde soos *twyfel*, *respek*, *petrol*, *sand*, ens. kry nie 'n meervoudsuitgang nie.

Watter selfstandige naamwoorde kan in die meervoud gebruik word? Slegs dié selfstandige naamwoorde wat na selfstandighede of voorwerpe verwys wat telbaar is, kan in die meervoud gebruik word. Woorde soos *twyfel* en *petrol* verwys nie na telbare selfstandighede nie, daarom het hulle nie 'n meervoudsvorm nie.

(*b*) Dit is ook hoofsaaklik selfstandige naamwoorde wat 'n verkleiningsuitgang kan kry. As 'n woord 'n meervoudsvorm het, dan is die waarskynlikheid groot dat dit ook 'n verkleiningsvorm kan hê.

2. Sintaktiese kenmerke

(*a*) 'n Selfstandige naamwoord is *predikatief* verbindbaar met 'n byvoeglike naamwoord, dit wil sê die selfstandige naamwoord kan in 'n posisie **na** die byvoeglike naamwoord staan, bv.

mooi kinders; goedkoop petrol; groot vreugde.

(*b*) 'n Selfstandige naamwoord is ook *attributief* verbindbaar met 'n byvoeglike naamwoord, dit wil sê die selfstandige naamwoord kan in 'n posisie **voor** die byvoeglike naamwoord staan, bv.

Die kinders is mooi.
Die petrol is goedkoop.
Die vreugde is groot.

(*c*) 'n Selfstandige naamwoord kan as *onderwerp/subjek* van 'n sin optree, bv.

Die vis swem, *Die hond* blaf, ens.

Die "doener" van die handeling is gewoonlik die onderwerp/subjek van 'n sin. In 'n sin soos: *Die tuin wemel van die insekte* is die onderwerp egter nie die "doener" van die handeling nie.

(*d*) 'n Selfstandige naamwoord kan ook as *voorwerp/objek* van 'n sin optree, bv.

Die kind lees *die boek.*
Die rugbyspeler skop *die bal.*

Die "onderganer" van die handeling is gewoonlik die voorwerp/objek van 'n sin, maar in 'n sin soos: *Die man is deur die hond gebyt*, is die "onderganer" van die handeling nie die voorwerp van die sin nie.

3. Semantiese kenmerk
Die selfstandige naamwoord is dié woordsoort waartoe woorde behoort wat 'n selfstandigheid of 'n voorwerp benoem.

4. Subkategorieë van die selfstandige naamwoord
Alhoewel die selfstandige naamwoord in 33 subkategorieë verdeel kan word, onderskei ons hier slegs ses subkategorieë. Die rede waarom ons so min kategorieë onderskei, is omdat ons redelik growwe norme gebruik by ons indeling. Indien die norme verfyn word, is 'n fyner indeling moontlik. Dit is belangrik dat die taalkundestudent woordsoorte in kleiner subkategorieë kan onderskei, maar aangesien te veel subkategorieë prakties onhanteerbaar kan raak, volstaan ons met die ses subkategorieë van die selfstandige naamwoord.

Die subkategorieë wat ons onderskei, is die volgende:
(*a*) soortname
(*b*) persoonsname
(*c*) maat- of versamelwoorde
(*d*) eiename
(*e*) abstrakta
(*f*) stofname

5.2.1 Soortname

Die meeste selfstandige naamwoorde behoort tot hierdie subkategorie.

Voorbeelde

stoel	kateder	venster	motor
bank	bril	lessenaar	rak
tafel	pen	skryfbord	boek
			deur

1. Morfologiese kenmerke
Soortname het wel meervouds- en verkleiningsuitgange, bv. *banke* – *bankie.*

2. Sintaktiese kenmerk
Soortname kan verbind met 'n telwoord, bv. vyf *dasse*, tien *tafels.*

3. Semantiese kenmerk
Soortname benoem telbare selfstandighede.

5.2.2 Persoonsname

Voorbeelde

minister	student	sanger	leerling
winkelier	barbier	kind	dosent
bestuurder	klerk	beampte	rektor

1. Morfologiese kenmerke
Persoonsname het ook meervouds- en verkleiningsuitgange, bv. *kinders – kindjie.*

2. Sintaktiese kenmerk
Persoonsname is attributief verbindbaar met die woordjies **se** en **s'n,** bv.

Dit is die student **se** *boek.*
Dit is die student **s'n.**

Hierdie sintaktiese verbinding is moontlik omdat persone iets kan besit.

3. Semantiese kenmerk
Persoonsname verwys na persone in 'n sekere betrekking of maatskaplike kring.

5.2.3 Maat- of versamelwoorde

Voorbeelde

'n *Trop* skape
'n *Boord* vrugtebome
'n *Swerm* bye
'n *Leër* soldate
'n *Vloot* skepe
'n *Span* werkers
'n *Liter* melk
'n *Meter* materiaal
'n *Glas* water
'n *Werpsel* varkies

1. Morfologiese kenmerke
Maatwoorde of versamelwoorde kan meervouds- en verkleiningsuitgange kry, bv.

Troppe skape, 'n troppie skape.

Let daarop dat al twee selfstandige naamwoorde in hierdie verbinding 'n meervoudsvorm kan hê, maar woorde soos *SKAAP* en *BEES* kan ook in die enkelvoudsvorm voorkom as die eerste selfstandige naamwoord van die verbinding 'n meervoud is, bv.

Kyk hoe wei die troppie skaap, bees.

Dit is ongewoon in Afrikaans dat albei die selfstandige naamwoorde in hierdie verbinding in die verkleiningsvorm voorkom; *'n troppie skape* en *'n trop skapies* word algemeen gebruik in Afrikaans, maar *'n troppie skapies* is 'n ongewone verbinding.

2. Sintaktiese kenmerk
Hierdie soort selfstandige naamwoorde kom gewoonlik voor in die konstruksie s.nw. + s.nw. en hulle word dan gebruik as eerste lid van dié konstruksie. Soms kom hulle ook buite die konstruksie s.nw. + s.nw. voor, bv.

Die span het gewen.
Die leër is verslaan.

3. Semantiese kenmerk
Maat- of versamelwoorde dui maat of versameling aan by dit wat deur die tweede lid van die konstruksie s.nw. + s.nw. benoem word.

5.2.4 Eiename

Voorbeelde

Jan	Rachel	Steyn	Klaas
Piet	Brigitte	Loren	Rudie
Paul	Sophia	Bardot	Jorda

1. Morfologiese kenmerke
Eiename kan meervouds- en verkleiningsuitgange kry, bv.

Daar is baie Van der Merwes, maar daar is net een Sophiatjie.

Druk hierdie verkleiningsuitgang by *Sophiatjie* noodwendig verkleining uit?

2. Sintaktiese kenmerke
Eiename word dikwels sonder 'n lidwoord gebruik, bv.

Piet is siek,

maar dit kan ook saam met lidwoorde gebruik word, bv.

Die Piet wat ek ken, sal nie sulke dinge doen nie, **of**
Daar is wel 'n Piet in ons klas.

Sommige eiename verbind gewoonlik met die lidwoord **die,** bv.

Die Verenigde State van Amerika het ook maar probleme.

Die lidwoord **die** kan nie hier weggelaat word nie. Ander eiename verbind weer in sommige sinne nie met die lidwoord **die** nie, bv.

**Die Amerika het ook maar sy probleme.*

Dit is 'n ongrammatiese sin. Tog kan 'n mens nie hieruit die afleiding maak dat die eienaam *Amerika* nooit met **die** verbind nie. Vergelyk bv.

Die Amerika wat ek vroeër geken het, is nie die Amerika van vandag nie.

Dit is moeilik om vaste reëls te gee in verband met die verbindbaarheid van eiename met lidwoorde.

3. Semantiese kenmerk
Eiename benoem 'n spesifieke persoon, plek of ding, d.w.s. eiename benoem 'n unieke selfstandigheid.
Die subkategorie eiename kan weer verder ingedeel word in kleiner kategorieë, bv.

plekname – Putsonderwater	*vanne* – Willemse
maandname – Januarie	*taalname* – Esperanto
saakname – Edworks	*boekname* – *Tristia*
voorname – Jan	*motorname* – Volkswagen

5.2.5 Abstrakta

Voorbeelde

haat	vrees	vryheid	vreugde
liefde	trots	valsheid	ambisie
deug	leed	fiemies	toewyding
blydskap	respek	twyfel	vriendskap

1. Morfologiese kenmerk
Abstrakta kry in die reël nie 'n meervouds- of 'n verkleiningsuitgang nie, maar dit kom soms tog wel voor, bv.

Naasteliefde is die tweede grootste liefde van alle liefdes.
Die salarisverhoging het darem vir die onderwysers so 'n ou klein blydskappie gebring.

Abstrakta kry in die reël nie 'n meervoudsvorm nie, omdat dit nie na telbare selfstandighede verwys nie.

2. Sintaktiese kenmerk
Abstrakta kan sonder 'n lidwoord gebruik word as onderwerp of as voorwerp van 'n sin, bv.

Jaloesie is dikwels die oorsaak van egskeidings.

Hulle betoon respek.

3. Semantiese kenmerk
Abstrakta benoem 'n onstoflike selfstandigheid, d.w.s. soos daar soms gesê word: abstrakta benoem dinge wat 'n mens nie kan sien, hoor, ruik of voel nie. Die selfstandighede waarna abstrakta verwys, is nie konkreet nie en hulle is nie met die sintuie waarneembaar nie.

5.2.6 Stofname

Voorbeelde

tin	koper	asbes	kalk
yster	silwer	klei	sement
goud	linne	room	hout
petrol	porselein	sand	water

Sommige van hierdie stowwe is vaste stowwe en ander is vloeistowwe.

1. Morfologiese kenmerke

Omdat stofname dinge benoem wat nie telbaar is nie, het hulle, soos abstrakta, in die reël nie 'n meervoudsvorm nie. Die vorms *houte* en *ysters* kom wel voor in 'n sin soos *Daar lê twee houte, ysters in die agterplaas*, maar dan beteken *houte* "stukke hout" en *ysters* beteken "stukke, stawe yster".

2. Sintaktiese kenmerke

Stofname kan met of sonder die lidwoord **die** gebruik word, bv. *Goud is swaar* **of** *Die goud is swaar*, maar stofname kombineer nie met 'n onbepaalde lidwoord nie. In die sin *Daar lê 'n hout, yster in die agterplaas* beteken *'n hout* "'n stuk hout" en *'n yster* beteken "'n stuk yster".

Stofname kan as tweede lid van die verbinding s.nw. + s.nw. voorkom, bv. *'n liter petrol, 'n meter linne.* Die eerste lid van dié verbinding is dan 'n maatwoord.

3. Semantiese kenmerk

Stofname benoem 'n stoflike, meetbare, maar 'n ontelbare selfstandigheid of ding.

Uit die voorafgaande bespreking van die subkategorieë van die selfstandige naamwoord behoort dit duidelik te wees dat semantiese oorwegings die primêre rol speel by die indeling van selfstandige naamwoorde in subkategorieë. Morfologiese en sintaktiese oorwegings speel 'n sekondêre rol by dié indeling.

5.2.7 Groepwerk in verband met die selfstandige naamwoord

1. Daar is drie hoofoorwegings wat 'n rol speel by die indeling van woorde in woordsoorte. Noem hierdie drie oorwegings.
2. Wat verstaan u onder die terme *morfologie, sintaksis* en *semantiek ?*
3. Riana is 'n kunsstudent. Die liefde wat sy vir silwer het, het sy van haar bekende dosent gekry. Op die voetstuk van een van die bekers wat sy gemaak het, is 'n flottielje duikbote uitgegraveer.
   (*a*) Onderstreep al die selfstandige naamwoorde in die paragraaf.
   (*b*) Benoem nou al dié selfstandige naamwoorde so volledig as moontlik.
4. (*a*) Kan die woorde *liefde* en *silwer* (kyk paragraaf onder vraag 3 hierbo) morfologiese veranderinge ondergaan ? Motiveer u antwoord.
   (*b*) Hoekom is *liefde* 'n abstrakte selfstandige naamwoord ?
   (*c*) Op grond van watter hoofoorweging word *liefde* 'n abstrakte selfstandige naamwoord genoem ?
   (*d*) Hoekom is *silwer* 'n stofnaam ?
   (*e*) Op grond van watter hoofoorweging word *silwer* 'n stofnaam genoem ?
5. (*a*) Hoekom is *voetstuk, bekers* en *duikbote* soortname ?
   (*b*) Op grond van watter hoofoorweging word hierdie drie woorde ingedeel in die subkategorie soortname ?
6. Wat word bedoel as ons sê: "Soortname benoem telbare selfstandighede" ?
7. Die woorde *Riana, kunsstudent, dosent* en *flottielje* verwys ook na telbare selfstandighede, maar hoekom is hulle nie soortname nie ?

8. Watter sintaktiese kenmerk het *flottielje* in die konstruksie *'n flottielje duikbote* in gemeen met ander versamelwoorde/maatwoorde?
9. Noem een sintaktiese kenmerk wat *liefde*, *voetstuk* en *bekers* in gemeen het in die paragraaf onder vraag 3.
10. Word abstrakta gewoonlik in kombinasie met 'n lidwoord gebruik?
11. Watter ander soorte selfstandige naamwoorde word gewoonlik ook nie saam met 'n lidwoord gebruik nie?
12. Is die byvoeglike naamwoord *bekende* predikatief of attributief verbind met die selfstandige naamwoord *dosent?*
13. Verander die konstruksie *die bekende dosent* sodat *bekende* predikatief gebruik word ten opsigte van *dosent.*
14. In die sin: *Jan skop die bal* is *Jan* die onderwerp en *die bal* die voorwerp van die sin. Hoe weet 'n mens dit?
15. (*a*) Watter hoofoorweging speel die primêre rol by die indeling van selfstandige naamwoorde in subkategorieë?
    (*b*) Watter ander hoofoorwegings speel 'n rol by die indeling van selfstandige naamwoorde in subkategorieë?

5.3 Die werkwoord (ww.)

1. Definisie van die werkwoord

Daar word soms gesê dat die werkwoord dié woordsoort is waartoe woorde behoort wat vir jou "vertel wat *gedoen* word". Werkwoorde verwys dus na die *handeling* of *aktiwiteit* wat plaasvind.

Teen hierdie definisie van die werkwoord kan besware ingebring word. 'n Voorbeeld om te illustreer dat werkwoorde nie altyd "vertel wat gedoen word" nie, is *Hy* **is** *siek.* Hier is **is** die werkwoord. As iemand siek **is,** wat doen hy dan? Wat se handeling of aktiwiteit druk **is** in hierdie sin uit? Vergelyk ook: *Hy* **heet** *Piet. Hy* **lyk** *siek.* Hierdie omskrywing van die werkwoord sluit nie alle soorte werkwoorde in nie. Die funksie van koppelwerkwoorde word nie deur dié omskrywing gedek nie.

'n Mens kan liewer sê dat die werkwoord die woordsoort is waartoe woorde behoort met behulp waarvan *verskillende tydsaspekte uitgedruk/aangedui kan word*, naamlik **hede** (teenwoordige tyd), **verlede** (verlede tyd) en **toekoms** (toekomende tyd), bv.

Hy *werk* (= hede; presens).
Hy *het gewerk* (= verlede; perfektum).
Hy *sal* môre *werk* (= toekoms; futurum).

(*a*) Die **teenwoordige tyd** word gevorm deur die infinitiefvorm van die werkwoord, bv. *Hy werk. Hulle rus. Julle studeer.*
Die infinitiefvorm word nie net gebruik in sinne waarin die teenwoordige tyd uitgedruk word nie, maar dit kan ook voorkom in sinne waarin die verlede tyd uitgedruk word, bv. *Toe ek daar* **kom, staan** *hy in die kroeg* en dit kan ook in sinne gebruik word waarin die toekomende tyd uitgedruk word, bv. *Hulle* **kom** *môre.*

(*b*) Die **verlede tyd** word gevorm deur die instruksie **het** + **ge-** + **ww.,** bv.

Hy het gewerk. Hulle het gerus. Julle het studeer.

Het + **ge-** + **ww.** word nie net gebruik om die verlede tyd (perfektum) uit te druk nie, dit kan ook gebruik word om die voorverlede tyd (plusquamperfectum) uit te druk, bv.

Nadat ek daar **gekom het,** *het hulle vertrek.*

(*c*) Die **toekomende tyd** word gevorm deur die gebruik van **sal** + **infinitief,** bv.

Hy sal die werk doen.

Die toekomende tyd kan ook deur die sin *Ek kom môre* uitgedruk word, alhoewel in dié sin slegs 'n infinitiefvorm van die werkwoord aanwesig is.

Die feit dat dieselfde vorm van die werkwoord gebruik kan word om verskillende tye mee uit te druk, dui daarop dat werkwoorde nie suiwer tydsvorme is nie. Werkwoorde kan ook gebruik word om *aspek* en *modaliteit* uit te druk. Meer besonderhede hieroor kan verkry word in M. de Villiers se boek *Die grammatika van tyd en modaliteit.*

2. Algemene kenmerke van die werkwoord

(*a*) *Morfologiese kenmerke*

Van 'n werkwoordstam kan 'n teenwoordige deelwoord gevorm word deur die byvoeging van **-ende,** bv. *werk* – *werkende.*

Van 'n werkwoordstam kan ook 'n verlede deelwoord gevorm word deur die byvoeging van **ge-,** bv.

Die brood is gebak,

of deur die gelyktydige byvoeging van **ge-** plus **-te/-de,** bv.

Gevlegte hare, gedroogde vrugte.

(*b*) *Sintaktiese kenmerk*

Sommige werkwoorde kan as sin gebruik word en wel as bevelsin, bv. KOM! LOOP! SIT!

(*c*) *Semantiese kenmerk*

Ons het reeds gesien dat die werkwoord dié woordsoort is waartoe woorde behoort waarmee o.a. verskillende tydsaspekte: hede, verlede, toekoms, aangedui kan word.

3. Die subkategorieë van die werkwoord

Die werkwoord kan in 'n groot aantal subkategorieë verdeel word. Ons gaan slegs aandag skenk aan enkele van hierdie kategorieë.

5.3.1 Werkwoorde van beweging

Voorbeelde

klim	draf	hardloop	rol	ry
loop	stap	slenter	knip	galop

1. Sintaktiese kenmerk

Hulle het as kenmerkende sintaktiese kenmerk die verbindbaarheid met bywoorde of *bywoordelike bepalings van rigting.*

(*a*) *Hy ry dorp toe.*

(*b*) *Hulle loop huis toe.*

(*c*) *Hulle draf noordwaarts.*

2. Semantiese kenmerk

Werkwoorde van beweging verwys na 'n handeling waar beweging van een punt na 'n ander betrokke is.

5.3.2 Instrumentwoorde

Voorbeelde

hamer	saag	hark	ploeg	eg
borsel	skaaf	kam	skoffel	spuit

Semantiese kenmerk

Hulle verwys na 'n handeling wat *met behulp van 'n instrument* uitgevoer word.

(*a*) *Hy saag die hout met 'n saag.*

(*b*) *Die skaaf skaaf lekker.*

(*c*) *Die hark hark moeilik.*

(*d*) *Sy kam haar hare.*

5.3.3 Materie-werkwoorde

Voorbeelde

kalk	ghries	olie	poeier
lym	teer	verf	

Semantiese kenmerk

Dit korrespondeer met 'n selfstandige naamwoord in die subkategorie stofname

(*a*) *Olie die fiets (met olie).*

(*b*) *Hulle teer die strate (met teer).*

5.3.4 Onpersoonlike werkwoorde

Bv. *Dit reën / dou / weerlig / blits / hael / sneeu / kapok / ryp.*

1. Sintaktiese kenmerk

Onpersoonlike werkwoorde verbind met die onpersoonlike voornaamwoord **dit.**

2. Semantiese kenmerk

Onpersoonlike werkwoorde verwys na 'n handeling waarby 'n *natuurelement* betrokke is.

5.3.5 Koppelwerkwoorde

Voorbeelde

blyk	Dit **blyk** 'n sukses te wees.
bly	Die vleis **bly** vars.
heet	Hy **heet** Koos.
lyk	Hy **lyk** na sy pa.
skyn	Hy **skyn** siek te wees. Dit **skyn** of hy die werk ken.
raak	Hulle **raak** verloof.
voorkom	Dit **kom** verdag **voor.**
wees	Hy **is** die jongste kind. Dit **was** nie hulle nie. **Wees** getrou!
word	Dit **word** laat. Hy **word** wat ons van hom verwag.

Sintaktiese kenmerke

1. Koppelwerkwoorde is verbindbaar met die aanwysende voornaamwoord **dit:**
   (*a*) *Dit is 'n slim kind.*
   (*b*) *Dit kom verdag voor.*
2. Koppelwerkwoorde kan nie alleen die gesegde van 'n sin vorm nie. Die koppelwerkwoord het altyd 'n aanvulling of 'n komplement nodig. Hierdie komplement kan o.a. gevorm word deur 'n byvoeglike naamwoord, bv. *Hy is slim,* of deur 'n selfstandige naamwoord, bv. *Hy word dokter.*
   'n Koppelwerkwood koppel die onderwerp van die sin met die komplement van die koppelwerkwoord. Die koppelwerkwoorde word dus primêr op grond van hul sintaktiese kenmerk in dié subkategorie van die werkwoord ingedeel.

5.3.6 Werkwoorde van tyd

Hierdie subkategorie van die werkwoord word in twee kleiner groepe verdeel.

1. Werkwoorde van die voltooidheid

Voorbeelde: het, was

(*a*) *Sintaktiese kenmerk*
Hierdie werkwoorde kombineer met die verlede deelwoordvorm van die werkwoord met/sonder **ge-,** of met **gewees,** bv.

Hy het die werk gedoen.
Sy was eerste gewees.

(*b*) *Semantiese kenmerk*
Werkwoorde van die voltooidheid help om die verlede tyd aan te dui.

2. Werkwoorde van die toekomende tyd

Voorbeelde: sal, gaan

(*a*) *Sintaktiese kenmerk*
Hierdie werkwoorde kombineer met 'n infinitiefvorm van die werkwoord bv.
Hy sal die werk doen.
Hy gaan volgende jaar werk.

(*b*) *Semantiese kenmerk*
Werkwoorde van die toekomende tyd bevat die betekeniselement "toekoms".

5.3.7 Werkwoorde van die passief

Voorbeelde: word, is, was

1. Sintaktiese kenmerk

Hierdie werkwoorde kom meestal in 'n konstruksieverband ww. + **deur** + s.nw./vnw. + verlede deelwoord voor.

Passief: *Hy word deur Piet/hom geroep.*
Aktief: *Piet roep hom.*
Passief: *Hy is/was deur die polisie gesien.*
Aktief: *Die polisie het hom gesien.*

2. Semantiese kenmerk
Werkwoorde van die passief benoem die aspek "passiwiteit".
As die werkwoorde **is, word, was** nie passiwiteit aandui nie, is hulle koppelwerkwoorde.

Hy **is** *siek. Hy* **word** *gesond.*

5.3.8 Modale werkwoorde of sg. hulpwerkwoorde

Voorbeelde: wil, mag, moet, kan, hoef

1. Morfologiese kenmerke
Sommige van dié werkwoorde het 'n onreëlmatige vorm vir die verlede tyd:

sal – sou	kan – kon	moet – moes
wil – wou	mag – mog	

2. Sintaktiese kenmerk
Die modale werkwoorde is almal kombineerbaar met 'n kort infinitief:

Hy wil **presteer.**

3. Semantiese kenmerk
Modale werkwoorde druk modaliteit uit. Wat moet verstaan word onder die begrip *modaliteit?* Oral waar daar in die taal 'n *moontlikheid* of 'n *waarskynlikheid* ter sprake is, praat ons van modaliteit.
(*a*) Hy mag die lokaal verlaat.
Hier benoem **mag** *toelating.*
(*b*) Hy hoef nie die werk te doen nie.
Hoef benoem *noodsaak.*
(*c*) Hy moet nie die werk doen nie.
Moet benoem *noodsaak.*
(*d*) Hy kan die werk doen.
Hier benoem **kan** 'n vermoë.
(*e*) Hy wil Afrikaans met 'n onderskeiding slaag.
Hier benoem **wil** 'n *positiewe geneigdheid.*

5.3.9 Werkwoorde van posisie

Voorbeelde: staan, lê, sit, loop (miskien ook *hang*)

1. Sintaktiese kenmerk
Dié werkwoorde kan optree as eerste lid van die soort konstruksie **staan** *en lol,* **sit** *en gesels,* **lê** *en lees,* **loop** *en beduie,* **hang** *en swaai aan die tou.*

2. Semantiese kenmerk
Hierdie werkwoorde het die gemeenskaplike bestekeniselement "posisie". Let daarop dat **staan** nie altyd letterlik *staan* beteken in 'n sin soos *Hy staan en lol met my nie.*

5.3.10 Werkwoorde van sintuiglike waarneming

Voorbeelde: sien, hoor, ruik, proe, voel

1. Sintaktiese kenmerk
Hierdie werkwoorde van sintuiglike waarneming is almal kombineerbaar met 'n kort infinitief en met 'n selfstandige naamwoord/voornaamwoord wat as voorwerp optree.
(*a*) *Ek sien hom* **werk.**
(*b*) *Ons hoor die kinders* **raas.**
(*c*) *Hy voel die son* **brand.**
(*d*) *Hulle ruik die braaivleis* (**brand**).
(*e*) *Hy proe die wyn* (**prik**).

2. Semantiese kenmerke
Dié werkwoorde het die gemeenskaplike betekeniselement van "waarneming". Dit is aktiwiteite wat uitgevoer word deur die *vyf sintuie* van die mens, nl. gesig, gehoor, tas, reuk en smaak. Vandaar dan ook dat *sien, hoor, ruik, proe* en *voel* werkwoorde van *sintuiglike waarneming* genoem word. Dis waarneming m.b.v. jou sintuie.

Werkwoorde word in subkategorieë verdeel hoofsaaklik op grond van semantiese oorwegings, maar by die indeling van koppelwerkwoorde speel sintaktiese oorwegings die primêre rol.
Hiermee is nie alle subkategorieë van die werkwoord behandel nie. Werkwoorde soos *eet, slaap, werk, studeer,* en nog talle ander, word nie deur hierdie subkategorieë gedek nie.

Het/wil as werkwoorde
Ons wil net daarop wys dat ons gesê het dat **het** 'n werkwoorde van tyd is en wel 'n werkwoorde van die voltooidheid. **Het** is nie altyd 'n werkwoorde van die voltooidheid nie. In die sin *Hy* **het** *meer geld as verstand* sou 'n mens **het** slegs kon benoem as werkwoord. **Wil** is nie altyd 'n modale werkwoord nie, bv. *God* **wil** *dit anders as die mens.*

Oorganklik/onoorganklike werkwoorde
'n Ander belangrike aspek van die werkwoord is dat dit soms *oorganklik* en soms *onoorganklik* gebruik kan word. In die sinne *Hy leer sy les; Hy bereken sy geldsake* word die werkwoorde *oorganklik* gebruik. Ons sê die werkwoord word oorganklik gebruik omdat die handeling/aktiwiteit wat deur die onderwerp van die sin uitgevoer word, oorgaan op die voorwerp.

In die sinne *Hy slaap lekker; Hulle konfereer; Die ministers beraadslaag* word die werkwoorde *onoorganklik* gebruik, want hier is daar nie sprake dat die handeling/aktiwiteit wat deur die werkwoord benoem word, oorgaan op die voorwerp nie. In hierdie sinne is geen voorwerp nie.

5.3.11 Groepwerk in verband met die werkwoord

Die werkers *kruip* heen en weer en *borsel* die verf van die straat af, want die straat *moet* weer deur hulle *geteer word.* Dit *lyk* of dit more *gaan reën,* maar hulle *moet* die werk *voltooi*. Hulle *het* al baie *gedoen*, maar ek *sien* dat hulle nie *sal klaarkry* nie, want hulle *sit* te lank en *rus*.

1. Benoem elk van die kursiefgedrukte woorde so volledig as moontlik.
2. (*a*) Op grond van watter oorweging word **kruip** 'n werkwoord van beweging genoem?
   (*b*) Noem 'n opvallende sintaktiese kenmerk van werkwoorde van beweging.
3. Op grond van watter oorweging word **borsel** 'n instrumentwerkwoord genoem?
4. Wat benoem die modale werkwoord **moet?**
5. Op grond van watter kenmerk word **teer** 'n materiewerkwoord genoem?
6. (*a*) Op grond van watter kenmerk word **word** 'n werkwoord van die passief genoem?
   (*b*) Watter sintaktiese kenmerk staaf 'n mens se vermoede dat **word** 'n werkwoord van die passief is?
7. (*a*) Op grond van watter kenmerk word **lyk** 'n koppelwerkwoord genoem?
   (*b*) Watter ander sintaktiese kenmerk staaf 'n mens se vermoede dat **lyk** 'n koppelwerkwoord is?
8. (*a*) Op grond van watter kenmerk word **gaan** 'n werkwoord van die toekomende tyd genoem?
   (*b*) In watter ander subkategorie van die werkwoord sou 'n mens die woord **gaan** kon indeel?
   (*c*) Op grond van watter sintaktiese kenmerk sou 'n mens kon sê **gaan** is 'n werkwoord van die toekomende tyd?
   (*d*) Is dit 'n onderskeidende kenmerk van hierdie subkategorie?
9. Hoekom verbind **moet,** wat 'n modale werkwoord is, in die konstruksie *moet geteer word* met 'n verlede deelwoord?
10. (*a*) Op grond van watter kenmerk word **reën** as 'n onpersoonlike werkwoord beskou?
    (*b*) Watter sintaktiese kenmerk van **reën** staaf hierdie vermoede?
11. (*a*) Op grond van watter kenmerk word **moet** 'n modale werkwoord genoem?
    (*b*) Noem 'n sintaktiese kenmerk van die modale werkwoord **moet.**
12. Hoekom word die woord **voltooi** as 'n werkwoord beskou?
13. (*a*) Op grond van watter kenmerk word die woord **het** as 'n werkwoord van die perfektum beskou?
    (*b*) Noem 'n tipiese sintaktiese kenmerk van 'n werkwoord van die perfektum.
14. **Gedoen** is 'n verlede deelwoord. Watter morfologiese kenmerk van die woord bevestig die vermoede?
15. Op grond van watter kenmerk word **sien** beskou as 'n werkwoord van sintuiglike waarneming?
16. (*a*) Op grond van watter kenmerk word **sal** beskou as 'n werkwoord van die toekomende tyd?
    (*b*) Noem 'n sintaktiese kenmerk van die woord **sal.**
17. (*a*) Op grond van watter kenmerk word **sit** as 'n werkwoord van posisie beskou?
    (*b*) Noem 'n opvallende sintaktiese kenmerk van werkwoorde van posisie.
18. (*a*) Watter kenmerk speel oorwegend 'n rol by die indeling van werkwoorde in subkategorieë?
    (*b*) Watter ander kenmerk speel ook 'n belangrike rol?

5.4 Die byvoeglike naamwoord (adjektief) (b.nw.)

Alhoewel die byvoeglike naamwoord, in nege subkategorieë verdeel kan word, sal ons nie hier aandag gee aan dié subkategorieë nie. Ons gee slegs aandag aan enkele van die algemene kenmerke van die byvoeglike naamwoord.

5.4.1 Morfologiese kenmerk

Byvoeglike naamwoorde kan dikwels met **-er** en **-ste** verbind om graadverskille aan te dui, bv.

mooi – mooier – die mooiste

5.4.2 Sintaktiese kenmerke

1. Die byvoeglike naamwoord is *attributief* verbindbaar met 'n selfstandige naamwoord.
   Die **lang** *man; Die* **mooi** *meisie; die* **lelike** *skoonheid*
2. Sommige byvoeglike naamwoorde verbind met *minder/die minste* of met *meer/mees* om die trappe van vergelyking te vorm.
   Minder/meer tevrede, verlate, verleë
   Die minste/mees tevrede, verlate, verleë
3. Die byvoeglike naamwoord is *predikatief* verbindbaar met 'n selfstandigenaamwoord.
   (*a*) *Die man is* **lank.**
   (*b*) *Die meisie is* **mooi.**
   (*c*) *Die skoonheid is* **lelik.**

5.4.3 Semantiese kenmerk

Daar word dikwels gesê dat die byvoeglike naamwoord meer vertel van die selfstandige naamwoorde. Dit is 'n poging om die kategoriale semantiese waarde van byvoeglike naamwoorde te omskryf. Hierdie omskrywing is in verskeie opsigte onbevredigend.

Dit is in die eerste opsig onbevredigend omdat in hierdie definisie nie onderskeid gemaak word tussen die **woordsoort** van *meisie* en dit waarna die woord *meisie* verwys nie. In die konstruksie *die mooi meisie* is *mooi* 'n byvoeglike naamwoord en *meisie* 'n selfstandige naamwoord. Die vraag ontstaan: Is dit so dat *mooi* as byvoeglike naamwoord jou meer vertel van *meisie* as selfstandige naamwoord ? Vertel *mooi* as byvoeglike naamwoord jou nie liewer meer van dit wat deur die selfstandige naamwoord *meisie* benoem word nie ? Dit is dus die *meisie* wat *mooi* is en nie die selfstandige naamwoord nie. Indien die byvoeglike naamwoord 'n mens meer van die selfstandige naamwoord vertel het, sou dit byvoorbeeld vir jou vertel het of die selfstandige naamwoord 'n meervoudsuitgang of 'n verkleiningsuitgang het, of nie. Maar dit is nie die geval nie.

Hierdie definisie van die byvoeglike naamwoord, naamlik dat die byvoeglike naamwoord meer vertel van die selfstandige naamwoord is dus in die eerste plek onbevredigend omdat hier nie onderskei word tussen die **woordsoort** van *meisie* en dit waarna die woord *meisie* verwys nie.

Hierdie definisie is ook nog in 'n tweede opsig onbevredigend, al maak ons dan die onderskeid tussen die woordsoort van *meisie* en dit waarna die woord *meisie* verwys. Al sou die definisie soos volg lui: die byvoeglike naamwoord vertel vir jou meer van dit waarna die selfstandige naamwoord verwys, dan bly die definisie onbevredigend. Die vraag ontstaan: vertel die byvoeglike naamwoord jou inderdaad méér van dit waarna die selfstandige naamwoord verwys? As ek net praat van *'n meisie* laat dit die ruimte om aan enige soort meisie te dink. Sodra ek egter praat van *'n* **mooi** *meisie* skakel dit al die ander moontlikhede uit. In 'n sekere sin vertel 'n byvoeglike naamwoord 'n mens dus nie meer van dit waarna die selfstandige naamwoord verwys nie, maar eerder minder. As iemand praat van *'n mooi meisie*, dan is dit maar die spreker se eie oordeel/houding wat hy uitspreek ten opsigte van die meisie. Vir iemand anders is sy miskien nie mooi nie, maar slegs *redelik mooi* en vir 'n derde persoon is sy miskien selfs *lelik*.

Ons kan sê: die woorde wat as byvoeglike naamwoorde geklassifiseer word, benoem 'n eienskap waarmee die spreker sy eie oordeel/houding uitdruk t.o.v. dit wat deur die selfstandige naamwoord benoem word.

Dit is belangrik om daarop te let dat die betekenis van woorde wat as byvoeglike naamwoorde geklassifiseer word nóú saamhang met die betekenis van woorde wat as selfstandige naamwoorde geklassifiseer word.

5.5 Die bywoord (adverbium) (bw.)

5.5.1 Sintaktiese kenmerk

Navorsingwerk wat in Afrikaans, Engels en Nederlands gedoen is, wys daarop dat die bywoord in minstens 42 subkategorieë verdeel kan word. In die praktyk is dit onmoontlik om met al hierdie subkategorieë te werk, daarom gaan ons die bywoord in slegs ag subkategorieë verdeel.

Die Latynse voorvoegsel **ad-** beteken *hoort by* of *bepaal*. Die **adverb** hoort dus by die verbum of die werkwoord. Die bywoord kan predikatief gebruik word ten opsigte van die werkwoord, bv. *Hy draf kaalvoet*, maar die bywoord kan ook attributief gebruik word t.o.v. die deelwoord of infinitief, bv. *Hy het onverwags opgedaag; Hy sal baie verloor*.

5.5.2 Semantiese kenmerk

Die bywoord bepaal die handeling/aktiwiteit wat deur die werkwoord benoem word. Die betekenis van woorde wat as bywoorde geklassifiseer word, hang dus nou saam met die betekenis van woorde wat as werkwoorde geklassifiseer word.

5.5.3 Subkategorieë van die bywoord

1. Bywoord van graad

Voorbeelde: baie, alteveel, amper, hoogstens, uitermate, weinig

(*a*) Hy het die vakansie *baie* geniet.
(*b*) Hy het die dans *alteveel* geniet.
(*c*) Hy het die eksamen *amper* geslaag.
(*d*) Die Springbokke het *amper* gewen.

Op die vraag: **In watter mate?** kry 'n mens gewoonlik 'n *bywoord van graad* as antwoord.

2. Bywoord van kwaliteit of manier

Voorbeelde

aandagtig	binnensmonds	kalm	eentonig
kaalvoet	geruisloos	saggies	ernstig
aanmekaar	onverwags	vinnig	aaneen

(*a*) Die leerlinge luister *aandagtig.*
(*b*) Dit reën *aanneen.*

Morfologiese kenmerk
Dit is veral hierdie soort bywoorde wat trappe van vergelyking kan kry, bv.

vinnig – vinniger – die vinnigste

maar nie almal kan trappe van vergelyking kry nie. Op die vraag: **Hoe?** kry 'n mens gewoonlik 'n *bywoord van kwaliteit* of *manier* as antwoord.

3. Bywoord van tyd

Voorbeelde

elfuur	Februarie	middernag	môre
namiddag	vanaand	vandag	toeka
vanmelewe	Woensdag	destyds	so pas
eergister	lankal		

(*a*) Die trein vertrek *elfuur.*
(*b*) Die universiteit heropen *Februarie.*
(*c*) Die maanreisigers land *vandag/môre/Woensdag.*
Op die vraag: **Wanneer?** kry 'n mens gewoonlik 'n *bywoord van tyd* as antwoord.

4. Bywoord van tydsduur

Voorbeelde: heeldag, jare lank, heelnag
Hulle werk *heeldag* en *heelnag*
Bywoorde van tydsduur dui nie op 'n spesifieke tyd nie, maar op tyd wat oor 'n periode strek.
Op die vraag: **Hoe lank?** kry 'n mens gewoonlik 'n *bywoord van tydsduur* as antwoord.

5. Bywoord van frekwensie

Voorbeelde

nou en dan	soms	telkens	gewoonlik
dikwels	saans	baiekeer	partymaal

(*a*) Hy studeer *nou en dan.*
(*b*) Hulle toer *dikwels.*
Op die vraag: **Hoe dikwels?** kry 'n mens gewoonlik 'n *bywoord van frekwensie* as antwoord.

6. Bywoord van plek

Voorbeelde

daar	tuis	naby	elders	orals
hier	êrens	nêrens	weerskante	

(*a*) Hulle oornag *hier.*
(*b*) Ons bly *tuis.*
(*c*) Hulle stap *weerskante.*

Op die vraag: **Waar?** kry 'n mens gewoonlik 'n *bywoord van plek* as antwoord.

7. Bywoord van rigting

Voorbeelde

daarheen	noordwaarts	hemelwaarts	ooswaarts
hiernatoe	opwaarts	voorwaarts	grafwaarts

(*a*) Die ruiter kyk *noordwaarts.*
(*b*) Die helikopter beweeg *opwaarts.*

Op die vraag: **Waarheen?** kry 'n mens gewoonlik 'n *bywoord van rigting* as antwoord.

8. Bywoord van modaliteit

Voorbeelde

asseblief	miskien	mos	definitief
beslis	hopelik	darem	eintlik
dalk	kamtig	tog	gelukkig

(*a*) Doen *asseblief* die werk.
(*b*) Hy stem *beslis.*
(*c*) Hy kom *mos.*

Semantiese kenmerk

Bywoorde van modaliteit druk 'n *moontlikheid*, *waarskynlikheid*, *houding* of *emosie* uit.

5.5.4 Bywoordvolgorde

Let daarop dat, indien daar meer as een bywoord in 'n sin optree, die volgorde van die bywoorde soms redelik vas is t.o.v. mekaar:

Hy sal *beslis* **môre** HUIS TOE kom (1. modaliteit, 2. tyd, 3. plek),

maar nie

*Hy sal HUIS TOE **môre** *beslis* kom, nie.

Soms is die volgorde van die bywoorde redelik vry t.o.v. mekaar, bv.

Hy bly *môre* **tuis.** (1. tyd, 2. plek)

of

Hy bly **tuis** *môre.* (2. plek, 1. tyd)

Wat die bywoordvolgorde aanbetref, is daar **in Afrikaans bepaalde volgordereëls** indien daar meer as een bywoord in 'n sin voorkom. In Engels is ook volgordereëls, maar die volgordereëls verskil van dié van Afrikaans. Dit net terloops. Ons het gesien dat die bywoord gewoonlik 'n werkwoord bepaal of dat die bywoord hoort by die werkwoord. Soms bepaal die bywoord nie 'n werkwoord nie, maar 'n ander woordsoort:

1. Dit kan ook 'n *ander bywoord* bepaal. *Die vliegtuig vlieg* **erg hoog.**
   Die betekenis van **erg** hang hier nou saam met die betekenis van **hoog.**
2. Soms bepaal die bywoord 'n byvoeglike naamwoord.
   (*a*) *Die kind is* **baie siek.**
   (*b*) *Dit was 'n* **redelik interessante** *vertoning.*
3. Soms bepaal die bywoord 'n *voorsetsel.*
   Hy staan **vlak voor** *die pale.*
4. Soms bepaal die bywoord 'n *voegwoord.*
   Hy het kom kuier **kort voordat** *hy weg is.*
5. Soms bepaal die bywoord 'n *telwoord.*
   Daar is **byna drie** *bottels vol.*

5.5.5 Bywoorde en trappe van vergelyking

Sommige bywoorde kan trappe van vergelyking kry. Watter ander woordsoort het ons gesien kan ook trappe van vergelyking kry? – Die byvoeglike naamwoord. Trappe van vergelyking is dus nie 'n morfologiese kenmerk wat eie is net aan die bywoord of aan die byvoeglike naamwoord nie. Indien 'n woord trappe van vergelyking het, dan weet ons dat dit óf 'n bywoord óf 'n byvoeglike naamwoord moet wees. Op grond van die morfologie alleen sal 'n mens nie kan onderskei tussen byvoeglike naamwoorde en bywoorde nie. Ons kan egter maklik onderskei tussen bywoorde en byvoeglike naamwoorde, want ons het gesien dat die *betekenis* van 'n byvoeglike naamwoord nou saamhang met dié van 'n selfstandige naamwoord, en dat die betekenis van die bywoord weer nou saamhang met dié van 'n werkwoord of met dié van ander woordsoorte. Die betekenis van die bywoord hang egter nooit saam met dié van 'n selfstandige naamwoord nie. Die semantiese oorweging speel dus 'n belangrike rol by die indeling van woorde in bywoorde en byvoeglike naamwoorde.

5.6 Die lidwoord (lw.)

Voorbeelde

'n 'n man, 'n kind, 'n vrou
die die boek, die bank, die lidwoord

5.6.1 Morfologiese kenmerk

Lidwoorde kan geen vormverandering ondergaan nie. Hulle is dus *amorf.*

5.6.2 Sintaktiese kenmerke

Lidwoorde is attributief verbindbaar met selfstandige naamwoorde, d.w.s. die lidwoord staan in 'n posisie **voor** die selfstandige naamwoord.

(*a*) **Die** *studente boikot* **die** *intervarsity.*
(*b*) **'n** *Mens is* **'n** *onvoorspelbare wese.*

Soms tree daar 'n byvoeglike naamwoord tussen die lidwoord en die selfstandige naamwoord op.
Die **belowende** *rugbyspeler is ernstig beseer.*

5.6.3 Semantiese kenmerk

Die lidwoord speel tog 'n belangrike rol in die betekenis van 'n sin. Vergelyk byvoorbeeld die volgende sinne se betekenisse met mekaar:

(*a*) **Die** polisievrou soek **die** man.
(*b*) **Die** polisievrou soek **'n** man.
(*c*) **Die** polisievrou soek man.

Die lidwoord **die** het 'n *identifiserende betekenis*, vandaar dat **die** 'n *bepaalde lidwoord* genoem word. Die lidwoord **die** bepaal/identifiseer die ding wat deur die selfstandige naamwoord benoem word.
Die lidwoord **'n** het 'n *individualiserende betekenis*, maar geen identifiserende betekenis nie. As iemand sê: *Die polisievrou soek* **'n** *man* dan weet jy sy soek na 'n manlike individu, maar die man word nie deur **'n** geïdentifiseer nie, daarom weet 'n mens nie watter man sy soek nie. Vandaar dat **'n** 'n *onbepaalde lidwoord* genoem word.
Die bepaalde en die onbepaalde lidwoorde word van mekaar onderskei primêr op grond van semantiese oorwegings.

5.6.4 Groepwerk in verband met die lidwoord

Die student het 'n probleem

1. Noem 'n morfologiese kenmerk van **die.**
2. Noem 'n sintaktiese kenmerk van **die.**
3. Noem die semantiese kenmerk van **die.**
4. Tot watter woordsoort behoort die woord **die?**
5. Tot watter subkategorie van dié woordsoort?
6. Hoekom word **die** 'n bepaalde lidwoord genoem?
7. Watter oorweging speel die belangrikste rol by die indeling van **die** in die subkategorie bepaalde lidwoord?
8. Noem 'n morfologiese kenmerk van die woord **'n.**
9. Noem 'n sintaktiese kenmerk van die woord **'n.**
10. Noem die semantiese kenmerk van die woord **'n.**
11. Het **'n** in bostaande sin 'n bepalende funksie?
12. Tot watter woordsoort behoort die woord **'n?**
13. Tot watter subkategorie van dié woordsoort?
14. Op grond van watter oorweging word die lidwoord in subkategorieë ingedeel?

5.7 Die telwoord (telw.)

Ons onderverdeel die telwoord in twee subkategorieë, nl.

5.7.1 Hooftelwoorde

1. Sintaktiese kenmerk
Die hooftelwoord is *attributief* verbindbaar met selfstandige naamwoorde, d.w.s. die telwoord staan in die posisie *voor die selfstandige naamwoord*, bv. **tien** *feesgangers.*

2. Semantiese kenmerk
Tot die subkategorie *hooftelwoorde* behoort woorde wat 'n spesifieke getal of hoeveelheid benoem by dit wat deur 'n selfstandige naamwoord genoem word, bv. *die twee rektors, die vyf motors.*

5.7.2 Rangtelwoorde

Voorbeelde

eerste	vyfde	negende, neënde
tweede	sesde	tiende
derde	sewende	
vierde	agste	

1. Morfologiese kenmerk
Rangtelwoorde is altyd verboë vorme en hulle gaan uit òf op **-ste,** bv. *twintigste,* òf op **-de,** bv. *negentiende.*

2. Semantiese kenmerk
Die rangtelwoord noem rangordelike posisie by dit wat deur 'n selfstandige naamwoord genoem word.

Die **vyfde** *naelloper se tyd was ook nog baie goed.*

5.8 Die voornaamwoord (vnw.)

Die Engelse term vir voornaamwoord is *pronoun.* Die term *pronoun* beteken *vir die naamwoord,* of *in die plek van die naamwoord.* Ons het op skool dan ook geleer dat *die voornaamwoord in die plek van die selfstandige naamwoord staan.* Hierdie definisie is gedeeltelik waar, maar dit is nie waar onder alle omstandighede nie.
In die sin:

Piet *kom nie, omdat* **hy** *siek is*

kan 'n mens sê dat **hy** in die plek staan van **Piet,** want die sin sou kon lui:

Piet *kom nie, omdat* **Piet** *siek is.*

Ons weet dat **Piet** 'n selfstandige naamwoord is. **Hy** staan in die plek van **Piet;** dus staan **hy** in die plek van 'n selfstandige naamwoord. Dit is in ooreenstemming met ons

skooldefinisie, nl. dat die voornaamwoord in die plek staan van die selfstandige naamwoord.
In die sin: *Daardie bank is stukkend*, is **daardie** die voornaamwoord en **bank** die selfstandige naamwoord.

Hier staan die voornaamwoord nie in die plek van die selfstandige naamwoord nie, want die selfstandige naamwoord is aanwesig en hy staan as 't ware in sy eie posisie.

In die sin: *Piet se boek is weg*, is **se** die voornaamwoord. **Piet** en **boek** is selfstandige naamwoorde, maar hier is nie sprake daarvan dat die voornaamwoord in die plek van een van die selfstandige naamwoorde staan nie.

Daar is ook nog ander gevalle waar die voornaamwoord nie in die plek van die selfstandige naamwoord staan nie, maar ons kan met hierdie twee voorbeelde volstaan.

Subkategorieë van die voornaamwoord
Op skool het ons reeds gesien dat die voornaamwoord in nege subkategorieë verdeel kan word. Deesdae word die voornaamwoord in sestien subkategorieë verdeel. Ons gaan in hierdie bespreking die indeling van die voornaamwoord in nege subkategorieë – soos die skoolboeke dit doen – handhaaf hoofsaaklik om twee redes: Ten eerste is die ou indeling van die voornaamwoord in sekere opsigte eenvoudiger as die hedendaagse indeling, en ten tweede stem hierdie twee indelings in hoofsaak ooreen.

5.8.1 Persoonlike voornaamwoorde

Hierdie subkategorie van die voornaamwoord kan in twee kleiner groepe verdeel word, nl.

1. persoonlike voornaamwoorde van die enkelvoud

Voorbeelde: ek, jy, hy, sy, u

Sintaktiese kenmerke
Hierdie persoonlike voornaamwoorde kan optree as die **onderwerp** van 'n sin.

Ek is bly. Jy is siek. Hy skop die bal.

Let Wel: Hierdie persoonlike voornaamwoorde kan ook optree as die **voorwerp** van 'n sin, maar let daarop dat die vorm van die persoonlike voornaamwoord dan verander, bv. ons sê nie:

Sy versoek* **ek nie . . . maar wel *Sy versoek* **my . . .**

Die woord **my** is hier die voorwerp van die sin. **My** (**ek**) is die onderganer van die handeling. Ons sê ook:

Sy versoek **jou . . .**, *Sy versoek* **hom . . .**, *Sy versoek* **haar . . .**

Ons sien dat die vorm van die persoonlike voornaamwoord (enkelvoud) verander as dit as **voorwerp** voorkom.

2. persoonlike voornaamwoorde van die meervoud

Voorbeelde: hulle, julle, ons, u

Hulle/julle/ons/U moet die werk doen.
Die vorm van persoonlike voornaamwoorde van die meervoud verander nie as dit as voorwerp voorkom nie.
Ek hoor hulle/julle. Hy ken ons/u.

Semantiese kenmerk
Persoonlike voornaamwoorde verwys na een (enkelvoud) of meer (meervoud) persone.

5.8.2 Besitlike voornaamwoorde

Voorbeelde

my	(pen)	hul(le)	(kinders)
jou	(stem)	jul(le)	(vertroue)
sy	(wens)	ons	(armoede)
haar	(insig)	u	(beskeidenheid)

Hierdie voornaamwoorde word ook *besitaanduidende voornaamwoorde* genoem. Naas hierdie vorme kry ons ook nog ander vorme van die besitlike voornaamwoord.

Die pen is **myne.**	Dit is **hare.**
Dit is **joune.**	Dit is **hulle** s'n/**ons** s'n/**julle** s'n
Die boek is **syne.**	Dit is **uwe** *of* **u** s'n.

1. Sintaktiese kenmerke
Die besitaanduidende voornaamwoorde kan *attributief* staan ten opsigte van die selfstandige naamwoord, *Dit is* **my** *pen*, of dit kan *predikatief* staan t.o.v. die selfstandige naamwoord, bv. *Die pen is* **myne.**
As die predikatief-gebruikte besitlike voornaamwoord besitting by *een* persoon aandui, word dit in die verboë vorm gebruik, bv. *my***ne,** *jou***ne,** ens. en as die predikatief-gebruikte besitlike voornaamwoord besitting by *meer as een* persoon aandui, word 'n persoonlike voornaamwoord van die meervoud gebruik plus die woordjie **s'n,** bv. **hulle, julle s'n.**

2. Semantiese kenmerk
Soos die naam aandui, dui besitlike voornaamwoorde *besitting* aan.

5.8.3 Aanwysende voornaamwoorde

Voorbeelde: dié, dit, daardie, hierdie, sulke

(*a*) **Sulke** berigte is te soetsappig.
(*b*) **Die** kind skep nie probleme nie.
(*c*) **Dit** is joune.
(*d*) **Daardie**/**hierdie** feite het die voorsitter self verstrek.

Semantiese kenmerk
Aanwysende voornaamwoorde dui 'n spesifieke onderwerp of 'n persoon aan.

5.8.4 Vraende voornaamwoorde

Voorbeelde

wie	watter	waarom
wat	waanneer	waarmee
waar	waaraan	hoekom

Semantiese kenmerk

Hierdie woorde word gebruik om 'n vraag mee te stel, vandaar die naam *vraende* voornaamwoorde.

Wie *het die relatiwiteitsteorie geformuleer?*

5.8.5 Betreklike voornaamwoorde

Voorbeelde

wat	waarheen	waarvolgens
waarvan	waarmee	waarvandaan

(*a*) Ons almal ken die meisie **wat** aan die wedstryd deelneem.
(*b*) Die man **waarvan** jy praat, is my oom.
(*c*) Die reëls **waarvolgens** hulle beoordeel, is verouderd.

Semantiese kenmerk

'n Betreklike voornaamwoord het betrekking op 'n woord wat reeds vroeër in die sin genoem is. Hierdie woord waarop die betreklike voornaamwoord betrekking het, word die **antesedent** van die betreklike voornaamwoord genoem.
Daar word soms beweer dat 'n mens behoort te sê:

*Die man **wie** daar loop, is die rektor van die universiteit.

maar:

Die motor **wat** daar staan, is myne.

Wie sou dan gebruik word in verband met mense en **wat** in verband met diere of dinge. **Dit is foutief.** Korrek is:

Die man **wat** daar loop ....
Die motor **wat** daar staan ....
Die perd **wat** gister verkoop is ....

'n Mens sê wel:

Ek weet nie **wie** die geld verduister het nie.
Die man **wie** se huis ek gekoop het ....

Gee ook aandag aan die volgende:

Die perd **waarop** (i.p.v. *op wat) ek ry, is myne.
Die geld **waarmee** (i.p.v. *met wat) ek die plaas koop ....
Die skool **waarheen** ek gaan, is goed.
Die plek **waarvandaan** ek kom, is ver.
Die pen is sleg, ek kan nie **daarmee** (i.p.v. *met dit) skryf nie.

5.8.6 Wederkerige voornaamwoorde

Veral **mekaar,** bv.

(*a*) Hulle ken **mekaar.**
(*b*) Hulle help **mekaar.**
(*c*) Julle verdring **mekaar.**

Semantiese kenmerk: Wederkerig beteken letterlik *wedersyds.*

5.8.7 Wederkerende voornaamwoorde

(*a*) Hy vergis **hom** (**nie** *Hy vergis **my** nie)
(*b*) Ek venerg **my.**
(*c*) Ons misreken **ons.**

Hom, my en **ons** is hier dan wederkerende voornaamwoorde. Daar bestaan ernstige besware teen hierdie subkategorie van die voornaamwoord. Daar word gesê dat die hoedanigheid van terugkerendheid nie in die voornaamwoord lê nie, maar wel in die werkwoord. Dit net terloops.

Semantiese kenmerk
Wederkerend beteken letterlik *terugkerend.* Die handeling wat deur die onderwerp uitgevoer word, keer dus weer terug op die onderwerp.

5.8.8 Onbepaalde voornaamwoorde

Voorbeelde: sommige, iemand, iets

(*a*) **Sommige** mense weet nie wat om die vakansie te doen nie.
(*b*) **Iemand** het die aankondiging gedoen.

Semantiese kenmerk
Onbepaalde voornaamwoorde bepaal nie die persoon of voorwerp waarna die voornaamwoord of die selfstandige naamwoord verwys nie.

5.8.9 Onpersoonlike voornaamwoorde

Dit in **Dit** *reën/sneeu/hael/ryp.*

Semantiese kenmerk
DIT word hier gebruik saam met 'n "handeling" wat nie deur *'n persoon* uitgevoer word nie, vandaar die benaming *onpersoonlike* voornaamwoord. **Dit** verwys ook nie na 'n persoon nie.
Die onpersoonlike voornaamwoord **dit** word gebruik saam met 'n natuurverskynsel.
Voornaamwoorde word in subkategorieë verdeel op grond van semantiese oorwegings.

5.8.10 Groepwerk in verband met die voornaamwoord

1. Onderstreep al die voornaamwoorde in die onderstaande stuk.
2. Benoem nou hierdie onderstreepte woorde so volledig as moontlik.

Oom, Tannie – en Outa

Die Engelse het dit maklik. Die aanspreekvorm is bloot "you" en daarmee is dit af en gedaan. Die Duitsers het ook geen probleem nie. Almal buiten die familie, die intieme vriende en die Opperwese word formeel met "Sie" betitel. Op Frans is dit nie veel anders met "vous" nie.

Ons Afrikaners het wel ons "u" waarmee ons mekaar en andere formeel kán aanspreek, al voer dié beleefdheid 'n opdraande stryd. Maar dit gee bepaald aanstoot as versuim word om hierdie eenletterwoordjie gepas in te span.

Hoeveel nekhare het al gerys by die aanhoor van: "Ja, wat wil jy hê?" Soms word teruggekap. "Ek wil niks hê nie, ek wou iets koop."

Maar die "u" en die "jy" lewer werklik geen onoorkoomlike probleme op nie. Dit is daar en moet net reg gebruik word. Dit is 'n kwessie van hoflikheid en van oordeel.

Daar is erfstukke wat die jonger en soms minder jong geslag aanstoot gee – soos 'n briefskryfster vandeesweek weer te kenne gegee het. Dit is daardie gemoedelike "oom" en "tannie", en selfs "oupatjie" en "oumatjie" wanneer min twyfel oor die ouderdom bestaan. In ons formeler, stedelike samelewing raak sulke vertroulikheid onvanpas.

Maar dis 'n mindere probleem. Daar is erfstukke wat dalk veel groter aanstoot gee. In dae wat verby is, het die aanspreekvorm "outa" en "aia" en die goed bedoelde "oudste" algemeen as betuiging van eerbied gegeld. Nou nog, in heel besondere omstandighede. Maar die algemeenheid het verdwyn en die onbedagsame gebruik van dié aanspreekwyse krenk en beledig. Is daar outas met B.A.-grade byvoorbeeld?

En uit die ander hoek gesien: In sekere dele word deur sommiges vereis dat met die woord "baas" aangespreek moet word. Daar word vertel dat 'n skoolhoof op 'n plaas baas voor en baas agter moes sê om te verseker dat die boer sy vragmotor leen sodat die leerlinge iewers kon gaan. Toe die boer wegstap, staar die skoolhoof hom agterna met 'n geprewelde "Baas se . . ."

Sake hoef darem nie tot uiterstes gevoer te word soos in die geval van 'n man wat op 'n plaas aangekom het en blykbaar nie kans gesien het vir 'n baas-sêery nie. Hy begin toe maar: "Mens wil weet of mens skape het om aan mens te verkoop!"

So is daar by baie mense die gevoel dat neutraliteit bo alle ander aanspreekvorme met die een of ander gevoelswaarde, of stigma, verkies word.

Dit kos niks om die medemens formeel, maar hoflik aan te spreek nie. Dit kos ewe min om dieselfde hoflikheid terug te kry. Maar 'n wêreld aan welwillendheid word so gewin.

Uit: *Die Burger*, 27 Januarie 1973

5.9 Die voegwoord

Soos die naam aandui is die voegwoord 'n voegende woord en dit dui *'n betrekking aan tussen twee taalstukke*. Hierdie betrekking kan of 'n neweskikkende (parataktiese), of 'n onderskikkende (hipotaktiese) betrekking wees.

Die vraag ontstaan: tussen watter soort taalstukke lê voegwoorde 'n betrekking?

Voegwoorde kan 'n betrekking lê

1. tussen *sinne*. *Ons werk* **en** *hulle ontspan.*
2. tussen *woorde*

(*a*) *Hy* **en** *sy werk.*
(*b*) *Ons eet brood* **en** *botter.*
(*c*) *Hulle is arm* **maar** *gesond.*

Oppervlakkig geoordeel lyk dit of die voegwoorde hier 'n betrekking lê tussen twee woorde, maar eintlik lê dit ook 'n betrekking tussen sinne, nl. *Hy werk* **en** *sy werk*, ens. Voegwoorde lê dus 'n betrekking tussen sinne.

Ons het reeds gesê dat voegwoorde 'n neweskikkende of 'n onderskikkende betrekking kan aandui tussen taalstukke. Hieruit volg dit dan ook dat voegwoorde in twee groepe verdeel kan word, nl. voegwoorde wat 'n *neweskikkende* betrekking kan aandui en voegwoorde wat 'n *onderskikkende* betrekking kan aandui.

Die voegwoorde wat 'n neweskikkende betrekking kan aandui, word *neweskikkende voegwoorde* genoem en dié wat 'n onderskikkende betrekking kan aandui, word *onderskikkende voegwoorde* genoem.

5.9.1 Neweskikkende voegwoorde

Voorbeelde

dog	en	want	ten minste	kortom
maar	of	immers	terloops	trouens

Ons sê dit is voorbeelde van neweskikkende voegwoorde, maar hoekom word hulle neweskikkende voegwoorde genoem? Wat is neweskikking?

Sinne soos:

Ons werk vanoggend.
Hulle ontspan vanaand.

word **enkelvoudige sinne** genoem omdat daar net een selfstandige werkwoord in dié sinne voorkom. Die opvallende kenmerk van 'n enkelvoudige sin is dat dit alleen as sin optree.

'n Mens kan twee enkelvoudige sinne aanmekaar koppel met behulp van 'n voegwoord, bv.

Ons werk vanoggend **en** *hulle ontspan vanaand.*

Die resultaat is dan ook 'n sin, maar hierdie sin is as 't ware opgebou uit meer as een sin en so 'n sin noem ons 'n **veelvoudige sin.**

Die sinne wat binne 'n veelvoudige sin optree, word gewoonlik verbind deur 'n voegwoord. Die sinne binne 'n *veelvoudige sin* is dus *gebonde.* Ons noem dan ook nie die sinne wat binne 'n veelvoudige sin voorkom enkelvoudige sinne nie, maar wel **hoofsinne.** 'n Veelvoudige sin is opgebou uit twee of meer hoofsinne. 'n Mens sou die bou van 'n veelvoudige sin soos volg kon voorstel:

Hoofsin + neweskikkende voegwoord + hoofsin = veelvoudige sin

U sien, die sin voor die voegwoord en die een na die voegwoord het dieselfde status – albei is hoofsinne. Hierdie twee hoofsinne word naas mekaar gestel deur 'n voegwoord; vandaar dan ook dat hierdie voegwoorde wat twee hoofsinne naas mekaar stel, neweskikkende voegwoorde genoem word. Ons sê neweskikkende voegwoorde dui 'n neweskikkende betrekking aan.

Die belangrikste sintaktiese kenmerk van neweskikkende voegwoorde is dat die sin voor en die sin ná die voegwoord dieselfde woordvolgorde het as 'n enkelvoudige sin, bv.

O G bw. v. tyd O G bw. v. tyd (O = onderwerp, G = gesegde)
Ons werk vanoggend **en** *hulle ontspan vanaand.*

Ons kan nou probeer om die vraag te beantwoord: *wat is neweskikking?* **Neweskikking** is die naas mekaar plaas van twee of meer hoofsinne binne 'n veelvoudige sin, wat gewoonlik verbind is deur 'n neweskikkende voegwoord.

5.9.2 Onderskikkende voegwoorde

Voorbeelde

aangesien	ingeval	sodra	behalwe dat
alvorens	mits	tensy	eer/eerdat
na/nadat	as	terwyl	hoewel (alhoewel)
sodat	ofskoon	wanneer	voor/voordat
deurdat	omdat	vandat	sedert (dat)
indien	waar	onderwyl	tot/totdat
waarom	asof	so . . .dat	hoe . . . hoe

Onderskikkende voegwoorde dui 'n onderskikkende betrekking aan. Dit val op dat die sin na die onderskikkende voegwoord nie dieselfde woordvolgorde het as die sin voor die voegwoord nie.
Let op die volgende:

O G bw. v. tyd O bw. v. tyd G
Hulle werk vanoggend **omdat** *ons vanaand werk.*

Die sin **voor** die voegwoord word ook 'n **hoofsin** genoem. Dit het dieselfde woordvolgorde as 'n enkelvoudige sin. Die sin **na** die voegwoord word die **bysin** genoem. Let daarop dat die bysin se woordvolgorde verskil van dié van die enkelvoudige sin en dus ook van dié van die hoofsin. Die **bysin** het 'n woordvolgorde wat geen ander sin het wat in Afrikaans voorkom nie. 'n Mens sou die vraag kon stel of die **bysin** wel 'n sin is.

'n Mens sou kon sê dat die onderskikkende voegwoord 'n hoofsin voeg aan 'n bysin wat sintakties *ondergeskik* is aan die hoofsin. So 'n sin word 'n **samegestelde sin** genoem. Die neweskikkende voegwoord verbind/voeg sinne wat, sintakties beskou, gelyke status het; die onderskikkende voegwoord, daarenteen, voeg sinne wat, sintakties beskou, ongelyke status het.
Die bou van die samegestelde sin kan soos volg voorgestel word:

'n Hoofsin + 'n onderskikkende voegw. + bysin = samegestelde sin

Hoe onderskei 'n mens tussen **'n neweskikkende** en 'n **onderskikkende voegwoord?** Dit word gedoen op grond van die **woordvolgorde na die voegwoord.** Indien die woordvolgorde dié van 'n enkelvoudige sin is, dan het 'n mens met 'n neweskikkende voegwoord te make, maar indien die woordvolgorde nie dieselfde as dié van 'n enkelvoudige sin is nie, dan het 'n mens met 'n onderskikkende voegwoord te make.

Wat is onderskikking?
Dit is die naas mekaar plaas van een of meer hoofsinne naas 'n bysin, en die hoofsin(ne) en die bysin is verbind deur 'n onderskikkende voegwoord.

Onderskikkende voegwoorde kan in sewe subkategorieë verdeel word, maar ons gaan nie hierdie subkategorieë behandel nie, solank u net voegwoorde kan uitken en hulle kan indeel in neweskikkende of onderskikkende voegwoorde, is dit heeltemal voldoende.

5.10 Die voorsetsel

Die voorsetsel is net soos die voegwoord 'n voegende woordsoort, maar met dié verskil dat voorsetsels *woordgroepe* en *woorde* voeg en nie sinne nie. Ons het gesien dat voegwoorde sinne aan mekaar verbind.
In die sin:

Hulle eet botter **op** *brood.*

is **op** 'n voorsetsel. **Op** verbind hier twee woorde met mekaar. In die sin:

Hulle loop (die een) **na** *(die ander).*

is **na** 'n voorsetsel wat woordgroepe met mekaar verbind.
'n Onderskeidende kenmerk van die voorsetsel is dat dit as eerste lid voorkom in die sg. voorsetsel-konstruksie, bv.

In die tuin (voors. + lw. + s.nw.)
Vir hom (voors. + vnw.)
Hy staan *in die tuin.*
Ek sien *vir jou.*

5.10.1 Watter woorde is almal voorsetsels?

sonder	buite	langs	met	bo
binne	duskant	onder	uit	na
agter	gedurende	oor	van	tot
tussen	aangaande	aan	vir	om
behalwe	anderkant	teen	voor	op
luidens	benede	by	weens	in
blykens	kragtens	trots	ter	per

'n Ander nuttige toetsie om te onderskei tussen voegwoorde en voorsetsels is die volgende:
Indien 'n voornaamwoord na 'n voegwoord kom, staan dit in die onderwerpsvorm:

Hy loop **en sy** *ry.*

Na die voorsetsel staan die voornaamwoord gewoonlik in die nie-onderwerpsvorm.

Hy en sy kuier **by haar.**

By is hier 'n voorsetsel en **haar** is die nie-onderwerpsvorm van die voornaamwoord **sy.**
En is 'n voegwoord, want die voornaamwoord **sy** staan in die onderwerpsvorm.
Voorsetsels kan ook in subkategorieë verdeel word, maar indien u kan onderskei tussen voorsetsels en voegwoorde sal dit voldoende wees.

5.10.2 Groepwerk in verband met voegwoorde en voorsetsels

1. In Afrikaans is twee woordsoorte wat 'n voegende funksie het. Watter twee woordsoorte is dit?
2. Voegwoorde sowel as voorsetsels het dus 'n voegende funksie. Op grond waarvan word daar dan onderskei tussen voegwoorde en voorsetsels?
3. (*a*) Watter soort taalstukke word deur voorsetsels aan mekaar gevoeg?
   (*b*) Watter ander opvallende kenmerk het die voorsetsel?
4. (*a*) Watter soorte taalstukke word deur voegwoorde aan mekaar gevoeg?
   (*b*) Kan voegwoorde ook woorde aan mekaar voeg? (Verduidelik volledig.)
5. (*a*) Wat word die volgende soorte sinne genoem?
   Hy is lus vir werk.
   Hy het lekker vakansie gehou.
   (*b*) Hoekom noem ons dit enkelvoudige sinne?
6. (*a*) In die volgende sin kom twee gesegdes voor. Wat se soort sin is dit:
   Hy is lus vir werk; hy het lekker vakansie gehou.?
   (*b*) Hierdie twee sinne word deur 'n kommapunt geskei wat daarop dui dat hier 'n verband is tussen die twee sinne. Sou u hierdie verband tussen die twee sinne op 'n ander wyse kon aandui? Hoe?
7. (*a*) Wat val op as u die woordorde na **want** met die woordorde na **omdat** vergelyk?
   (*b*) Watter afleiding sou 'n mens hieruit kon maak?
   (*c*) Watter soort voegwoord is **want?**
   (*d*) Watter soort sinne verbind **want** met mekaar?
8. Wat noem ons 'n sin wat bestaan uit hoofsinne?
   Let daarop dat die woordvolgorde van 'n hoofsin presies dieselfde is as dié van 'n enkelvoudige sin.
9. (*a*) Watter soort voegwoord is **omdat?**
   (*b*) Watter soort sinne verbind **omdat** met mekaar?
10. Noem 'n opvallende verskil tussen 'n hoofsin en 'n bysin.
11. Hoekom noem ons **want** 'n neweskikkende voegwoord en **omdat** 'n onderskikkende voegwoord?
12. Wat noem ons 'n sin wat bestaan uit 'n hoofsin plus 'n onderskikkende voegwoord plus 'n bysin?
13. Op grond van watter oorweging word woorde ingedeel in die woordsoorte *voorsetsel* en *voegwoord?*
14. Op grond van watter oorweging word voegwoorde in subkategorieë verdeel?

5.11 Die tussenwerpsel (uitroep, interjeksie)

Ons het gesien dat sommige werkwoorde as sin kan optree en dan wel as bevelsin.

Loop! Kom!, ens.

Tussenwerpsels kan ook optree as sin. Iemand vra byvoorbeeld vir u die vraag: *Kom jy vanaand?* U antwoord dan: *Ja!* of *Nee!* **Ja!** en **nee!** kan hier beskou word as sinne bestaande slegs uit een woord.

5.11.1 Voorbeelde van tussenwerpsels

Haai!	Ja!	Pardoems!	Hello!	Sjuut!
Au!	Nee!	Ou bees!	Halleluja!	Amen.
O!	Eina!	Voertsek!	Tot siens!	Arrie,
Ba!	Hiert!	Hokaai!	Foei tog!	Sela!
sss!	Soe!	Hemeltjie!	Jou vabond!	Hoera!
Hok!				

5.11.2 Tussenwerpsels kan o.a. in die volgende groepe ingedeel word:

1. Bevestiging of ontkenning: *Ja! Nee!*
2. Emosies: *Au! Eina! Foeitog!*
3. Sosiale kontak: *Hallo! Dag! Tot Siens!*
4. Tussenwerpsels in die godsdiens: *Halleluja! Amen! Sela!*

5.12 Opdragte

1. Benoem al die woorde in die onderstaande sin so volledig as moontlik.
   Oral word aanvaar dat die probleem moeilik hanteerbaar is as die werkgewers nie hul samewerking gee nie.
2. *Sê telkens op watter woordsoortelike patroon die volgende komposita gevorm is*, bv. **blouwildebees** is gevorm op die woordsoortelike patroon
   b.nw + b.nw. + s.nw.
   Ontleed nou die volgende voorbeelde:

bruingeelbekbees	breëdeurwaenhuis	platkroonboom
haarnaalddraaie	houtmuisneste	gallamsiekte
hoenderopstaantyd	eerstejaarstudent	vierperdewa
doef-doefgeluide	slaaptyddrankie	hoorsêgetuienis
oujongnooimaniere	eettafelredenaar	beessuipgangetjie

3. Die volgende materiaal is geneem uit die *Afrikaanse Woordelys en Spelreëls. Bekyk hierdie voorbeelde goed en sê dan in elke geval*
   (*a*) *tot watter woordsoort of woordsoorte elke trefwoord behoort en*
   (*b*) *motiveer dan u antwoord.*

dukaton, -ne *of* -s	durf *of* durwe, ge-	laks, - *of -e; -er; -ste*
êe *of* eg, geêe of geëg	eendersdenkend, -e	
eg, êe *of* egge	drie, -ieë *of* -s	
deurgrond, het -	verweer, het -	
volop, -; -per, -ste	vlot, - *of* -te; -ter, -ste	

4. *Kyk na die definisies van die volgende woorde en sê dan*
   (*a*) *tot watter woordsoort dié woorde behoort en*
   (*b*) *tot watter subkategorie van die genoemde woordsoort.*

vinder	Persoon wat iets vind
karaat	Massaeenheid vir juwele en pêrels gebruik
kaptein	Leier van 'n span
asbes	Draderige delfstof wat nie brandbaar is nie
draai	Om in die rondte te beweeg
borsel	Om met 'n borsel glad te stryk, of skoon te maak
poeier	Om iets met poeier te bestrooi

hoor	Om met die oor waar te neem
elders	Op 'n ander plek
noordwaarts	In 'n noordelike rigting

5. 'n Woord kan soms meer as een woordsoortelike funksie verrig, bv.
kersierooi kan 'n selfstandige naamwoord wees en dan sal die betrokke woord soos volg gedefinieer word: "Die kleur van 'n ryp, rooi kersie".
Kersierooi kan ook 'n byvoeglike naamwoord wees en dan sal dit soos volg gedefinieer word: "Met die kleur van 'n ryp, rooi kersie."

Kyk na die volgende definisies en sê dan watter woordsoortelike funksies elk van die volgende woorde kan verrig.

hoonlag	1. Honende, spottende lag
	2. Honend, spottend lag
hok	1. 'n Kleinerige afgeslote ruimte
	2. In 'n hok sit, jaag
	3. Uitroep om diere in 'n hok te jaag
herberg	1. Plek waar 'n mens verblyf, voedsel en drank teen betaling kan kry
	2. Tydelike verblyf, onderdak verleen
herbivoor	1. Dier wat net plante eet
	2. Wat net plante eet
	3. Soos, van, kenmerkend van herbivore

6. *Definieer die volgende afleidings en sorg dat u definisies woordsoortelik in orde is:*

leuning	wandaad	heropen	beswaar	eterig
fabelagtig	mateloos	matigheid	baksel	vereensaam

7. *Teken alle voorsetselkonstruksies waarmee u probleme ondervind, aan. Kontroleer telkens in 'n woordeboek of u die korrekte voorsetsel gebruik.*

8. Ons het gesien dat die betekenis van 'n byvoeglike naamwoord nóú saamhang met die betekenis van 'n selfstandige naamwoord en dat die betekenis van 'n bywoord nou saamhang met die betekenis van 'n werkwoord, of met dié van enkele ander woordsoorte.
Beskou die kursiefgedrukte konstruksies in die onderstaande sinne noukeurig en lig dan die volgende verskille tussen die pare konstruksies uit.
(*a*) Die woordsoortelike verskil
(*b*) Die betekenisverskil
(*c*) Die morfologiese verskil (vormverskil)
(*d*) Die interpunksieverskil

(1) Jy kan maar *moeilike, verstaanbare woorde* gebruik.
Die skoolhoof gebruik altyd *moeilik verstaanbare woorde*.
(2) Jy moet altyd wanneer jy skryf 'n *duidelik omlynde doelstelling* hê.
Jy moet altyd wanneer jy skryf 'n *duidelike, omlynde doelstelling* hê.
(3) Dit is vervelend om sulke *langdradige, geskrewe stukke* te lees.
Dit is vervelend om sulke *langdradig geskrewe stukke* te lees.
(4) Ek wil asseblief 'n *bitter klein stukkie sjokolade* hê.
Ek wil asseblief 'n *bitter, klein stukkie sjokolade* hê.
(5) Ek wil jou net 'n *laaste, belangrike wenk* gee.
Ek wil jou net 'n *laaste belangrike wenk* gee.

5.13 Aanvullende bronne

De Groot, A. W.: "De interjectie" in *Studies op het gebied van het hedendaagse Nederlands.* Mouton, Den Haag, 1964.

De Villiers, M.: *Die grammatika van tyd en modaliteit.* A. A. Balkema, Kaapstad, 1971. *Woordsoorte, werkwoorde en tye.* Nasionale Pers, Kaapstad, 1948.

Kempen, W.: *Samestelling, afleiding en woordsoortelike meerfunksionaliteit in Afrikaans.* Nasou, Kaapstad, 1969 (Hoofstuk 1).

Oosthuizen, W. J.: Die wet van opvolging van begripsoorte in bywoordreekse in Afrikaans. M.A., Stellenbosch, 1964.

Ponelis, F.: *Grondtrekke van die Afrikaanse sintaksis.* Van Schaik, Pretoria, 1968.

Roose, H.: *Het probleem van de woordsoorten.* Mouton, Parys, 1964.
"Voorstudie tot een classificatie van substantiven" in *Studies op het gebied van het hedendaagse Nederlands.* Mouton, Den Haag, 1963.

Schultink, H.: *De morfologische valentie van het ongelede adjectief in modern Nederlands.* Van Goor, Den Haag, 1962.

Senekal, H. E. J. e.a.: *Die patroon van Afrikaans.* Afrikaanse Pers-Boekhandel, Johannesburg, 1972.

Theron, A. S.: Aspekte van "Die Bywoord" in Afrikaans. M.A., Stellenbosch, 1964.

Van Geffen, C. P.: "De locale voorzetsels in het Nederlands" in *Studies op het gebied van het hedendaagse Nederlands.* Mouton, Den Haag, 1963.

Van Holk, A. G. E.: "Subcategorieën van het werkwoord" in *Studies op het gebied van het hedendaagse Nederlands.* Mouton, Den Haag, 1963.

HOOFSTUK 6

Meerfunksionaliteit

6.1 Inleiding

In hoofstuk 5 het ons gesien dat elke woord tot 'n bepaalde woordsoort behoort. In hierdie hoofstuk wil ons daarop wys dat 'n bepaalde woord nie noodwendig net tot een woordsoort behoort nie, maar dat woorde tot meer as een woordsoort kan behoort. 'n Woord wat in 'n bepaalde sinsverband 'n selfstandige naamwoord is, kan soms in 'n ander sinsverband 'n ander woordsoort, byvoorbeeld 'n werkwoord, wees.

Die **begin** (s.nw.) *is altyd moeilik.*
Hy **begin** (ww.) *altyd te laat.*

Dit is belangrik dat die gebruiker van Afrikaans kennis moet neem van die verskynsel van meerfunksionaliteit, want dan kan hy die woordeskat waaroor hy beskik, doeltreffender benut.

6.2 Wat is meerfunksionaliteit?

Die verskynsel dat 'n woord in 'n spesifieke sinsverband as 'n bepaalde tipe woordsoort. byvoorbeeld 'n selfstandige naamwoord, kan optree en in 'n ander sinsverband weer as 'n ander tipe woordsoort, byvoorbeeld 'n werkwoord, kan optree, word **meerfunksionaliteit** genoem. Om die verskynsel van meerfunksionaliteit goed te begryp, is dit belangrik dat 'n mens moet kan onderskei tussen meerfunksionele woorde en homonieme.

6.3 Wat is homonieme?

Homonieme is woorde met dieselfde klank- en spelvorm, maar met 'n *verskil in betekenis* en in *herkoms*. Die selfstandige naamwoord **arm** wat verwys na 'n ledemaat en die byvoeglike naamwoord **arm** wat sonder genoeg geld en besittings beteken, is 'n voorbeeld van homonimie. Die twee woorde bestaan uit dieselfde spraakklanke en daarom word hulle eners uitgespreek en gespel, *maar daar is hoegenaamd geen betekenisverband tussen dié twee woorde nie*. Die herkoms van die twee woorde verskil ook. Die selfstandige naamwoord **arm** wat verwys na 'n ledemaat is afkomstig van die Latynse woord *armus* wat *boarm* beteken, terwyl die byvoeglike naamwoord **arm** afkomstig is van die Latynse woord *orbus* wat *beroof van* beteken.

Arm en **arm** is twee verskillende woorde waarvan die vorm per toeval ooreenstem. **Arm** is dus nie 'n meerfunksionele woord nie, maar **arm** en **arm** is *homonieme*.

6.4 Wat is 'n meerfunksionele woord?

'n **Meerfunksionele woord** is 'n woord wat in verskillende sinsverbande verskillende woordsoortelike funksies kan hê.

Die boom **groei** (ww.) *vinnig.*
Hy bestudeer die **groei** (s.nw.) *van bome.*

Groei word in dié sinne gebruik met 'n verskil in woordsoortelike funksie en saam met hierdie verskil gaan ook 'n verskil in betekenis. *Groei* beteken in die eerste sin nie dieselfde as wat *groei* in die tweede sin beteken nie, maar *daar is 'n duidelike betekenisverband tussen* **groei** *gebruik as werkwoord en* **groei** *gebruik as selfstandige naamwoord.* By homonieme is nie so 'n betekenisverband nie.

'n Meerfunksionele woord is dus 'n woord wat met meer as een funksie gebruik kan word, maar homonieme is verskillende woorde waarvan die klank- en spelvorm dieselfde is.

6.5 Meerfunksionaliteit in Afrikaans en in Nederlands

Toe daar aanvanklik begin skryf is oor die ontstaan van Afrikaans, is daar veral gekonsentreer op die verskille of vermeende verskille tussen Afrikaans en Nederlands. Sommige taalkundiges het gemeen dat daar 'n ingrypende verskil is tussen die meerfunksionele gebruik van woorde in Nederlands en in Afrikaans.

Hesseling, 'n Nederlandse taalkundige, het gemeen dat die verskynsel van meerfunksionaliteit in Afrikaans so 'n omvang aangeneem het dat woordsoorte sommer op 'n willekeurige wyse deurmekaar gebruik kan word, maar dit is nie so nie. As 'n mens die verskynsel van meerfunksionaliteit in Afrikaans en in Nederlands nagaan, vind jy dat woorde in Afrikaans en in Nederlands volgens 'n *bepaalde sisteem* meerfunksioneel gebruik word en dat Afrikaans en Nederlands op die gebied van meerfunksionaliteit nie so baie verskil as wat Hesseling gemeen het nie.

Hierdie aspek gaan ons nie verder bespreek nie. Vir meer besonderhede in dié verband verwys ons na W. Kempen: *Samestelling, afleiding en woordsoortelike meerfunksionaliteit in Afrikaans*, pp. 31-82.

6.6 Tipes meerfunksionaliteit

Meerfunksionaliteit kom in Afrikaans uitgebreid voor en dit kom voor ten opsigte van verskillende woordsoorte. Dit is nie ons gedagte om al die tipes meerfunksionaliteit bespreek nie. Wat van belang is, is dat u presies moet verstaan wat meerfunksionaliteit is en dat u moet besef dat u dié verskynsel kan aanwend as 'n middel om u woordeskat doeltreffender te benut.

6.6.1 Aanhalingsgebruik of selfnoemfunksie

Die eerste tipe meerfunksionaliteit waaraan ons aandag skenk, word genoem die *aanhalingsgebruik of selfnoemfunksie* van woorde.

Alle woorde wat in die Afrikaanse taal voorkom, kan in 'n sinsverband aangehaal word waarin dit dan as 'n selfstandige naamwoord optree, m.a.w. alle woorde wat in Afrikaans voorkom, kan ook as selfstandige naamwoorde gebruik word.

1. **Die** is gewoonlik 'n lidwoord.
2. **Hierdie** en **daardie** is vae terme.
3. **Op** is verkeerd, dit moet **met** wees.
4. **Omdat** is nie 'n voegwoord nie.
5. **En** word baie dikwels gebruik in Afrikaans.
6. **Loep** wat *vergrootglas* beteken, is van Nederlandse herkoms.
7. **Klim** beteken iets anders as **klouter.**
8. **Tweede** word dikwels verkeerd gespel.

Kan u enige redes aanvoer om te bewys dat die betrokke woorde in hierdie sinne selfstandige naamwoorde is?

6.6.2 Werkwoorde gebruik as selfstandige naamwoorde

In Afrikaans kan werkwoorde ook as selfstandige naamwoorde gebruik word in die sogenaamde infinitiefverband.

1. (Om te) **eet** is 'n heerlike tydverdryf.
2. **Werk** is nie altyd aangenaam nie.
3. **Slaap** is ook maar tydrowend.
4. **Sit** is beter as **staan,** maar **lê** is nog die beste.

Hoekom word die betrokke woorde as selfstandige naamwoorde beskou?

6.6.3 Selfstandige naamwoorde gebruik as werkwoorde

Sekere selfstandige naamwoorde kan ook as werkwoorde gebruik word.

1. Sy **politoer** die skoene.
2. Die kappertjies **blom** vanjaar vroeg.
3. Die plante **stoel** na die onlangse reën.
4. Die arbeiders **oes** die ertjies.
5. Oor 'n week sal die slaai begin **krop.**

Hoekom word die betrokke woorde as werkwoorde beskou?

6.6.4 Byvoeglike naamwoorde en bywoorde gebruik as selfstandige naamwoorde

1. **Oud, mal** en **blind** was by die partytjie.
2. Vry is lekker, maar **lekker** is nog nie vry nie.
3. 'n Tiekie se **rooi** maak mooi.
4. As **lekker** so smaak, wil ek **sleg** nie proe nie.
5. **Lelik** en **dom** is swaar strawwe.

Hoekom sê ons die betrokke woorde word as selfstandige naamwoorde gebruik?

6.7 Die moontlikhede wat meerfunksionaliteit bied vir die taalgebruiker

Alhoewel ons slegs vlugtig gekyk het na enkele tipes meerfunksionaliteit behoort dit vir u duidelik te wees dat 'n kennis van meerfunksionaliteit die taalgebruiker in staat stel om die woordeskat waaroor hy beskik, doeltreffender te benut. Die moontlikhede wat meerfunksionaliteit bied ten opsigte van taalkreatiwiteit is nagenoeg onbeperk. Die volgende gedig van D. J. Opperman staaf die laasgenoemde stelling:

Te Klip om te BOOM

Klip kan net *klip*
sy *teel* is onverdeel
tot stomme klippertjies
duinend *rondmeel.*

Boom kan net *boom*
word langer en ook swanger
tot singende boompies
voël om die voorsanger.

Maar voorwaar
vóór boom kan *boom*
moet klip eers *klip*
en klip *teel* swaar
glo miljoene jaar.

6.8 Ten slotte

Die benutting van meerfunksionaliteit hoort meer tuis op die literêre en informele terrein as op die terrein van formele skriftelike en gesproke kommunikasie. Een van die redes daarvoor is waarskynlik dat hierdie taalmiddel gewoonlik aangewend word om die inhoud interessanter, treffender en/of ongewoner aan te bied as wat dit normaalweg gedoen word. Hierdie behoefte om te boei, om te tref, om iets op 'n ongewone manier te sê, kom nie so dikwels voor in formele kommunikasie-situasies nie. In sulke situasies gaan dit veral om die gedagte-inhoude wat so noukeurig as moontlik oorgedra moet word. Eienaardighede in die *taal* waarin die inhoude oorgedra word, kan die aandag aflei van die inhoud self. So 'n soort afleiding van die inhoud af kan aanleiding gee tot ondoeltreffende kommunikasie. Wees dus versigtig wanneer u in formele situasies van ongewone voorbeelde van meerfunksionaliteit gebruik maak. In toesprake kan dit baie effektief aangewend word en selfs in 'n beperkter mate in preke. Die reklamewêreld is 'n baie vrugbare terrein vir die treffende gebruik van meerfunksionaliteit. Op die gebied van die wetenskap waar saaklikheid, ondubbelsinnigheid en objektiwiteit 'n belangrike rol speel in die formulering van inhoude, sal meerfunksionaliteit in 'n beperkter mate aangewend word.

6.9 Opdragte

1. *Sê watter woordsoortelike funksie die skuinsgedrukte woorde in die gedig in Afdeling 6.7 verrig.*
2. *Watter woordsoortelike funksie verrig die skuinsgedrukte woorde in die volgende sinne?*
   (*a*) Die beeste *tros* af water toe.
   (*b*) Hy het gedurende die hele klas *gedames* en *here*.
   (*c*) As jy die *werk* van 'n *boer* wil doen, moet jy jou *sit* en *opstaan* ken.
   (*d*) Jy moenie vir my *jy* en *jou* nie.
   (*e*) Hy *lag* die *lag* van 'n waansinnige.
   (*f*) Jy *en* en *toe* te veel as jy 'n storie vertel.
   (*g*) Ek het verlede nag by vreemdelinge *gekatel*, want my motor het daar teen Garies se *hoog* gaan staan.
   (*h*) *Huil* en *soebat* sal nie nou help nie.
   (*i*) *Grootpraat* en *spog* is tekens van onbevoegdheid.
3. *Skryf 'n stuk van tien reëls oor enige onderwerp en gebruik soveel as moontlik woorde daarin met 'n ander woordsoortelike funksie as wat die woorde gewoonlik het.*

4. *Lees die volgende studente-poging deur en onderstreep alle meerfunksionele woorde wat daarin voorkom. Sê dan watter funksie die betrokke woorde in die teks verrig en watter funksie(s) dit in ander sinsverbande kan verrig.*

Wanneer twee verskillende skaaprasse verbaster, is die baster wat so gevorm word 'n uitsonderlike gedierte. Nadat die ooi gelam het, is die lam gewoonlik kleiner as 'n rasegte skaap. Hy rond egter gou uit tot 'n stewige klein kalant. Lewendig is nie die woord vir hom nie. As sy ouers wit is, is sy wit gewoonlik witter, en net so is sy swart swarter. Sy oortjies boog altyd so weg van sy kop af, en sy snoep is twee keer erger as 'n ander lam s'n. Sy blêr klink maar so na breek, dit sal nie breek voor hy breek nie.

Sy skrik is ook anders. Hy sal nog so in die gansgras staan en snuffel, en dan ewe skielik so 'n ruk maak in die lug. Naas drink is sy groot plesier speel. Vir die eerste plesier tou hy heeldag agter sy ma, maar vir die tweede is sy ma onbelangrik. Hy sal nog so langs haar staan, en dan ewe skielik wegskater, so 'n keer of wat es tussen die bosse deur, en dan viervoet vassteek langs 'n ander lam wat staan en wei. Hierna spring hy gewoonlik bo-op 'n klip, krom sy nek so, en kyk die ander lam so uit die hoogte uit aan. Nou is bobly tydelik die belangrikste ding in sy lewe.

Sy jol hou egter nie baie lank aan nie, want slaap is ook hoog op sy lys. Met 'n maag wat bult van die melk, en 'n luggie wat sy pierwit haartjies so effens rimpel, soek hy in die helder son na 'n lêplekkie, terwyl die groen opslag so girts-garts tussen sy pootjies deur.

'n Plek gevind, hou hy hom eers bok. Hy krap-krap so in die sagte grond, en gaan dan lê. Vir 'n paar minute sal hy nog toe-oë aan 'n takkie lê en kou, en daarna sal hy doodstil lê; 'n klein bondeltjie prag.

5. *Probeer 'n geskrewe teks in die hande kry waarin verskeie woorde meerfunksioneel gebruik word.* (Bring saam klas toe.)

6.10 Aanvullende bronne

Kempen, W.: *Samestelling, afleiding en woordsoortelike meerfunksionaliteit in Afrikaans.* Nasou, Kaapstad, 1969.

Theron, A. S.: *Aspekte van meerfunksionaliteit in Afrikaans.* D.Litt., Stellenbosch, 1974.

Woordbetekenis en Woordeboeke

7.1 Doelstelling

Die doel met hierdie hoofstuk is:

1. Om vir u 'n kort inleiding te gee oor die aard van woordbetekenis;
2. Om aandag te gee aan woordeboeke en woordomskrywings;
3. Om opsommenderwys u aandag te vestig op die soort inligting wat die gebruiker uit woordeboeke kan kry;
4. Om vir u aan te moedig om altyd u woordeboek te raadpleeg as u probleme ondervind met woordbetekenis;
5. Om u aandag daarop te vestig dat die gebruiker woordeboekdefinisies altyd krities moet beoordeel.

7.2 Enkele kenmerke van woordbetekenis

Alhoewel almal van ons dit weet, is dit tog belangrik om daarop te let dat die betekenis van 'n woord nie afgelei kan word van die vorm van die woord nie. As 'n mens 'n woord vir die eerste keer hoor of dit op skrif sien, kan jy nie slegs op grond van die vorm van die woord weet wat die woord beteken nie. Daar is niks in die vorm van die woord *arrestant* wat vir die hoorder 'n aanduiding gee dat dié woord "gevangene" of "gearresteerde persoon" beteken nie. Omdat die betekenis van woorde nie van die vorm afgelei kan word nie, moet die betekenis deur die taalgebruiker ontdek en geken word om kommunikasie moontlik te maak.

Kommunikasie kan slegs slaag indien die spreker of skrywer en die hoorder of leser dieselfde betekenis heg aan die woorde wat gebruik word, want die betekenis van 'n woord is die gemeenskaplike wete wat die gebruikers van 'n taal heg aan 'n bepaalde woord.

Indien 'n persoon sou besluit dat hy voortaan alle woorde met 'n ander betekenis gaan gebruik as wat hulle gewoonlik het, dan sal hy nie kommunikasie tussen hom en sy gesprekgenoot kan bewerkstellig nie.

Dit is ook belangrik om daarop te wys dat die persoonlike konnotasies wat mense aan woorde heg nie deel is van die betekenis van hierdie woorde nie. Die woord *brak* word gebruik om te verwys na "'n (kleinerige ?) hond van twyfelagtige afkoms", maar as 'n taalgebruiker dié woord interpreteer as "'n (kleinerige ?) *swartbont* hond van twyfelagtige afkoms", dan voeg hy 'n persoonlike konnotasie by by die betekenis van die woord wat nie deel is van die betekenis nie.

Die spreker of skrywer sowel as die hoorder of leser moet dit altyd in gedagte hou dat hulle persoonlike konnotasies heg aan woorde wat kan veroorsaak dat kommunikasie kan misluk.

Die betekenis van 'n woord word beïnvloed deur die woordsoortelike funksie wat die woord verrig. Die werkwoord *herbou* kan gedefinieer word as "anders, opnuut, bou", maar as selfstandige naamwoord beteken *herbou* "daad, handeling, proses van anders, opnuut bou". Dit is dikwels moontlik om die woordsoortelike funksie van die gedefinieerde woord af te lei van die definisie. As *hoe-hoe* "geluid wat 'n uil maak" beteken, dan kan 'n mens uit die definisie aflei dat *hoe-hoe* 'n selfstandige naamwoord is, maar as *hoe-hoe* omskryf word as "die geluid soos hierbo beskryf, voortbring" dan is *hoe-hoe* 'n werkwoord. Die feit dat die betekenis van 'n woord beïnvloed word deur die woordsoortelike funksie wat die woord verrig, moet altyd in gedagte gehou word by die omskrywing van woorde en by die beoordeling van definisies.

Die abstrakte aard van woordbetekenis maak dit moeilik vir die meeste taalgebruikers om met gemak met betekenisaangeleenthede om te gaan. Om die betekenis van 'n woord suiwer onder woorde te bring, stel hoë eise aan die definieerder, daarom moet die definisies van woorde altyd met die grootste omsigtigheid behandel word.

Op grond van ons kennis van woordbetekenis weet ons dat talle woorde meer as een waarde of "betekenis" het. Hierdie verskynsel word **meerduidigheid** of **polisemie** genoem. Die verskillende waardes van woorde word in woordeboeke oor die algemeen met Arabiese syfers aangedui.

Die spesifieke waarde wat in 'n bepaalde sinsverband geaktiveer word, blyk normaalweg uit die konteks waarin die woord voorkom, maar die taalgebruiker moet tog daarmee rekening hou dat hy sy sinne so moet vorm dat die bedoelde waarde wel duidelik sal blyk. In die sin: *Die plaat is stukkend*, kan *plaat* verskillende waardes hê en dit sal nie vir die leser of hoorder duidelik wees wat met dié sin bedoel word nie.

7.3 Terminologiese kwessies

Vir die taalgebruiker sowel as vir die woordeboekgebruiker is dit belangrik om kennis te neem van verskynsels soos sinonimie, antonimie, homonimie, polisemie, meerfunksionaliteit en wisselvorme.

7.3.1 Sinonimie

Sinonimie is die verskynsel dat 'n woord dieselfde of min of meer dieselfde betekenis het as een of meer ander woorde. Woorde wat dieselfde of min of meer dieselfde betekenis het, word **sinonieme** genoem. Die woorde *dominee*, *leraar* en *predikant* is sinonieme as hulle "bedienaar van die Goddelike Woord" beteken. Maar dit is belangrik om daarop te wys dat sinonieme nie altyd sinonieme op alle vlakke is nie. Indien *predikant* "padwyser" beteken, dan is *predikant* nie meer 'n sinoniem van *dominee* en *leraar* nie. Ons weet ook dat *dominee* as aanspreekvorm gebruik word, terwyl *leraar* en *predikant* nie as aanspreekvorme gebruik word nie. Dit is ook so dat hierdie woorde nie altyd in alle kringe ewe gebruiklik is nie. Die woord *leraar* word ook nog as "meer deftig" beskou.

7.3.2 Antonimie

Antonimie is die verskynsel dat 'n woord die teenoorgestelde betekenis het as 'n ander woord. Hierdie woorde word **antonieme** genoem.

Die woorde *mooi* en *lelik* is antonieme in die sin: *Die meisie is nie mooi nie, maar lelik.* Maar antonieme is ook nie altyd antonieme op alle vlakke nie. In die sin: *Dit is 'n mooi grap om te dink ek moet al die werk doen*, is *mooi* nie 'n antoniem van *lelik* nie. *Krimineel* is die teenoorgestelde van *siviel* in die konstruksie *kriminele saak* en *siviele saak*, maar teenoor die konstruksie *siviele klere* is nie 'n antoniem **kriminele klere* nie.

7.3.3 Homonimie

Homonimie is die verskynsel dat sommige woorde dieselfde klank- en spelvorm het, maar dat hulle verskil in betekenis en in herkoms. Hierdie verskynsel is reeds bespreek toe die onderwerp *meerfunksionaliteit* behandel is en vir verdere besonderhede word u daarna verwys.

7.3.4 Polisemie (meerduidigheid)

Hierdie verskynsel is reeds bespreek en ons volstaan daarmee.

7.3.5 Meerfunksionaliteit

Meerfunksionaliteit is die verskynsel dat sommige woorde meer as een woordsoortelike funksie kan verrig in verskillende sinsverbande. Vir meer besonderhede in dié verband kan u weer hoofstuk 6 raadpleeg.

7.3.6 Wisselvorme

Wisselvorme kom voor wanneer die uitspraak van 'n woord en dus ook sy spelvorm kan wissel. Aangesien wisselvorme verskillende vorme van dieselfde woord is, dra hierdie verskillende vorme dieselfde betekenis oor. Vir meer besonderhede in verband met *wisselvorme* kan u die *Afrikaanse Woordelys en Spelreëls*, p. 3, raadpleeg.

7.4 Woordeboeke en betekenisverklaring

Ons sou lank kon stilstaan by die teorie in verband met woordbetekenis, maar in plaas daarvan wil ons liewer aandag skenk aan woordeboeke en dan meer spesifiek aan die omskrywing van woordbetekenis in woordeboeke.

Een van ons doelstellings met die Taalkunde-kursus as 'n geheel, is om vir die student die apparaat te gee wat hom in staat sal stel om self die grammatiese probleme waarmee hy te doen mag kry, op te los. Die beste manier om jou probleme in verband met woordbetekenis op te los, is om jou toevlug tot 'n verklarende woordeboek te neem. Telkens wanneer die taalgebruiker probleme ondervind met woordbetekenis behoort hy sy toevlug te neem tot 'n woordeboek. George Bernard Shaw het dan ook die volgende goeie raad gegee; hy het gesê: "If you come across a strange word, look it up in a dictionary: you are bound to meet with it again within 24 hours." Woordeboeke beskik oor 'n skat van kennis wat tot ons almal se beskikking is en wat deur ons almal benut moet word. Mark Twain het gesê: "Woordeboeke is die mees ontsagwekkende van alle boeke: hulle weet so baie!" Dit verbaas 'n mens ook nie dat Gerrit Achterberg, die bekende Nederlandse digter, in 'n stadium van sy lewe geen ander boeke as woordeboeke gelees het nie, want hy het gesê dat hy die beste materiaal vir sy gedigte in woordeboeke vind.

'n Mens kry talle verskillende soorte woordeboeke, maar ons gaan hier slegs aandag skenk aan Afrikaanse woordeboeke en dan weer spesifiek aan Afrikaanse verklarende woordeboeke.

7.4.1 Afrikaanse verklarende woordeboeke

Nadat Afrikaans as voertaal in skole ingevoer is in 1914 en nadat Afrikaans in 1925 as amptelike taal naas Engels erken is, het verskeie Afrikaanse handwoordeboeke begin verskyn. Die afgelope dekades het onder andere die volgende handwoordeboeke op die mark gekom:

1. *Verklarende Afrikaanse Woordeboek* van Kritzinger, e.a.;
2. *Verklarende Handwoordeboek van die Afrikaanse Taal* van Schoonees, e.a.;
3. *Afrikaanse Woordeboek* van Terblanche, e.a.;
4. *Nasionale Woordeboek* van De Villiers, e.a. –
5. *Woordeboek van Afrikaanse Geneeskundeterme* van Brink en medewerkers

om maar enkeles te noem.

Deur die jare heen het daar ook verskeie skool- en sakwoordeboeke verskyn. U het reeds op skool met sommiges kennis gemaak.

In 1926 reeds is daar begin werk aan die *Woordeboek van die Afrikaanse Taal* (WAT). Dit is die doelstelling van die WAT om die woordeskat van Afrikaans in sy volle omvang en na sy volle betekenisskat te versamel, te orden en te beskryf, en om dié betekenisse dan toe te lig met toereikende voorbeeldsinne. Hierdie woordeboek sal by voltooiing die volledigste woordeboek van die Afrikaanse taal wees. Die volgende dele het reeds verskyn: Deel I (A-C) in 1951; Deel II (D-F) in 1955; Deel III (G) in 1957; Deel IV (H-I) in 1961; Deel V (J-KJOU) in 1968; Deel VI (KLA-KOL) in 1976.

Dit is belangrik dat elke taalstudent ook met hierdie woordeboek sal kennis maak.

7.4.2 Wenke vir die woordeboekgebruiker

Die woordeboekgebruiker moet altyd eers die *inleiding* van 'n woordeboek wat hy wil gebruik, deurlees voordat hy begin om woorde se betekenisse in dié woordeboek na te slaan, want in die inleiding word daar gewoonlik iets gesê in verband met die stelsel wat deur die woordeboekmakers gevolg is. Om 'n woordeboek korrek te kan gebruik en om die maksimum inligting uit 'n woordeboek te kan verkry, is dit belangrik dat die gebruiker sal kennis dra van die stelsel wat gevolg word.

Die woordeboekgebruiker moet ook sorg dat hy weet waarvoor elke redaksionele afkorting staan, en hy moet weet wat elke afkorting beteken. Daar word gewoonlik 'n lys van redaksionele afkortings voor in die woordeboek aangegee en die gebruiker moet dit daar naslaan. Die afkorting *(w.g.)* wat in sommige woordeboeke gebruik word, staan vir "weinig gebruiklik" en *(nie alg.)* staan vir "nie algemeen", maar wat beteken hierdie formules nou eintlik?

7.4.3 Waarskuwings aan die woordeboekgebruiker

Elke leesteken, elke afkorting en elke teken of formule in 'n woordeboek het gewoonlik 'n spesifieke funksie. Moenie die funksie hiervan verantagsaam nie, want dan kan dit aanleiding gee tot misverstand, en alhoewel jy dan jou inligting uit 'n woordeboek gekry het, kan die inligting verkeerd wees, omdat jy dit verkeerd geïnterpreteer het.

Dit is onmoontlik om vir iemand binne 'n paar periodes te leer presies hoe om 'n woordeboek te gebruik. 'n Mens leer net hoe om 'n woordeboek te gebruik as jy dit gereeld gebruik!

7.4.4 Die verskeidenheid van inligting wat woordeboeke vir die gebruiker bied

Alhoewel dit die hoofdoel van verklarende woordeboeke is om die betekenis van die woordeskat van 'n taal so noukeurig as moontlik weer te gee, is betekenisse nie die enigste soort inligting wat die gebruiker uit hierdie soort woordeboeke kan bekom nie. Die soort inligting wat die gebruiker uit 'n woordeboek kan kry, hang af van die aard en omvang van die betrokke woordeboek. Dit spreek vanself dat die WAT, wat 'n baie omvattende woordeboek is, meer inligting sowel as 'n groter verskeidenheid van inligting bevat as handwoordeboeke. Handwoordeboeke bevat ook nie almal presies dieselfde soort inligting nie.

Die soort inligting wat woordeboeke verskaf, kan verskil van woordeboek tot woordeboek en die wyse waarop dié inligting aangebied word, kan ook verskil; die feit is egter dat verklarende woordeboeke soms meer en soms minder van die volgende soorte inligting bevat.

1. Aan die begin van elke letter van die alfabet word 'n lys afkortings gegee. As u dus ooit sou twyfel aan 'n afkorting en u vind dit nie in die *Afrikaanse Woordelys en Spelreëls* nie, kan u u toevlug tot 'n woordeboek neem.

2. Grammatiese besonderhede word aangegee, bv.
meervouds- en verkleiningsvorme by selfstandige naamwoorde;
teenwoordige en verlede deelwoorde by werkwoorde;
trappe van vergelyking by bywoorde en byvoeglike naamwoorde.

3. Soms word die woordsoort waartoe die trefwoord behoort, aangegee.

4. Soms word etimologiese besonderhede by woorde aangegee, bv. (<F.). Dit dui daarop dat die betrokke woord aan Frans ontleen is. As 'n mens wil weet wat die herkoms van 'n woord is, behoort jy nie in die eerste plek jou toevlug tot 'n verklarende woordeboek te neem nie, maar wel tot 'n etimologiese woordeboek.

5. Indien die woord 'n bepaalde gebruiksfeer het, word die gebruiksfeer aangegee, bv. *(Fis.)*, *(Chemie)*, ens. Dit dui daarop dat dié trefwoord in die genoemde vakgebied, met die spesifieke betekenis gebruik word.

6. By sommige woorde word ook vir die gebruiker aangedui dat die woord *(nie algemeen)*, *(weinig gebruiklik)*, *(verouderd)*, *(histories)* of byvoorbeeld *(plat)* is.

7. By enkele trefwoorde word die uitspraak van die woord aangegee. 'n Mens sal natuurlik nie, wanneer jy uitspraakprobleme ondervind met Afrikaanse woorde, jou toevlug in die eerste plek na 'n verklarende woordeboek neem nie, maar wel na die *Uitspraakwoordeboek van Afrikaans* van T. H. le Roux en P. de V. Pienaar. Die hoofaksent van woorde word in die meeste woordeboeke aangegee.

8. Die hoofdoel van verklarende woordeboeke is, soos ons reeds gesien het, om die betekenis van die woordeskat van die taal so noukeurig as moontlik weer te gee. Verklarende woordeboeke word dan ook hoofsaaklik deur woordeboekgebruikers geraadpleeg wanneer probleme met woordbetekenis ondervind word.

9. Na die definisie volg soms sinonieme of antonieme.

10. Na die definisie van die woord volg dikwels ook poëme en/of sitate wat die gebruik van die woord verder toelig. Soms weet 'n mens wat 'n woord beteken, maar jy weet nie hoe hierdie woord in 'n sin gebruik word nie. In sulke gevalle kan die voorbeeldsinne van groot waarde wees.

11. In die meeste verklarende woordeboeke word die gebruiker dikwels verwys na ander woorde waarvan die betekenis saamhang met dié van die betrokke woord. Die

Gebruik ek hierdie woord reg?

gebruiker moet vir hom die goeie gewoonte aankweek om hierdie verwysings op te volg, want sodoende kry hy 'n aanduiding van die samehang van die betekenis van 'n bepaalde woord met die betekenis van ander woorde. 'n Woord het nie altyd 'n geïsoleerde betekenis nie, maar woorde se betekenisse hang dikwels nou saam met ander woorde se betekenisse. Vergelyk byvoorbeeld die betekenisse van *rant*, *heuwel*, *kop*, *plaatjie*, *berg* of *vrou*, *mevrou*, *juffrou*, *dame*, *tannie*, *viswyf* met mekaar.

Indien die woordeboekgebruiker die Afrikaanse verklarende handwoordeboeke aanvullend gebruik en indien hy sy toevlug, as dit nodig sou word, na die WAT neem, kan die meeste van sy probleme in verband met woordbetekenis opgelos word. Uit die voorafgaande blyk dit duidelik dat die woordeboekgebruiker ook baie ander soorte inligting uit verklarende woordeboeke kan kry.

7.4.5 Woordeboekdefinisies

Omdat woordbetekenis abstrak van aard is, is dit moeilik om die betekenis van 'n woord suiwer onder woorde te bring.

As 'n mens 'n indruk wil kry van die probleme van 'n woordeboekmaker, hoef 'n mens slegs die onderstaande sinne en frases met die woord *kapitaal* denkend te lees en dan probeer uitmaak of die woord in al die gevalle dieselfde betekenis het, en indien nie, watter voorbeeldsinne by mekaar hoort en wat die woord *kapitaal* in elkeen van die groepe presies beteken. Die voorbeelde is:

Hy het sy *kapitaal* op rente in die bank
Landbougrond is net so 'n goeie *kapitaal* as die beste aandelebelegging
Die plaas kos 'n hele *kapitaal*, is *kapitale* werd
kapitale bate, skuld, verbetering
kapitale misdaad
'n *kapitale* mistasting
Dis nou 'n *kapitale* gedagte van jou
Die wetenskaplike en wiskundige *kapitaal* vorm die basis van die tegnologie
Hy is regtig 'n *kapitale* onderwyser
Ons moet eers 'n *kapitaal* opbou voordat ons 'n maatskappy kan stig
gemagtigde, gestorte, opgeroepte *kapitaal*
Die onrus in die land skrik die *kapitaal* af
'n botsing tussen *kapitaal* en arbeid
Koning *Kapitaal* heers hier
Die menslike of maatskaplike *kapitaal* van 'n land.

As 'n mens eers onder die indruk gekom het van watter hoë eise woorddefinisies aan die formuleerder stel, dan verbaas dit 'n mens nie om te hoor dat een van die senior redakteurs van die *Oxford Dictionary* meer as ses maande aan die woordjie *that* gewerk het nie. 'n Mens verstaan dan ook beter wat C. F. A. van Dam bedoel het toe hy gesê het; "Weinige menselijke activiteiten zijn zo geschikt om deemoed te leren als het bedrijven van lexicografie."

7.4.6 Metodes van betekenisverklaring

1. In verklarende woordeboeke word die verklaring van trefwoorde dikwels in die vorm van 'n definisie gegee. Aan die begin van die definisie word die algemene groep genoem waartoe die begrip wat jy definieer, behoort, bv. 'n **handlanger** is "iemand". Hierna volg dan 'n aanvullende beskrywing waarin die kenmerke genoem word wat die betrokke begrip van ander begrippe in dieselfde groep onderskei, bv. 'n **handlanger** is "iemand *wat aan 'n ander in die beoefening van sy ambag of bedryf ondergeskikte hulp verleen*".

2. In sommige verklarende woordeboeke, veral in handwoordeboeke, word die betekenis van die trefwoord deur een of meer sinonieme verklaar bv. **mededoë** "medelye, simpatie, barmhartigheid".

3. Soms word die betekenis deur 'n omskrywing of deur parafrase verklaar, bv. **Kersgeskenk.** "Geskenk, present wat met Kersfees gegee word aan, ontvang word van 'n familielid of vriend, of 'n ander persoon of instansie, bv. 'n kliënt of sakeonderneming, of ook bv. gegee word aan 'n bediende, of 'n bode van 'n gereelde aflewerings-, afhaal- of verwyderingsdiens; ook, iets wat as so 'n geskenk kan dien, bv. wat deur 'n handelsaak vir dié doel te koop aangebied word". Dink u dit is 'n goeie definisie van die woord **Kersgeskenk?**

7.4.7 Kenmerke van 'n goeie definisie

Die kenmerke van 'n goeie definisie is reeds bespreek in die kursus wat gehandel het oor woordvorming, maar omdat dit hier weer ter sake is, word dit herhaal.
'n Goeie definisie van 'n woord het die volgende kenmerke:

1. Dit is woordsoortelik korrek

Voordat 'n woord gedefinieer word, moet eers vasgestel word tot watter woordsoort die woord behoort, en die woord moet dan woordsoortelik korrek gedefinieer word, bv.

'n **karkoer** (s.nw.) is 'n wilde rankplant (s.nw.) ....
'n **karkiet** (s.nw.) is 'n bruin sangvoël (s.nw.) ....
indring (ww.) beteken na binne dring (ww.)
hyg (ww.) beteken vinnig, hoorbaar en deur die oop mond asemhaal (ww.)
Kaukasies (b.nw.) beteken van, of uit Kaukasië
keiserlik (b.nw. en bw.) (soos) van 'n keiser

Let daarop dat die definisie van byvoeglike naamwoorde en van bywoorde dikwels deur 'n voorsetsel ingelei word.

2. Dit is inhoudelik korrek

Die woordeboekgebruiker moet altyd probeer seker maak of die definisie die betekenis van die trefwoord noukeurig weergee. Dit kan hy doen deur die woord in meer as een woordeboek na te slaan.

3. Dit is kort en duidelik

Indien 'n woord op meer as een wyse gedefinieer kan word, moet daar altyd voorkeur verleen word aan die kortste definisie, tensy die kort definisie nie die betekenis van die woord duidelik na vore bring nie. In so 'n geval sal voorkeur gegee word aan die langer definisie.

4. Dit voldoen aan die vervangingsbeginsel

Volgens die vervanginbsbeginsel moet die definisie van 'n woord die woord in 'n sin kan vervang en die resultaat moet dan nog steeds 'n grammatikale sin wees. Die woord **mimikus** kan gedefinieer word as 'n "persoon wat gebarespel beoefen". In die sin: *Piet Toneel is 'n mumikus* kan die woord *mimikus* deur die definisie vervang word. *Piet Toneel is 'n persoon wat gebarespel beoefen* is 'n grammatikale sin, maar indien *mimikus* gedefinieer word as: "om gebarespel te beoefen" dan kan die definisie nie die woord *mimikus* in die sin vervang nie. **Piet Toneel is 'n om gebarespel te beoefen* is 'n ongrammatikale sin. Wanneer daar by vervanging so 'n ongrammatikale sin gelewer word, kan 'n mens vermoed dat die definisie foutief is.

Die vervangingsbeginsel dien as 'n hulpmiddel om die definisie in die korrekte vorm te giet, maar dit kan nie as 'n absolute eis aan alle definisies gestel word nie. Baie goeie definisies voldoen nie aan die vervangingsbeginsel nie.

7.5 Die hantering van inligting uit woordeboeke

Inligting uit woordeboeke moet altyd krities hanteer word. Die woordeboekgebruiker kan nie maar alles wat in woordeboeke staan goedsmoeds aanvaar nie. Hy moet ook sorg dra dat hy die inligting wat die woordeboek aan hom verstrek, korrek interpreteer. Die inligting uit woordeboeke is soms misleidend en 'n mens moet sorg dat jy dit interpreteer soos wat die woordeboek dit bedoel, anders kan dit aanleiding gee tot vergissing.

Jou kritiese ingesteldheid teenoor die inligting uit woordeboeke word in 'n hoë mate bepaal deur die soort woordeboek waaruit jy die inligting gekry het. Die gegewens uit 'n handwoordeboek sal byvoorbeeld met meer agterdog behandel word as dié uit die WAT, want die meeste handwoordeboeke is saamgestel deur amateurs in hul vrye tyd, terwyl die WAT deur beroepsleksikograwe saamgestel word.

Die WAT is baie volledig in sy aanbieding, maar die handwoordeboeke is baie beknop en dit gee dikwels aanleiding tot verwarring en misverstand.

7.5.1 Besware teen die WAT

Alhoewel die WAT die volledigste en die gesaghebbendste woordeboek in Afrikaans is, kan daar teen hom ook besware ingebring word, bv.

1. Die definisies in die WAT is soms **te ensiklopedies.** Benewens 'n skets van 'n werkby, 'n koningin en 'n hommel word die volgende verklaring by die trefwoord **heuningby** in die WAT gegee:

> Angeldraende, vliesvleuelige insek v/d geslag *Apis* of 'n verwante geslag v/d byfamilie Apidae, wat in verskillende soorte en rasse mak of wild swermsgewys leef in beskutte ruimtes, soos hol boomstamme, gate i/d grond of deur die mens gemaakte korwe, en as gemeenskap bestaan uit 'n koningin wat eiers lê, 'n klompie mannetjies (hommels, darre, waterdraers) wat lomp, angelloos en ledig is, en 'n groot aantal vroulike werkbye wat die veelsellige koeke bou waarin hul heuning en stuifmeel versamel en waarin die jong bye uitbroei. Die koningin, 'n betreklike groot, slank by, wat in 'n spesiale heuningkoeksel en op spesiale voedsel uit 'n gewone bevrugte eier deur die stadia van larwe en papie in 17 dae ontwikkel, kry na enige weke op haar bruidsvlug by paring i/d lug 'n groot hoeveelheid manlike selle in voorraad, waarna sy gedurende die drie tot vyf jaar van haar lewe na willekeur òf bevrugte eiers kan lê waaruit 'n spesiale omstandighede koninginne of in

gewone omstandighede werkbye in 21 dae ontwikkel, òf onbevrugte eiers waaruit na 24 dae mannetjies te voorskyn kom. Die werkby, wat i/d somer 'n lewensduur van sowat sewe weke, maar i/d winter van tot sewe maande kan hê, is aanvanklik huisby, d.i. vir ong. tien dae voedsterby wat koningin en larwes voer op sap uit 'n kopklier, al dan nie vermeng met heuning of stuifmeel, en dan vir ong. dieselfde tydperk waswerkster wat aangebragte heuning in ontvangs neem en die koeke bou of verseël uit wasvoorrade afgeskei deur onderbuikkliere, maar ten slotte haal-, vlieg- of veldby wat op uitgebreide togte (van tot 2 uur of tot sowat 2 myl v/d korf, waarby 'n vliegsnelheid van tot 40 m.p.u. bereik kan word) water haal en voedsel aanbring i/d vorm van stuifmeel (versamel i/d stuifmeel-mandjies a/d agterpote) en veral heuning (ong. 20-100 mg per keer) wat i/d heuning-blaas gevorm word uit nektar, opgesuig deur die buisvormig saamgelegde monddele waarin die digbehaarde, staafvormige tong soos 'n pomp op en neer werk.

2. Die definisies in die WAT is soms ook **te tegnies.** Die volgende definisie word by die trefwoord **kielboog** aangegee:

kiel'boog. *(bouk.)* Puntboog waarvan die geboë dele aan weerskante van onder af eers uit-en dan ingeswenk is i/d vorm v/d dwarsdeursnee van 'n skuit met 'n kiel, of, meer bep., wat van onder bestaan uit twee konvekse gedeeltes, gevorm deur twee boë van een sirkel met middelpunt op die aansetlyn (voetlyn) v/d boog, en daarby en ineenvloeiend daarmee, uit twee konkawe gedeeltes, elk gevorm deur 'n afsonderlike sirkel met middelpunt bo die aansetlyn en buite die boogveld – in vorm steiler as die akkoladeboog, wat 'n variant daarvan is en waarvan elk v/d onderste konvekse gedeeltes gevorm word deur 'n boog van 'n afsonderlike, kleiner sirkel met middelpunt op die aansetlyn; eselsrug.

'n Mens moet egter in gedagte hou dat die WAT ook vir die spesialis bedoel is.

3. Daar kom teenstrydighede voor in die WAT. By **bar**^{2} word *kantien* aangegee as sinoniem, maar *bar*^{2} word nie as sinoniem by **kantien** (bet. 2) aangegee nie. Dit sou as 'n teenstrydigheid beskou kon word, maar so iets gebeur by die WAT omdat hy in dele verskyn en toe die redakteur **bar**^{2} gedefinieer het, het sy inligting daarop gedui dat die twee woorde wel sinonieme is. Toe hy later by **kantien** kom, het hy oor ekstra inligting beskik wat daarop gedui het dat die woorde nie sinoniem is nie. Hul betekenisse lê egter wel naby mekaar, daarom word vanaf *kantien* net verwys na **bar**^{2}, maar die twee woorde word nie meer as sinonieme beskou nie.

U sien dus dat, as die inligting korrek hanteer word, die gebruiker wel die korrekte inligting uit die woordeboek kan verkry, maar andersins kan die inligting teenstrydig wees en aanleiding gee tot misverstand.

7.5.2 Enkele gebreke van handwoordeboeke

1. Een van die grootste flaters wat die samestellers van handwoordeboeke aanvanklik begaan het, was om hul Afrikaanse woordeboeke saam te stel op die lees van die Nederlandse woordeboek van Van Dale. Hulle het aanvanklik waarskynlik gedink dat 'n mens 'n groot aantal Nederlandse woorde moet byhaal om die rykdom van Afrikaans te bewys. In hierdie proses is daar nie altyd rekening gehou met die feit dat baie Nederlandse woorde nog nooit Afrikaans was of is nie. (Vgl. byvoorbeeld die woord *douche* vir 'n "stortbad".) Sommige Nederlandse woorde wat wel die Afrikaanse taal bereik het, het weer later in onbruik geraak.

Verder het woordeboekmakers nie altyd daarmee rekening gehou dat sommige van die betekenisaspekte wat 'n woord in Nederlands het, nie in Afrikaans voorkom nie. Dit het ook gebeur dat 'n woord in Afrikaans 'n betekenis byontwikkel het wat dit nie in Nederlands het nie. Hierdie betekenisaspekte is dan soms oor die hoof gesien. Dit is moontlik die rede waarom *kraaines* met die betekenis "'n verknoopte hengellyn" nie in die meeste handwoordeboeke opgeneem is nie.

By die herdrukke van Afrikaanse handwoordeboeke probeer die samestellers om die Nederlandse woordmateriaal wat nog daarin voorkom, uit te skakel, maar almal het nog nie heeltemal daarin geslaag nie.

In een van die Afrikaanse handwoordeboeke word *skryfmasjien* nog as sinoniem aangegee by *tikmasjien*. Die woorde *tik* en *tikmasjien* is om en by die jaar 1900 vir die eerste keer in Afrikaans gebruik deur Gustav Preller. *Skryfmasjien* is vandag nagenoeg totaal onbekend onder Afrikaanssprekendes, en dit is in elk geval totaal ongebruiklik in Afrikaans. Dis 'n Neerlandisme. *Schrijfmachine* is algemeen Nederlands.

2. Dit kan gestel word dat alle woordeboeke onvolledig is, maar handwoordeboeke is natuurlik in 'n hoër mate onvolledig as nasionale woordeboeke, omdat handwoordeboeke nie daarna strewe om heeltemal volledig te wees nie. Handwoordeboeke strewe nie daarna om die woordeskat van 'n taal in sy volle omvang op te neem nie; slegs die gebruiklikste woorde van 'n taal word in handwoordeboeke opgeneem. Maar soms word selfs gebruiklike woorde ook oor die hoof gesien. Die woord *jaarblad* is byvoorbeeld deur sommige van die handwoordeboeke nie opgeneem nie. Dit is belangrik om in gedagte te hou dat dit nooit as argument aangevoer kan word dat 'n bepaalde woord nie in Afrikaans bestaan nie omdat dit nie in die woordeboek opgeneem is nie!

3. Omdat die inligting in handwoordeboeke baie bondig aangebied word, is die inligting soms verwarrend, maar soms is dit ook doodeenvoudig foutief.

Een van die algemene klagtes teen handwoordeboeke is dat dit 'n verduideliking van die woord se betekenis probeer gee deur gebruik te maak van sinonieme.

In 'n handwoordeboek word o.a. die volgende woorde en frase na die trefwoord **klem** aangegee, in 'n poging om vir die woordeboekgebruiker 'n aanduiding te gee van die betekenis van die woord **klem:** "knel; omarm; kragtig vashou aan; knyp ...." Hierdie poging om die woord **klem** se betekenis te verduidelik, is uiters verwarrend en misleidend. Word hierdie woorde en die frase bedoel as sinonieme van die woord *klem? Klem* en *knel* mag moontlik soms sinonieme van mekaar wees, maar dit is nie altyd sinonieme nie. 'n Mens kan ook iemand *omarm* sonder om hom/haar te *klem*. Die betekenisse van die woorde *klem* en *knyp* kan ook soms ver van mekaar af lê.

Moontlik word die woorde wat hier na die trefwoord **klem** aangegee word nie eintlik as sinonieme van *klem* bedoel nie. Die samestellers van die woordeboek se hoop is hier waarskynlik daarop gevestig dat die woordeboekgebruiker wat wil weet wat die woord *klem* beteken, sal weet wat die woorde *knel*, *omarm*, *knyp*, ens. beteken en dat hulle dan naastenby sal kan aflei wat die woord *klem* beteken. Die vraag ontstaan hierby: Sal diegene wat die woordeboek raadpleeg omdat hulle nie weet wat die woord *klem* beteken nie, die betekenis van woorde soos *knel*, *omarm* en *knyp* ken? Indien nie, sal hierdie verduideliking by *klem* vir hom nie veelseggend wees nie.

Moontlik wil die samestellers met hierdie verduideliking te kenne gee dat *klem* in sekere sinsverbande "knel" kan beteken en dat dit in ander sinsverbande byvoorbeeld "omarm" of "knyp" kan beteken. Dit word dan aan die woordeboekgebruiker oorgelaat om die betekenis van *klem* in 'n bepaalde sinsverband self vas te stel.

4. In 'n ander handwoordeboek word die volgende verduidelikings by die trefwoord **klim** aangegee: 1. *klouter* 2. *styg, rys.* Die vliegtuig klim vinnig. 3. *toeneem, vermeerder.*

Dit gaan vir ons hier slegs om betekenis 1. *Klim* kan soms wel "klouter" beteken, byvoorbeeld in 'n sin soos: *Die bobbejaan klim teen die berg*, maar in die volgende sinsverband beteken *klim* nie "klouter" nie. Vergelyk: *Die professor het baie vinnig herstel na sy onlangse siekte: hy klim al trappe.*

Die eerste twee definisies in 'n ander woordeboek by die trefwoord **klim** lui soos volg: 1. Na boontoe gaan, veral deur sowel die hande as die voete te gebruik: . . . *Ape kan goed klim.* 2. Teen iets skuins of steil oploop: *(Teen) 'n berg klim.*
Hierdie twee definisies oorbrug die probleem wat in die eersgenoemde woordeboek bestaan.

5. In die meeste Afrikaanse handwoordeboeke word *tronk* en *gevangenis* aangegee as sinonieme by **kerker.** In Afrikaans is die woorde *tronk* en *gevangenis* sinonieme, maar *kerker, tronk* en *gevangenis* is nie sonder meer sinonieme van mekaar nie. In Nederlands is die woorde *kerker* en *gevangenis* wel sinonieme van mekaar. (Die woord *tronk* kom nie met hierdie betekenis in Nederlands voor nie. Afrikaans het dit aan Portugees "tronco" ontleen.)

6. Die definisies in handwoordeboeke is nie altyd akkuraat genoeg geformuleer nie. Die eerste definisie onder die trefwoord **klep** in een van die handwoordeboeke lui as volg: *Masjienonderdeel wat die stroming van vloeistof, gas, ens. deur 'n opening of leiding beheer (deur oop en toe te gaan).* Die volgende frase word dan na die definisie aangegee: "klep van 'n pomp, motor, fluit, hart". Die klep wat in 'n pomp en 'n motor voorkom, is wel 'n masjienonderdeel, maar die klep wat in 'n fluit en in 'n hart voorkom, is nie 'n masjienonderdeel nie. Die woord *klep* is hier dus te eng geformuleer.

7. Een van die maatstawwe waaraan 'n goeie woordeboek moet voldoen, is dat hy al die onbekende woorde wat hy in die definisies en in die sitate en poëme gebruik ook moet verklaar. Die woord **klepstoter** word in 'n handwoordeboek soos volg gedefinieer: *Masjienonderdeel wat beweging van 'n nok stootsgewys oorbring na die klepinrigting.* Indien die woordeboekgebruiker nou nie weet wat 'n *klepinrigting* is nie, sal hy dit gaan naslaan, maar hy sal dan ontdek dat dié woord nie in die betrokke woordeboek verklaar word nie.

Die woordeboekgebruiker neem sy toevlug tot 'n woordeboek omdat hy 'n probleem het met die betekenis van 'n spesifieke woord. As dié woordeboek vir die gebruiker verdere probleme oplewer, sonder om sy oorspronklike probleem op te los, dan beantwoord so 'n woordeboek nie volkome aan sy doel nie.

8. Die woorde *kubernetika* en *sibernetika* is wisselvorme. Soos ons reeds gehoor het, het wisselvorme altyd dieselfde betekenis. In sommige handwoordeboeke word egter twee verskillende definisies by *kubernetika* en *sibernetika* aangegee, sonder dat die redakteurs daarop wys dat hierdie woorde wisselvorme van mekaar is.

9. Omdat die handwoordeboeke so onvolledig is, is dit raadsaam om handwoordeboeke aanvullend te gebruik. Dit wat in die een woordeboek nie opgeneem is nie, mag moontlik wel in 'n ander een voorkom.

10. Handwoordeboeke weerspreek mekaar soms op sekere punte. *HAT*, *Kernwoordeboek van Afrikaans* en *Verklarende Afrikaanse woordeboek* plaas onderskeidelik die hoofaksent van die woord *klavesimbaal* op die volgende sillabes (die sillabe waarop die hoofaksent geplaas word, word vet gedruk): klavesim**baal,** klave**sim**baal en **kla**vesimbaal. Sulke weersprekings kan die woordeboekgebruiker verwar.

11. Die woordeboekgebruiker moet in gedagte hou dat 'n handwoordeboek eintlik nie veel meer as 'n onvolledige hulpmiddel kan en wil wees nie. Dat handwoordeboeke sekere tekortkomings sal hê, is voor-die-hand-liggend, maar om alles wat in handwoordeboeke voorkom, vir soetkoek op te eet, sou 'n dwaasheid wees. Geen woordeboek, selfs nie eers die beroemde Oxford-woordeboek, is goed genoeg om die inligting wat die gebruiker daaruit kry, kritiekloos te aanvaar nie.

As die gebruiker die Afrikaanse handwoordeboeke ken en hy gebruik hulle aanvullend en hy gebruik hulle krities, kan hierdie woordeboeke baie van sy probleme in verband met woordbetekenis oplos, want hierdie woordeboeke bevat tog uiters waardevolle inligting. U moet dus u woordeboeke gebruik, maar u moet hulle altyd krities gebruik. Dr. Samuel Johnson het gesê: "Dictionaries are like watches: the worst is better than none, and the best cannot be expected to go quite true".

7.6 Opdragte

1. *Gebruik enige verklarende Afrikaanse woordeboek en vind antwoorde op die volgende vrae, lig telkens u antwoord toe met voorbeelde uit die betrokke woordeboek.*
   (*a*) Hoe word sinonieme aangedui in u woordeboek?
   (*b*) Hoe word antonieme aangedui?
   (*c*) Hoe word wisselvorme aangedui?
   (*d*) Hoe word meerduidige woorde behandel in u woordeboek?
   (*e*) Hoe word homonieme behandel?
   (*f*) Hoe kan die woordeboekgebruiker uit die woordeboek agterkom dat hy met 'n meerfunksionele woord te make het?
2. *Onderstreep die woord in die onderstaande definisies wat die groep aandui waartoe die trefwoorde behoort.*
   (*a*) **hamer.** Stuk gereedskap met 'n metaalkop aan 'n steel, gebruik om mee te kap.
   (*b*) **intervarsity.** Sportbyeenkoms tussen verteenwoordigende spanne van twee of meer universiteite.
   (*c*) **interneringskamp.** Plek met 'n ondeurdringbare versperring, bv. doringdraadheinings rondom, en tente, hutte en ander noodsaaklike geriewe daarbinne, waarin vyandsonderdane, krygsgevangenes, politieke gevangenes, ens. aangehou word.
   (*d*) **kinderdief.** Iemand wat 'n kind of kinders steel, ontvoer.
   (*e*) **alkohol.** Bedwelmende vloeistof deur gisting verkry, wat 'n bestanddeel van sterk drank is.
   (*f*) **kapitaal.** Geld waaroor 'n maatskappy of individu beskik.
   (*g*) **allemansgek.** Persoon met wie almal die gek skeer.
   (*h*) **garderobe.** Kas of vertrekkie waarin klere bewaar word.
   (*i*) **beskuldigde.** Persoon wat beskuldig word, voor die hof moet verskyn.
   (*j*) **ruiterbal.** Spel waarby die helfte van die spelers op die ander helfte se rûe ry en vir mekaar 'n bal gooi.

3. *Slaan die volgende woorde in ten minste twee woordeboeke na en definieer hulle dan so noukeurig as moontlik:*
biltong, bokkom, kardoesbroek, kat, spook (s.nw.), padvaardig, padwaardig, verongeluk, pols (s.nw.), polisie.
4. *Versamel voorbeelde van foutiewe definisies uit handwoordeboeke; dui die fout aan en verbeter dit dan.*
5. *Versamel tien terme wat algemeen gebruik word in die beroep wat u eendag gaan volg. Kies dié terme wat u dink die gewone taalgebruiker ook behoort te ken en definieer hierdie terme dan so noukeurig as moontlik.*
6. *Kies enige bladsy in enige handwoordeboek, gaan die gegewens krities deur en lewer dan kommentaar op sake soos die volledigheid, korrektheid, ens. van die gegewens.*
7. *Lees die onderstaande, effens verkorte, artikel van* **klerk,** *wat geneem is uit die Woordeboek van die Afrikaanse Taal (WAT), noukeurig deur en sê dan watter soort inligting die woordeboekgebruiker alles uit die artikel kan haal.*

klerk, klerke; klerkie. **1.** *(hist.)* Geestelike (clericus), iem. wat deur rituele kruinskering opgeneem is i/d geestelike stand (clerus) v/d R.K. Kerk; vandaar, iem. wat as, soos 'n geestelike die kuns van lees en skryf (in Latyn), ken, 'n geleerde is, as skrywer (bv. kopieerder, geheimskrywer, skrywer b/d gereg) diens doen: *In die Middeleeue was die geleerdheid natuurlik meestal die voorreg van die geestelike, sodat die geestelike (= klerk) ook gewoonlik die griffier (= skrywer) was. Hieruit het ons woorde* klerklik *en* klerikaal *ontwikkel, maar nou met betekenisnuansering: 'n* klerk *is belas met* klerklike *werk (= skryfwerk op kantoor), terwyl die* geestelike *hom besig hou met* klerikale *werk* (H. J. J. M. v. d. Merwe: Woord, 1967, 147). Vgl. KLERIKAAL II, 1.
2. Amptenaar belas met die toesig oor en verantwoordelikheid vir die hou v/d notule of registers en die algemene administratiewe aangeleenthede van 'n hof, parlementêre instelling, wetgewende liggaam of raad: *Klerk van die hof*, benaming vir die amptenaar belas m/d administratiewe aangeleenthede wat m/d hou van 'n landdroshof gepaard gaan, soos die hou v/d register van werksaamhede, die nagaan en uitreiking van siviele of strafprosesstukke, e.d.; teenoor *griffier van die hooggeregshof;* vgl. GRIFFIER. *Klerk van die Provinsiale Raad*, benaming vir die amptenaar verantwoordelik vir die rapporte v/d verrigtings v/d Raad, die hou v/d notule v/d besprekings en die reëling v/d prosedure en die werkprogram v/d Raad – nie soos i/d geval van *klerk van die Senaat* en *klerk van die Volksraad* i/d Grondwet v/d Republiek van Suid-Afrika, 1961, deur *sekretaris van die Provinsiale Raad* vervang nie, om moontlike verwarring met bv. *Provinsiale sekretaris* te voorkom. *Klerk van die Senaat, klerk van die Volksraad*, vroeëre benamings vir *sekretaris van die Senaat* en *sekretaris van die Volksraad*, in gebruik tot 31 Mei 1961, toe dit ingevolge artikel 117 v/d Grondwet v/d Republiek van Suid-Afrika, 1961, vervang is. *Dorps-, komitee-, stadsklerk.*
3. Iem. wat in 'n min of meer ondergeskikte hoedanigheid by 'n openbare of private kantoor, saak of winkel in diens is en veral roetinesake soos korrespondensie, liassering, boekhouding en algemene inskryfwerk behartig, of bv. 'n boekhou-, reken- of ponskaartmasjien bedien, of ook agter die toonbank van so 'n kantoor, saak of winkel die publiek bedien: *Hulle* (die Kleurlinge) *moet hul eie predikante, onderwysers, posmeesters, . . . klerke, ensovoorts, self lewer* (H. F. Verwoerd in A. N. Pelzer: Verwoerd, 1963, 604). *Met sy arms na agter of na weerskante uitgestrek, kan hy maklik op al sy handelsware beslag lê. Klerke en boekhouers het hy nie nodig nie* (J. D. du Toit: Werke V, 1961, 19). *Die staat Israel ontwikkel met 'n koorsagtigheid wat 'n mens aanvoel in die vinnige gebare van die klerke, in die haastigheid van die kruiers en in die tekens van groei wat jy opmerk as jy uit die kokonlyf van die vliegtuig stap* (A. H. de Vries: Sjalom 1965, 20). *Ten spyte van al die merkwaardige uitvindings sou ons nie so lekker en veilig kon reis as die spoorwegman nie daar was nie: . . . die kondukteur, die skoonmaker, kruier, klerk, rangeerder* (A. v. Oordt, in Afr. Kinderens. III, 1947, 995). Geringskattend of neerhalend i/d vkwv.: *As jy vanoggend in jou deeltjie van die openbare plek verleë moes staan en wag totdat al die witmense aan die ander kant bedien is voordat jy deur die klerkie opgemerk word* (A. Small: Steen, s.j., 69); *As 'n arm klerkie op die Tesourie begin Horatius as byverdienste satieres te*

skrywe (P. v. Braam in N. Brandw., Nov. 1929, 263); *Al hierdie kopwerk is vir klerkies en knoppiesdrukkers goed, maar nie vir mense nie, want 'n verstand sonder hande beteken niks nie* (M. Versfeld in Standp., Apr. 1967, 59); *Daar is verder iets oortuigends in die wyse waarop die klerkie* (in die boek) *sy minderwaardigheidsgevoel kwyt raak* (M. S. B. Kritzinger in Jb. Afr. Skrywerskring, 1939, 135); *Die verkleinwoord is een van die belangrikste vorme om veragting uit te druk: Daardie ou* klerkie (C. P. v. d. Merwe, e.a.: Moedertaal Sts. IX en X[2], s.j., 73); vgl. AMPTENAARTJIE. *Eerste klerk* – sien onder EERSTE A, 1 c. *Ingeskrewe klerk*, wat onder kontrak by 'n prokureur of rekenmeester ingeskryf is m/d oog daarop om hom vir die beroep te bekwaam; klerk onder leerkontrak, leerlingklerk, leerklerk. *Klerk onder leerkontrak* – sien *ingeskrewe klerk* (hierbo). *Aflos(sings)-, assuransie-, bank-, besprekings-, boekhou-, dame(s)-, dokumente-, dorps-, eerstegraads-, ekspedisie-, faktuur-, goedere-, grootboek-, hof-, hoof-, hotel-, inhoudings-, inkoop-, inskrywings-, kaartjies-, kantoor-, kluis-, landdros-,* ... **klerk:** ..amp, ..pos(sie), ..ruimte. **klerke:** ..baantjie, ..werk. **klerks:** ..baadjie, ..baantjie, ..pos(sie).

7.7 Aanvullende bronne

De Villiers, M.: *Die semantiek van Afrikaans.* H.A.U.M., Kaapstad, 1975.

De Vooys, C. G. N.: *Inleiding tot de studie van de woordbetekenis.* J. B. Wolters, Groningen, 1938.

Eksteen, L. C.: 'n Inleidende studie van die metodes van die leksikografie. M.A., Pretoria, 1962.

Die leksikale definisie: 'n leksikografiese ondersoek. D.Litt., Pretoria, 1965.

Schoonees, P. C.: *Rondom die woordeboek.* Nasionale Boekhandel, Kaapstad, 1958.

Snijman, F. J.: *U woorde, u woordeboek.* Uitgegee deur die Raad van Beheer oor Die Afrikaanse Woordeboek, 1964.

Uys, A. M. en andere: *Moderne Afrikaans.* Maskew Miller, Kaapstad, s.j.

HOOFSTUK 8

Vaktaal

8.1 Doelstelling

Die doel van hierdie hoofstuk is **nie:**

1. Om u as terminoloog (termkundige) of leksikograaf (woordeboekmaker) op te lei nie;
2. Om dit vir eksamendoeleindes van buite te leer nie.

Die doel van hierdie hoofstuk is **wel:**

3. Om u te leer wat vaktaal is en in watter opsigte dit verskil van gewone taal;
4. Om u enkele grepe te gee uit die ontwikkeling van vaktaal in Suid-Afrika;
5. Om u op hoogte te bring met die belangrikste vaktaal-produserende instansies wat in die RSA werksaam is;
6. Om u in te lig oor die verskillende soorte vakwoordeboeke en vaklyste wat in die beroepswêreld gebruik kan word;
7. Om u as vaktaalgebruiker advies te gee i.v.m. die aanskaf van vaktaalpublikasies;
8. Om u vertroud te maak met die gebruik van vakwoordeboeke en vaklyste;
9. Om u in hooftrekke in te lig oor hoe terme geskep word sodat u
   (*a*) sal weet wat die kenmerke van 'n goeie term is,
   (*b*) sal insien dat die skep van terme 'n uiters gespesialiseerde aktiwiteit is en
   (*c*) sal onthou om met die grootste omsigtigheid te werk te gaan as u ooit in 'n situasie beland waarin u self enkele of meerdere terme moet skep;
10. Om u te wys op die tekorte wat daar nog op die gebied van die Afrikaanse vakterminologie en vakleksikografie bestaan;
11. Om u te laat kennis neem van:
    (*a*) beskikbare vakwoordeboeke en vaklyste en
    (*b*) komende vaktaalpublikasies.

8.2 Wat is vaktaal?

Sodra daar in 'n gemeenskap 'n hele aantal vakgenote is wat spesialiste in hul bepaalde vak of beroep is, soos bv. onderwysers, bouers, horlosiemakers of dokters, dan ontstaan binne hul werksverband allerlei woorde wat hoofsaaklik deur daardie mense gebruik word. Sulke woorde ontstaan omdat dit by enige gespesialiseerde werk gou nodig word om heel eiesoortige voorwerpe, handelinge, prosesse en kenmerke waarvoor daar in die gewone omgangstaal dikwels nie woorde bestaan nie, te benoem. So ontwikkel 'n woordeskat waarvan 'n groot gedeelte eksklusief is, d.w.s. hoofsaaklik deur die beoefenaars van die bepaalde beroep of vak gebruik en verstaan word. Sulke eksklusiewe woorde word terme of **vakterme** genoem. 'n Woord wat as 'n term gebruik word, is egter nie altyd eksklusief nie. Dieselfde woord wat in 'n bepaalde vakverband 'n heel spesiale betekenis het, het soms in die gewone omgang 'n algemener betekenis. So 'n woord met sy algemene betekenis vorm dan deel van die gemeenskap se inklusiewe woordeskat wat beteken dat feitlik alle lede van die bepaalde gemeenskap die woord ken en/of gebruik. Die woord **voorwerp** het vir die taalkundige 'n heel spesiale betekenis, nl.: "naam van die deel van 'n sin waarop die handelinge betrekking het". In die gewone omgang beteken dit: "iets wat 'n mens kan sien; saak; ding". 'n Woord wat as term gebruik word, dui 'n begrip aan wat duidelik omlyn is; so 'n woord is nie meerduidig nie (dit is nie-polisemies) en mag net op een manier vertolk word.

Wat die uiterlike vorm en volksheid of vreemdheid betref, is daar in beginsel geen skeidslyn tussen terme en algemene woorde nie. Die hele algemene taal staan in diens van die vaktaal en omgekeerd. Dit gebeur wel dat daar woorde is wat net terme is, maar ook hulle kan deur die leek gedeeltelik oorgeneem word. Die belangrikste verskil tussen die algemene woord en die vakterm bestaan daarin dat die vakterm gewoonlik volkome of gedeeltelik eksklusief is. By vaktaal kan daar verder tussen wetenskaplike en nie-wetenskaplike terme onderskei word.

8.2.1 Wetenskaplike terme

Die taal van wetenskaplikes het dieselfde grammatika as gewone omgangstaal, maar 'n deel van die woordeskat en uitdrukkings is anders. 'n Deel van die wetenskaplike se woordeskat bestaan uit wetenskaplike terme en hulle is gewoonlik selfstandige naamwoorde, byvoeglike naamwoorde en werkwoorde. Die belangrikste onderskeid tussen wetenskaplike terme en gewone woorde is van 'n semantiese en nie van 'n morfologiese of sintaktiese aard nie. Al die terme van 'n bepaalde vakgebied van die wetenskap word die **terminologie** van daardie vak genoem. Binne hierdie terminologie het elke term sy presiese plek met sy duidelike omlyning soos die onderdele van 'n sisteem. Dikwels is 'n wetenskaplike term 'n enkele woord, maar soms kan dit ook 'n woordgroep wees.

Wetenskaplike terme moet presies vertaal word terwyl woorde uit die gewone omgangswoordeskat gewoonlik 'n keuse laat ten opsigte van verskillende alternatiewe. Verskeie vakke het 'n uitgebreide internasionale woordeskat wat in *vorm* groot ooreenkomste vertoon met die ooreenstemmende woorde uit die vakterminologie van ander tale. Die meeste internasionale woorde wat in Afrikaans gebruik word se spelling en uitspraak is by die Afrikaanse sisteem aangepas. In die Taalkunde is daar bv. woorde soos *semantiek*, *sintaksis*, *morfologie*, *subjek* en *predikaat* wat vergelyk kan word met Engels: "*semantics*, *syntax*, *morphology*, *subject* en *predicate*" of Nederlands: "*semantiek*, *syntaxis*, *morfologie*, *subject* (subjekt), *predicaat* (praedicaat/predikaat)".

In Afrikaans bestaan die neiging egter om terme deur middel van samestelling of afleiding uit eie taalmateriaal te skep, bv. *betekenisleer* (semantiek), *sinsleer* (sintaksis), *woordvorming* (morfologie). Hierdie neiging het Afrikaans van Nederlands geërf, want in die tyd van die Renaissance het die belangstelling in die moedertaal weer sterk toegeneem en is baie geleerde Latynse terme vernederlands.

8.2.2 Nie-wetenskaplike terme

Die nie-wetenskaplike terme maak nie noodwendig deel uit van 'n sisteem nie. By sulke terme berus die vastigheid en eenduidigheid op die verstandhouding of tradisie binne 'n groep sprekers wat almal in 'n bepaalde gebied werksaam is, of dieselfde belange het. 'n Mens kry 'n aanduiding van sulke terreine as jy kyk na die inleiding van H. J. Terblanche se *Tegniese Woordeboek*.

Daarin verklaar die opsteller dat hy aan die volgende vakgebiede aandag geskenk het:

"akoestiek, boukunde, drukwerk, elektrotegniek, fotografie, (geologie), gereedskap, gietery, grofsmedery, hidroulika, houtwerk, ingenieurswese, landmeetkunde, leerwerk, loodgietery, lugvaart, magnetisme, masjienonderdele, meganiese ingenieurswese, messelwerk, metaalkunde, modelleerwerk, motorkarbou, mynbou, (natuurkunde), plaatmetaalwerk, pottebakkery, radar, radio-ingenieurswese, riolering, rubber, sanitasie, siviele ingenieurswese, (skeikunde), skrynwerk, spoorweë, staalwerk, stoffeerwerk, sweiswerk, tekstielware, telefonie, telegrafie, televisie, timmerwerk, verfwerk, verligting, vormwerk, warmteleer, werktuie, werktuigkunde, (wiskunde)".

Hierdie lys is onsistematies opgestel en heelwat gebiede oorvleuel mekaar. Daar word ook nie onderskei tussen ambagte, tegnieke en suiwer wetenskappe nie. Die belangrikste natuurwetenskaplike rigtings is tussen hakies geplaas.

Afgesien van die wetenskappe, tegnieke en ambagte vind 'n mens ook terme op verskeie gebiede van die mens se belangstelling, bv. in die politiek, godsdiens (kerk), die kunste, stokperdjies, sport en ontspanning. By al hierdie terreine val die gemeenskaplike kenmerk op dat die terme wat daarin gebruik word, bedoel is om eenduidig te wees. Die grootste eksaktheid (presiesheid) word egter meesal by die wetenskaplike terme aangetref.

8.3 Die ontwikkeling van vaktaal in Suid-Afrika

Reeds voor 1900 het 'n eksklusiewe terminologie (vakwoordeskat) in Afrikaans begin ontwikkel, maar die ontwikkeling was langsaam en die resultate gering. Toe Afrikaans in 1925 as amptelike taal naas Engels erken is, het dit 'n groot inklusiewe woordeskat gehad, maar die eksklusiewe woordeskat was nog swak ontwikkel. Om Afrikaans op 'n gelyke vlak met Engels te bring, het daar 'n geweldige taak t.o.v. die vakterminologie voorgelê. Hierdie taak is oor die afgelope meer as 50 jaar sonder groot ophef aangepak, maar vir die ontwikkeling en voortbestaan van Afrikaans is 'n eie vaktaal van deurslaggewende belang.

Sedert 1900 het Afrikaanssprekendes na die stede begin trek en met die depressie van 1933 is die proses aansienlik versnel. Hulle was oorwegend by Engelssprekendes in diens en moes gevolglik die Engelse vaktaal aanleer. Na die Tweede Wêreldoorlog het die behoefte aan 'n Afrikaanse vaktaal dringend geword. In daardie stadium het daar meer Afrikaners in as buite die stede gewoon. Afrikaanssprekendes het toe ook in groter getalle tot die natuurwetenskappe toegetree. In 1942 is die naam van Die Suid-Afrikaanse Akademie dan ook verander in Die Suid-Afrikaanse Akademie vir Wetenskap en Kuns.

Dit het 'n wêreldverskynsel geword dat toenemende beroepspesialisasie ook taalspesialisasie meegebring het. Afrikaanssprekendes moes hoogs gespesialiseerde werk begin doen en die bestaande Afrikaanse vakterminologie kon nie aan die behoeftes van hierdie mense voldoen nie. Dit was hoofsaaklik Engelse vaktaal wat gebruik is, en die mense het ook hul opleiding in Engels ontvang.

Dit was veral joernaliste, vertalers en omroepers wat begin het om vaktaal te skep. alhoewel talle van hierdie terme nooit werklik aanvaar en gebruik is nie, het dit tog in 'n groot behoefte begin voorsien.

Dit is nie lank gelede dat Afrikaanse vakgemeenskappe 'n behoefte begin voel het om 'n eie Afrikaanse vaktaal te hê, en om ook self daaraan te bou nie. Vakgroepe soos bv. medici, landboukundiges, mynboukundiges, poskantooramptenare en krygsmanne het terminologiekomitees gestig. Sulke groepe het begin saamwerk met taalkundiges en hulle het nie meer op taalkundiges gewag om al die werk vir hulle te doen nie. Hiermee het die Afrikaanse terminologiese werk 'n nuwe fase betree. Die skep van vaktaal het 'n wetenskap geword, nl. termkunde.

In 1950 is die Vaktaalburo deur die Akademie gestig. Groot instansies en 'n aantal staatsdepartemente was toe al besig om termlyste vir eie gebruik op te stel. In 1977 het die Vaktaalburo oorgegaan in die hande van die Staat. Dit het 'n afdeling geword van die Taaldiensburo van die Departement Nasionale Opvoeding.

In hierdie tyd is ook die Koördinerende Vaktaalraad (KOVAK) gestig. Dit is 'n verteenwoordigende liggaam wat deur die Minister van Nasionale Opvoeding aangestel is om die werksaamhede van die verskillende vaktaalproduserende instansies in ons land te koördineer en adviserend op te tree in verband met die vaslegging van 'n wetenskaplik verantwoorde terminologieteorie en 'n gestandaardiseerde vakleksikografiese metodiek. KOVAK is saamgestel uit die hoofde van die vier vernaamste vaktaalkantore, te wete, die Afdeling Terminologie van die Departement se Taaldiensburo, die Spoorwegtaalburo van die SAS, die Vaktaalburo van die SA Akademie, en die Taaldiens van die SA Weermag, plus 'n gesamentlike verteenwoordiger van die kleiner vaktaalprodusente. Die Raad staan onder die voorsitterskap van die Departement se Direkteur van Kultuursake en sy sekretariaat setel in die Taaldiensburo se Afdeling Terminologie.

KOVAK se hooffunksie is om te sorg dat vaktaalprojekte saamgesnoer en op 'n kollektiewe grondslag aangepak word om duplisering van werk en publikasies te voorkom en so termnormering in die hand te werk. Hy is tans besig met die ontwerp van 'n skema om ons vaktaalbedryf te rekenariseer deur die instelling van 'n nasionale, volgens vakdissipline gekodifiseerde terminologiebank in 'n sentrale rekenaar en die produksie van vakwoordeboeke/vaklyste met behulp van rekenaargeoriënteerde reproduksiestelsels. Voorts beoog hy ook die uitgee van norme oor vakterminologiese en vakleksikografiese metodologie.

8.4 Soorte vakwoordeboeke en vaktaallyste

1. Vakwoordeboeke val hoofsaaklik in twee klasse, nl.
(*a*) algemene tegniese woordeboeke, en
(*b*) gespesialiseerde vakwoordeboeke.
Woordeboeke in klas (*a*) omvat 'n wye verskeidenheid van vakgebiede en is net tot op sekere hoogte gespesialiseerd in dié sin dat hulle die bekendste en algemeen gebruiklike basiese terminologie oor 'n breë spektrum van die wetenskap en tegniek aangee. 'n Goeie voorbeeld hiervan is die *Eng.-Afr. Tegniese Woordeboek* van H. J. Terblanche. Woordeboeke in klas (*b*), daarenteen, is gerig op die behoeftes van die vakspesialis en omvat die terminologie van 'n suiwer of toegepaste wetenskap in sy geheel. Voorbeelde hiervan is die *Chemiewoordeboek*, *Wiskundewoordeboek*, *Plantkundewoordeboek*, ens.

2. Aansluitend by klas (*b*), maar leksikografies in 'n aparte kategorie, het ons die kleiner of beperkter gespesialiseerde vakwoordelyste en glossaria. Daar is verskillende tipes, waaronder:

(*a*) die wat 'n wetenskap of onderafdeling van 'n wetenskap in sy geheel omvat, maar beperk is tot die behoeftes van 'n bepaalde gebruikerskring of kennisvlak, bv. vakwoordelyste vir die onderwys tot op sekondêre skoolvlak;
(*b*) dié wat 'n subrigting of onderdeel van 'n groot dissipline in sy geheel omvat bv. *Tuinbouterme*, *Akkerbouterme*, *Grondkundeterme* (almal subdissiplines van die Landbouwetenskap);
(*c*) dié wat 'n betreklik eng maar hoogs gespesialiseerde kennisvlak omvat, bv. die elektrotegniese nomenklatuurlyste van die SABS;
(*d*) dié wat die huishoudelike gebruiksterminologie van 'n bepaalde inrigting of organisasie omvat, bv. SASOL-terminologie, Effektebeursterme.

8.5 Die terminologiebehoeftes van die vaktaalgebruiker

1. In die lig van die voorgaande is dit dus noodsaaklik dat die vaktaalgebruiker (die vak- en beroepsman) die terminologiebehoeftes van sy vak- of beroepsrigting moet identifiseer voordat hy begin om vakwoordeboeke en vaklyste aan te skaf. Naas 'n goeie tweetalige algemene woordeboek (bv. Bosman, Van der Merwe en Hiemstra) behoort hy 'n algemene tegniese woordeboek (soos dié van Terblanche), plus die gespesialiseerde vakwoordeboek(e) of vaklys(te) wat hy vir die formele terminologie van sy vak nodig het, op sy rak te hê. Dit is belangrik om te onthou dat die gespesialiseerde vakwoordeboek of -lys in die reël deur verteenwoordigende komitees of panele van terminoloë *en* vakkenners saamgestel word en dus as gesaghebbend beskou kan word vir die terminologie van die betrokke kennisgebied. Dit moet altyd eerste deur die vaktaalgebruiker geraadpleeg en sover moontlik deur hom gevolg word.
2. Voorts is dit belangrik dat die vaktaalgebruiker hom op die hoogte stel van die leksikografiese metodiek wat in vakwoordeboeke en -lyste gevolg word. Aanwysings in dié verband word in baie gevalle in die voorstukke daarvan aangegee en dit is dus altyd raadsaam om die voorwoord en inleiding sorgvuldig deur te lees. Daar moet veral gelet word op die stelsel van rededeel- en sinoniemaanduiding aan die trefwoordkant, betekenisonderskeiding en verbandsaanwysing aan die vertaalkant, kruisverwysings, en so meer.

3. *Die belangrikste van alles is egter dat die vak- en beroepsman die vakwoordeboeke en -lyste tot sy beskikking sal aanskaf en gebruik.* Hulle is daar om hom te help om korrek in die terminologie en idioom van sy vak of professie te kommunikeer. Solank 'n woord of term nog net in 'n woordeboek of vaklys staan, is daardie woord dood en nutteloos. Dit kry eers sin en betekenis wanneer dit in die toepaslike vakkonteks in die sisteem van die lewende taal opgeneem en só algemeen gangbare vaktaal word.

4. By dit alles moet ons tog ook 'n woord van waarskuwing laat hoor: die Afrikaanse vakterminologie is in baie opsigte nog vloeibaar en onvas. Dit geld veral van die tegniese of toegepaste wetenskappe soos bv. die verskillende ingenieursrigtings en die jonger tegnologiese bedrywe. Die terminologie van die basiese of suiwer wetenskappe soos Fisika, Wiskunde en Chemie is redelik vas en kan sonder meer aanvaar word soos die woordeboeke dit aangee, maar in die toegepaste rigtings het Afrikaans nog 'n groot agterstand en beskik hy nog nie oor 'n gevestigde terminologie nie. Baie van die Afrikaanse terme in ons vakwoordeboeke en -lyste op hierdie gebiede is nog

voorlopig of op proef, d.w.s. hulle moet nog die toets van die praktyk deurstaan en bewys dat hulle lewensvatbaar is en in die lewende vaktaal ingeburger sal raak. Sommige is selfs so eksperimenteel en kunsmatig dat hulle dit waarskynlik nie verder as die bladsye van die woordeboek of vaklys sal bring nie. Dit wil nou nie sê dat ons vakwoordeboeke en -lyste nie goed is nie. Inteendeel. Maar hulle moet met oorleg en krities gebruik word. Ruimte vir verbetering is daar altyd en die samestellers is maar te bly as foute en gebreke deur die gebruiker uitgewys en raker terme deur hom voorgestel word. Dus: **Gebruik, evalueer, en voer terug.** Dit is die verantwoordelikheid van die vakwoordeboekgebruiker.

8.6 Hoe vakterme geskep word

Daar bestaan nog geen gedokumenteerde, wetenskaplik verantwoorde Afrikaanse terminologieteorie nie. Trouens, ons het nog nie eens 'n elementêre handleiding oor die beginsels en metodologie van die Termkunde en Vakleksikografie wat ons vir indiensopleiding kan gebruik nie. Hier lê 'n groot en hoogs interessante studieveld nog braak. Ewenwel, die beginsels wat by die skepping van nuwe terme toegepas word, is wesenlik dieselfde as dié wat by woordvorming in die gewone taal geld. Vakterme ontstaan hoofsaaklik op vier maniere:

(*a*) deur samestelling, samekoppeling, afleiding en samestellende afleiding
(*b*) deur ontlening aan Grieks, Latyn en ander tale met die nodige aanpassings aangaande spelling en uitspraak
(*c*) deur leenvertaling, bv. uit Engels, Nederlands, Duits
(*d*) deur nuutskepping, d.i. die smee van nuwe woorde en woordverbindings, met inbegrip van settername.

Elkeen van hierdie metodes lewer sy eie problematiek op.
By (*a*) sukkel die terminoloog maar alte dikwels met die skryfwyse van meerledige verbindings en woordgroeperings in Afrikaans (los, vas of met koppelteken) en met oormatige lang woordkonstruksies (as gevolg van die vasskryfkonvensie).
By (*b*) is dit veral die transkribering van klanke en klankwaardes wat hom hoofbrekens besorg.
By (*c*) is dit die assimileerbaarheid van die leenvertaling waarmee hy rekening moet hou.
By (*d*) is dit veral die konstruksie en betekenisassosiasie van die gemaakte woord waarop hy sorgvuldig moet let. Betekenisverruiming en die gebruik van voor- en agtervoegsels is besonder nuttige hulpmiddels by die skep van nuwe terme.

Benewens die voorgaande is daar nog enkele belangrike punte wat die termskepper in gedagte moet hou.

1. Die termskepper moet die verskil ken tussen 'n vakterm en die begrip waarvoor dit staan. 'n Wetenskaplike of tegniese begrip is 'n omgrensde, definieerbare idee of konsep in 'n spesifieke vakverband, terwyl die vakterm maar net die taaletiket of -simbool is wat per definisie daaraan geheg is om dit te identifiseer en die essensie daarvan by benadering weer te gee. Die funksie van 'n vakterm is om 'n begrip te benoem of te beskryf, maar nie te omskryf nie. Die termskepper moet dus oppas dat hy nie die begrip waarmee hy werk, in die vakterm probeer definieer deur al die elemente daarvan in die term in te pak nie. Die resultaat is dan maar alte dikwels lomp en omslagtige worswoorde en tongknopers wat nie net moeilik hanteerbaar

is nie, maar in die reël ook veel minder lewensvatbaar is as die kort, kernagtige term. In plaas van die internasionale term *bagasse* wat in die papiernywerheid gebruik word, sou 'n mens die term *suikerrietresidupapierpulp* kan gebruik, maar so 'n term is vir alle praktiese doeleindes doodgebore. Hier lê die kuns: om die hoofsaak of kern van die begrip so in die term vas te vang dat dit 'n eksakte, logiese en ondubbelsinnige betekenis het en direk daarmee geassosieer of in verband gebring kan word. In die geval van 'n voorwerp of toestel, is dit bv. sy hooffunksie, sy werking, sy vorm of sy voorkoms wat as die sentrale benoemings- of beskrywingselement uitgelig kan word.

2. Die termskepper moet hom daarop toelê om sover moontlik net een term vir elke vakbegrip te gebruik. Sinonieme en alternatiewe moet liefs vermy word, behalwe natuurlik in gevalle waar dit by wyse van proefneming nodig is om meer as een moontlikheid te gee of in die geval van die sogenaamde internasionale term waar dit wenslik is om ook die eie of dietse term daarnaas te gee.

3. Die termskepper moet oor die nodige gereedskap, d.i. vakhandleidings, vakwoordeboeke en -lyste en ander taalhulpmiddels soos die *Afrikaanse Woordelys en Spelreëls*, beskik om terminologies effektief te kan werk. Hoe meer naslaan- en hulpbronne hoe beter. Dit is veral belangrik dat hy kennis neem van watter terme reeds vir watter begrippe gebruik word en by watter woordpatrone hy moet aansluit om nuwe skeppings te maak. Analogiewerking het immers 'n besonder sterk invloed by woordvorming.

4. Die termskepper moet rekening hou met die werk van die erkende terminologiekantore. Hulle bestaan juis om die vak- en beroepsman aan terminologie te help en om met hul vaktaalpublikasies 'n gestandaardiseerde vakwoordeskat te help vestig. Hulle werk nie in isolasie nie, maar skakel langs 'n breë front met die vakpraktyk en is dus goed ingerig en toegerus om die vak- en beroepsman se terminologieprobleme vir hom op te los of te help oplos. Die skep van 'n doeltreffende vakwoordeskat in Afrikaans is 'n kollektiewe aksie waarin die taalman (terminoloog) en die vakman op gelyke voet saamwerk en mekaar aanvul om te verseker dat elke term wat gemaak word, inhoudelik korrek en taalkundig verantwoord is. Ongelukkig is hierdie wisselwerking nie altyd na wense nie weens 'n gebrek aan vakkundige medewerking. Daar kan nouliks genoeg klem op gelê word dat vakwoordeboeke en -lyste vir die vakpraktisyn gemaak word en dat hy die grootste moontlike aandeel daarin moet neem om die terminologie van sy vak te help vestig en standaardiseer. Almal kan nie in vaktaalkomitees of panele van deskundige medewerkers dien nie, maar elkeen kan 'n bydrae lewer deur die bestaande vakwoordeboeke en -lyste te gebruik en voorstelle ter verbetering daarvan aan die samestellers te stuur. Dis wat ons graag wil hê: terugvoer van die gebruiker na die samesteller om die bestendiging van ontoereikende, foutiewe en verouderde terminologie in ons vakwoordeboeke te weer.

8.7 Die verantwoordelikheid van vak- en beroepslui

Dit gebeur baiemaal dat vak- en beroepsmanne huiwerig is om aan vaktaalprojekte mee te werk omdat hulle, soos hulle dit stel, nie die taalkennis het om 'n bydrae te kan lewer nie. Studente kan dalk ook omdraai en sê, dis alles goed en wel, maar die skep van vakterme is klaarblyklik so 'n gespesialiseerde taaltegniese aktiwiteit dat die vak- en beroepsman hom liewer nie daaraan moet waag nie. Dit is wel so dat terminologiewerk groot kundigheid en taalvaardigheid vereis en aan streng dissiplines en tegnieke gebonde is. Van die vak- en beroepsman word egter nie verwag dat hy 'n taalkundige/terminoloog/leksikograaf sal wees nie. Dit is voldoende as hy hom op die hoogte stel van die Afrikaanse spel- en skryfreëls en van die basiese meganismes wat die taal aanwend by woordvorming (samestelling, samekoppeling, afleiding, ontlening, ens.). Hiervoor hoef hy maar net die *Afrikaanse Woordelys en Spelreëls* te bestudeer en goed te let op die woordvormingspatrone in bestaande vakwoordeboeke. Daarby moet hy ruimskoots bedeel wees met 'n vrugbare verbeelding, vindingrykheid en 'n fyn waarnemingsvermoë. Ook moet hy onthou dat 'n vakterm aan sekere eise moet voldoen. Dit moet net een logiese en ondubbelsinnige betekenis hê. Betekenisoorlading lei tot onakkuraatheid en verwarring. Dit moet eenvoudig wees. Eenvoud bevorder helderheid en noukeurigheid. Die eenvoudige woord is gewoonlik ook die kort woord. Baie woorde in die wetenskaplike en tegniese terminologie kan egter nie kort wees en maklik gespel word nie, maar die woord met die maklikste spelling, in ooreenstemming met sy klank en etimologie, word in die reël verkies. Daarby moet dit welluidend, suiwer, mnemonies en gepas wees. Ritmiese, welluidende woorde is altyd te verkies bo horterige. knarsende tongknopers. Basterwoorde is dikwels die oorsaak van onwelluidendheid. Elemente van dieselfde taal kombineer gewoonlik makliker en vlotter as dié van verskillende tale. Voordat die woordsmid dus sy toevlug tot kruising neem, moet hy eers van elke hulpbron gebruik maak om 'n rasegte term te smee. En les bes moet dit aansluit by die woord- en stylpatroon van die betrokke vakrigting.

8.8 Die behoefte aan teoretiese insigte en navorsing

Soos reeds gesê, is die teorie en praktyk van die terminologie en vakleksikografie nog nie behoorlik in Afrikaans onder woorde gebring nie. Sekere aspekte daarvan is wel belig in artikels uit die pen van S. P. E. Boshoff, M. J. Posthumus, L. C. Eksteen A. D. de V. Cluver, en andere, maar ons wag nog op 'n indringende en omvattende studie van hierdie hoogs interessante dissipline wat in die werk van die verskillende terminologieburo's reeds 'n stewige beslag gekry het. Die naaste daaraan tot hiertoe is die M.A.-verhandeling van M. S. van Zyl: "Bepaalde Probleme op die Gebied van die Suid-Afrikaanse Vakleksikografie", Universiteit van Pretoria (1962). Die Universiteit van Rhodes en Unisa bied 'n nagraadse diplomakursus in die Vertaalkunde aan met Terminologie as onderdeel. Hier lê 'n groot studieveld braak, wat vanaf die akademiese kant met vrug ontgin kan word.

8.9 Inligting oor vakwoordeboeke of vaktaallyste

Op aanvraag kan die volgende inligting verkry word van Die Hoof, Die Koördinerende Vaktaalraad, Dept. van Nasionale Opvoeding, Van der Stelgebou, Pretoria, 0002:

1. 'n Lys van gepubliseerde vakwoordeboeke en vaklyste, d.i. werke wat hoofsaaklik in die afgelope twee dekades verskyn het, waarvan sommige tans uit druk of heeltemal van die mark af is, maar wel nog in biblioteke te kry is;
2. 'n Lys van beskikbare vakwoordeboeke en vaklyste, d.i. werke wat by die onderskeie uitgewers en in die algemene boekhandel te koop is; en
3. 'n Lys van die vaktaalpublikasies wat die ledeliggame van KOVAK op hul werkprogram het.

8.10 Opdragte

8.10.1 *Vrae oor vaktaal*

1. Hoe onderskei ons tussen vaktaal en gewone taal?
2. Wat beteken die terme *eksklusief* en *inklusief?*
3. Watter vormverskille bestaan daar tussen vaktaal en gewone taal?
4. Vir wie kan u nader as u probleme in verband met vakterme het?
5. Watter onderskeid is daar tussen wetenskaplike en nie-wetenskaplike terme?
6. Watter naslaanbronne sou u in verband met vakterminologie vir iemand aanbeveel?
7. In hoeveel klasse/soorte kan vakwoordeboeke gedeel word? Noem die klasse.
8. Wat is 'n *leksikograaf* en wat is 'n *terminoloog?*
9. Wat is die belangrikste saak wat 'n beroepsman in verband met vakwoordeboeke en vaktallyste moet onthou?
10. Watter waarskuwing word gerig by die gebruik van vakterminologie?
11. Op watter vier hoofmaniere word terme geskep?
12. Watter vier wenke kan u 'n onervare termskepper aan die hand doen? Noem elke wenk in 'n kort sin.
13. Wat is die beroepsman se taak in verband met die vakterminologie van sy vak?

8.10.2 *Vind uit of daar 'n vakwoordeboek of vaktaallys vir u beroepsrigting bestaan. Indien wel, teken dan die volgende besonderhede aan:*

1. Naam van die publikasie
2. Die opstellers
3. Datum van uitgawe
4. Aantal bladsye
5. Slaan vyf onbekende woorde uit handboeke na in dié bron.

8.10.3 *Vrae oor die leksikografiese metodiek wat in die Vakwoordeboek van Papierterme gebruik word*

Om u te laat kennis maak met 'n vakwoordeboek en die gebruik daarvan, is daar vier bladsye uit die *Vakwoordeboek van Papierterme* oorgeneem. In die afdeling oor vaktaal is dit in par. 8.5 gestel dat dit belangrik is dat die vaktaalgebruiker hom op die hoogte stel van die leksikografiese metodiek wat in 'n bepaalde vakwoordeboek/vakwoordelys gevolg word. Aanwysings in dié verband word in baie gevalle in die voorstukke daarvan gegee en dit is dus altyd raadsaam om die voorwoord en inleiding sorgvuldig deur te lees.

Om die vrae oor die gebruik van die *Vakwoordeboek van Papierterme* wat volg te kan beantwoord, moet u uself eers deeglik op die hoogte stel van die leksikografiese metodiek wat in hierdie naslaanwerk gebruik word.

INLEIDING

By die opstel van hierdie lys was die uitgangspunt om slegs terme wat in die papierhandel gebesig word, op te neem. Vervaardigingsterme wat wel voorkom, is terme wat moontlik gebruik sal word tussen vervaardiger en handelaar.

Verder is ook besluit om historiese terme wat vir opleidoeleindes nodig is in te sluit, soos bv. *ophanger (hanger, loftsman), solderdroging (loft drying), viltlêer (felt-thrower), roerspaan (paddle).*

Papierformate soos *columbier, czarina, duchess, hambro, niconee, pott, plutarch, regina, rex ens.* is nie opgeneem nie, eerstens omdat baie van hierdie formate geen vaste afmetings het nie en die meerderheid daarvan in elk geval onvertaal opgeneem sou moes word en tweedens omdat hierdie benamings in die moderne handel, veral in die Republiek, min of glad nie gebruik word nie.

'n Ander groep terme wat nie opgeneem is nie, is die sg. "doelbenamings", soos *broodpapier, botteltoedraaipapier, kruidenierspapier, musiekpapier, vleispapier, vispapier*, omdat daar nie 'n spesifieke soort papier vervaardig word vir bv. die toedraai van brood, bottels of kruideniersware nie, ook vir die druk van musiek nie. Aan hierdie soort benamings is daar geen einde nie.

Internasionale terme soos bv. *bagasse* en *papier-maché* is so behou. Daar is geen sin daarin om sodanige terme te vertaal nie en 'n poging soos *suikerrietresidupapierpulp* vir bv. *bagasse* is, vir alle praktiese doeleindes, doodgebore.

Die beleid om sover moontlik in Afrikaans een term vir een begrip aan te gee is in hierdie lys met groot welslae toegepas; so is daar vir die Engelse sinonieme *impressed watermark, rubber mark rubber-stamp mark, rubber-stamp, watermark* net *perswatermerk* in Afrikaans aanvaar. Daar is nog talle soortgelyke voorbeelde in die lys.

Dit is vir my 'n voorreg om almal wat aan hierdie lys meegewerk het opreg en hartlik te bedank vir hul bydrae, eers die lede van die breë komitee vir hul kommentaar en aanvullings en dan veral die redaksiekomitee vir hul ywer en aangename samewerking op vergaderings om die lys te finaliseer.

Ten slotte kan ek nie anders as om melding te maak van die aandeel van die firma Sappi in die verskyning van hierdie lys nie. Afgesien van die ekserpering van Engelse terme en die waardevolle bydrae van hul verteenwoordigers het Sappi ook onderneem om die drukkoste te dra. Beslis 'n navolgenswaardige voorbeeld.

V. F. C. DREYER
Waarnemende Hoof: Vaktaalburo van die Suid-Afrikaanse Akademie vir Wetenskap en Kuns

Pretoria
16 Januarie 1970

A. *Beantwoord nou die volgende vrae oor die "Inleiding":*

1. Waarop het die opstellers van hierdie woordelys hulle veral toegespits: is dit op die terme wat gebruik word by die aankoop en verkoop van papier of sluit dit ook terme in wat gebruik word in fabrieke waar papier gemaak word?
2. Waarom word die woord ("historical") op sommige plekke in die lys gebruik? Waarom is die terme waarby hierdie kommentaar tussen hakies verskyn in hierdie lys opgeneem?
3. Die term *duchess* is 'n woord wat verwys na 'n bepaalde grootte waarin papier vervaardig en verkoop word. Sal u hierdie woord se Afrikaanse vertaling in hierdie woordelys gaan soek? Motiveer u antwoord.
4. *Briefpapier* is "papier waarop briewe geskryf word". Sal u verwag om hierdie woord in hierdie lys te vind? Motiveer u antwoord.
5. Waarom word by die term *diasopapier* ook die term *witdrukpapier* gegee? Bots dit nie met die opstellers se beleid om in Afrikaans een term vir een begrip aan te gee nie? (Kyk na die woordelys wat volg.)

VERDUIDELIKINGS

1. Hierdie woordeboek is streng alfabeties opgestel en gerangskik.
2. Waar daar meer as een vertaling by 'n term voorkom, word daar nie volgens rangorde voorkeur verleen nie.
3. By die vertaling word sinonieme en alternatiewe vorme alfabeties aangegee en deur kommas geskei, bv.:

   absorberende papier: absorbent paper, bibulous paper

4. Waar woorde met dieselfde vorm as verskillende rededele kan optree, word die rededele kursief by die trefwoord aangegee, bv.:
   verglans *ww.:* glaze
   verglans *b.nw.:* glazed
5. Sinonieme en alternatiewe vorme word na die trefwoord tussen hakies aangegee, bv.:
   bekleedsel (bemanteling): sheathing
6. Waar 'n trefwoord sinonieme en alternatiewe vorme het wat net in 'n bepaalde verband sinonieme of alternatiewe is, word dit soos volg aangegee (in hierdie woordeboek kom dit net in die Eng./Afr.-deel voor):
   liner 1: bekleepapier
   liner 2 (linerboard): dekbord
   liner 3 (lining): voering
7. Verskil in betekenis by vertaling word met Arabiese syfers aangedui, bv.:
   dikte: 1. caliper
   2. thickness
8. Verbands- en verklarende woorde word net by die vertaling aangegee en verskyn kursief gedruk tussen hakies, bv.:
   folio: folio *(format)*
9. Waar 'n komponent van 'n woord tussen hakies verskyn, is sodanige komponent opsioneel.
10. Trefwoorde word deurgaans in die enkelvoud aangegee, behalwe waar die begrip net in die meervoud voorkom.

B. *Beantwoord die volgende vrae wat betrekking het op die "Verduidelikings":*

1. By punt no. 1 staan: "Hierdie woordeboek is streng alfabeties *opgestel en gerangskik*". Wat is alfabeties *opgestel* en wat is alfabeties *gerangskik?* (Probeer 'n antwoord kry uit die woordelys.)
2. Waarom word daar, soos by punt no. 2 staan, waar daar meer as een vertaling by 'n term voorkom, nie volgens rangorde voorkeur verleen nie? Sou dit enige waarde hê om wel so 'n rangorde te hê? Motiveer u antwoord.
3. Het dit voordele of nadele om meer as een term vir 'n begrip te hê? Motiveer u antwoord.
4. By punt no. 3 word verwys na sinonieme en alternatiewe vorme. Wat is die verskil tussen 'n sinoniem en 'n alternatiewe vorm?
5. Is by punt no. 6 *liner 1; liner 2* en *liner 3* sinonieme, homonieme of 'n polisemiese woord?
6. Is by punt no. 6 *liner 3* en *lining* sinonieme of homonieme?
7. Wat is die funksie van die woord *(format)* by punt no. 8?

Hierdie woordelys is geneem uit die *Vakwoordeboek van Papierterme*, pp. 2-3.

bewas: wax
bewassing: waxing
biermatjiebord: coaster board
bindersbord: binder's board
bindsterkte: bonding strength
bindstof: binder
binnelaag: centre layer
binneskeurweerstand: internal tearing resistance
bitumenpapier: asphalt paper, bitumenised paper, pitch paper, tarred brown paper
blaar: blister
bleik: bleach
bleikloog: bleaching liquor
bleikmiddel: bleach, bleaching agent
bleiktoring: bleaching tower
blinkers: shiners
blinknerf: skin
bloei: bleed
bloudrukpapier: blueprint paper
boekhoudwarsrib (boekhoudwarsribpapier): laid ledger
boekhoudwarsribpapier (boekhoudwarsrib): laid ledger

boekhouvelyn: wove ledger
bokant: felt side, top side
bomaats: oversize
bondel: bundle
bontpapier: chromatic paper
bord: board
bordmasjien: board machine
bordpapier: board, paperboard
bordrolsif: board mould
bordsnyer: board cutter
borselaanklammer: brush damper
borselafwerking: brush finish
borselbestryking: brush coating
borselemaljepapier: brush enamel paper
borswals: breast roll
bosseleer: emboss
bosseleerder: embosser
bosseleerkalander: embossing calender
bosseleermatrys: embossing matrix
bosseleerpapier: embossing paper
botterpapier: butter paper
boupapier: building paper, sheathing paper
bovilt: top felt
Braillepapier: Braille printing paper
brandtraag papier: fireproof paper, non-combustible paper
breek: break
breeklengte: breaking length
breeksterkte: breaking strain, breaking strength
breuk: break
bromiedpapier: bromide paper
broodhulpapier: bread wrapper
brosheid: brittleness
bruineerafwerking: burnished finish
bruinpapier: brown paper
bufgeel: buff
buigsaamheid: flexibility
buigsame bord: flexible board
buigsterkte: bending strength
Bybelpapier: Bible paper, India paper
bymiddel: additive

C

chemiese houtpulp: chemical wood pulp
chromobord: chrome board
chromopapier: chromo paper
Clemm-absorpsietoets: Clemm absorption test, mounting test

D

dam: pond
dampdig: vapour-proof
defek: defect
defekte vel: defective sheet
dekbord: liner, linerboard
dekpapier: overlaying paper, overlay paper
dekvilt: overfelt
delamelleer: delaminate
demproller: damping roll, spring roll
densimeter: densimeter, densometer
deurdruk: print-through
deurlaatbaarheid: permeability
deurlatend: transmittant
deurlatendheid: transmittance
deurlei: lead
deurleiband: leading-through tape
deursig: look-through
deursigtig: transparent
deursigtigheid: transparency
deurskyn: show-through
deurskynend: translucent
deurskynendheid: translucency
deurskynkol: window
deurslag: strike-through
deurslagweerstand: puncture resistance
diafanometer: diaphanometer, opacity tester
diagonale watermerk: staggered watermark
diasopapier (witdrukpapier): diazotype paper, dyeline paper
diepdrukpapier: gravure paper
dieregelatien: animal gelatine
diereplaneersel: animal size, gelatine size
digte formasie: close formation, well-closed formation
dikte: 1. caliper
2. thickness
disintegreerder: disintegrator
doekafwerking: cloth finish, fabric finish, linen finish
doekbord: cloth-lined board
doekkernbord: cloth-centred board
doekkernpapier: cloth-centred paper
doekpapier: cloth-lined paper, cloth paper
dokumentperkament: document parchment
dons: fluff, fuzz
donspapier: fluffy paper
doodkook: overcook
doodmaling: steeling
dooskarton: boxboard
dopbord: cover-cap board
dowwe kol: dead spot
draer: vehicle
drapapier: backing, backing paper
draroller: carrier roll
dreineerfaktor: drainage factor
dreineergraad: freeness
dreineeroppervlakte: drainage area
droëkopieerpapier: drycopying paper
droër: drier
droërvilt: dryer felt
droërviltroller: dry-felt roll

droogbars: drying crack
droogkant: dry end
drooglyne: treble lines, trebles *(historical)*
droogperse: wet press
droograk: drying rack *(historical)*
droogsilinder: drying cylinder
droogsolder: drying loft *(historical)*
droogtoestel: drying frame *(historical)*
drukondeurskynendheid: printing opacity
drukpapier: printings, printing paper
druksensitiewe papier: pressure-sensitive paper
dubbelbeklee: double-faced
dubbelbestryk: double-coated
dubbelgekalandeer: double-calendered
dubbelplanering: double sizing
dubbelsifpapier: twin-wire paper
dubbel vou: double
dubbelwandriffelbord: double-wall corrugated board
dundrukpapier: thin paper
dupleks: duplex
dupleksbord: duplex board
duplekspapier: duplex paper
duplekssnyer: duplex cutter, duplex square cutter
duplekssnywerk: duplex cutting, duplex sheeting
dupleksvilt: duplex felt
dupliseerpapier: duplicating paper
duursaamheid: durability
dwarsgelamelleer: cross laminated
dwarsrib: laid line, laid mark
dwarsribpapier: laid paper
dwarsribvorm: laid form, laid mould
dwarsribwals: laid dandy
dwarsrigting: cross direction
dwarsskud: end shake, side shake, side stroke
dwarsvesel: short grain
dwarsribvorm: laid form, laid mould

8.11 Aanvullende bronne

Coetsee, D. J.: "Die wisselwerking tussen volkstaal en vaktaal" in *Tydskrif vir Volkskunde en Volkstaal*, Augustus 1952, pp. 9-15.

Eksteen, L.: "Die terminoloog op die heuwel" in *Tydskrif vir Volkskunde en Volkstaal*, Januarie 1962, pp. 9-11.

Posthumus, M. J.: "Drie opstelle oor termkunde" in *Tydskrif vir Volkskunde en Volkstaal*, Februarie 1957, pp. 13-20.

Pretorius, B. F. D.: Voorsetselverbindinge in Afrikaans met spesifieke verwysing na die vaktaal. D.Litt en Phil., Unisa, 1972.

Terblanche, H. J.: "Nuwe woorde in Afrikaans" in Botha, T. J. R. (red.): *Taal en teken*. Academica, Kaapstad, 1968, pp. 86-95.

Van Zyl, M. S.: Bepaalde probleme op die gebied van die Suid-Afrikaanse vakleksikografie. M.A., Pretoria, 1962.

By die opstel van hierdie aantekeninge is ook gebruik gemaak van inligting verkry van die Hoof van die Afdeling Terminologie van die Taaldiensburo, asook van ongepubliseerde aantekeninge oor termkunde van dr. J. G. H. Combrink en van ongepubliseerde aantekeninge oor die Afrikaanse woordeskat van dr. M. de Villiers.

HOOFSTUK 9

Die Afrikaanse Sin

9.1 Doelstelling

Ons doelstelling met hierdie hoofstuk is:

1. Om aandag te skenk aan enkele fasette van die struktuur van die Afrikaanse sin;
2. Om aandag te skenk aan die struktuur en funksie van enkele belangrike sinsdele;
3. Om aandag te skenk aan die invloed wat die sinstruktuur uitoefen op sinsbetekenis.

9.2 Inleiding

In hierdie hoofstuk word aandag gegee aan die struktuur van die enkelvoudige, die saamgestelde en die veelvoudige sin, sowel as aan sinstipes en aan sinsbetekenis.

Die onderafdeling van die Taalkunde wat die bou of die struktuur van die verskillende soorte sinne bestudeer, word die **sintaksis** genoem. Soos dit reeds in 'n vorige hoofstuk gestel is, is die sintaksis die studie van die sinvolle/betekenisvolle saamgebruik van woorde in sinne. Die sintaksis word soms ook die **sinsleer** genoem. Die taalkundiges wat die sintaksis bestudeer, is geïnteresseerd in die woordvolgorde van sinne. Hulle bestudeer die woordvolgorde veral om vas te stel in hoe 'n mate die betekenis van 'n sin beïnvloed word deur die woordvolgorde.

Die woordvolgorde van die sin speel dikwels 'n baie belangrike rol by die betekenis van die sin. Vergelyk byvoorbeeld:

1. *Sy maak 'n rok korter,* met
   Sy maak 'n korter rok; of
2. *Hy trek die tou los,* met
   Hy trek die los tou.

In die sintaksis/sinsleer word 'n studie gemaak van die volgorde van woorde of **woordgroepe** in sinne; die sintaksis bestudeer die struktuur/bou van sinne.

Ons moet in gedagte hou dat 'n spreker taal gebruik om 'n bepaalde boodskap, brok informasie, gedagte of 'n **wete** oor te dra aan die hoorder. Taal dien as kommunikasiemiddel tussen spreker en hoorder. Die woordorde is 'n belangrike middel by die oordra van so 'n boodskap. Dit is egter belangrik om daarop te let dat die sintaktiese komponent nie in alle tale ewe belangrik is nie. In Latyn speel die woordvolgorde ongeveer geen rol in die oordra van 'n boodskap nie. In Latyn is dit veral weer woorduitgange wat 'n belangrike rol speel by die oordra van 'n boodskap. Alhoewel die woordvolgorde van die sin *Pater puellam vocat; Puellam pater vocat;* en *Vocat puellam pater* verskil, beteken hierdie sin telkens "die vader roep die dogter". *Pater* is die onderwerp van die sin en *puellam* is die voorwerp. Afrikaans het byna geen woorduitgange nie; gevolglik speel die sintaktiese komponent 'n baie belangriker rol in Afrikaans as in Latyn.

Omdat die sintaksis so 'n belangrike rol speel by die oordra van 'n boodskap in Afrikaans is dit van besondere belang om aandag te gee aan die sintaksis wanneer 'n mens die Afrikaanse grammatika bestudeer.

Taal is nie die enigste kommunikasiemiddel wat daar is nie. Daar is ook ander middels met behulp waarvan 'n boodskap oorgedra kan word. 'n Mens kan byvoorbeeld met behulp van vlae, spieëls, heliograwe of rookseine 'n boodskap oordra.

Hierdie dinge bied sekere moontlikhede, maar as kommunikasiemiddel is hulle in 'n baie hoë mate beperk. Nie een van hulle kan naastenby kers vashou met taal as kommunikasiemiddel nie.

9.3 Enkele kenmerke van sinstrukture

1. De Saussure, 'n Switserse taalkundige, het met 'n belangrike algemene waarheid vorendag gekom toe hy gesê het: *Woorde volg mekaar een vir een op in 'n sin.* Dit is so, want 'n mens kan nie meer as een woord tegelykertyd uitspreek of skryf nie. Maar as u nou die volgende reeks woorde lees, sal u dit waarskynlik nie as sin kan interpreteer nie, alhoewel die woorde ook een vir een op mekaar volg:

Die koring vanjaar groei welig in die weens Swartland reëns die vroeë.

'n Mens kan hierdie reeks woorde nie verstaan nie, omdat die struktuur van die sin nie korrek is nie. Woorde volg mekaar dus een vir een op in 'n sin op ('n) bepaalde manier(e). Die probleem met hierdie sin is dat sy struktuur afwyk van dié van 'n normale Afrikaanse sin. Maar ons kan die woorde anders rangskik sodat die sin wel interpreteerbaar sal wees, bv.

Die koring groei vanjaar welig in die Swartland weens die vroeë reëns.

Hieruit lei ons af dat 'n sin 'n bepaalde struktuur het en indien daar afgewyk word van hierdie struktuur, kan die resultaat oninterpreteerbaar wees, of die betekenis kan verander word.

2. Die genoemde sin het nie altyd net een struktuur nie. Die woordinhoud kan anders gerangskik word en die resultaat kan nog steeds 'n goeie Afrikaanse sin wees, bv.

Groei die koring vanjaar welig in die Swartland weens die vroeë reëns?

Nou is die resultaat nie meer 'n bewering nie, maar 'n vraag, maar die woordvolgorde kan ook so verander word dat die resultaat nog steeds 'n bewering is, bv.

Vanjaar groei die koring welig in die Swartland weens die vroeë reëns,

of

Weens die vroeë reëns groei die koring vanjaar welig in die Swartland, ens.

Ons sien dat daar by hierdie sin 'n redelike mate van vryheid is ten opsigte van die volgorde van die woorde in die sin, maar die volgorde is nie heeltemal *vry* nie. Indien die volgorde heeltemal vry was, moes 'n volgorde soos:

Die koring vanjaar groei welig in die weens Swartland reëns die vroeë

ook verstaanbaar gewees het, en dit is nie die geval nie.

Alhoewel daar dus 'n sekere mate van vryheid is ten opsigte van die woordvolgorde van 'n sin, is daar ook sekere beperkings. Ons het gesien dat alle volgordes nie moontlik is nie.

3. Dit is belangrik om daarop te let dat die sin:

Die koring groei vanjaar welig in die Swartland weens die vroeë reëns

nie net uit twaalf woorde bestaan nie, maar ook uit ses woordgroepe, nl.

Die koring/groei/vanjaar/welig/in die Swartland/weens die vroeë reëns.

Hoe bepaal 'n mens die aantal woordgroepe waaruit 'n sin bestaan? Dit kan gedoen word deur gebruik te maak van die omstellingstoets soos ons in paragraaf 2 hierbo gedoen het.

Ons het gesien dat die woordgroepe binne die sin rondgeskuif kan word. Die woordgroep *in die Swartland* of *weens die vroeë reëns* kan rondgeskuif word. Kan *Swartland* of *reëns* alleen rondgeskuif word? **Nee.**
Groei, *vanjaar* en *welig* kan alleen rondgeskuif word omdat hulle elkeen op sy eie 'n woordgroep vorm.

Hieruit lei ons af dat die volgorde van sinsdele nie altyd vas is ten opsigte van mekaar nie, maar dat die volgorde van woorde wat tot dieselfde woordgroep behoort vas is ten opsigte van mekaar.

4. Moet 'n sin al die dele hê wat hierdie sin het om 'n sin te kan wees? **Nee.** 'n Mens sou van die sinsdele kon weglaat en die restant sal nog steeds 'n sin wees, bv.

Die koring groei vanjaar welig in die Swartland (weens die vroeë reëns).
Die koring groei vanjaar welig (in die Swartland).
Die koring groei vanjaar (welig).
Die koring groei (vanjaar).

Ons het nou die sin gestroop sodat die kern oorbly, nl. *Die koring groei.*

9.4 'n Eerste tipe kern-sinspatroon in Afrikaans

Hier het ons te doen met een van die kern-sinspatrone in Afrikaans:

	O	G
1.	Die koring	groei

Dié sin bestaan uit twee dele, nl. *Die koring* en *groei.*
Tot watter woordsoort behoort die woord *groei?*
Groei vorm die werkwoorddeel van die sin, of die **gesegde.**
As 'n mens nou die vraag stel: **Wie** of **Wat** *groei?* Dan lewer die antwoord op hierdie vraag die **onderwerp** van die sin op. Die antwoord is: *die koring.* **Die koring** is dus die **onderwerp** van die sin.

9.4.1 Wat kan as onderwerp (subjek) van 'n sin optree?

Die onderwerp word meestal gevorm deur 'n *selfstandige naamwoord* of 'n *voornaamwoord*, bv.

Piet lag lekker, **of** **Julle** lees te min.

Enige ander woordsoort wat ook as selfstandige naamwoord kan optree (sien hoofstuk 5 in hierdie verband), kan ook as onderwerp optree, bv.

1. *B.nwe. en bwe.* **Lui** het hom dood gewerk. **Later** is te vaag.
2. *Wwe.:* **Vra** is vry. **Vloek** is lelik.
3. *Voegwoorde:* **Hoewel** stel geen voorwaarde nie.
4. *Voorsetsels:* **Op** is maklik om te spel.
5. *Telwoorde:* **Twintig** is te veel.
6. *Lidwoorde:* **Die** dra geen klem nie.

9.4.2 Wat tree op as gesegde?

Die gesegde van die sin word gevorm deur 'n *werkwoord*, bv.

1. *Infinitief:* Sendelinge **doen** goeie werk.
2. *Koppelwerkwoord:* Hulle **is** gelowig.
3. *Ww. van die voltooiheid + verlede deelwoord:* Hulle **het** nie **gekom** nie.
4. *Modale werkwoord + infinitief:* Ons **sal** nie **ondergaan** nie.
5. *Passiewe werkwoord + verlede deelwoord:* Hulle **is** deur die polisie **gevang.**

Enige ander woordsoort wat ook as werkwoord kan optree, bv.:

6. *Byvoeglike naamwoorde wat as werkwoorde optree:* Daantjie Spiere **bang** geen mens nie.
7. *Bywoorde wat as werkwoorde optree:* Vir wie **mos** jy?
8. *Instrumentwerkwoorde:* **Saag** die hout hier af.

Op die sinspatroon **O** *(Onderwerp)* + **G** *(Gesegde)* word talle sinne gebou in Afrikaans, bv.

Die studente lag, vergader, ontspan, ens.

Hierdie sinspatroon kom voor wanneer die werkwoord wat in die sin voorkom 'n **onoorganklike werkwoord** is.

Hierdie tipe kern-sinspatroon kan weer uitgebou word deur sekere woorde, woordgroepe of bysinne te skakel met die selfstandige naamwoord, bv.

Die *moeë* student ontspan.
Die student *met die baie verpligtinge* ontspan.
Die student, *wat daar so agteroor sit*, ontspan.

Wat is hier 'n betreklike voornaamwoord. Dit het betrekking op *student* wat die **antesedent** is van *wat.*
Die gedeelte *wat daar so agteroorsit,* is 'n **bysin** en omdat dit betrekking het op 'n selfstandige naamwoord is dit 'n **byvoeglike bysin.**

Soos uit bostaande sinne blyk, kan die onderwerp van 'n sin deur 'n **byvoeglike naamwoord** *(moeë)*, of deur 'n **byvoeglike bepaling** *(met die baie verpligtinge)*, of deur 'n **byvoeglike bysin** *(wat daar so agteroor sit)* uitgebrei word.

Dié kern-sinspatroon kan ook uitgebrei word deur woorde, woordgroepe of bysinne met die werkwoord te skakel, bv.

1. Die studente vergader →

Wanneer?
vanaand
bywoordelike bepaling van tyd

Waar?
in die H.B. Thom-teater
bywoordelike bepaling van plek

Hoe lank?
vir 'n halfuur
bywoordelike bepaling van tydstuur

Hoe dikwels?
elke tweede week
bywoordelike bepaling van frekwensie

2. Die studente vergader *glo.*
Glo is 'n bywoordelike bepaling van modaliteit.
3. Die studente vergader *omdat hulle ontevrede is met die toekenning van intervarsity-kaartjies.*

Die bysin: *omdat hulle ontevrede is met die toekenning van intervarsitykaartjies* skakel met die werkwoord en daarom is dit 'n **bywoordelike bysin.**
Die gesegde van 'n sin kan deur 'n **bywoord** *(vanaand)*, of deur 'n **bywoordelike bepaling** *(in die H.B. Thom-teater)*, of deur 'n **bywoordelike bysin** *(omdat hulle ontevrede is met die toekenning van intervarsitykaartjies)* uitgebrei word.
Soms tree daar ook meer as een bywoord op in die sin, bv.

Ek gaan *deesdae darem baie graag soontoe.*

Afhangende van die soort bywoorde wat optree in die sin kan die volgorde van die bywoorde soms redelik vry wees ten opsigte van mekaar, bv.

Dit reën *darem orals hard.* **of**
Dit reën *orals darem hard.*

maar hier is ook nie altyd 'n volkome vryheid nie, want die volgorde: **Dit reën darem hard orals* lewer 'n ongrammatikale sin.

9.5 'n Tweede tipe kern-sinspatroon in Afrikaans

Die sin: *Die koerantverkopertjie verkoop "Die Burger"* lewer 'n tweede tipe kern-sinspatroon in Afrikaans, nl.

	O	G	V
2.	Die koerantverkopertjie	verkoop	"Die Burger"

Verkoop is die werkwoorddeel of **gesegde** van die sin.

Op die vraag: *Wie verkoop?* word *die koerantverkopertjie* as antwoord gekry. Laasgenoemde is die **onderwerp** van die sin.

Op die vraag: *Verkoop wat?* word "*Die Burger*" as antwoord gekry. "Die Burger" tree dan op as **voorwerp** van die sin.

'n Sin kan net 'n voorwerp hê indien die werkwoord wat in die sin voorkom 'n **oor ganklike werkwoord** is. Die handeling of aktiwiteit wat deur die werkwoord benoem word, gaan by wyse van spreke oor op die voorwerp. En indien die handeling direk oorgaan op die voorwerp soos in hierdie sin, dan is die voorwerp 'n **direkte voorwerp.** In die sin

Die koerantverkopertjie verkoop "Die Burger" *aan die verbyganger*,

is "*Die Burger*" die **direkte voorwerp** van die sin en *aan die verbyganger* is die **indirekte voorwerp.**

Die indirekte voorwerp is gewoonlik in die vorm van 'n voorsetselkonstruksie, nl. voorsetsel + lidwoord + s.nw. *(aan die verbyganger)*, of voorsetsel + voornaamwoord *(aan hom)*.

Ons wys net weer daarop dat die onderwerp gewoonlik die "doener van die handeling" en die voorwerp gewoonlik die "onderganer, ontvanger van die handeling" is. As 'n mens die vraag stel *Aan wie?*, of *Vir wie?* dan is die antwoord wat jy op dié vraag kry, die **indirekte voorwerp** van die sin.

In die generatiewe grammatika word die onderwerp en voorwerp van die sin op 'n eenvoudige wyse aangedui.

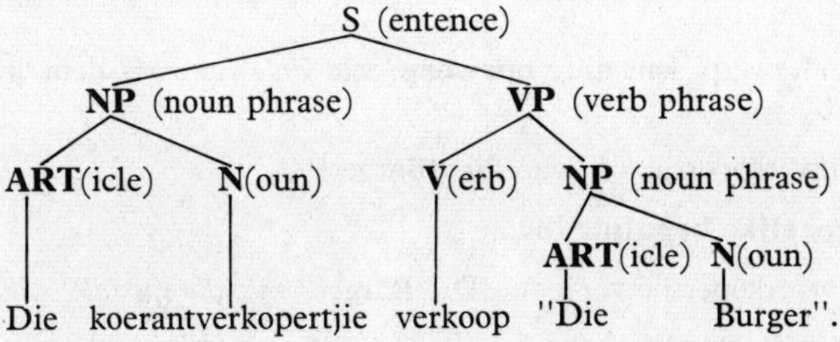

Die naamwoord (**NP**) wat onder direkte dominasie van die **S** is, is die **onderwerp** van die sin.

Die naamwoord (**NP**) wat onder direkte dominasie van die **VP** en dus onder die indirekte dominasie van die **S** is, is die **voorwerp.**

Op die sinspatroon **O** + **G** + **V** word talle en talle sinne in Afrikaans gevorm, bv.

Hulle bestudeer die dierelewe.
Die hond byt die kat.
Die dames verkies broekpakke.

9.5.1 Wat kan as direkte voorwerp (objek) van die sin optree?

1. Dit is meestal 'n *selfstandige naamwoord* of 'n *voornaamwoord*, bv.

    Ons sien *sneeu.*
    Ons sien *julle.*

2. *Enige ander woordsoort wat ook as naamwoord kan optree*, bv.

    Hy is lief vir **nee.**
    Hy sien net die **mooi** raak.
    Jy moet die **die** duideliker skryf.
    Plaas jou tweede **nie** aan die end van die sin.
    Ek sien **tjoepstil** nooit meer nie.

9.5.2 Wat kan as indirekte voorwerp van die sin optree?

Dit is 'n *selfstandige naamwoord of voornaamwoord*, bv.

Vat vir *jou* 'n toebroodjie saam.
Gee *hom* die boek.
Vra *Piet* enigiets oor haar.
Noem vir *my* 'n naam waar jy van hou.
Vertel dit aan *die ouers.*

9.5.3 Uitbreiding van die kern-sinspatroon O + G + V

Hierdie kern-sinspatroon **O** + **G** + **V** kan ook weer uitgebrei word deur sekere ander dele met die **O** of met die **G** of met die **V** te skakel.

Soos by die onderwerp, kan die **voorwerp** ook *uitgebrei word* deur 'n **byvoeglike naamwoord,** bv.

Die koerantverkopertjie verkoop dik "Burgers",

of deur 'n **byvoeglike bepaling,** bv.

Die koerantverkopertjie verkoop "Die Burger" *met die spesiale bylae,*

of deur 'n **byvoeglike bysin,** bv.

Die koerantverkopertjie verkoop "Die Burger" *waarvan die eerste oplaag reeds vroeg verkoop is.*

Maar sekere uitbreidings kan ook met die **gesegde** van die sin geskakel word, bv.

Die koerantverkoper *verkoop* *"Die Burger"*

Wanneer?	**Waar?**	**Hoe dikwels?**
vanoggend	*op/in die straat*	*elke oggend*
bywoordelike bepaling van tyd	bywoordelike bepaling van plek	bywoordelike bepaling van frekwensie

9.5.4 Allerlei omstellingsmoontlikhede

By 'n sin soos:

Die koerantverkoper verkoop vanoggend "Die Burger" op straat,

is ook allerlei omstellingsmoontlikhede, bv.

Die koerantverkoper verkoop vanoggend op straat "Die Burger".
Op straat verkoop die koerantverkoper vanoggend "Die Burger", ens.

Hier is dus ook 'n redelike mate van vryheid ten opsigte van die volgorde van sinsdele. Die vraag is egter of hierdie verskil in woordvolgorde die betekenis van die sin beïnvloed?

Die feit is: Hierdie sinne beteken almal ongeveer dieselfde, maar 'n mens kan die sin op hierdie wyses omstel om 'n bepaalde deel van die sin te beklemtoon. As jy die **tydsaspek** wil beklemtoon, kan jy die sin inlei met die bepaling van tyd, bv.

Vanoggend verkoop die koerantverkoper "Die Burger" op straat.

As 'n mens **plek** wil beklemtoon, kan die sin ingelei word deur die bepaling van plek, bv.:

Op straat verkoop die koerantverkoper vanoggend "Die Burger", ens.

9.5.5 Korrekte rangskikking van sinsdele van groot belang

By die voorgaande sin is die woordvolgorde redelik vry in Afrikaans, sonder dat die basiese betekenis van die sin daardeur beïnvloed word, maar in sommige gevalle veroorsaak 'n geringe verskil in volgorde wel 'n verskil in betekenis, byvoorbeeld in die volgende sinne:

Die man in die motor het my gesien,

teenoor

Die man het my in die motor gesien.

Wat veroorsaak hierdie verskil in betekenis? In die eerste sin is die sinsdeel *in die motor* 'n uitbreiding op die onderwerp, nl. *die man*. Dit is hier dus 'n **byvoeglike bepaling.** In die tweede sin is *in die motor* 'n uitbreiding van die gesegde. Hier is *in die motor* dan 'n **bywoordelike bepaling.**

Hieruit lei ons af dat dit belangrik is dat 'n mens die uitbreiding plaas by die woord of woordgroep waarby dit as uitbreiding bedoel is, anders sal die betekenis van die sin verskil van die gedagte wat die spreker aan die hoorder wil oordra.

Indien daar nie aandag gegee word aan die volgorde van die sinsdele van die sin nie, kan dit tot dubbelsinnighede lei of tot 'n betekenis wat die spreker/skrywer nie eintlik bedoel het nie. Gevolglik kan daar dan 'n kortsluiting tussen spreker/skrywer en hoorder/leser ontstaan. So 'n kortsluiting lei tot minder effektiewe kommunikasie.

Dit is te betwyfel of the produseerders van die volgende sinne aandag gegee het aan die rangskikking van die sinsdele.

1. *Hy trap met sy voet in 'n doring waarvan die groottoon in 'n ongeluk afgeskiet is.*
2. *Groot hoeveelhede stysel word gaargemaak in die plek van groentes wat baie ongesond is.*
3. *Jy kan inbreuk maak deur baie spelfoute op die leser se konsentrasie om 'n stuk te verstaan.*
4. *Die brief wat sy daardie dag gekry het, het haar gedagtes teruggevoer na vyf jaar gelede toe sy en 'n sekere vriend Gerald Smith nog gekys was van skooldae af.*

9.5.6 Vaste reëls t.o.v. woordvolgorde

Ons het gesien dat, wanneer daar meer as een bywoordelike bepaling in 'n sin voorkom, daar 'n redelike hoë mate van vryheid ten opsigte van die woordvolgorde is, maar daar is ook redelik vaste reëls in dié verband. Wanneer daar 'n bywoordelike bepaling van tyd (bw.-t) sowel as 'n bywoordelike bepaling van plek (bw.-p) in 'n sin voorkom, dan staan die bw.-t gewoonlik voor die bw.-p. Die volgorde

Die koerantverkoper verkoop "Die Burger" vandag op straat.
Ek gaan vandag huis toe.

is verkieslik bo:

Die koerantverkoper verkoop "Die Burger" op straat vandag.
Ek gaan huis toe vandag.

Die bw.-t aan die einde van die sin word waarskynlik as anglisisties beskou.

Die "vryheid" of "vastheid" van die woordvolgorde in 'n sin hang saam met die soort bepalings wat optree in die sin.
Die volgorde van die sin:

Die studente het gekla, want hy het taamlik onleesbaar geskryf

is vas. Volgordes soos:

**Die studente het gekla, want die dosent het onleesbaar taamlik geskryf*, of
**Die studente het gekla, want die dosent het geskryf taamlik onleesbaar*

lewer ongrammatikale sinne.

9.6 'n Derde tipe kern-sinspatroon in Afrikaans

'n Derde kern-sinspatroon kom voor wanneer daar 'n **koppelwerkwoord** in die sin gebruik word, bv.

	O	koppelww.	komplement
3.	Die student	is	slim

In 'n sin soos: *Die koring groei* is **die koring** die onderwerp van die sin en **groei** die gesegde van die sin. **Groei** kan alleen die gesegde van die sin vorm, want **groei** is

’n selfstandige werkwoord. **Is,** daarenteen, kan nie alleen die gesegde van ’n sin vorm nie; nie as **is** ’n koppelwerkwoord is nie. **Is** kan wel optree as gesegde, bv. *God is* maar dan is **is** ’n selfstandige werkwoord. ’n Mens sou **is** hier kon vervang deur die werkwoord *bestaan;* dus *God bestaan.* ’n Koppelwerkwoord kan nie alleen saam met ’n onderwerp optree om ’n sin te vorm nie. **Die student is* is dus nie ’n sin nie. Net so min is **Hy heet* of **Dit skyn* onder normale omstandighede ’n sin. *Hy heet Piet* of *Dit skyn die waarheid te wees* is wel grammatikale sinne.

Die *koppelwerkwoord* het altyd ’n **aanvulling, uitbreiding** of ’n **komplement** nodig om van ’n taalstuk ’n sin te maak, bv.

Die student is slim.

Die student is die onderwerp; **is** is ’n *koppelwerkwoord;* **slim** is die *komplement van die koppelwerkwoord.*

Indien ’n sin bestaan uit onderwerp + koppelwerkwoord is die sin dus nie voltooi nie, dit het nog ’n aanvulling nodig en hierdie aanvulling wat nog nodig is om van die taalbousel ’n sin te maak, word ’n **komplement** genoem.

In hierdie tipe sinne vorm die *koppelwerkwoord plus die komplement* die **gesegde/predikaat** van die sin. *Is slim* is dus die gesegde van die sin.

9.6.1 Die aard van die komplement kan verskil

Die komplement kan gevorm word deur:
1. *’n Byvoeglike naamwoord:* Die student is *slim.*
2. *’n Selfstandige naamwoord:* Die man is *’n prokureur.*
3. *’n Voorsetselkonstruksie:* Hulle is *deur die blare.*

Hierdie tipe kern-sinspatroon kan net soos die ander kern-sinspatrone ook uitgebrei word, bv.

Die kinders is/hier by hulle ouma/saans/stout.

Op die vraag **Waar?** is die antwoord: *hier by hulle ouma.* Laasgenoemde is ’n bywoordelike bepaling van plek.

Op die vraag **wanneer?** is die antwoord: *saans,* wat ’n bywoordelike bepaling van tyd/frekwensie is.

9.6.2 Die onderwerp van hierdie sin kan ook uitgebrei word

Die kinders *van ons bure* is/hier by hulle ouma/saans/stout.

Die drie kern-sinspatrone kan dus almal uitgebrei word òf deur die **O** of **V** uit te brei met ’n byvoeglike naamwoord/byvoeglike bepaling/byvoeglike bysin, òf deur die gesegde uit te brei met ’n bywoord/bywoordelike bepaling/bywoordelike bysin.

9.7 Byvoeglike en bywoordelike bepalings

Alhoewel ons reeds so in die verbygaan aandag geskenk het aan byvoeglike en bywoordelike bepalings, kan ons vervolgens ’n bietjie noukeuriger daarop let.

Die drie kern-sinspatrone waarna ons reeds gekyk het, is in hul eenvoudigste vorms almal **enkelvoudige sinne,** bv.

> *Die koring groei.*
> *Die koerantverkoper verkoop "Die Burger".*
> *Die student is slim.*

Hierdie tipe kern-sinspatrone kan aansienlik uitgebrei word deur bepalings by die onderskeie sinsdele te voeg, bv.

> Die Stellenbosse Universiteitsteater **het** die afgelope paar dae die hoogste gemiddelde bywoningsyfer in die H. B. Thom-teater **oortref** met die toneelstuk KANNA HY KÔ HYSTOE onder regie van Ria Olivier.

Alhoewel hierdie sin 'n lang sin is, is dit nog steeds 'n **enkelvoudige sin,** want dit het *slegs een gesegde*, nl. **het oortref.**

Indien hierdie kern-sinspatrone uitgebrei word deur 'n *bywoord* of deur 'n *byvoeglike naamwoord* of deur 'n *bywoordelike* of *byvoeglike bepaling*, dan is die resultaat nog steeds 'n **enkelvoudige sin,** maar hierdie kern-sinspatrone kan ook uitgebrei word deur *byvoeglike bysinne* en/of deur *bywoordelike bysinne.* Sodra dit uitgebrei word deur een van hierdie tipe bysinne, dan het 'n mens nie meer met 'n enkelvoudige sin te doen nie, maar met 'n **samegestelde sin.**

In 'n samegestelde sin kom altyd meer as een selfstandige werkwoord voor. 'n Samegestelde sin bestaan altyd uit ten minste een hoofsin en minstens een bysin. Die hoofsin wat in die samegestelde sin voorkom, is altyd in die vorm van een van die kern-sinspatrone. Die bysin of bysinne wat in 'n samegestelde sin voorkom, is dan 'n uitbreiding of uitbreidings op die sinsdele van die kern-sinspatroon.

9.7.1 'n Kern-sinspatroon kan uitgebrei word deur 'n byvoeglike bysin

Hoofsin	**Byvoeglike bysin**
Dit **is** die motor	wat R20 000 **gekos het**
Hulle **soek** iets	waarmee hulle die hond **kan slaan.**

Die byvoeglike bysin kan 'n mens daaraan uitken dat hy altyd deur 'n betreklike voornaamwoord ingelei word, daarom word byvoeglike bysinne soms ook **betreklike bysinne** genoem.

9.7.2 'n Kern-sinspatroon kan ook uitgebrei word deur bywoordelike bysinne

Daar is verskillende soorte bywoordelike bysinne, bv.

1. Hoofsin	Bywoordelike bysin van **plek**
Hy reis	*waarheen hy wil.*
2. Hoofsin	Bywoordelike bysin van **tyd**
Hy kom klas toe	*wanneer hy wil.*
3. Hoofsin	Bywoordelike bysin van **rede**
Hy kom klas toe	*omdat dit vir hom interessant is.*
4. Hoofsin	Bywoordelike bysin van **doel**
Hy reis	*sodat hy die wêreld kan leer ken.*

5. Hoofsin — Bywoordelike bysin van **gevolg**
Hy reis so baie — *dat hy sy werk verwaarloos.*
6. Hoofsin — Bywoordelike bysin van **voorwaarde**
Hy sal kom — *as jy hom vra.*

9.8 Die kenmerke van 'n bysin

1. Die kern-sinspatrone waarna ons gekyk het, kan uitgebrei word deur bepalings. Sodra daar 'n gesegde voorkom in 'n bepaling, dan het 'n mens met 'n **bysin** te doen, bv.

   Hulle kla/aangesien hulle darem aan beter behandeling gewoond **is.**

2. Die **byvoeglike bysin** word ingelei deur 'n betreklike voornaamwoord, bv.
   Die toets/**wat** hulle gisteraand geskryf het,/was baie moeilik;
   Die **bywoordelike bysin** word ingelei deur 'n onderskikkende voegwoord, bv.
   Hy kom/**sodra** sy skoonouers vanaand vertrek.
3. Die **bywoordelike bysin** het 'n opvallende struktuur. Dit het die **woordinhoud** van 'n enkelvoudige sin, maar die **woordvolgorde** is **nie** dié van 'n enkelvoudige sin nie.
4. Die hoofverskil tussen die woordvolgorde van 'n enkelvoudige sin en dié van 'n bysin lê in die *posisie wat die werkwoord in die bysin inneem.* In die bysin staan die gesegde gewoonlik sover as moontlik na die einde van die sin toe, bv.

   Hulle **het** te laat **gekom,** *maar*
   Hulle was in die moeilikheid omdat hulle te laat **gekom het.**

5. In die enkelvoudige sin is die volgorde **het** + **gekom**; in die bysin **gekom** + **het.**

9.9 Funksies van die bysin

9.9.1 'n Bysin tree nie altyd net op as bepaling nie, maar soms ook as die onderwerp van die sin

Dat sy vandag kom, is waar.

Die bysin *dat sy vandag kom*, tree in hierdie sin op as onderwerp. 'n Mens sou hierdie bysin kon vervang deur die voornaamwoord **dit,** bv. **Dit** *is waar.* Indien die bysin diens doen as onderwerp van die sin, word so 'n sin 'n **onderwerpsin** genoem. Ander voorbeelde:

Dat hulle so raas, ontstel my.
Dat sy dood is, is onwaar.

9.9.2 'n Bysin tree ook soms op as die voorwerp van 'n sin

Ons verneem *dat sy vandag kom.*
Hy vra *dat die geld onmiddellik terugbetaal moet word.*

Die bysin in hierdie sinne kan ook deur **dit** vervang word, bv. *Ons verneem* **dit**/*Hy vra* **dit.** In hierdie tipe sinne word die bysin 'n **voorwerpsin** genoem.

9.9.3 'n Bysin kan ook optree as komplement van 'n koppelwerkwoord

Hy het geword *wat almal van hom verwag het.*
Dit blyk *dat hy daar niks van geweet het nie.*
Dit skyn *asof hulle hul werk nie ken nie.*

Die bysin wat optree as komplement na 'n koppelwerkwoord, word 'n **gesegdesin** genoem.

9.10 Die samegestelde sin

Soos ons gesien het, kan die onderwerp en voorwerp van die kern-sinspatrone ook uitgebrei word deur 'n byvoeglike bysin en die gesegde kan uitgebrei word deur 'n bywoordelike bysin. Sodra 'n kern-sinspatroon uitgebrei word deur 'n bysin, het 'n mens met 'n **samegestelde sin** te doen. 'n Samegestelde sin is altyd saamgestel deur ten minste een hoofsin en ten minste een bysin. Teoreties kan 'n samegestelde sin uit 'n oneindige aantal bysinne bestaan; 'n mens kan altyd nog 'n bysin byvoeg. U onthou miskien nog uit u kleuterdae die storie van Koos Delport wat 'n huis gebou het. Die laaste strofe van die kleutervers lui soos volg:

Hier is *die boer wat* die graan op laat kom,
wat hy gee vir die haan met 'n stem soos 'n trom,
wat kraai vir die priester, so pienk soos 'n blom,
wat preek vir die droster, verfaai en verfom,
wat trou met die meisie, bedroef en verstom,
wat sorg vir die koei met horings so krom,
wat steek na die hond,
wat blaf vir die kat,
wat hap na die rot,
wat vreet aan die gort,
wat lê in die huis van Koos Delport!

Hierdie kleutervers is net verstaanbaar as 'n mens telkens weet wat die **antesedent** is van die betreklike voornaamwoord.

Op hierdie selfde wyse kan 'n mens ook 'n kern-sinspatroon uitbrei deur bywoordelike bysinne met die gesegde te skakel, bv.

Hy het Stellenbosch toe gekom *sodat hy 'n graad kan verwerf,*
sodat hy 'n betrekking kan aanvaar,
sodat hy 'n inkomste kan hê,
sodat hy op sy eie bene kan staan,
sodat hy diens aan die gemeenskap kan lewer,
sodat hy as 'n goeie landsburger beskou kan word,
sodat hy eendag as burgemeester verkies kan word, ens.

Aangesien 'n sin wat te lank is die aandagspan van die hoorder/leser kan ooreis, moet die spreker/skrywer altyd op sy hoede wees vir te lang sinne.

9.11 Die veelvoudige sin

Dit is nie net in die samegestelde sinne waarin meer as een selfstandige werkwoord voorkom nie. In 'n **veelvoudige sin** kom ook ten minste twee selfstandige werkwoorde voor. 'n Veelvoudige sin bestaan in sy eenvoudigste vorm uit ten minste twee hoofsinne, bv.

Hoofsin				Hoofsin
Jan woon klasse by	/	en	/	*Piet maak fotostatiese kopieë van sy aantekeninge.*

Maar 'n veelvoudige sin kan uit meer as twee hoofsinne bestaan, bv.

Jan woon klasse by en *Piet maak fotostatiese kopieë van sy aantekeninge* en *Klaas skryf dit weer by Piet af.*

9.12 Sinstipes

In Afrikaans word drie tipes sinne onderskei, nl. **beweringsinne, vraagsinne** en **bevelsinne.** Soms word ook 'n vierde tipe sin onderskei, nl. **uitroepe.**

Op grond van die struktuur van die sinstipes is dit maklik om te onderskei tussen beweringsinne en vraagsinne, want by die beweringsin lei die onderwerp gewoonlik die sin in, bv.

Bobbejane eet graag pampoen,

terwyl 'n vraagsin gewoonlik ingelei word deur 'n werkwoord waarna die onderwerp volg, bv.

Eet bobbejane graag pampoen ?

'n Vraagsin word natuurlik nie altyd deur 'n werkwoord ingelei nie. Dit kan ook deur 'n vraagwoord ingelei word, bv.

Wie is die sondaar ?

Hierdie vraagwoorde behoort tot die woordsoort vraende voornaamwoorde.
Dit is nie net vraagsinne wat deur 'n werkwoord ingelei word nie; bevelsinne word gewoonlik ook deur 'n werkwoord ingelei, bv.

Kom onmiddellik hier.

'n Bevel word gewoonlik gerig aan *jy* of *julle*, maar die onderwerp word, soos hierbo, nie altyd in die bevelsin aangegee nie, maar soms word dit wel aangegee, bv.

Kom *julle* onmiddellik hier.

Die bevelsin kan 'n bevel of 'n versoek uitdruk. *Kom asseblief hier* druk 'n versoek uit. Die bevel word dikwels gevorm deur slegs een woord, nl. 'n werkwoord, bv. **Sit!** Uitroepe is dikwels ook eenwoordsinne, bv. **Eina! Boe!**, ens., maar 'n uitroep kan ook uit meer as een woord bestaan, bv. **Hier kom hulle!**

9.12.1 Beweringsinne en vraagsinne

Dit is tog belangrik om daarop te let dat daar teenoor nagenoeg elke beweringsin 'n vraagsin staan. Of anders gestel: Ongeveer alle beweringsinne se woordvolgorde kan so verander word dat die bewering in 'n vraag verander, bv.

'n Verskeidenheid kursusse is gedurende die vakansie in Pretoria aangebied,

teenoor

Is 'n verskeidenheid kursusse gedurende die vakansie in Pretoria aangebied?

9.12.2 Positiewe teenoor negatiewe sinne

Soos wat daar 'n vraagsin teenoor byna elke beweringsin staan, so staan daar ook 'n negatiewe teenoor byna elke positiewe sin, bv.

Hulle werk, teenoor
Hulle werk nie.

By die negatiewe sin in Afrikaans word dikwels 'n dubbele negatiewe partikel gebruik, bv.

Ek ken **nie** hierdie meisie **nie,** **of**
Ek sal **nie** vandag die werk kan doen **nie.**

Die tweede **nie** staan gewoonlik aan die einde van die sin. Die **nie . . . nie** is nie die enigste voorbeeld van 'n dubbele negatiewe partikel in Afrikaans nie. Ander voorbeelde is:

1. **niemand . . . nie:** Hulle ken *niemand nie.*
2. **niks . . . nie:** Ons doen vandag *niks nie.*
3. **geen . . . nie:** Die vreemdelinge ken *geen* mens *nie.*
4. **nêrens . . . nie:** Dié gesin kom *nêrens nie.*
5. **nooit . . . nie:** Hy doen *nooit* sy werk *nie.*

Andertaliges laat dikwels die tweede **nie** weg wanneer hulle Afrikaans praat, bv.

*Meneer, ek het *nie* die werk gedoen,

in plaas van

Meneer, ek het **nie** die werk gedoen **nie.**

Afrikaanssprekendes gebruik oor die algemeen die dubbele negatiewe partikel wanneer die situasie dit vra, maar ook hulle ondervind soms probleme, veral met die plasing van die tweede **nie.** Selfs Langenhoven het soms probleme hiermee gehad. Uit sy *Versamelde Werke* is die volgende voorbeelde aangeteken:

1. *Dis 'n slegte man wat lieg om 'n ander in 'n moeilikheid te kry: dit kos 'n goeie man om nie te lieg om self daaruit te bly nie* (IX, 230).
2. *Daar is nie nog 'n klas mense in ons maatskappy so absoluut onbesproke van handel en wandel nie, as die prisoniers in ons tronke* (X, 148).

9.13 Die verband tussen sinne

Dit is nie net belangrik dat die afsonderlike sinne noukeurig gebou word nie, dit is ook belangrik dat die verband tussen sinne noukeurig aangedui word.
Twee sinne (van dieselfde persoon) wat direk na mekaar volg, hou gewoonlik verband met mekaar, bv.

Ek het met die studente gepraat. Meneer X het by die venster uitgekyk.

1. Indien daar 'n verband tussen hierdie twee sinne is, kan die verband uitgedruk word deur die gebruik van 'n kommapunt in geskrewe taalgebruik, bv.

   Ek het met die studente gepraat; meneer X het by die venster uitgekyk.

   Die kommapunt toon dat daar 'n verband is tussen die twee sinne sonder dat die verband direk aangetoon word.
2. Die presiese verband tussen die twee sinne kan direk aangetoon word deur gebruik te maak van 'n voegwoord of 'n voegwoordelike bywoord, bv.

   Ek het met die studente gepraat *en/maar/want* mnr. X het by die venster uitgekyk,
   of
   Ek het met die studente gepraat *terwyl/omdat* mnr. X by die venster uitgekyk het.
   of
   Ek het die studente verveel; *gevolglik* het mnr. X by die venster uitgekyk.

9.14 Sinsbetekenis

Taal is 'n kommunikasiemiddel, want dit word gebruik om 'n boodskap oor te dra van 'n spreker/skrywer na 'n hoorder/leser. Taal het dus 'n kommunikatiewe funksie. Wanneer taal kommunikatief gebruik word, word dit gebruik om 'n ooreenkoms in wete tussen taalgebruiker en taalontvanger te bewerkstellig. Hierdie ooreenkoms in wete kan net bewerkstellig word indien die hoorder/leser die sin interpreteer soos wat die spreker/skrywer dit bedoel.

'n Taalgebruiker gebruik sinne om kommunikasie tussen hom en die ontvanger te bewerkstellig; daarom kan sinne beskou word as die basiese taaleenhede in terme waarvan kommunikasie plaasvind. As 'n taalgebruiker doeltreffend wil kommunikeer met die ontvanger kan hy die sin nie verwaarloos nie.

Wanneer 'n spreker/skrywer die sin: *Van Riebeeck was 'n gewilde figuur* gebruik, maak hy nie bloot 'n reeks geluide of skriftekens om die onthalwe van die geluide of skriftekens nie; hy wil daardeur "iets" oordra aan die ontvanger(s). Hy wil te kenne gee of hy maak die bewering dat hy wat die spreker/skrywer is, van mening is dat daar 'n bepaalde individu was, nl. *Van Riebeeck* wat as persoon 'n bepaalde kenmerk gehad het, nl. *gewildheid.*

9.14.1 Faktore wat 'n bydrae lewer tot die betekenis van 'n sin

1. *Betekenis van die woorde waaruit 'n sin opgebou is*

Die betekenis van 'n sin word tot op 'n sekere hoogte bepaal deur die betekenis van die woorde waaruit die sin opgebou is, daarom is dit belangrik dat die taalgebruiker altyd moet aandag gee aan sy woordkeuse as hy presies wil sê wat hy bedoel. Aan die ander kant is dit ook so dat die ontvanger nie 'n sin korrek kan interpreteer indien hy nie die betekenis van elke woord in die sin ken nie, daarom moet die taalgebruiker hom ook wat sy woordkeuse aanbetref op die ontvanger toespits. As die taalgebruiker woorde gebruik wat die ontvanger nie ken nie, kan daar 'n misverstand tussen dié twee partye ontstaan.

Die betekenis van die woorde waaruit 'n sin opgebou is, lewer 'n belangrike bydrae tot die betekenis van 'n sin, maar dit is belangrik om daarop te let dat die betekenis van 'n sin nie sonder meer gelyk is aan die somtotaal van die betekenis van die woorde waaruit die sin opgebou is nie. Daar is ook nog ander faktore wat 'n bydrae lewer tot die betekenis van die sin.

2. *Die funksie van elke sinsdeel*
Die funksie wat elke sinsdeel verrig in die sin, byvoorbeeld of dit die onderwerp, voorwerp of gesegde van die sin is, lewer ook 'n bydrae tot die sin se betekenis. 'n Mens moet weet wie "die doener van die handeling" is en wie "die onderganer van die handeling" is in 'n sin soos: *Die hond byt die man* om die sin korrek te interpreteer.

3. *Posisie van die woorde of woordgroepe in 'n sin*
Ons het reeds gesien dat die posisie van woorde of woordgroepe in 'n sin ook 'n bydrae tot die betekenis lewer. Op grond van die woordvolgorde van *Hy loop* en *Loop hy?* word hier onderskei tussen 'n bewering en 'n vraag.
Die woordinhoud in die volgende twee sinne is presies dieselfde:

Hy het die eksamen net gedruip.
Hy het net die eksamen gedruip.

Slegs die woordjie **net** staan op verskillende plekke in die sinne en tog verskil die betekenis van die twee sinne in 'n hoë mate. Met die eerste sin word te kenne gegee dat hy die eksamen amper geslaag het; met die tweede word gesê dat hy net die eksamen gedruip het met die bygedagte dat hy al die ander dinge, bv. *die toetse* geslaag het.

Die volgende pare sinne het ook dieselfde woordinhoud met 'n geringe sintaktiese verskil en met 'n aansienlike betekenisverskil, bv.

1. *Woon hier* **nie nog** *mense nie?*
   Woon hier **nog nie** *mense nie?*
2. *Die kind moet* **self leer om** *te dink.*
   Die kind moet **leer om self** *te dink.*
3. *Dis* **mooi van ver** *af.*
   Dis **ver van mooi** *af.*

9.14.2 Sintaktiese homonieme – dubbelsinnige sinne

Ons het reeds gehoor dat woorde met dieselfde klank- en spelvorm, maar met 'n verskil in betekenis en oorsprong, homonieme genoem word. Die verskynsel van homonimie kom ook by sinne voor. Dit word dan **sintaktiese homonimie** genoem.

Die sin: *Sy woon swak lesings by* is 'n dubbelsinnige sin, want dit kan beteken "die lesings wat sy bywoon is swak", of dit kan beteken "haar bywoning van lesings is swak''. Hierdie dubbelsinnige sin word veroorsaak deurdat *swak* vir die eerste interpretasiemoontlikheid as byvoeglike naamwoord by die selfstandige naamwoord *lesings* geïnterpreteer word, en dat *swak* vir die tweede interpretasiemoontlikheid as bywoord by die werkwoord *bywoon* geïnterpreteer word. Die sin het dus eintlik twee strukture, of eintlik is dit twee verskillende sinne wat per toeval op die oog af dieselfde lyk. Die twee sinne is dus *sintaktiese homonieme*.

Die volgende sinne is ook dubbelsinnig:

1. *Ry om die swaap!*
2. *Ken jy die vriendin van jou vrou se moeder?*
3. *Hy luister na die musiek in die kamer.*
4. *Hulle verlê die pad deur die wingerd.*

Die taalgebruiker moet altyd waak teen dubbelsinnige sinne, want as die ontvanger die sin anders interpreteer as wat die gebruiker dit bedoel het, kan doeltreffende kommunikasie nie plaasvind nie.

Die dubbelsinnighede in die bostaande sinne kan vermy word deur die sin te omskryf, bv.

Hulle verlê die pad wat deur die wingerd loop, **of**
Hulle verlê die pad sodat hy deur die wingerd loop.

9.14.3 Vertroebeling van die betekenis van 'n sin

Die betekenis van 'n sin kan soms vertroebel word deur 'n *swak woordkeuse*, of deur 'n *weglating*, of deur 'n *lomp manier van sê*, of deur 'n *foutiewe kontinuering*. Die gevolg is dan dat die hoorder/leser nie presies kan uitmaak wat bedoel word nie, of dat hy die sin anders interpreteer as wat die spreker/skrywer dit bedoel het. Dit is te betwyfel of die leser onmiddellik sal verstaan presies wat die skrywer met die volgende sinne bedoel:

1. *Ons woon baie lekker in die koshuis, maar 'n gebrek aan warm water in die winter asook verskeie ruite in die gange is egter taamlik lastig.*
2. *My ouers wou graag die Sentrum besoek om iets te nuttig en te besigtig.*
3. *Die taalkennis van 'n persoon wat elementêr is, kan nie goed kommunikeer nie.*
4. *Terwyl sy besig was om in die laai te soek na 'n belangrike dokument het haar oog dadelik op hierdie koevert geval wat vir haar destyds baie beteken het aangesien sy die handskrif op die koevert baie goed geken het.*

9.14.4 Dink voor u ink!

Dit is belangrik dat die taalgebruiker altyd eers presies moet weet wat hy wil sê voordat hy begin formuleer. As hy weet wat hy wil sê, moet hy dit so duidelik as moontlik probeer sê en as hy klaar geformuleer het, moet hy vir homself die vraag afvra of hy presies gesê het wat hy wou sê en of die hoorder/leser die sin sal interpreteer soos wat hy dit bedoel het.

Dit is te betwyfel of die skrywers van die volgende sinne presies geweet het wat hulle wou sê voordat hulle begin formuleer het.

1. *'n Sitaat is wanneer die trefwoord in 'n voorbeeldsin gebruik word.*
2. *Gesproke taal klink dikwels anders as geskrewe taal.*
3. *Letteruitspraak is waarteen 'n mens moet waak by geskrewe taal.*
4. *Meervoude van name wat op* **-e, -s** *of* **-z** *eindig wat as dit uitgespreek word nie uitgespreek word nie, kry 'n afkappings* **-s**

'n Spreker of skrywer sal nooit sy gedagtes noukeurig kan uitdruk as hy nie aandag skenk aan woordkeuse en aan die sinsbou nie.

9.15 Wenke

In verband met sinsbou gee ons 'n paar wenke wat u in gedagte moet hou as u skryf.

1. As u 'n lang sin vorm, sorg dan dat u die sinsdele korrek rangskik, anders kan die resultaat dubbelsinnig wees of dit kan 'n ander betekenis hê as wat u bedoel het, die sin kan soms ook lomp wees. Wat is 'n "lomp" sin? Dis gewoonlik 'n sin waarvan die sinsdele nie korrek gerangskik is nie. As u dus 'n lang sin vorm, sorg dat die sin goed gestruktureer is.
2. Moet nooit in 'n geskrewe stuk net kort sinne gebruik nie, want behalwe dat dit 'n bepaalde gebrek aan taalvaardigheid by die skrywer verraai, maak dit ook die geskrewe stuk stokkerig – dit gee 'n staccato-effek!
3. 'n Geskrewe stuk kan ook vervelig raak as al die sinne op dieselfde manier gebou is. Wissel die vorm van die sinne af. Dit kan 'n mens doen deur byvoorbeeld van omstelling gebruik te maak. In plaas van:

   Ek kom kuier nie vanaand by jou nie

   sou jy dit kon afwissel met

   Vanaand kom kuier ek nie by jou nie, **of**
   Ek by jou kom kuier? Vanaand? Nooit! **of**
   Vanaand by jou kom kuier? Ek? Nooit!

4. Sorg dat u altyd 'n bysinsvolgorde gebruik na 'n onderskikkende voegwoord, bv. nie:

   **Sy het gesê dat sy kom vanaand*

   nie, maar

   Sy het gesê dat sy vanaand kom.

5. Sorg ook altyd dat u die regte woordvolgorde gebruik na 'n neweskikkende voegwoord. Die volgende woordvolgorde kom soms voor:

   Die keurders het die gereelde losskakel van die WP weggelaat en* **moes sy span *Saterdag in Port Elizabeth sonder hom klaarkom,*

   in plaas van

   . . . *en* **sy span moes** *Saterdag in Port Elizabeth sonder hom klaarkom.*

6. Moet nooit begin formuleer voordat u nie **presies** weet wat u wil sê nie.

Hoe kan ek hierdie sin beter stel?

9.16 Opdragte

Hulle het gisteraand vir Gary Player op die lughawe ontmoet.

1. (*a*) Gee al die omstellingsmoontlikhede van die voorgaande sin:
   (*b*) Stel die sinsdele vas waaruit hierdie sin opgebou is.
   (*c*) Watter funksie verrig elk van die sinsdele in hierdie sin?
2. *Rangskik die bywoorde in die volgende sinne op so 'n wyse dat dit 'n grammatikale sin lewer. Hoeveel grammatikale variasies is moontlik?*
   (*a*) Die bal kom *hiernatoe meteens blitsvinnig.*
   (*b*) Ons trek *vandag nader vinnig.*
   (*c*) Hy speel *goed vandag darem.*
   (*d*) Ek gaan *soontoe baie graag deesdae darem.*
3. Brei die **onderwerp** van die sin: *Die atlete oefen* uit met
   (*a*) 'n byvoeglike naamwoord
   (*b*) 'n byvoeglike bepaling
   (*c*) 'n byvoeglike bysin.
4. Brei die **gesegde** van die sin: *Die atlete oefen* uit met
   (*a*) 'n bywoord
   (*b*) 'n bywoordelike bepaling
   (*c*) 'n bywoordelike bysin.
5. Brei die **voorwerp** van die sin: *Die boer verbou groente* uit met
   (*a*) 'n byvoeglike naamwoord
   (*b*) 'n byvoeglike bepaling
   (*c*) 'n byvoeglike bysin.
6. *Stroop die volgende sinne van alle uitbreidings en sê dan op watter kern-sinspatroon elkeen gevorm is:*
   (*a*) Die man met die kromsteelpyp werk by die munisipaliteit.
   (*b*) Die Transvaalse boere ly jaarliks groot verliese.
   (*c*) Piet Spiere wat vir Polisie rugby speel, is 'n uithaler-speler.
   (*d*) Die universiteitskoor wat verlede jaar in die lewe geroep is, vertrek eersdaags oorsee.
   (*e*) Die meisie met die droewige gesig lyk na haar ma.
7. *Probeer vasstel wanneer tree daar net een* **nie** *op in 'n negatiewe sin en wanneer tree daar 'n dubbele* **nie** *op. Lig u antwoord toe met voorbeelde.*
8. Die volgende sitate is afkomstig uit die *Versamelde Werke* van C. J. Langenhoven (Sesde Uitgawe, 1974). *Beoordeel hierdie sitate en besluit dan of die negatiewe partikels altyd op die regte plek geplaas is. Indien nie, verbeter dit dan.*
   (*a*) Is Jupiter dan nie solied nie dat hy hom nes die bol deeg gedra? (Deel 6, bl. 247).
   (*b*) Jy's nie die eerste witman nie wat heuning dra in sy mond. (Deel 7, bl. 74.)
   (*c*) Die verlede tyd het geen ander waarde nie as om jou wysheid te leer vir die toekoms. (Deel 10, bl. 235.)
   (*d*) Die internasionale wet het niks te doen nie met sy regeringsvorm of met die manier waarop sy dele aanmekaar sit. (Deel 10, bl. 404.)
   (*e*) Maar ons wis nie byna die aand waaroor om te gesels nie. (Deel 9, bl. 194.)
   (*f*) Toe ek wakker skrik, was elke woord so helder voor my gees dat ek nie byna kon twyfel nie. (Deel 11, bl. 200.)
   (*g*) Bakleiery vind daar nooit plaas. (Deel 2, bl. 50.)

(*h*) . . . wie het vir hulle in toom gehou . . . sodat hulle die skuld van 'n skone volk skoon gehou het en nooit ontaard het in roekeloosheid, wreedheid, losbandigheid? (Deel 9, bl. 84.)

9. *Teken voorbeeldsinne aan uit die spreektaal waarin die dubbele negatiewe partikel foutief gebruik word. Verbeter dan hierdie sinne.*

10. Die volgende teks is opgestel deur prof. J. G. H. Combrink. *Vertaal dit in Afrikaans en let veral op die woordvolgorde na die voegwoorde.*

Afrikaans is a daughter language of seventeenth century Dutch, *consequently* it belongs to the Indo-Germanic language group. *Because* seventeenth century Dutch consisted of a variety of dialects, we must first determine which of these form the foundation of Afrikaans. Dr. D. B. Bosman proved that these dialects were those of the provinces of North Holland, South Holland and Utrecht, *because* most of the settlers came from these regions.

All languages are constantly changing, *therefore* it is not surprising that the original language of the settlers did change. What is unusual, *however*, is its rapid tempo of development. Various explanations for this have been forwarded. There are two main theories, namely that of the influence of the foreign languages, and secondly that of spontaneous development. *But* it can be proved that the influence of foreign languages on the birth of Afrikaans was in fact slight.

While the Spontaneous Development Theory does not explain the birth of the new language fully, it is *nevertheless* a much more satisfying explanation. According to this theory the evolution of Afrikaans was a natural and spontaneous process, *since* all languages are constantly undergoing changes. The rapidity and extent of this change in the language of the settlers, *however*, is due to certain special factors. Firstly, the original settlers spoke a variety of dialects among themselves. *Therefore* already from the beginning, there was an unconscious need for and a striving towards a unity of language, *so that* everyone could understand one another. *Furthermore*, they came in contact with a new country full of new things – strange plants, animals, and people, *and* for these new words had to be found in their own language. Indirectly, the climate also had an effect on the language. Due to the difference in climate the children of the settlers spent much more time out of doors than the children in Holland did. *Thus* they had less opportunity to hear the "pure" language spoken by their parents. *At the same time* they were continually in contact with non-Europeans, as servants and playmates, who spoke a pidgin Dutch which naturally affected the children's language. *Moreover*, because they seldom played indoors, they were not so strictly under the supervision of their parents, who could correct any grammatical errors. When these children *therefore* reached maturity, they had already lost the feeling for the correct forms of the language, *so that* their children in turn had a still smaller chance of perpetuating the language of the first settlers. *Consequently*, with each succeeding generation the deviations in the language became greater and firmer.

Finally, we must note the very important fact that there were hardly any standardizing influences in the Cape such as schools, churches and books, which could have made the people familiar with the correct language. Without such "braking" influences, and under these particular conditions, it is not surprising that an independent language developed so quickly.

11. *Probeer vasstel wat die betekenisverskil tussen die volgende pare sinne is en sê dan so noukeurig as moontlik wat elke sin beteken.*

(*a*) Hulle het eers nie na ons kant toe gekyk nie.
Hulle het nie eers na ons kant toe gekyk nie.

(*b*) Hulle het vroeër nie by ons gekom nie.
Hulle het nie vroeër by ons gekom nie.

(*c*) Dit is presies wat die spreker nie gesê het nie.
Dit is nie presies wat die spreker gesê het nie.

(*d*) Dis nie eintlik snaaks nie.
Dis eintlik nie snaaks nie.

(*e*) Hy het toe nie gekom nie.
Hy het nie toe gekom nie.

12. *Versamel soortgelyke pare sinne as in vraag 11 en sê dan presies wat elke sin beteken.*

13. *Stel vas wat die interpretasiemoontlikhede van elk van die volgende sinne is. Herformuleer dan die sinne sodat die dubbelsinnigheid uitgeskakel sal wees in die twee sinne wat jy telkens maak.*
(*a*) Praat met die man voor die kerk.
(*b*) Hy slaan die hond agter die huis.
(*c*) Dis die man wat Jan geslaan het.
(*d*) Hy is getroud met 'n kind.
(*e*) Hy loer die meisie met die verkyker af.
(*f*) Hy maak die ou tante met die sambreel skrik.
(*g*) Die skietery van die soldate het hom ontstel.
(*h*) Die besoek van familie is tydrowend.
(*i*) Jy moet eenvoudig skryf.
(*j*) Die man wat die slang gebyt het, is hier.
(*k*) Hy teken die blom onder die oorhangende krans.
(*l*) Bêre die boeke onder die tafel.
(*m*) Plant die bolle langs die hek.
(*n*) Die geskinder van die vrou ontstel my.
(*o*) Daar is altyd mense om te help.

14. *Teken voorbeelde aan van dubbelsinnige sinne. Gee die interpretasiemoontlikhede van elke sin en herformuleer die sinne dan sodat die dubbelsinnigheid uitgeskakel sal wees in die twee sinne wat jy telkens maak.*

15. Die onderstaande uittreksels is gehaal uit briewe van 'n maatskaplike werkster. Hierdie uittreksels het verskyn in 'n beriggie wat op Dinsdag, 5 Julie 1977, in "Die Burger" verskyn het. *Lees die uittreksels, beoordeel elkeen noukeurig, besluit dan wat die briefskrywers eintlik wou sê en formuleer dié gedagte dan so goed as jy kan.*
(*a*) Dis my agste kind. Wat gaan jy daaromtrent doen?
(*b*) Mev. H. het geen klere nie. Het 'n jaar lank nog nie gehad nie. Die dominees besoek haar gereeld.
(*c*) Meneer, ek stuur aan u my trousertifikaat en twee kinders, van wie een 'n fout was, soos u sal sien.
(*d*) Stel asseblief vas of my man dood is, want die man saam met wie ek nou leef, wil nie eet of iets anders doen totdat hy weet nie.
(*e*) In antwoord op u brief het ek die lewe geskenk aan 'n babaseun, gewig 10 lb. (4,536 kg) Is dit bevredigend?
(*f*) Ek is bly om te kan sê my man wat vermis was, is nou dood.
(*g*) Jy het my seun in 'n dogter verander. Maak dit saak?
(*h*) In ooreenstemming met u opdrag, het ek die lewe geskenk aan 'n tweeling, ingesluit in die koevert.
(*i*) Ek het geen kinders nie, want my man is 'n busbestuurder en werk dag en nag.
(*j*) Ek wil my geld hê so gou as jy dit kan aanstuur. Ek was reeds 'n week lank met my dokter in die bed en dit lyk nie of hy iets uitgerig kry nie. As dinge nie verbeter nie, sal ek 'n ander dokter moet kry.
(*k*) Ek was baie omgekrap om te hoor jy noem my seun ongeletterd, en dit is 'n leuen, want ek het met sy pa getrou 'n week voor hy gebore is.
(*l*) Kry ek nog geld? My man is na 'n konstipasie-kamp gestuur.

9.17 Aanvullende bronne

Bos, G. F.: *Het probleem van de samengestelde zin.* Mouton, Londen, 1964.

Combrink, J. G. H.: "Afrikaanse semantiek" in *Afrikaanse taalmonografieë*, no. 2. Nasou, Kaapstad, 1969.

De Groot, A. W.: *Inleiding tot de algemene taalwetenschap.* J. B. Wolters, Groningen, 1964.

De Saussure, F.: *Kursus in algemene taalkunde.* Van Schaik, Pretoria, 1966. (Vertaling van Alewyn Lee).

De Villiers, M.: *Die semantiek van Afrikaans.* H.A.U.M., Kaapstad, 1975.

Kraak, A.: *Negatieve zinnen.* W. de Haan, Hilversum, 1966.

Kraak, A. en Klooster, W. G.: *Syntaxis.* Uitgeverij Stam-Kamperman N.V., Culemborg, 1968.

Meyer, P. S. en andere: *Ons Moedertaal* vir sts. IX en X. Nasou, Kaapstad, s.j.

Oosthuizen, W. J.: Die wet van opvolging van begripsoorte in bywoordreekse in Afrikaans. M.A., Stellenbosch, 1964.

Pauwels, J. L.: "De expletieve ontkenning *nie(t)* aan het einde van die zin in het Zuidnederlands en het Afrikaans" in *Het dialect van Aarschot en omstreken.* Belgisch interuniversitair centrum voor Neerlandistiek, 1958, pp. 433-477.

Ponelis, F.: *Grondtrekke van die Afrikaanse sintaksis.* Van Schaik, Pretoria, 1968.

Reichling, A. J. B. N.: *Het woord.* J. J. Berkhout, Nijmegen, 1935.

Senekal, H. E. J. en andere: *Die patroon van Afrikaans.* Afrikaanse Pers-Boekhandel, Johannesburg, 1972.

Uys, A. M. en andere: *Moderne Afrikaans.* Maskew Miller, Kaapstad, s.j.

Van der Lubbe, H. F. A.: *Woordvolgorde in het Nederlands.* Van Gorcum & Comp, N.V., Assen, 1965.

Van Schalkwyk, D. J.: Spreidingsmoontlikhede van die hoof- en bystel in Afrikaans. M.A., Stellenbosch, 1968.

Van Staden, M. M.: Die adverbiale bepaling in die sin. M.A., Stellenbosch, 1968.

HOOFSTUK 10

Idiomatiese Taalgebruik

10.1 Doelstelling

Ons doel met hierdie hoofstuk is nie om lyste en lyste idiomatiese uitdrukkings met hul betekenisse van buite te laat leer nie. Ons doel is egter wel:

1. Om aandag te skenk aan drie aspekte van idiomatiese uitdrukkings, naamlik:
   (*a*) die morfologiese kenmerke (vormkenmerke) van die woorde (eenhede) waaruit idiomatiese uitdrukkings opgebou is;
   (*b*) die sintaktiese kenmerke (struktuurkenmerke) van idiomatiese uitdrukkings, en
   (*c*) die semantiese kenmerke (betekeniskenmerke) van idiomatiese uitdrukkings.
2. Om nog vir u 'n geleentheid te skep om taal te beluister en om u sodoende algaande te laat kennis maak met die ryk idioomskat waaroor Afrikaans beskik.

10.2 Inleiding

Idiomatiese taalgebruik kom meer dikwels voor in die spreektaal as in die skryftaal, maar in die skryftaal kom dit tog ook heel dikwels voor, veral as die styl minder formeel is. Op skool word gewoonlik baie tyd afgestaan aan die bestudering van idiomatiese uitdrukkings. Dit word van kinders verwag om lyste en lyste idiome met hul betekenisse uit taalhandboeke te leer. Dit het sekere voordele, maar dit is te betwyfel of dit 'n baie oordeelkundige tydsbesteding is, want om taalgegewens buite 'n taalsituasie te memoriseer, is nie die natuurlikste en ook nie die aangenaamste manier om jou taalkennis uit te brei nie. Ons meen ook dat sulke gememoriseerde taalkennis maklik weer verflou – dikwels voordat die taalgebruiker dit sy eie gemaak het. Een van die redes hiervoor is dat sommige van die idiome wat in taalhandboeke voorkom en wat deur die leerlinge gememoriseer moet word, 'n baie lae gebruiksfrekwensie het.

Om hierdie redes, asook vanweë die feit dat 'n student reeds oor 'n kleiner of groter idioomskat beskik, meen ons dat dit beter is om vir die student die geleentheid te skep om self die ryk idioomskat waaroor Afrikaans beskik, te ontdek.

As 'n mens jou taalgebruik wil verbeter, dan moet jy o.a. voortdurend baie noukeurig luister hoe ander mense praat en wat hulle sê. Die opdragte aan die einde van hierdie kursus gee die student die geleentheid om die taal van sy familie sowel as van die gemeenskap waarin hy leef, te beluister. Sodoende sal die student met idiome te doen kry binne 'n bepaalde taalsituasie en hy sal ook met dié idiome te doen kry wat nie maar slegs in 'n taalhandboek leef nie. Op dié wyse kan elke student self 'n bydrae lewer tot die uitbreiding van sy eie idioomskat.

10.3 Wat is 'n idioom?

Voordat ons op die verskillende taalkundige aspekte van idiome ingaan, is dit nodig om te weet wat die term **idioom** presies beteken. Die WAT gee die volgende verklaring:

1. Vaste uitdrukking, frase, gesegde van 'n taal, wat eienaardig is òf ten opsigte van grammatikale bou òf in sy betekenis wat gewoonlik nie logies afgelei kan word van sy samestellende dele nie; eie manier van segging: *Die segswyse wat eie is aan 'n*

bepaalde taal, dikwels in die vorm van 'n stukkie beeldspraak of vergelyking, word 'n idioom genoem (L. Hiemstra).

2. Geheel van uitdrukkinge, segswyses, sinswendinge wat eie is aan 'n bepaalde volk of volksgroep, streek, gemeenskap, leeftyd of klas in onderskeiding van dié van ander volke of volksgroepe; taaleie; dialek, streektaal, idiomatiek.

Opmerking: In hierdie afdeling moet die term *idioom* geïnterpreteer word in die sin van die eerste betekenis.

10.4 Kenmerke van woorde en sinne

As 'n aanloop tot die bespreking van idiomatiese uitdrukkings, gaan ons eers net baie kortliks aandag skenk aan enkele *morfologiese kenmerke van woorde* en aan enkele *sintaktiese en semantiese kenmerke van sinne* in die algemeen.

10.4.1 Betekenis van die terme morfologie, sintaksis en semantiek

Voordat ons daaraan aandag skenk, is dit nodig om net weer kennis te neem van wat bedoel word met die term **morfologie** (vormleer). Die morfologie is 'n studie van die bouprosesse van woorde in 'n taal, met ander woorde dit bestudeer die woordvorming in 'n taal. Die morfologie bestudeer die elemente waardeur en waarmee woorde gevorm word.

Die morfologie hou verband met die vraag of 'n woord byvoorbeeld 'n meervoudsvorm *(boom – bome)* of 'n verkleiningsvorm *(boom – boompie)* kan hê, of die woord byvoorbeeld trappe van vergelyking *(mooi – mooier – die mooiste)* kan hê: dus, of die vorm van die woord op die een of ander manier gewysig kan word deur die byvoeging van die een of ander element.

Tweedens is dit nodig om te weet wat bedoel word met die term **sintaksis** (sinsleer). Die sintaksis is die studie van die sinvolle of betekenisvolle saamgebruik van woorde in sinne. Die taalkundige wat hom besig hou met die sintaksis bestudeer die woordvolgorde van sinne, d.w.s. grammatikale sinne – dus die sintaktikus bestudeer die struktuur van die grammatikale sin.

Derdens is dit ook nodig om te weet wat bedoel word met die term **semantiek** (betekenisleer). Die semantiek bestudeer alles wat met die betekenis van woorde en sinne iets te doen het. Die semantiek is die betekenisleer.

10.4.2 Enkele morfologiese kenmerke van woorde

1. Ons het reeds gesien dat sommige **selfstandige naamwoorde,** veral soortname, morfologiese veranderinge kan ondergaan. Die selfstandige naamwoord *boom* se meervoudsvorm is *bome* en die verkleiningsvorm is *boompie*. Die meervoudsvorm, het ons reeds gesê, word gebruik wanneer meer as een ding waarna die selfstandige naamwoord verwys, ter sprake is en die verkleiningsvorm word gebruik wanneer 'n mens wil praat van 'n vermindering (verkleining) van die gewone of normale omvang van die ding wat deur die selfstandige naamwoord benoem word.
2. Die **werkwoord** kan ook 'n morfologiese verandering ondergaan. Wanneer die verlede tyd uitgedruk word, word **ge-** meestal by die werkwoordstam gevoeg. Ons het reeds daarop gewys dat die verlede deelwoord in sommige omstandighede nie 'n **ge-** bykry nie.

3. Ook **byvoeglike naamwoorde** en **bywoorde** kan morfologiese veranderinge ondergaan, nl. by die vorming van trappe van vergelyking, bv. *mooi – mooier – die mooiste*. Trappe van vergelyking word gebruik om graadverskille uit te druk.

10.4.3 Enkele sintaktiese kenmerke van sinne

Die opvallendste sintaktiese kenmerke van woorde in sinne is dat:

1. Die woorde in 'n sin **uiteenplaasbaar** is, of anders gestel: daar kan ander woorde ingevoeg word in die sin, bv. *Die meisie sing*. Die woorde *die* en *meisie* is uiteenplaasbaar, want 'n woord, bv. *mooi* kan tussen *die* en *meisie* ingevoeg word. Dus:

   Die mooi meisie sing.

2. Sommige woorde in 'n sin **vervangbaar** is deur ander woorde, bv. *Die meisie sing* sou verander kon word tot *Die student sing*. Alhoewel hierdie twee sinne nie dieselfde beteken nie, is hulle albei grammatikale Afrikaanse sinne.
3. Sommige woorde in 'n sin **weglaatbaar** is. *Die mooi meisie sing swak* sou gestroop kon word tot *Die meisie sing*. Die resultaat is dan nog steeds 'n grammatikale Afrikaanse sin.

10.4.4 'n Enkele semantiese kenmerk van sinne

Die betekenis van 'n sin is nie sonder meer gelyk aan die somtotaal van die betekenis van die woorde waaruit die sin opgebou is nie, maar 'n mens kan ook nie die betekenis van 'n sin begryp as jy nie die betekenis van die woorde ken nie.

'n Hoorder/leser sal die sin: *Die karoobrak kom nie oral voor nie* nie korrek kan interpreteer as hy nie weet dat *karoobrak* 'n brakbossie is wat inheems is in die Karoo of in Karooagtige streke nie.

10.5 Kenmerke van idiome

Ons kan nou die morfologiese kenmerke van die woorde waaruit idiome opgebou is, asook die sintaktiese en semantiese kenmerke van idiome vergelyk met die kenmerke wat ons so pas uitgelig het.

10.5.1 Morfologiese kenmerke van enkele van die woorde wat voorkom in idiomatiese uitdrukkings

1. Die vraag ontstaan: *Kan die selfstandige naamwoorde wat in idiomatiese uitdrukkings voorkom morfologiese veranderings ondergaan?* Die idiomatiese uitdrukking:

   Sy hempie is (baie) kort beteken "hy word gou kwaad".

Indien die selfstandige naamwoord hier in die meervoud gebruik word, nl.

   Sy hempies is (baie) kort,

wil dit voorkom of de-idiomatisering plaasvind, m.a.w. dan het ons nie langer met 'n idioom te make nie, maar met 'n gewone beweringsin. Selfs al ken die hoorder/leser die idioom *Sy hempie is baie kort* met sy idiomatiese waarde, is dit te betwyfel of hy die uitdrukking *Sy hempies is baie kort* as idioom sal herken. Die moontlikheid dat hy dit as 'n normale beweringsin sal interpreteer, lyk vir ons redelik groot. Miskien sal die situasie waarin die uitdrukking gebruik word die hoorder/leser waarsku dat hy met idiomatiese taalgebruik te make het. Indien nie, sal die hoorder/leser die uitdrukking nie as 'n idioom interpreteer nie.

Hierop geoordeel, lyk dit nie of 'n enkelvoudsvorm in 'n meervoudsvorm verander kan word met behoud van die idiomatiese waarde nie; maar kan 'n meervoudsvorm in 'n idiomatiese uitdrukking verander word na 'n enkelvoudsvorm met behoud van die idiomatiese waarde?

Die idiomatiese uitdrukking:

Sy het lang vingers beteken "Sy is geneig om te steel",

maar as die selfstandige naamwoord sonder meervoudsuitgang voorkom, dan is die resultaat, nl. *Sy het 'n lang vinger*, nie meer 'n idioom nie.

Op hierdie voorbeelde geoordeel, lyk dit nie of die selfstandige naamwoord in idiome morfologiese veranderings kan ondergaan met behoud van die idiomatiese waarde nie. Dit kan egter nie as absoluut gestel word dat die selfstandige naamwoord in idiome nooit morfologiese veranderings kan ondergaan nie. Die selfstandige naamwoord in die idiomatiese uitdrukking:

Sy het 'n laaistok ingesluk sou meervoudsmorfologie kon bykry met 'n mate van

behoud van die idiomatiese waarde. (Vgl. *Sy het laaistokke ingesluk*). So sou die verkleiningsmorfologie by albei selfstandige naamwoorde in die uitdrukking:

Dit is nie om die hondjie nie, maar om die halsbandjie

weggelaat kon word met behoud van die idiomatiese waarde. *Dit is nie om die hond nie, maar om die halsband* beteken nog steeds "Dit gaan nie om die boetie nie, maar om die sussie".

Die selfstandige naamwoord in laasgenoemde twee idiome kan morfologiese veranderings ondergaan met behoud van die idiomatiese waarde, waarskynlik omdat daar geen moontlikheid bestaan dat die uitdrukkings ooit as normale beweringsinne geïnterpreteer sal word nie.

Waar die moontlikheid bestaan dat 'n idiomatiese uitdrukking byvoorbeeld as beweringsin geïnterpreteer kan word, bv.

Sy hempie is baie kort of *Sy het lang vingers*,

kan byvoeging of weglating van morfologie by die selfstandige naamwoord die moontlikheid vergroot dat die uitdrukking nie as idioom herken word nie.

Die byvoeging of weglating van morfologie by die selfstandige naamwoord(e) **kan** *dus de-idiomatisering veroorsaak*, maar dit hoef nie altyd de-idiomatisering te veroorsaak nie.

2. *Kan die werkwoord(e) in idiomatiese uitdrukkings morfologiese veranderings ondergaan?* Die idiomatiese uitdrukking:

Hy slaan altyd op dieselfde aambeeld beteken "Hy praat altyd oor dieselfde onderwerp, kom gedurig op dieselfde onderwerp terug".

Indien die uitdrukking in die verlede tyd gebruik word, nl. *Hy het altyd op dieselfde aambeeld geslaan* dan is dit nog ewe goed as idioom interpreteerbaar, m.a.w. die morfologiese verandering wat die werkwoord hier ondergaan, veroorsaak nie de-idiomatisering nie. Die idiomatiese uitdrukking:

Hy maak nie hond haar-af nie beteken "Hy rig niks uit nie; hy vorder nie met 'n werk of saak waarmee hy besig is nie; hy slaag nie daarin om 'n bepaalde handeling te verrig nie weens onbekwaamheid".

Hierdie idioom kan ook in die verlede tyd gebruik word, nl. *Hy het nie hond haar-af gemaak nie*, met behoud van die idiomatiese waarde. Dit lyk dus of die byvoeging van morfologie by die werkwoord(e) van idiomatiese uitdrukkings nie de-idiomatisering veroorsaak nie.
Ten opsigte van morfologie by die werkwoord vertoon idiomatiese uitdrukkings dus geen eienaardighede as dit vergelyk word met gewone taalgebruik nie.

3. Ons het reeds gesê die idiomatiese uitdrukking:

Sy het lang vingers beteken "Sy is geneig om te steel".

Indien die byvoeglike naamwoord, nl. **lang** in die oortreffende trap gebruik word, nl. *Sy het die langste vingers*, twyfel ek of die uitdrukking ooit as idiomatiese uitdrukking herken sal word, tensy uit die gespreksituasie baie duidelik blyk dat 'n mens hier wel met 'n idioom te make het, maar wat die idioom dan presies beteken, is ook nog nie duidelik nie.
Die idiomatiese uitdrukking:

Op droë grond visvang

word gebruik wanneer dit gekonstateer wil word dat iemand verniet inligting by 'n bepaalde persoon soek. Wanneer die woord *droë* trappe van vergelyking bykry, nl. *Op droër grond visvang*, word die moontlikheid vergroot dat dit nou nie meer as idiomatiese uitdrukking herken sal word nie.

Aangesien die idiomatiese waarde van idiome in 'n hoë mate "vas" is, is dit moeilik om vas te stel hoe hierdie uitdrukking, indien dit dan wel as idiomatiese uitdrukking herken word, geïnterpreteer sal word. Die vraag ontstaan: Dui die vormverandering hier ook graadverskille aan soos wat dit graadverskille in gewone taalgebruik aandui?

Dit lyk tog of vormveranderings aan die byvoeglike naamwoord de-idiomatisering kan veroorsaak. Dit vergroot in elke geval die moontlikheid dat 'n uitdrukking wat deur 'n spreker/skrywer as idioom bedoel word, deur die hoorder/leser as 'n gewone sin geïnterpreteer kan word.

Samevattend kan dus gesê word dat die *werkwoord in idiomatiese uitdrukkings wel van vorm kan verander, maar dat 'n vormverandering aan die selfstandige naamwoord of byvoeglike naamwoord meestal de-idiomatisering kan veroorsaak.*

10.5.2 Sintaktiese kenmerke van idiomatiese uitdrukkings

1. Ons het reeds gesê dat *woorde in sinne uiteenplaasbaar* is. *Wat is die posisie by idiomatiese uitdrukkings?*

Die idiomatiese uitdrukking:

Hy het sy been gebreek beteken "Hy is verlief",

maar sal die uitdrukking: *Hy het sy* **linkerbeen** *gebreek* ooit as 'n idioom met hierdie idiomatiese waarde geïnterpreteer word?

Sy hempie is kort beteken "Hy raak gou kwaad",

maar wat van *Sy* **blou** *hempie is kort?* Dit sal nooit as idioom geïnterpreteer word nie.

Die **invoeging van woorde** in 'n idioom kan dus veroorsaak dat die idioom nie meer as idioom herken en geïnterpreteer word nie, maar dit is ook nie altyd die geval nie.

Soms veroorsaak die uiteenplasing van die woorde van 'n idiomatiese uitdrukking nie de-idiomatisering nie. Vergelyk bv.:

Die botter sal braai beteken "Jy sal boet vir jou kullery".

Dit kan uitgebrei word tot:

Die botter sal **eendag** *braai* sonder dat die idioom sy idiomatiese waarde verloor.

2. *Is die woorde van idiomatiese uitdrukkings vervangbaar deur ander woorde met behoud van idiomatiese waarde?*

Die idioom: *Sy het lang vingers,* beteken "Sy is geneig om te steel",
maar die uitdrukkings: *Sy het kort vingers* of *Sy het lang arms,* is nie variante van die idioom nie en dié uitdrukkings het nooit hierdie genoemde idiomatiese waarde nie. So kan die woord **mou** in die idiomatiese uitdrukking:

Die aap is uit die **mou**

byvoorbeeld nie vervang word deur **hok** nie, want dan verloor die idioom sy idiomatiese waarde.

Die **vervanging van die woorde** van idiomatiese uitdrukkings kan dus veroorsaak dat 'n idioom sy idiomatiese waarde verloor, maar dit is ook nie altyd die geval nie.

Die woord **kantiene** in die idiomatiese uitdrukking:

Leë kantiene maak die grootste lawaai
kan deur die woord **blikke** vervang word, nl.

Leë blikke maak die grootste lawaai,

met behoud van die idiomatiese waarde "grootpraters, lawaaimakers voer dikwels die minste uit".

Indien sekere woorde in 'n idioom vervang kan word deur 'n ander woord(e) en die idioom behou sy idiomatiese waarde, dan het 'n mens met twee variante uitdrukkings te doen met dieselfde idiomatiese waarde.

3. *Is sommige woorde van 'n idiomatiese uitdrukking weglaatbaar sonder dat die idioom sy idiomatiese waarde verloor?*

Sy het vingers of *Besems vee skoon* sal heel waarskynlik nooit as variante van die idiomatiese uitdrukkings:

Sy het lang vingers en *Nuwe besems vee skoon*

herken word nie.

'n Mens moet maar versigtig wees met die weglating van komponente van idiomatiese uitdrukkings, want 'n uitdrukking wat die spreker as idiomatiese uitdrukking bedoel, kan as gevolg van weglating van komponente sy idiomatiese waarde verloor en gevolglik anders geïnterpreteer word as wat die spreker/skrywer dit bedoel.

Hiermee het ons slegs enkele eienaardighede wat idiome vertoon t.o.v. grammatikale bou nagegaan. Ons het gesien dat idiomatiese uitdrukkings tog in 'n hoë mate "vas" is ten opsigte van grammatikale bou. Uiteenplasing, vervanging of weglating van die woorde van idiomatiese uitdrukkings kan de-idiomatisering veroorsaak; daarom moet die taalgebruiker noukeurig aandag skenk aan die woordinhoud van die idiomatiese uitdrukkings wat hy gebruik, anders kan dit baie maklik lei tot misverstand tussen spreker/skrywer en hoorder/leser.

10.5.3 Semantiese kenmerke van idiomatiese uitdrukkings

Ons het reeds gesê dat die betekenis van elke woord waaruit 'n sin opgebou is 'n bydrae lewer tot die betekenis van die sin, met die waarskuwing natuurlik daarby dat die betekenis van die sin nie maar sonder meer gelyk is aan die somtotaal van die betekenis van die woorde waaruit die sin opgebou is nie. Daar is ook ander faktore wat 'n rol speel by die interpretasie van die sin, bv. **woordvolgorde.** Vergelyk byvoorbeeld: *Hy loop* met *Loop hy*. Die woordinhoud van die twee sinne is dieselfde, maar die betekenis verskil.

In die idiomatiese uitdrukking:

Iemand se hand in die as slaan wat beteken "iemand uitsit by 'n meisie"

kan **hand, as** en **slaan** as die kernwoorde van die idioom beskou word. Die woord **hand** het in Afrikaans ten minste twee betekenisaspekte, **as** het in Afrikaans vier betekenisaspekte en **slaan** het in Afrikaans ten minste vyftig betekenisaspekte. Dit is egter opvallend dat 'n mens nie een van **hand** se betekenisaspekte kan kombineer met een van **as** en een van **slaan** se betekenisaspekte om die idiomatiese waarde "iemand uitsit by 'n meisie" te kry nie. Die betekenis van die woorde waaruit 'n idioom bestaan, help die hoorder niks om by die betekenis van die idioom uit te kom nie.

Die vraag wat hieruit ontstaan, is of elke afsonderlike komponent in 'n idiomatiese uitdrukking wel betekenis het? Die idioom in sy geheel het idiomatiese waarde; maar kan daar nou aangetoon word watter gedeelte van die totale idiomatiese waarde deur watter woord gedra word? Beteken **in die as slaan** "uitsit" en **se hand** "by 'n meisie", of hoe moet die idiomatiese waarde van die idioom *Iemand se hand in die as slaan* "uitgedeel" word aan die komponente?

Dit lyk vir ons na 'n verkeerde voorstelling om te meen dat elke woord van 'n idiomatiese uitdrukking 'n spesifieke, aantoonbare gedeelte van die totale idiomatiese waarde van 'n idioom dra. Die woorde van 'n idiomatiese uitdrukking dra gesamentlik die idiomatiese waarde van die idioom. Vandaar dan ook dat uiteenplasing, vervanging en weglating van ('n) woord(e) de-idiomatisering kan veroorsaak. Die woorde van 'n idioom het kombinatoriese semantiese waarde, d.w.s. die woorde het 'n bepaalde idiomatiese waarde slegs in kombinasie met die betrokke ander woorde. As die kombinasie verbreek word, verbreek jy dus die idioom. Beteken dit dan nou dat, alhoewel die afsonderlike woorde in 'n idiomatiese uitdrukking nie 'n duidelik omskryfbare betekenis het nie, dit tog betekenis het wat slegs 'n aspek is van die betekenis van 'n langer eenheid naamlik van 'n idiomatiese uitdrukking?

Die vraag wat dan ontstaan, is of die eenhede wat in idiome gebruik word, wel woorde is, want De Groot, 'n Nederlandse taalkundige, het in een van sy boeke daarop gewys dat 'n woord 'n eie betekenis het wat nie 'n aspek is van die betekenis van 'n langer eenheid nie.

Hy sê ook dat die betekenis van 'n woord altyd dieselfde is en dat hierdie betekenis nie afhanklik is van die kombinasie met ander woorde in 'n sin nie en ook nie van die situasie waarin hierdie sin gebruik word nie. Die betekenis van die eenhede waaruit 'n idioom opgebou is, is in elk geval nie dieselfde as wat dit is wanneer hierdie eenhede as woorde optree nie. Die betekenis wat die eenhede het, het hulle net in kombinasie met ander komponente wat dan gesamentlik die idiomatiese waarde van die idioom dra.

De Groot wys ook verder daarop dat 'n woord alleenstaande as die woordinhoud van 'n sin gebruik kan word. Die eenhede waaruit idiome opgebou is, kan nie alleen, d.w.s. sonder sinvolle konteks, as sinne gebruik word met behoud van die idiomatiese waarde nie, want hierdie eenhede het nie 'n identifiseerbare betekenis nie.

Reichling, 'n ander Nederlandse taalkundige, het ook by geleentheid daarop gewys dat die betekenis van 'n woord dit is wat in 'n woord gedink kan word. In die afsonderlike eenhede van 'n idiomatiese uitdrukking word, onses insiens, niks gedink nie, dis net die idiomatiese uitdrukking as geheel wat idiomatiese waarde het.

Uit De Groot se beskouing van wat 'n woord is en uit Reichling se beskouing van wat woordbetekenis is, lyk dit nie vir ons of al die eenhede wat in idiomatiese uitdrukkings voorkom, woorde is nie.

10.6 Ten slotte

Uit die voorafgaande bespreking het die geblyk dat vormveranderings aan die komponente van idiomatiese uitdrukkings dikwels nie moontlik is nie; die vorm van die komponente is dus in 'n hoë mate "vas". Die komponente kan ook nie altyd uiteengeplaas, vervang of weggelaat word nie. Die komponent-inhoud van idiomatiese uitdrukkings is dus ook dikwels "vas". Verder moet ons ook onthou dat 'n bepaalde idiomatiese uitdrukking 'n "vaste" idiomatiese waarde het.

Hierdie kenmerke van idiomatiese uitdrukkings plaas drie verantwoordelikhede op elke idioomgebruiker:

1. Sorg dat u die **vorm** van elke komponent van die idiomatiese uitdrukking noukeurig weergee.
2. Sorg dat u die **woordinhoud** noukeurig weergee – moenie woorde weglaat of byvoeg nie.
3. Sorg dat u die **presiese betekenis van die idioom** ken voordat u die idioom gebruik.

10.7 Opdragte

1. *Lees die aantekeninge oor* Idiomatiese Taalgebruik *noukeurig.*

2. *Luister baie noukeurig na die taal van jou huisgenote en teken dan die volgende besonderhede aan:*
   (*a*) Alle idiomatiese uitdrukkings wat hulle gereeld gebruik. (Onderstreep die idiomatiese uitdrukking en maak absoluut seker dat dit baie akkuraat aangeteken word.)
   (*b*) Die presiese betekenis van elke idiomatiese uitdrukking. (Plaas die betekenis in aanhalingstekens.)
   (*c*) 'n Sin om aan te toon hoe jou huisgenote hierdie uitdrukkings gebruik. (Die betekenis van die uitdrukkings moet duidelik blyk uit hierdie voorbeeldsinne.)
   Aan die einde van die opdrag moet jy sê waar jou ouers hul kinderdae deurgebring het.

3. *Versamel idiomatiese uitdrukkings wat slegs deur 'n bepaalde groep mense gebruik word;* dus nie uit handboeke, woordeboeke of idioomlyste nie, maar uit die taal van 'n bepaalde volksgroep, streek, gemeenskap, leeftydsgroep, studentegroep, arbeidsgroep, professionele groep, sosiale groep, ens. waarin jy belang stel.

   Die volgende gegewens moet aangeteken word:
   (*a*) Die idiomatiese uitdrukking. (Onderstreep die uitdrukking en maak absoluut seker dat jy dit baie akkuraat aangeteken het.)
   (*b*) Die presiese betekenis van hierdie idiomatiese uitdrukking. (Plaas die betekenis in aanhalngsitekens.) Kontroleer hierdie betekenisse by verskeie gebruikers van die betrokke uitdrukkings.
   (*c*) 'n Sin om aan te toon hoe die mense van die betrokke groep hierdie uitdrukking gebruik. (Die betekenis van die uitdrukking moet duidelik hieruit blyk.)
   (*d*) Die groep wat hierdie uitdrukking gebruik.
   (*e*) Die plek waar en die datum waarop hierdie uitdrukking aangeteken is.

   Voorbeeld

   (*a*) Maak toe jou mond, anders word jou melktande suur.
   (*b*) "Moenie so baie praat nie".
   (*c*) Ou Koos, ek het lekker geluister na jou stories, maar maak nou toe jou mond, anders word jou melktande suur.
   (*d*) Boere op die Kaapse Vlakte.
   (*e*) Filippi; 20 Junie 1978.

   Aan die einde van al die gegewens wat aangeteken is, lewer kortliks **kommentaar** *op die volgende:*
   (*a*) Die manier waarop te werk gegaan is om materiaal te versamel.
   (*b*) Probleme wat ondervind is om die idiome akkuraat aan te teken.
   (*c*) Probleme wat ondervind is om uit te vind wat presies die idiome beteken.
   (*d*) die waarde, indien enige, van hierdie opdrag.
   (*e*) Voorstelle, indien enige, vir soortgelyke opdragte.
   (Die antwoorde op (*d*) en (*e*) is nie verpligtend nie.)

4. *Versamel idiomatiese uitdrukkings uit die* **skryftaal** *en volg met die nodige aanpassings, die voorskrifte van opdrag 3 (a) – (c). Noem hierna ook die bron waaruit die uitdrukking aangeteken is. Sê of die skrywer 'n formele of 'n minder formele/informele styl handhaaf.*

10.8 Aanvullende bronne

Barnes, A. S. V.: *Afrikaanse spreekwoorde, gesegdes en ander uitdrukkings*. Nasou, Kaapstad, 1976.

De Groot, A. W.: *Inleiding tot de algemene taalwetenschap*. J. B. Wolters, Groningen, 1964.

Malherbe, D. F.: *Afrikaanse spreekwoorde en verwante vorme*. Nasionale Pers, Bloemfontein, 1924.

Reichling, A. J. B. N.: *Het woord*. J. J. Berkhout, Nijmegen, 1935.

Van Schalkwyk, D. J.: "Enkele gedagtes i.v.m. idiomatiese uitdrukkings" in *Klasgids*, Februarie 1973, pp. 16-24.

Taalsuiwerheid

11.1 Doelstelling

Ons doelstellings met hierdie hoofstuk is hoofsaaklik:

1. Om dit onder die leser se aandag te bring dat suiwer taalgebruik belangrik is in formele taalsituasies;
2. Om die leser 'n breë oorsig te gee oor enkele problematiese aspekte verbonde aan taalsuiwerheid in die algemeen;
3. Om die leser tot versigtigheid te maan om nie sommer los en vas uitsprake te maak in verband met anglisismes nie;
4. Om die leser gevoeliger te maak vir taalsuiwerheid in die algemeen d.w.s. ten opsigte van sy eie taalgebruik asook ten opsigte van die taalgebruik van andere;
5. Om aan die leser die geleentheid te bied om vir homself 'n meer verantwoorde standpunt te ontwikkel in verband met taalsuiwerheid.

11.2 Inleiding

Die vraag sou gestel kon word: Hoekom moet ons aandag skenk aan die kwessie van **taalsuiwerheid?** Daar is hoofsaaklik drie redes hiervoor, nl.

1. omdat daar verskillende standpunte is in verband met taalsuiwerheid, en
2. omdat sommige van hierdie standpunte mekaar weerspreek, maar die belangrikste rede vir ons doel is
3. omdat suiwer taal 'n positiewe bydrae kan lewer tot doeltreffender taalgebruik.

Taalsuiwerheid is nie in alle situasies van ewe groot belang nie, maar as 'n spreker/skrywer in 'n formele taalsituasie doeltreffend wil kommunikeer, is dit noodsaaklik dat hy sy taal suiwer moet kan gebruik. Omdat 'n mens se standpunt in verband met taalsuiwerheid in 'n mindere of meerdere mate deur sy taalgebruik weerspieël word, is dit belangrik dat elkeen van ons 'n verantwoordbare standpunt in verband met taalsuiwerheid moet hê.

11.3 Wat is taalsuiwerheid?

Taalsuiwerheid is die toestand dat 'n taal gesuiwer is van alle **-ismes.** Dit spreek vanself dat so 'n ideale toestand nl. dat 'n taal van alle **-ismes** gesuiwer is, nie bereikbaar is nie. Die term taalsuiwerheid dui dus eintlik op die strewe om 'n taal so suiwer as moontlik te hou.

1. *Wat is 'n* **-isme?**

Van Afrikaans se kant beskou, is 'n **-isme** 'n ontlening aan 'n ander taal *wat* **bots** *met* die Afrikaans taaleie.

2. *Wat word bedoel met die woord* **bots?**

Die woord **bots** beteken hier dat die ontlening 'n bestaande stuk Afrikaans verdring en dat die "toonaangewende, beskaafde" sprekers hierdie **ontlening** nie aanvaar nie.

3. *Wat is 'n* **ontlening?**
'n Ontlening is enige taalverskynsel wat deur een taal, die teikentaal, aan 'n ander taal, die brontaal, ontleen is.

4. *Wat is 'n* **leenwoord?**
'n **Leenwoord** is 'n ontlening aan 'n brontaal wat nie bots met 'n taalelement in die teikentaal nie. 'n Leenwoord vul 'n leemte in die teikentaal en is dus 'n aanwins. Die woordeskat van 'n taal kan dan ook, naas die prosesse van woordvorming, uitgebrei word deur ontlening.

11.4 Soorte -ismes

Daar is verskillende soorte **-ismes,** maar wanneer 'n mens praat oor taalsuiwerheid in Afrikaans is veral Gallisismes, Germanismes, Neerlandismes en Anglisismes van belang. 'n **Gallisisme** is 'n ontlening aan Frans, 'n **Germanisme** is 'n ontlening aan Duits, 'n **Neerlandisme** is 'n ontlening aan Nederlands en 'n **Anglisisme** is 'n ontlening aan Engels, wat bots met die Afrikaanse taaleie.

Alhoewel ongeveer 99 persent van die Afrikaanse woordeskat Nederlands is, kom daar tog wel *Neerlandismes* in Afrikaans voor. Wanneer iemand bv. sou sê:

Ek het 'n kind in Dorpstraat aangery, i.p.v.
Ek het 'n kind in Dorpstraat raakgery,

dan kan die gebruik van *aangery* met die betekenis "raakgery" as 'n Neerlandisme beskou word. Hier word 'n suiwer Afrikaanse woord, nl. *raakgery* vervang deur 'n Nederlandse woord, nl. *aangery* (Ndl. *aanrijden). Aangery* met hierdie betekenis is nie Afrikaans nie, maar wel Nederlands en kan hier beskou word as 'n Neerlandisme. *Aangery* in die sin:

Hier kom hy met sy fiets aangery

is natuurlik nie 'n Neerlandisme nie.
In Afrikaans kom ook *Germanismes* voor, bv. die woord *überhaupt* in 'n sin soos:

Hulle sang het my überhaupt nie bevredig nie.

Suiwer Afrikaans sou wees:

Hulle sang het my hoegenaamd (oor die algemeen) nie bevredig nie.

In Afrikaans kom ook *Gallisismes* voor, bv. *abattoir* vir *slagpale; reservoir* vir 'n *opgaardam,* ens.

11.5 Wedersydse beïnvloeding van tale en enkele redes daarvoor

Alhoewel daar, soos ons nou gesien het, sekere ander soorte **-ismes** as Anglisismes in Afrikaans voorkom, het Afrikaans hom nog nooit moeg gemaak om hierdie soort **-ismes** uit Afrikaans te weer nie, maar deur die afgelope dekades heen is daar groot jag gemaak om Anglisismes uit Afrikaans te weer. Die rede daarvoor is natuurlik voor-die-hand-liggend. In Suid-Afrika is Afrikaans en Engels die twee amptelike tale. Alhoewel daar groot verskille tussen die twee tale is, is hulle tog ook nou verwant, want Afrikaans sowel as Engels is Germaanse tale. Afrikaans is 'n baie jonger taal as Engels. Engels is 'n wêreldtaal en in so 'n situasie moes Afrikaans eenvoudig walgooi teen Anglisismes, anders kon hy baie maklik sy karakter verloor, maar ons het tog die indruk dat sommige taalkundiges en onderwysers in die verlede aan 'n oordrewe Anglisismevrees gely het.

Dit is 'n heel natuurlike verskynsel dat twee tale wat voortdurend met mekaar in aanraking is, mekaar wedersyds sal beïnvloed. Die Afrikaanse woordeskat bevat sekere woorde soos bv. *karos*, *kambro*, *abba*, ens. wat daarop dui dat Afrikaans en Hottentots met mekaar in kontak was. Woorde soos *mamba*, *hokaai*, ens. wys weer op beïnvloeding van Afrikaans deur Bantoetale.

Verder moet ons daarop wys dat dit nie net Afrikaans is wat deur Engels beïnvloed word nie, maar Engels word hier in Suid-Afrika ook deur Afrikaans beïnvloed. Woorde soos *veld*, *trekoxen*, *boegoe*, *naartjie*, *apartheid*, en die laaste tyd ook woorde soos *verlig* en *verkramp* het Suid-Afrikaanse Engels aan Afrikaans ontleen. Hierdie is maar 'n paar voorbeelde, maar hierdie beïnvloeding het al in so 'n hoë mate plaasgevind dat daar 'n woordeboek saamgestel is deur J. Branford met die titel *The Dictionary of South African English.*

Geen kultuurtaal ter wêreld is volkome vry van **-ismes** nie, maar die hoeveelheid **-ismes** wat in tale voorkom, kan natuurlik wissel van taal tot taal.

Ontlenings word gewoonlik uit 'n bepaalde taal geweer as die betrokke taal hom om die een of ander rede bedreig voel deur die ander taal. Deur die eeue heen het Nederlands baie woorde aan Duits ontleen, maar veral sedert die Tweede Wêreldoorlog verkies die Nederlands om liewer woorde aan Engels te ontleen as aan Duits. Omdat Nederland en Duitsland aan mekaar grens en omdat Nederlands en Duits naverwante tale is, gooi die Nederlanders baie sterk wal teen Germanismes, maar aangesien Frankryk nie aan Nederland grens nie en aangesien Frans en Nederlands nie naverwante tale is nie, het die Nederlanders nog nooit omgegee om woorde aan Frans te ontleen nie. In België weer, waar Vlaams en Frans die twee amptelike tale is, gooi die Vlaminge wal teen ontlening aan Frans.

Dit is so dat die ontlening van woorde van een taal aan 'n ander nou saamhang met politieke omstandighede.

Afrikaans en Duits het in Suidwes baie kontak met mekaar, daarom hoor 'n mens die Afrikaanssprekende praat van *so by so* en van *Dit speel tog geen rol nie*, ens. en dit is nie ongewoon om 'n sin soos die volgende by Duitssprekendes te hoor nie:

Jong, diese outjies hatte gestern wieder wüst partie gemacht.

Die woord *lekker* (uitgespreek *lekka)* word ook baie dikwels in Duitse gesprekke gehoor.

Omdat Engels wat vandag 'n wêreldtaal is nog nooit juis enige oorheersing deur 'n ander taal gevrees het nie, het Engels nog nooit geskroom om woorde van ander tale oor te neem nie. Die gevolg daarvan is dat Engels wat 'n Germaanse taal is, wat sy woordeskat aanbetref, volgens skatting, ongeveer 60 persent Romaans is. Engels het geweldig baie woorde via Frans aan Latyn ontleen, maar ook aan ander tale. As Engels ten spyte van hierdie grootskaalse ontlening 'n wêreldtaal kon word, dan lyk dit nie vir ons of ontlening noodwendig 'n diskwalifikasie hoef te wees nie. 'n Taal sal volkome geïsoleerd moet wees van ander tale om vry te bly van die invloed daarvan. Die aanwesigheid van leenwoorde en **-ismes** in tale is 'n wêreldverskynsel – dit is nie net beperk tot Afrikaans nie.

11.6 Verskillende standpunte in verband met taalsuiwerheid

Ten opsigte van taalsuiwerheid is daar ten minste drie standpunte. Die eerste twee standpunte weerspreek mekaar in 'n hoë mate.

11.6.1 Die eerste standpunt – taal hoef *slegs informasie* oor te dra

Mense gaan van die standpunt uit dat taal 'n *kommunikasiemiddel* is, m.a.w. 'n spreker gebruik taal om informasie, 'n boodskap oor te dra aan die hoorder en solank die spreker daarin slaag om kommunikasie tussen hom en die hoorder te bewerkstellig, slaag hy in sy doel. *En dan maak dit nie veel saak of 'n mens suiwer taal gebruik of nie.*

Alhoewel hierdie standpunt nie end-uit goed te praat is nie, kan dit ook nie sonder meer verwerp word nie. As ek die volgende suiwer Afrikaanse opdrag aan my swart tuinmerker gee wat uit die Oos-Kaap afkomstig is, en wat meer vertroud is met Engels as met Afrikaans, sal hy waarskynlik nie mooi begryp wat ek bedoel nie – kommunikasie sal waarskynlik misluk. Vgl. bv.

> *John, hier is twintig sent, maak nou gou, maar jy moet om vier-uur terug wees, want die grasperk moet nog gesny word.*

Maar as ek vir hom die volgende opdrag gegee het, sou hy heel waarskynlik verstaan het:

> *John, hier's twenty cents, hamba nou, maar jy moet four o'clock terug wees, want die lawn hy moet gemow word* (Fotorapport, 31.8.1975).

As u vir die werktuigkundige vra om u motor se *krukas*, *nokas* en *knormoer* te versien, het u nie altyd 'n waarborg dat die korrekte werk gedoen sal word nie. As 'n persoon dalk lid van 'n eendstertbende is en hy volhard om suiwer Afrikaans te praat, sal hy baie gou 'n verstoteling binne die bende wees.

U sien dus dat dit tog uiters belangrik is *om jou taal aan te pas by die situasie*, anders kan jy misluk in jou poging om kommunikasie te bewerkstellig. Hierdie standpunt het dus tog wel voordele, maar dit het ook nadele.

Indien taalsuiwerheid heeltemal geïgnoreer word, kry 'n mens 'n soort mengeltaal – 'n mengsel van Afrikaans en Engels – wat nòg Afrikaans is, nòg Engels, soos wat 'n mens dit inderdaad aantref in sekere dele van Johannesburg en Kaapstad, maar ook elders. Diegene van u wat al die toneelstuk *Siener in die Suburbs* gesien of gelees het, sal weet waarom dit gaan.

'n Verdere nadeel verbonde aan onsuiwere taalgebruik en die aanwesigheid van **-ismes** in 'n taal, is gewoonlik dat die eie taalmateriaal nie na behore gebruik word nie, terwyl die **-isme** in die taal ingeburger word. As die Anglisisme *perdeskoen* vir die Engels *horseshoe* gebruik word, is dit ten koste van die suiwer Afrikaanse term *hoefyster*. As **-ismes** op 'n groot skaal gebruik word ten koste van suiwer Afrikaanse terme, dan word die Afrikaanse taal beslis verarm.

Afrikaanssprekendes gebruik dikwels **-ismes** in plaas daarvan dat hulle suiwer Afrikaanse terme skep. So word die taalskeppingsvermoë van die Afrikaanse spraakmakende gemeenskap verswak.

Die Afrikaanse taal is ryk aan sprankelende voorbeelde wat bewys lewer van die vindingrykheid van die Afrikaanse spraakmakende gemeenskap.

Maar wie is nou eintlik die Afrikaanse spraakmakende gemeenskap? Hulle is bv. studente, die plattelander, die visserman en die Kleurling. Maar die plattelander stroom nog steeds stad toe en studente se taalskeppingsvermoë word verswak deurdat hulle dikwels Engelse terme gebruik, in plaas daarvan dat hulle nuwe woorde skep.

Die gevolg van hierdie verswakking van die taalskeppingsvermoë van die Afrikaanse spraakmakende gemeenskap is dat daar nie meer teen dieselfde tempo sulke skilderagtige uitdrukkings in Afrikaans geskep word soos in die verlede nie. Daar word nog woorde en uitdrukkings geskep, maar, soos ons gesê het, nie meer teen dieselfde tempo nie.

11.6.2 Die tweede standpunt – taalsuiwerheid ten alle koste en in alle omstandighede

Die tweede standpunt i.v.m. taalsuiwerheid is dat *taalsuiwerheid ten alle koste* en *in alle omstandighede* nagestreef moet word. Volgens dié standpunt moet dit nie net van die moedertaalspreker nie, maar ook van elke ander persoon wat Afrikaans wil gebruik, verwag word om dit suiwer te gebruik.

Ons het reeds daarop gewys dat suiwer taalgebruik nie in alle kringe verstaanbaar en aanvaarbaar is nie, maar onsuiwer taalgebruik is ook nie in alle kringe aanvaarbaar nie. Die persoon wat gesteld is op suiwer taalgebruik verwerp gewoonlik nie net die onsuiwer taal wat die spreker besig nie, maar *hy minag* ook die spreker wat hom skuldig maak aan onsuiwer taalgebruik.

Verder is dit ook so dat, indien 'n bepaalde taal oormatig besoedel word deur allerlei **-ismes,** so 'n taal die respek van andertaal-sprekers wat ook die betrokke taal beheers, verloor. As 'n Hollander bv. op die hokkieveld sê:

Sla de bal met je stick naar de goal

dan kan die spreker afbreuk doen aan die boodskap wat hy wil oordra, maar hy kan ook afbreuk doen aan die taal wat hy praat en hy kan ook in 'n sekere sin afbreuk doen aan homself.

11.6.3 Die derde standpunt – taalgebruik aangepas by die hoorder/leser sowel as by die situasie

Die derde en aanvaarbaarste standpunt in verband met taalsuiwerheid is dat jy jou *taalgebruik* moet *aanpas by die hoorder/leser sowel as by die situasie.* Maar hierby moet 'n mens uiters versigtig wees om nie jou gespreksgenote te onderskat nie. As jy hulle oorskat deur byvoorbeeld te suiwer met hulle te praat en hulle as gevolg van die suiwer taal wat jy gebruik nie jou boodskap verstaan nie, kan hulle in die geval van gesproke taal nog steeds uitvra na wat jy eintlik bedoel, maar as jy hulle onderskat en jou van geradbraakte Afrikaans bedien om hulle tegemoet te kom terwyl hulle beter gewoond is, dan kan jou gespreksgenote hulle respek vir jou verloor, wat verdere kommunikasie kan benadeel.

Die feit is: 'n mens hoef nie te begaan te wees oor taalsuiwerheid in sekere informele gesprekke en in sekere geslote kringe nie, maar taalsuiwerheid is wel van besondere belang in formele situasies wanneer jy praat met, of skryf vir 'n groter gehoor.

11.7 Wat is 'n Anglisisme?

11.7.1 Definisie van Anglisisme

In die WAT, I, p. 202 word die term **Anglisisme** soos volg gedefinieer:

Anglisisme: Enige verskynsel in 'n taal, veral 'n woord of wending wat, hoewel dit na die uiterlik inheems lyk, so gevorm of gebesig word dat dit 'n Engelse model navolg, in stryd met die aard of idioom (taaleie) van die betrokke taal; barbarisme uit Engels afkomstig: *'n Anglisisme is nie verwerplik bloot omdat dit 'n Engelsheid is nie, maar omdat dit in die meeste gevalle iets inheems bedreig of verdring.* Vgl. ISME, LEENWOORD.

Opm. Die afwyking van die Afrikaanse taaleie lê in aspekte soos die volgende:

a. Die aanwending van 'n Afrikaanse woord m/d volle krag, wat betref betekenis of funksie, van 'n Engelse woord waarmee dit wesenlik slegs in enkele opsigte rakende klank of betekenis ooreenkoms vertoon, bv. Dit *affekteer* ons nie. (Eng. affect), i.p.v. dit gaan ons nie aan nie, raak ons nie; hy doen goeie *besigheid* (Eng. business), i.p.v. sake; hy het sy eie *besigheid*, i.p.v. winkel, saak; hulle *groei* allerlei blomme (Eng. grow), i.p.v. kweek.

b. Die [gedeeltelike] omskepping van 'n Engelse leenwoord in Afrikaanse klanke, bv. Ons moet die skape *doos* en *dip (diep)* (Eng. dose, dip); hy het 'n *jop* gekry (Eng. job); hulle het na die *reisies (resies, riesies)* gegaan (Eng. races).

c. Die oorneem uit Engels, deur letterlike vertaling, van samestellings en samekoppelings, bv. *Jakkalsproefdraad* (Eng. jackal-proof fencing), i.p.v. jakkalsdraad; *na-effekte* (Eng. after effects), i.p.v. gevolge, nadraai; *perdeskoen* (Eng. horse shoe), i.p.v. hoefyster; *wolgroeiersvereniging* (Eng. wool growers' association), i.p.v. wolboerevereniging; *'n halfhartige* poging aanwend (Eng. half hearted), i.p.v. floue, halwe; ek kon nie *uitmaak* wat hy sê nie (Eng. make out), i.p.v. verstaan, agterkom.

d. Die woordelike vertaling van Engelse sinsnedes of idiomatiese wendinge, bv. *Het jy geld aan (op) jou*, i.p.v. by jou; *hy sit baie aan*, i.p.v. hy stel hom baie aan; *'n dag afhê*, i.p.v. vry, vryaf hê; *bloed is dikker as water*, i.p.v. bloed kruip waar dit nie kan loop nie; *dis een te veel vir my*, i.p.v. dis my moses, dis bo my vuurmaakplek; *eerste van alles*, i.p.v. ten eerste, eerstens; *hy noem 'n graaf, 'n graaf*, i.p.v. hy draai nie doekies [daarom] nie; *dit kom baie handig in*, i.p.v. dit kom goed te pas; *jy het 'n hoop*, i.p.v. dit verwag jy verniet, sou jy wil; *moenie lank wees nie*, i.p.v. wegbly, vertoef, draai; *wat meer is*, i.p.v. nog erger, daarby; *jy vertel my*, i.p.v. dis nie altemit nie, wat praat jy nog; *hy het die feite op sy vingerpunte*, i.p.v. hy ken die feite op sy duim(pie); *hy is uit die werk*, i.p.v. werkloos.

e. Die aanwend van die Engelse woordorde b/d sinsbou, bv. *Hoe nader die dag kom, hoe swaarder dit word*, i.p.v. hoe swaarder word dit; die arme kêrel is siek, *jy sien? (jy weet?)*, i.p.v. sien jy (weet jy); *of beter nog*, i.p.v. of nog beter; ek moet u meedeel dat, aangesien ons tans net oor een kopie beskik, *het die Dagbestuur besluit*, i.p.v. die Dagbestuur besluit het.

Opm. Foutiewe woordorde na dubbele voegwoorde is soms te wyte aan sintaktiese kontaminasie.

f. Die uitspreek van 'n ingeburgerde [vreemde] woord volgens Engelse klankpatroon, bv. *Al'fabet*, i.p.v. alfabet'; *artil'lerie*, i.p.v. artillerie'; *bi'oskoop*, i.p.v. bioskoop'; *kon'tak* i.p.v. kontak'; *mel'lodie*, i.p.v. mee-lo-die'; *min'nister*, i.p.v. mi-nis'-ter; *intellektjoeëel*, i.p.v. intellektu-eel; *monjoment*, i.p.v. mo-nu-ment; *oppera*, i.p.v. o-pe-ra; *soulou*, i.p.v. so-lo.

g. Die sg. grafiese Anglisismes, d.i. die toepas van 'n Engelse skryfwyse in gevalle waar in Afrikaans 'n ander konvensie geld, bv. die losskryf v/d dele van composita, soos *stinkhout artikels* i.p.v. stinkhoutartikels; die foutiewe gebruik van leestekens, soos in 20 **Mei,** 1949, i.p.v. 20 Mei 1949; 17, *Kerkstraat*, i.p.v. Kerkstraat 17.

Ons het reeds daarop gewys dat 'n leenwoord 'n ontlening aan 'n brontaal is wat nié bots met 'n taalelement in die teikentaal nie; 'n Anglisisme, daarenteen, is 'n ontlening aan die brontaal Engels wat wél bots met 'n taalelement in die teikentaal. Leenwoorde en Anglisismes is dus albei ontlenings aan ander tale, maar 'n leenwoord is 'n aanwins vir die teikentaal, terwyl 'n **-isme,** en dus ook 'n Anglisisme, 'n indringer is.

In die verlede het baie onderwysers en selfs taalkundiges op 'n redelik amateuragtige wyse omgegaan met die kwessie van wat 'n Anglisisme is en wat nie. Om met sekerheid uit te maak of 'n woord of uitdrukking Anglisisties is, kos eintlik 'n hele klomp navorsingswerk, want die etimologie/herkoms van die woord of wending moet eers noukeurig nagegaan word om vas te stel volgens watter pad die betrokke taalverskynsel in die Afrikaanse taal beland het. Die uitsnuffel van Anglisismes, en **-ismes** in die algemeen, is eintlik 'n gevorderde wetenskap. Van Afrikaans se kant beskou, is 'n woord of uitdrukking 'n Anglisisme indien so 'n woord of uitdrukking in stryd is met die Afrikaanse taalmateriaal. Alle ontlenings aan Engels is dus nie Anglisismes nie.

Indien 'n woord of uitdrukking in kompetisie of in stryd is met die Afrikaanse taalmateriaal, is dit natuurlik nie noodwendig 'n Anglisisme nie, al lyk dit soms ook op die oog af na Engelse beïnvloeding. So 'n woord of uitdrukking kan slegs as Anglisisties beskou word indien bewys kan word dat dit van Engelse herkoms is. Die pad wat 'n woord gevolg het om Afrikaans te bereik, moet altyd eers noukeurig nagegaan word voordat enige uitsprake oor die herkoms van die woord gemaak kan word, en dit is a.g.v. verskeie redes nie altyd so maklik nie.

11.7.2 Probleme in verband met Anglisismes

1. Platform of perron?
Ons almal het waarskynlik in een of ander stadium op skool geleer dat die woord **platform** 'n Anglisisme is wanneer daarmee bedoel word "die plat vlak langs treine op spoorwegstasies". Die woorde **platform** en **perron** met die betekenis wat so pas genoem is, is albei oorspronklik ontleen aan Frans. Die woord *platform* gebruik i.v.m. spoorwegstasies het Afrikaans waarskynlik via Engels aan Frans ontleen en die woord *perron* het Afrikaans baie later via Nederlands aan Frans ontleen.

Platform is by 'n groot persentasie van die Afrikaanssprekendes, veral by ouer persone, volkome ingeburger, terwyl die woord *perron* vir baie mense nog vreemd aandoen en vir ander te deftig is om te gebruik. Ten spyte hiervan verkies die "toonaangewende, beskaafde" sprekers oor die algemeen die woord *perron*, omdat *platform* deur hulle as 'n Anglisisme beskou word.

Omdat *platform* deur Engels uit Frans in Afrikaans gekom het en *perron* deur Nederlands uit Frans in Afrikaans gekom het, word dit duidelik op grond waarvan bogenoemde sprekers voorkeur verleen aan die een term bo die ander een. (Vgl. H. J. J. M. van der Merwe: *Die korrekte woord*[5], p. 224.)

2. Vuurtoring of lighuis?
Die woord **lighuis** is 'n vertaling van die Engels *lighthouse*. En alhoewel *lighuis* op 'n suiwer Afrikaanse woordpatroon gevorm is, vgl. bv. *ligbeeld*, *ligpunt*, *ligstraal*, ens. moet dit as 'n Anglisisme beskou word omdat die woord *lighuis* in kompetisie is met die woord **vuurtoring** wat Afrikaans aan Nederlands ontleen het. (Vgl. T. H. le Roux: *Afrikaanse Taalstudies*[5], p. 233.) Alhoewel *lighuis* sowel as *vuurtoring* ontlenings is aan ander tale, eersgenoemde aan Engels en laasgenoemde aan Nederlands, moet Afrikaans voorkeur verleen aan *vuurtoring* wat aan Nederlands ontleen is, nie omdat die Engelse ontlening swakker is as die Nederlandse ontlening nie, maar omdat Nederlands die voorganger van Afrikaans is, nie Engels nie.

3. Met vakansie of op vakansie?
U het waarskynlik ook geleer dat 'n mens in Afrikaans nie mag sê **op vakansie** nie, want dit is 'n Anglisisme, omdat die Engels *on leave* is, maar jy moet sê **met vakansie,** want die Nederlands is ook *met vacantie*. Hierdie argument is nie korrek nie.

Die uitdrukking *op vakansie* is moontlik in Afrikaans verder bevestig deur die Engels *on leave*, maar dit is nie noodwendig aan Engels ontleen nie, want *op vacantie* (W.N.T. XVIII, p. 119, 3) is ewe goed Nederlands as *met vacantie*. Dink maar ook aan ander soortgelyke konstruksies met *op*, bv. *op besoek wees*, *op reis*, *op skool*, ens.

Op vakansie is in elk geval volkome ingeburger in Afrikaans. Sommige taalpuriste probeer wal gooi teen *op vakansie*, maar hulle het nie eintlik grond onder hulle voete nie. Ons moet in gedagte hou dat Nederlands die voorganger van Afrikaans is en dat Afrikaans dit heel moontlik van Nederlands geërf het. (Vgl. T. H. le Roux: *op. cit.* p. 245-6)

Die woord *een* in sinne soos: *Ek verkies die ander een*, of *Dit is 'n mooi een* is altyd as 'n Anglisisme beskou. Prof. W. Kempen het hierdie soort konstruksie in moderne Nederlands, sewentiende-eeuse Nederlands en Middelnederlands nagegaan en dit word daar ook net soos in Afrikaans gebruik. **Een** in hierdie soort konstruksie is dus ook nie 'n Anglisisme nie. So is daar baie woorde en konstruksies wat in die verlede as Anglisismes beskou is wat nie as Anglisismes bewys kan word nie.

4. **Sypaadjie** *is nie 'n Anglisisme nie*

Nie al die woorde en uitdrukkings wat Afrikaans aan Engels ontleen het, kan as Anglisismes beskou word nie. Die woord **sypaadjie** is ontleen aan Engels. Dis 'n vertaling van die Engels *sidewalk*. Maar die woord *sypaadjie*, alhoewel dit 'n vertaling van die Engels is, word *nie in Afrikaans gebruik ten koste van 'n suiwerder Afrikaanse woord nie*, daarom kan dit nie as 'n Anglisisme beskou word nie. *Sypaadjie* is trouens die enigste woord in Afrikaans wat vir die betrokke ding bestaan. Die patroon waarop die woord *sypaadjie* gevorm is, is ook nie vreemd aan Afrikaans nie, vgl. dit byvoorbeeld met ander woorde soos *sydeur*, *systraat*, ens. (Vgl. T. H. le Roux: *op. cit.*, p. 232-3.)

Indien 'n woord dus in 'n bepaalde *behoefte voorsien*, kan dit nie as 'n Anglisisme beskou word nie, ofskoon so 'n woord wel aan Engels ontleen mag wees. Indien 'n ontlening aan Engels onmisbaar is vir Afrikaans, kan dit nie as 'n Anglisisme beskou word nie, want 'n Anglisisme is 'n indringer, nie 'n aanwins nie.

5. **-Ismes** *bly nie noodwendig* **-ismes** *nie*

Dit gebeur dat die sg. "botsing" (bedreiging) wat vroeër bestaan het in 'n bepaalde stadium oor die algemeen nie meer deur die "toonaangewende, beskaafde" sprekers as 'n botsing (bedreiging) beskou word nie. In so 'n geval word die ontlening naas die bestaande stuk Afrikaans aanvaar. Dit is te betwyfel of die word *bel*, i.p.v. *opbel* of *skakel* nog as 'n Anglisisme beskou kan word.

6. Woorde of uitdrukkings nie Anglisismes bloot omdat daar 'n Engelse parallel is nie

'n Bepaalde woord, uitdrukking of konstruksie kan nie as Anglisisties beskou word bloot omdat daar 'n Engelse parallel bestaan nie. *Ek sien my hand* is nie Anglisisties omdat die Engelse parallel *I see my hand* bestaan nie, en die woord *motorkar* is nie noodwendig 'n Anglisisme omdat die Engelse woord *motorcar* bestaan nie. Die woord *motorkar* kon in Afrikaans gevorm gewees het na analogie van woorde soos *perdekar* en *donkiekar*.

7. Steurende ontlenings aan Engels wat Anglisismes is

Daar kom in Afrikaans wel sekere *ontlenings* aan Engels voor wat *steurend* is en wat vermy behoort te word omdat hulle Anglisismes is. Dinge soos byvoorbeeld die volgende:

(*a*) Jy moet 'n babysitter/babasitter kry om agter die kinders te kyk, i.p.v. *Jy moet 'n babawagter kry om na die kinders te kyk/om te sien.*

(*b*) Ek lyk hom nie, i.p.v. *Ek hou nie van hom nie.*

(*c*) Hy geniet hom op die plaas, i.p.v. *Hy geniet dit op die plaas.*

(*d*) Die vertoning as sulks was nie baie geslaag nie, i.p.v. *Die vertoning as sodanig . . .*

(*e*) Hy is nie baie van 'n geleerde nie, i.p.v. *Hy is geen danige, geen besondere geleerde nie.*

(*f*) Sy ouers het hom maar swak opgebring, i.p.v. *Sy ouers het hom maar swak opgevoed.*

11.8 Enkele gedagtes oor leenwoorde

11.8.1 Leenwoorde of nie?

Ons het reeds daarop gewys dat 'n leenwoord 'n ontlening aan 'n brontaal is wat nie bots met 'n taalelement in die teikentaal nie – 'n leenwoord vul 'n leemte in die teikentaal en is dus 'n aanwins, soos byvoorbeeld die Engelse leenwoorde *speaker*, *tennis*, *koukus*, *gholf*, *frase*, ens.

Dit is egter nie so maklik vir die gewone taalgebruiker om uit te maak (*a*) of 'n bepaalde woord 'n ontlening is of nie, en al sou hy seker wees dat dit 'n ontlening is, is die gebruiker nie altyd seker (*b*) of dit 'n **-isme** is en (*c*) of dit as 'n leenwoord beskou moet word nie. Kan die woorde *kabaret*, *melankolie*, *liberaal*, *lojaal*, *kalender* as ontleninge beskou word? Die feit is: hierdie woorde het Nederlands reeds voor 1325 aan Frans ontleen. Afrikaans sou hierdie woorde kon geërf het van Nederlands en indien dit die geval is, kan hierdie woorde van Afrikaans se kant nie as ontlenings beskou word nie. Hulle kan dan van Afrikaans se kant af ook nie as Gallisismes of as leenwoorde beskou word nie.

11.8.2 "Geleerde" en "vreemde" woorde

In skoolhandboeke word soms na leenwoorde verwys as "**geleerde**" woorde of "**vreemde**" woorde, maar alle leenwoorde is nie noodwendig "geleerd" of "vreemd" nie. Woorde soos *dolfyn*, *dosyn*, *rivier*, *musiek*, *manier*, ens. is algemeen bekend en algemeen gebruiklik. Leerlinge kry dan ook soms die opdrag om hierdie "geleerde" of "vreemde" woorde te vervang deur "suiwerder" Afrikaanse woorde. Hierdeur word die indruk gewek dat hierdie "geleerde" of "vreemde" woorde noodwendig onsuiwer Afrikaans is. Woorde soos *kalender* en *motief* moet dan deur *almanak* en *dryfveer* vervang word. Maar *kalender* is lank voor *almanak* deur Nederlands aan Frans ontleen; die een term kan dus nie sonder meer as suiwerder as die ander term beskou word nie. *Dryfveer* is afkomstig van Duits. Dit is reeds gedurende die 18de eeu deur Nederlands aan Duits ontleen. Op grond waarvan word *dryfveer* dan as 'n suiwerder

Afrikaanse woord beskou? Die volgende woorde sal waarskynlik deur sekere sprekers as "geleerd" of "vreemd" beskou word terwyl ander sprekers dit as alledaags en algemeen-gebruiklik sal beskou: *rojaal*, *plagiaat*, *sindikaat*, *aristokraat*, *deputasie*, *konstateer*, *elimineer*, *domein*, *prioriteit*, *limiet*, *infeksie*, *agitator*, *klandisie*, ens. Die vermoede bestaan dat sommige sprekers sommige van hierdie woorde sal afkeur omdat hulle van mening is dat dit Anglisismes is. Al hierdie woorde is egter van Franse herkoms.

Die terme "vreemde" en "geleerde" woord word in die omgang redelik los en vas gebruik, maar ons sou kon sê dat 'n **vreemde** woord 'n woord is wat ontleen is aan 'n ander taal, bv. aan Engels, Frans, Latyn, Grieks, ens. en wat dus nie eie is aan Afrikaans nie. 'n **Geleerde** woord, daarenteen, is gewoonlik 'n wetenskaplike term wat ontleen is aan 'n ander taal. Hierdie onderskeid word egter nie konsekwent in die spreektaal getref nie en sommige mense verwys naastenby na enige onbekende woord, ongeag of dit aan 'n ander taal ontleen is en of dit 'n wetenskaplike term is, as 'n "vreemde" of 'n "geleerde" woord.

11.8.3 "Suiwer" Afrikaanse woorde

Die term **suiwer** Afrikaanse woorde is net so vaag as die terme "geleerde" en "vreemde" woorde. Is "suiwer" Afrikaanse woorde slegs dié woorde wat Afrikaans self geskep het, of sluit dit ook dié woorde in wat Afrikaans van Nederlands geërf het? En wat van leenwoorde, word hulle beskou as "suiwer" Afrikaanse woorde? Is dit dalk net **-ismes** wat beskou word as "onsuiwer" Afrikaanse woorde?

Dit is onmoontlik om vir al die sprekers van Afrikaans 'n bevredigende antwoord te verskaf op die vraag: Watter woorde moet as "geleerd" of as "vreemd" of as "suiwer" beskou word?, daarom wil ons eerder aandag gee aan 'n paar wenke oor wanneer 'n bepaalde term gebruik kan word en wanneer so 'n term liewer geweer moet word.

11.9 Wenke in verband met die bruikbaarheid van woorde

Taalgebruikers twyfel dikwels of hulle 'n bepaalde term kan gebruik of nie. Daarom wil ons kortliks aandag skenk aan die vraag: Wat behoort 'n mens se houding te wees teenoor woorde soos: *eleksie* en *verkiesing*, *ekspressie* en *uitdrukking*, *satisfaksie* en *tevredenheid*, *item* en *nommer*, *rekommandeer* en *aanbeveel*, *ekshibisie* en *uitstalling*, *eksplinasie* en *verduideliking*, *kompeteer* en *meeding*, ens.? Wat moet ek gebruik en wat moet ek weer? Die skool se siening is naastenby dat 'n mens hier altyd daarna moet streef om liewer die "suiwerder" Afrikaanse term te gebruik as die ander een. Sommige mense verkies weer om die "vreemde" of die meer "geleerde" woord te gebruik, want hulle glo waarskynlik dat dit die indruk van geleerdheid wek. Ons is van mening dat dit onnodig en ook onmoontlik is om altyd net na die een of na die ander kant toe standpunt in te neem in verband met dié soort terme, want sommige van hierdie sogenaamde geleerde of vreemde woorde is onaanvaarbaar in Afrikaans en ander is wel aanvaarbaar. Maar hoe moet die spreker van Afrikaans nou weet watter is aanvaarbaar en watter nie? Die volgende punte kan moontlik leiding gee in hierdie verband.

1. Die "suiwer" Afrikaanse term moet gebruik word indien hierdie "suiwer" Afrikaanse term gebruikliker is in Afrikaans as die sogenaamde geleerde of vreemde woord. Die woord *rekommandeer* word uiters selde in Afrikaans gebruik, maar *aan-*

beveel word baie dikwels gebruik. *Rekommandeer* behoort dus altyd geweer te word en *aanbeveel* moet altyd gebruik word. Om dieselfde rede moet *uitdrukking* gebruik word, i.p.v. *ekspressie*, of *uitstalling* i.p.v. *ekshibisie*, of *verduideliking* i.p.v. *eksplinasie*.

2. Indien dit vir die spreker onmoontlik is om uit te maak watter een van die twee terme die gebruiklikste in Afrikaans is, m.a.w. indien albei woorde, volgens die waarneming van die spreker, ongeveer ewe gebruiklik in Afrikaans is, sou hy enige van die twee kon gebruik. So kan 'n mens byvoorbeeld nie sê dat *kompeteer* geweer moet word en *meeding* gebruik moet word nie. Volgens ons waarneming word *kompeteer* selfs meer gebruik in Afrikaans as *meeding*. Hierdie twee woorde is dan albei aanvaarbaar as goeie Afrikaans. Dieselfde geld vir woorde soos: *opinie* en *mening; kontras* en *teenstelling; forseer* en *dwing; arresteer* en *in hegtenis neem*, ens. Indien 'n mens twyfel watter een van die woordpare die gebruiklikste in Afrikaans is, sou jy enige van die twee kon gebruik.

3. Sommige van hierdie sogenaamde geleerde of vreemde woorde is so ingeburger in Afrikaans dat 'n mens nie eers moet probeer om hulle te vermy nie, bv. woorde soos *gentleman*, *taxi*, *incognito*, ens.

Die woord *incognito* word in Afrikaans gewoonlik gebruik in verband met hoogwaardigheidsbekleërs wat byvoorbeeld op reis nie amptelik bekend wil wees nie. Die woord *incognito* het reeds in sewentiende-eeuse Nederlands voorgekom en Afrikaans het dit van Nederlands geërf. Nederlands het dié woord ontleen aan Italiaans *incognito* en Italiaans het dit weer aan Latyn ontleen. *Incognitus* beteken in Latyn "onbekend". Die *in-* beteken "nie" en *cognitus* beteken "bekend". (Vgl. Boshoff en Nienaber: *Afrikaanse Etimologieë*, p. 299.)

Wanneer is 'n woord ingeburger in 'n taal? 'n Woord is ingeburger as dit algemeen deur die meerderheid van die algemeen-beskaafde sprekers van die betrokke taal aanvaar en gebruik word. So is die woord *hallo* reeds ingeburger in Afrikaans en dit sal nie weer ontburger kan word nie, al gooi wie ook al wal daarteen.

4. Die gebruik van sommige van hierdie sogenaamde geleerde of vreemde woorde is 'n noodsaaklikheid in Afrikaans wanneer dit in 'n bepaalde vakgebied 'n besondere betekenis gekry het wat die "suiwerder" Afrikaanse term nie het nie.

Kom ons kyk na 'n paar voorbeelde uit die Opvoedkunde. Die woord *Psigopedagogiek* kan vervang word deur *Opvoedkundige Sielkunde* wat presies dieselfde betekenis oordra, maar die woord *Sosiopedagogiek* kan nie sonder meer vervang word deur *Sosiale/Maatskaplike Opvoedkunde* nie, want hierdie twee terme het nie meer dieselfde betekenis nie. *Sosiale/Maatskaplike Opvoedkunde* het 'n baie wyer betekenis as *Sosiopedagogiek*.

In die Opvoedkunde word gepraat van die *emansipasie van die kind*. Die woord *emansipasie* kan gewoonlik vervang word deur die woord *bevryding*, maar die woord *emansipasie* het in die Opvoedkunde 'n heel spesifieke denotasie (leksikale betekenis) ontwikkel sodat die *emansipasie van die kind* nie eintlik beteken "die bevryding van die kind" nie, maar eerder "die selfstandigwording van die kind".

So tref 'n mens op alle vakgebiede "geleerde" woorde aan wat nie sonder meer deur die "suiwerder" Afrikaanse term vervang kan word nie, omdat die "suiwer" Afrikaanse term nie altyd presies dieselfde betekenis het nie. Indien 'n vakkundige daarvan oortuig is dat 'n bepaalde "geleerde" woord 'n spesifieke denotasie (leksikale betekenis) het wat nie deur die "suiwerder" Afrikaanse term oorgedra kan word nie, dan sou die gebruik van so 'n "geleerde" woord heeltemal geregverdig wees.

5. Vakkundiges voer dikwels ook aan dat hulle liewer die meer "geleerde" term gebruik wanneer so 'n term internasionaal gebruik word, want indien studente en andere hierdie internasionale terme ken, maak dit die vakliteratuur in ander tale meer toeganklik vir hulle. Hierteen, lyk dit vir ons, kan nie ernstige besware ingebring word nie. Dis byvoorbeeld die rede waarom ons in die Taalkunde woorde soos *sintaksis*, *semantiek* en *morfologie* gebruik.

11.10 Ooreenkomste tussen die Afrikaanse en Engelse woordeskat

In die Afrikaanse woordeskat kom baie woorde voor wat ook in Engels voorkom. Hiervoor kan verskeie redes aangevoer word. Ons weet byvoorbeeld dat Afrikaans baie woorde aan Engels ontleen het. Engels is 'n baie ouer taal as Afrikaans en Engels het deur die eeue heen baie woorde aan ander tale, veral aan Latyn, via Frans ontleen. Afrikaans het toe later weer 'n deel van hierdie materiaal aan Engels ontleen.

Ons moet in gedagte hou dat Latyn eeue lank die taal van die kerk, die howe en van akademiese geleerdheid in Engeland, Duitsland en die Nederlande was. Daarom kry ons vandag nog heelwat woorde en uitdrukkings in Afrikaans, Engels, Nederlands en Duits wat op mekaar lyk.

Let byvoorbeeld op die groot ooreenkoms tussen die Afrikaanse, Engelse en Latynse woorde in die onderstaande lysie.

Afrikaans	**Engels**	**Latyn**
tafel	table	tabula
monnik	monk	monachus
pelgrim (vreemdeling)	pilgrim	peregrinus
provinsie	province	provincia
kwessie (vraagstuk)	question	questio
kontaminasie (s.nw.)	contaminate	contamino -are (besoedel, verontreiniging)
vakansie (s.nw.)	vacation (s.nw.)	vaco -are (vry wees vir, tyd hê vir)
skrif (geskrif)	scriptures	scriptura

Ontlening is egter nie die enigste rede waarom daar 'n ooreenkoms is tussen die Afrikaanse en Engelse woordeskat nie. Afrikaans sowel as Engels is **Germaanse tale,** daarom sal daar noodwendig sekere ooreenkomste wees, ook by die woordeskat, soos wat 'n mens dit ook aantref by woorde soos *steen* en *stone*, *drie* en *three*, *huis* en *house*, *wind* en *wind*.

11.11 Opsommend

Uit die voorafgaande bespreking behoort dit vir u duidelik te wees dat:

1. nie alle woorde wat van Engelse herkoms is noodwendig Anglisismes is nie;
2. 'n woord of 'n wending wat in 'n bepaalde stadium as 'n Anglisisme beskou word, nie noodwendig vir altyd 'n Anglisisme hoef te bly nie;
3. 'n mens uiters versigtig moet wees en nie sommer maar net 'n woord of wending as Anglisisme brandmerk nie;

4. die hele kwessie van wat 'n Anglisisme is en wat nie, nie so 'n eenvoudige aangeleentheid is nie;
5. taalsuiwerheid van groot belang is, maar dat die mate van taalsuiwerheid wat die spreker/skrywer moet handhaaf altyd mede-bepaal word deur die situasie waarin die spreker/skrywer hom bevind.

11.12 Opdragte

1. (*a*) *Teken 'n kort gesprek aan wat gevoer word tussen twee persone wat hul taal meng*
   (*b*) *Skryf die gesprek oor en suiwer dit van alle onsuiwerhede.*
2. *Skryf die volgende tekste oor en suiwer dit van alle onsuiwerhede.*

(*a*) *"Mind" u of u suiwer taal gebruik of nie?*

Meeste mense "mind" nie juis of hulle suiwer taal gebruik of nie. Dit is "O.K." maar 'n mens moet darem nie dat die boodskap wat jy wil oordra skade ly nie.

Jy en ek sal miskien nie tot dieselfde uiterstes gaan tot waar baie ander mense gaan nie, maar in meeste gevalle is ons ook maar baie agterlosig.

Onsuiwer taalgebruik as sulks is nie altyd af te keur nie, maar as 'n mens dit in formele gesprekke gebruik, wek dit tog die indruk dat jou ouers jou maar swak opgebring het. Baie mense lyk dit in elk geval nie om na onsuiwer taalgebruik te luister nie. Sommige mense geniet hulleself om die taalpuriste te skok met 'n onsuiwer taalgebruik. Die sulkes is nie altyd op goeie terme met die taalpuriste nie.

Daar is ook ander sprekers wat 'n "craze" het vir die gebruik van "hoë" woorde, soveel so dat die hoorder meer of min nooit presies weet wat hy bedoel nie. In sulke gevalle moet die hoorder hom uitsit om die gedagte van die spreker te vang.

Sommige mense gebruik onsuiwer taal net vir die sports, maar 'n mens moet onthou dat al die hoorders nie so 'n grap kan vat nie. Dit sit sommige hoorders geweldig af.

Baie sprekers gee nie om om onsuiwer taal te gebruik wanneer hulle met hulle pelle in gesprek is nie. 'n Mens moet egter onthou dat die onsuiwer taal wat jy gebruik agter alles ook die taal van jou vriende besoedel. Dit is dus die plig van elke persoon om te skop teen onsuiwer taalgebruik en dus sy vriende reg te sien as hulle nie 'n suiwer taal besig nie.

As 'n spreker daarna streef om Afrikaans altyd suiwer te gebruik, moet hy maar sy tyd vat en 'n punt daarvan maak om op sy eie alle onsuiwerhede na die beste van sy vermoë uit te snuffel en dit dan te vermy in sy taalgebruik.

(*b*) Die *social life* op *Varsity* het min tyd vir *swot*.

Ou *Pel*, jy moenie *panic* nie, man. Dit sal nie so *bad* gaan met die toets as wat jy dink nie. Jy moet net nie dat jou *nerves oppak* nie, want dan gaan dit vir jou 'n *jolly mixup* wees!

Hier op *Varsity* is *social life* mos *tops* en dit lyk maar so as 'n toets skielik *appear*. *Koffie-socials* is *just it*, die Plaza sorg vir 'n *trailer*, die Laan vir 'n lekker *hug and kiss* en so af en toe maak 'n man 'n *drink* saam met die *boys* in die *bar*. Dis nou 'n *heavy time!*

Ek weet ook nie waar 'n mens die tyd moet kry vir *swot* nie. Soggens moet 'n man darem so 'n bietjie laat *snooze* om van die *hangover* ontslae te raak en die res van die tyd draf jy klas. 'n Mens kan skaars 'n behoorlike *smoke break* vat tussen periodes. Verder moet jy rugby *jol,* die *girls* 'n bietjie *treat* en as dit *als* klaar is, het jyself nog nie behoorlik *relax* nie!

Die Prof. ken al die *facts*, man. Jy *tune* hom net 'n *sob story* en hy sal jou *pass*. 35 is darem nie te *bad* vir 'n *limit* nie en jy kan *anyway* volgende keer 'n beter *effort* maak. Hy lyk nie te *nasty* nie. Een van die *guys* het hom *lately* in die *town* gekry en *imagine*, hy't 'n paar *jeans* en 'n *T-shirt* aangehad; *lekker safe, ek sê.*

So by the way, my *bike* se *tyre* is *flat* en dis 'n groter *worry* as daai toets van jou. Ek het hom so 'n *psychedelic* pers *gepaint* en my *fans freak* uit daaroor. Hulle dink dis *unbelievable smart!*

Wag, ek moet *tjaila* en gaan *graze*. *Cheers* vir eers en *good luck!!*

3. *Lees die onderstaande stuk uit "Die Burger" en sê dan in watter opsigte die skrywer se standpunt ooreenstem of verskil met die standpunt wat in u handboek gestel word.*

Wie lag vir Nederlands?

VIR baie Afrikaners is dit baie snaaks wanneer Engelse woorde net so in Nederlands oorgeneem word. Nog snaakser as sulke woorde dan gebuig en gekoppel en op ander maniere ingespan word asof hulle egte Nederlandse kalwers is: streaken, streakte, heeft gestreakt vir "naakt in het openbaar rennen".

Sulke mense sal heelwat vermaak vind in die deurblaai van 'n woordeboek* van 2 000 neologismes (nuwe woorde) in Nederlands. 'n Hoë persentasie van die woorde is Engels of Amerikaanse Engels. Somaar op die eerste bladsy wat oopgeslaan word, staan action-painter, action-painting, ademtest (asemtoets), afchecken, afkicken. Dit is 'n vyfde van die woorde daar. (Afkicken het niks met voetbal te doen nie; dit beteken ophou om dwelmiddels te gebruik).

Hier is nog 'n klompie, lukraak gekies om 'n vollediger indruk te gee van die aard van die leengoed: hot-pants, hovercraft, human relations, imagebuilding, impact, square (konvensioneel, saai), teach-in, swingen, tee-shirt, tranquillizer, underdog, viewer en stoned. Stoned beteken "zeer high" en high beteken in 'n roes van dwelmiddels. Happening is ook daar.

Dit is waar dat ons nie so skryf nie en oor die radio waarskynlik ook nie so praat nie, veral wanneer daar van voorbereide tekste af gepraat word. Ook sal beskaaf-sprekers. wanneer hulle in die openbaar praat, sulke woorde vermy. Dis in stryd met ons image van 'n regte Afrikaner.

Maar is ons geskrewe taal en ons radio- en verhoogtaal 'n getroue weergawe van die Afrikaans wat deur die menigte gepraat word? Praat ons studente en ander jong mense nie ook van square en topless en tubeless en swot nie?

Soms is ons nie eens daarvan bewus dat ons Engelse woorde gebruik nie, soos die man wat by 'n garage (goeie Afrikaans!) moes Engels praat en toe vir sy maat gevra het wat 'n tire nou weer in Engels is. Hoeveel Afrikaanse vroue wat na die haarsalonne gaan, gebruik goeie Afrikaanse woorde vir rinsing, tinting, toning, highlighting? Daar is nog meer: crimping, natural look, perm, punk crop, straight bob. Maar die bedoeling is nie om vroue die skuld te gee nie. Mans is net so erg: nege uit die tien dienspligtiges praat bv. van die army.

Afrikaners vergeet ook gerieflik hoeveel in beskaafde Afrikaans reeds uit Engels oorgeneem is: spaider, trem, tenk, trein, stasie, boetson (boots on – 'n hoendersiekte), trok, lorrie, whisky, denim. Daar is baie ander wat deur die Afrikaners nie eens as Engels herken en erken word nie. Kyk na die sportterme: rugby, sokker, krieket, boul, skrum, senter, tennis.

Die vraag is dan of die ou, ingeburgerde Engelse leenwoorde goed is, maar nuwe Engelse woorde nie geleen kan word nie. Watter soort taalkunde is dit?

Soms word die gewete gesalf deur die Engelse woord of uitdrukking 'n Afrikaanse T-hemp aan te trek en hom dan 'n ware Afrikaner te noem. *Bull in a china-shop* word dan aap in 'n porseleinkas of bul in 'n glashuis. Die aap kom uit die groot Nederlandse woordeboek, maar daar dui dit iets aan wat uit sy plek is; so is die bul in die eerste plaas ook iets wat uit sy plek is.

Maar 'n bul in 'n porseleinwinkel is 'n geweldenaar wat maak en breek tussen goed waarvan hy die waarde nie ken nie. Dit sê veel meer. Deur die Engels by vertaling te verander, verloor die uitdrukking sy krag, terwyl die Afrikaanse taalaard nouliks beter gedien word deur die ander variante.

Hier is nie plek om al die gesigspunte te behandel nie, maar ons moet besef dat nie alles wat uit Engels kom of selfs net Engels lyk, wegwerplik is nie. Mense wat arriveer, eksak, kontribueer, industrie e.d.m. altyd en oral wil vermy, is oor die perd se rug. Daar is nie dwingende redes waarom ons nie soos Nederlanders, Duitsers en die Skandinawiese volkere ook van 'n komputer kan praat nie.

Maar dit beteken nie dat alle krane oopgedraai moet word nie. Om op die spoor van Engels dinge in stryd met die konstruksie en idioom in Afrikaans op te neem en ook aan Afrikaanse woorde 'n betekenis te gee wat hulle nie het nie, is en bly skadelik en verkeerd.

*Dr. R. Riemersma (red.) Signalement van nieuwe woorden; Elsevier, Amsterdam

Uit *Die Burger*, 29 Julie 1978

11.13 Aanvullende bronne

Boshoff, S. P. E. en G. S. Nienaber: *Afrikaanse etimologieë*. Suid-Afrikaanse Akademie vir Wetenskap en Kuns, Pretoria, 1967.

Combrink, J. G. H.: *Taaltrots: 'n handleiding vir taalstudente*. Versprei deur Drakensbergpers, Durban, 1968.

De Villiers, M.: Ontlening. Stellenbosch, 1956.

Le Roux, T. H.: *Afrikaanse taalstudies*. Van Schaik, Pretoria, 1948, pp. 232-250.

Terblanche, H. J.: *Regte Afrikaans*. Willem Gouws (Edms.) Bpk., Johannesburg, 1972.

Van der Merwe, H. J. J. M.: *Die korrekte woord*. Van Schaik, Pretoria, 1973.

HOOFSTUK 12

Tegniese Versorging van Geskrifte

Vir Afrikaans, soos trouens ook vir ander tale, geld sekere voorskrifte ten opsigte van die spelling van woorde en ten opsigte van die gebruik van lees- en skryftekens. Indien die taalgebruikers nie kennis neem van hierdie voorskrifte nie en hulle die voorskrifte nie uitvoer nie, sal hul geskrifte nooit tegnies goed versorg kan wees nie, en dit sal lei tot ondoeltreffende kommunikasie. Sommige taalgebruikers neem wel kennis van dié voorskrifte, maar hulle beskou die tegniese versorging van geskrifte waarskynlik òf as onnodig, òf as 'n kleinigheidjie. Diegene word herinner aan die volgende gebeurtenis: 'n Besoeker het glo op 'n keer 'n byna voltooide beeld in die ateljee van Michael Angelo gesien. Toe dieselfde besoeker 'n paar dae later weer in Michael Angelo se ateljee kom, het die beeldhouer vir die besoeker gewys hoe hy in die tussentyd op een plek 'n byna onmerkbare lagie marmer aan die kant van die neus van die beeld afgekrap het en op 'n ander plek weer 'n plooitjie versorg het. Die besoeker het toe opgemerk: "Maar dis mos pure kleinigheidjies." Michael Angelo het toe geantwoord: "Ja, maar uit kleinigheidjies bestaan die volmaaktheid, en die volmaaktheid is geen kleinigheidjie nie."

Langenhoven het ook daarop gewys dat die volmaaktheid altyd bereikbaar is, op 'n kleinigheidjie na. By geskrewe stukke is dit dikwels die tegniese versorging daarvan wat verhoed dat dit as volmaak bestempel kan word. Ons as taalgebruikers moet besef dat geen geskrif, of dit 'n opstel, 'n seminaar, 'n artikel in 'n dagblad of in 'n studenteblad is, en of dit 'n wetenskaplike publikasie is, kan aanspraak maak op aanvaarbaarheid – om nie eers van volmaaktheid te praat nie – as dit nie tegnies goed versorg is nie.

Indien 'n geskrif tegnies swak versorg is, mag dit die leser reeds by die eerste kennismaking so afstoot dat hy nie geïnteresseerd is om dit te lees nie. In so 'n geval sal daar natuurlik geen kommunikasie tussen skrywer en leser plaasvind nie. Swak tegniese versorging veroorsaak gewoonlik dat die aandag van die leser van die inhoud van die geskrif afgetrek word en dit kan ook goeie kommunikasie benadeel, maar swak tegniese versorging kan ook lei tot foutiewe interpretasies en dus tot misverstand. Om hierdie redes is dit belangrik om ook aandag te skenk aan die tegniese versorging van geskrifte wanneer daar aandag gegee word aan doeltreffende skriftelike kommunikasie.

12.1 Die Afrikaanse spelling

12.1.1 Doelstellings

Van twee sake is ons oortuig, nl.

1. Dat niemand vir enige iemand anders binne die bestek van 'n paar periodes kan leer om altyd korrek te spel nie;
2. Dat die dosent die student tog binne die bestek van 'n paar periodes sover kan kry dat hy sy *Afrikaanse Woordelys en Spelreëls* met 'n redelike hoë mate van sukses kan gebruik.

Met hierdie twee sake in gedagte is ons doel met hierdie afdeling soos volg:

1. Om enkele woorde onder die aandag te bring waarmee daar oor die algemeen spelprobleme ondervind word;
2. Om enkele van die belangrike spelreëls uit te lig en dit te bespreek aan die hand van voorbeelde;
3. Om vir u sover te probeer kry dat u altyd wanneer u skryf die *Afrikaanse Woordelys en Spelreëls* sal gebruik. Hierdie laaste doelstelling is verreweg die belangrikste.

12.1.2 Inleiding

Is dit werklik nodig om aandag aan spelling te gee? Maak dit baie saak as daar in 'n geskrewe stuk spelvoute voorkom? Wat sou u van hierdie aantekeninge gedink het as die opskrif was: *Die Afrikaanse Speling?* Sou u nog dadelik geweet het waaroor dit gaan? Miskien het u al begin wonder of die woord *spelvoute* dan nie met 'n *f* gespel moet word nie en of dit per ongeluk of met opset verkeerd gespel is. Wat dink u van 'n stel aantekeninge of van die opsteller as sulke foute daarin voorkom?

Dit is merkwaardig dat lesers heeltemal gewillig is om 'n skrywer allerlei grammatikale foute te vergewe. Hy kan byvoorbeeld skryf:

> *Die mees opvallendste kenmerk van hierdie plant is dat hy blom altyd na die eerste winterreëns geval het.*

Die leser sal moontlik agterkom dat daar êrens 'n fout is, maar hy sal miskien nie dadelik besef dat die konstruksie *mees opvallendste* ongrammatikaal is en dat dit eintlik **mees opvallende** moet wees nie. Hy sal miskien ook nie dadelik besef dat die woordorde *dat hy blom altyd* ongrammatikaal is nie en dat dit moet wees: **dat hy altyd blom.** Maar alhoewel die leser moontlik self probleme het met die spelling van baie woorde sal hy nie maklik 'n skrywer vergewe wat woorde verkeerd spel nie. Miskien is die rede daarvoor dat 'n mens die spelling van woorde tog maklik kan naslaan, en dat ander taalfoute nie so maklik nageslaan kan word nie. As iemand verder studeer of gestudeer het, word daar natuurlik met nog groter verbasing en afkeer na sy werk gekyk as daar spelfoute in voorkom.

Die onvermoë om te kan spel, kan vergelyk word met 'n spraakgebrek soos hakkel. Die swak speller verloor die selfvertroue om sy hand op papier te sit soos die hakkelaar die selfvertroue verloor om sy mond oop te maak. Sommige mense kan so selfbewus word oor hul onvermoë om te kan spel dat hulle nie die moed het om 'n bepaalde posisie te beklee nie, uit vrees dat hulle onmiddellik verwerp sal word as hierdie tekortkoming bekend moet raak.

Vir elke student is dit belangrik om na te gaan met watter soort woorde hy spelprobleme het. Hy kan byvoorbeeld agterkom dat hy baie onseker is of 'n woord soos *bedrieëry* met een of twee **e's** geskryf word en of die deelteken op die **i** of een van die **e's** geskryf word. Hy kan vind dat hy nie seker is of daar 'n kappie gebruik word by 'n woord soos *ver* of *skêr* nie. Hy kan moontlik ontdek dat hy hoegenaamd nie weet watter klinkers of medeklinkers verdubbel word in woorde soos *senuweeagtig*, *tweërlei*, *middele*, *onverbiddelike*, *adresseer* en *appelleer* nie. Laat ons 'n begin maak deur u spelvermoë te toets aan die hand van vyf sinne waarin 'n aantal woorde voorkom wat dikwels in speltoetse op skool gebruik word.

In die volgende vyf sinne is 'n aantal woorde verkeerd gespel. Skryf slegs die woorde wat verkeerd gespel is in hul korrekte vorm neer. Aan die einde van hierdie afdeling oor spelling (afdeling 12.1.6) sal u die antwoorde vind. U kry 1 punt vir elke woord wat hier verkeerd is en deur u reg gespel is. U kry −1 punt vir elke woord wat hier reg is en deur u foutief gespel is.

Algemene speltoets

1. Die ruuste spelers uit die Karoo basseer hulle spel op brute krag. Hulle is ongeskik vir beide wedstryde teen ons oorseese opponente op die tweede Junie.
2. Die masjinis en die burgermeester het baie senuweeagtig gelyk toe hulle nie onmiddellik die skêr, die naelvyl en die parafien voor die spieël kon vind nie.
3. My oupas is gereëlde besoekers op die plaas en met 'n vonkel in hulle oë laat hulle die perde vêr ente gallop.
4. Hy paragraveer sy briewe deur parallelle strepe na elke paragraaf te trek.
5. Tydens die reunie het hy onder die prieel sit en vertel dat die interessante diëte van sy vrou wynig waarde het en dat die monnike wat hy akkomodeer al die kos opgeëet het.

Wel, hoe goed het u gevaar? 'n Eerstejaarstudent behoort eintlik nie meer hierdie woorde verkeerd te spel nie.

12.1.3 Metodes om spelvermoë te verbeter

Mense wat hul spelvermoë wil verbeter, kan dit op verskillende maniere doen. Die metodes wat ons die sterkste kan aanbeveel, is dié van visuele geheue, assosiasie en die toepassing van die spelreëls.

1. Visuele geheue

Kyk noukeurig na die spelling van moeilike woorde. Dit kan u visuele beeld van daardie woorde versterk. Dit is 'n belangrike hulp as u oë, ofte wel u visuele geheue, vir u kan sê of 'n woord reg of verkeerd gespel is. Sommige mense besit hierdie vermoë as 'n aangebore gawe, maar die meeste mense moet dit ontwikkel. Stel 'n lys van woorde op waarmee u spelprobleme het. Dit moet veral woorde wees wat u dikwels gebruik. Groepeer die woorde volgens die soorte spelprobleme wat daarin voorkom. Vul die lys reëlmatig aan. Kontroleer herhaaldelik, bv. een keer per maand, of u die woorde kan spel.

2. Assosiasie

Omdat die woorde *fiets* en *viets* albei woorde is wat in Afrikaans voorkom, kan die visuele beeld u hier nie help nie. Om u te help onthou in watter betekenisverband *fiets* gebruik word, kan enige assosiasie ("verhaaltjie") aan die **f** geknoop word: die **f** lyk bv. soos die handvatsels van 'n fiets. U sal nooit die naam van daardie vervoermiddel met 'n **v** skryf as daardie assosiasie eers stewig vasgelê is nie.

U hoef nooit weer onseker te voel oor hoe u die woord *dynserig* spel nie. U kan enige verspotte "verhaaltjie" met 'n logiese verband aan die **y** koppel soos bv.: Die **y** vorm 'n tregter ( ) waarin die druppeltjies van die mis kondenseer en dan in die see afloop. Hoe eienaardiger die "verhaaltjie", hoe sterker word die assosiasie.

3. Toepassing van die spelreëls

Kyk of u die spelreëls kan verstaan wat betrekking het op die woorde waarmee probleme ondervind word. U kry hulp in verband met die spelling van woorde in die *Afrikaanse Woordelys en Spelreëls* (hierna afgekort tot **AWS**). Met die spelling van sommige woorde sal u egter uitsonderinge op die reëls vind. Veral daardie gevalle moet u met behulp van visuele geheue en assosiasie van buite leer. Die doel van hierdie kursus is om u bykomende hulp te gee in die gebruik van die AWS. U moet leer om sover as moontlik sonder die hulp van naslaanbronne te kan spel, maar as u spelprobleme het, moet die AWS as naslaanbron gebruik kan word.

12.1.4 Werkwyse

Die volgende metode is gevolg by die opstel van hierdie afdeling:

1. By die opskrif bo-aan elke afdeling is 'n verwysing na dié gedeelte in die AWS wat hier bespreek word. Hierdie gedeelte in die AWS moet eers noukeurig gelees word voordat die aantekeninge oor die betrokke gedeelte gelees word.
2. *Die hoofindeling van hierdie afdeling is presies dieselfde as die hoofindeling van die AWS aan die hand van die Latynse syfers I, II, III, ens.*
3. Aangesien die AWS dikwels geen motivering aanbied vir die spelwyse waarop besluit is nie, is sodanige motiverings wel in hierdie aantekeninge opgeneem in gevalle waarby hulle moontlik van nut kan wees. In sulke gevalle is die betrokke gedeelte van die spelreël uit die AWS oorgeneem ter inleiding van die motivering en bespreking wat daarop volg.
4. Gedeeltes van die AWS wat vir die student geen probleme behoort op te lewer nie is aangedui met die woorde: "Geen kommenteer nie".
5. Gedeeltes van die AWS wat intensiewe addisionele aandag vereis, is aangedui met woorde: "Let (veral) op die volgende gedeelte(s)".

Waarskuwing! Hierdie aantekeninge sal van weinig nut wees indien dit sonder die AWS gebruik word.

12.1.5 Bespreking van die spelreëls

I. Grondbeginsels (Vgl. AWS bl. 1-2.)

I.1 Vrae

Probeer eers die volgende vrae beantwoord:

1. Sou u sê dat Afrikaans 'n ideale spelling het?
2. Waarom sê u *ja* of *nee?*
3. Weet u waarom sommige woorde met 'n **f** en ander met 'n **v** gespel word? Hierdie letters verteenwoordig tog dieselfde spraakklank? Dieselfde geld vir **ei** en **y.**
4. Weet u waarom **hand** met 'n **d** gespel word? Hierdie woord eindig tog op 'n **t**-klank?

Probeer telkens om die antwoorde op die vrae wat gestel word te vind in die betrokke paragraaf van die AWS en in die aantekeninge oor hierdie paragraaf.

I.2 Bespreking

1. Die ideale spelling

In *die ideale spelling* sou elke letter telkens dieselfde klank aandui en omgekeerd sou dieselfde klank in alle woorde altyddeur dieselfde letter verteenwoordig word. Met die Afrikaanse spelling is dit egter nie die geval nie.

In die woorde *mede* en *pers* dui dieselfde letter **e** drie verskillende klanke aan, nl. [e], [ə] en [ɛ].

Ook die letters, **i, o** en **u** dui onderskeidelik elkeen twee verskillende klanke aan in woorde soos bv. *artikel* [i] teenoor *dit* [ə], *bome* [o] teenoor *bos* [ɔ], *bure* [y] teenoor *bus* [œ].

Daarteenoor word dieselfde klank [f] verteenwoordig deur **f** en **v** in byvoorbeeld *fiets* en *viets* en word dieselfde klank [əi] verteenwoordig deur **y** en **ei** in byvoorbeeld *wyn* en *weinig*.

Een rede vir hierdie swakheid in ons spelling is die feit dat ons maar 26 letters in die alfabet het, maar meer as 50 klanke in Afrikaans gebruik. Dit is veral die gebrek aan vokaaltekens wat die onduidelikheid veroorsaak. Daar is byvoorbeeld net vyf vokaalletters vir die twaalf klanke wat in die volgende woorde voorkom: *gee, mes, boom, bos, vuur, bus, artikel, boef, kaas, kleur.*

Om hierdie probleme uit te skakel, word:

(*a*) vokaalletters verdubbel, bv. *daar, speel, droom, vuur*

(*b*) konsonantletters verdubbel, bv. *klippe, kappe, ribbe, koggel, pakke, dolle, kamme, denne, narre, klosse, katte, lowwe,* alhoewel in geeneen van dié gevalle dubbele klanke is nie en

(*c*) letters verbind om heel ander klanke voor te stel, bv. **eu** in *kleur*, **ou** in *koud*, **ie** in *die*, **oe** in *boek*, **ng** in *bang*, **tj** in *tjek* en **gh** in *gholf*.

2. Die eerste grondbeginsel

U vind 'n bespreking van die eerste grondbeginsel onder Afdeling XI, *Klinkers en Tweeklanke* van hierdie aantekeninge.

3. Die tweede grondbeginsel

'n Tweede rede waarom ons nie 'n ideale spelling in Afrikaans het nie, is omdat ons spellingbeleid bepaal dat daar rekening gehou moet word met die spelling wat vandag amptelik in Nederland erken word. Daarom word in Afrikaans **f** en **v** enersyds en **ei** en **y** andersyds vir dieselfde spraakklanke gebruik.

4. Die derde grondbeginsel

Die beginsel van gelykvormigheid moet sover as moontlik gehandhaaf word. Daarom word *rib, tyd* en *hand* nie geskryf met **p** en **t** soos hulle klink nie, maar met **b** en **d** om aan te sluit by *ribbe, tydelik* en *hande.*

II. Dubbelspellinge (Vgl. AWS bl. 3.)

Voorbeelde: *vergoed* teenoor *vir goed; verlief* teenoor *vir lief*

Geen kommentaar nie.

III. Wisselvorme (Vgl. AWS bl. 3-8.)

Voorbeelde: *aguur* teenoor *agtuur; agtelosig* teenoor *agterlosig*

III.1 Vrae

Probeer eers die volgende vrae beantwoord:

1. Wat is 'n wisselvorm?
2. Is wisselvorme almal aanvaarbare spellinge van dieselfde woord?
3. Watter van die volgende skuinsgedrukte woorde is verkeerd gespel?
   (*a*) Ek verkies die veilige *middelweg*.
   (*b*) Die *begeleister* gaan met *siekeverlof*.
4. Is die skuinsgedrukte woorde in die volgende sinne reg gebruik of nie?
   (*a*) Hy het *geprobeer*, maar hy kon nie.
   (*b*) Hy het *geprobeer* verstaan, maar dit was te moeilik.
   (*c*) Ek het 'n *namelose* dreigbrief ontvang.
   (*d*) Dit is 'n *okside* wat giftig is.

III.2 Bespreking

As 'n woord in Algemeen Beskaafde-Afrikaans meer as een uitspraak het, word so 'n uitspraakwisseling gewoonlik in die spelling weerspieël as *wisselvorme* van daardie bepaalde woord.

Wisselvorme soos byvoorbeeld *môre* en *more*, *middeweg* en *middelweg*, *siekteverlof* en *siekeverlof* wat in die *Afrikaanse Woordelys en Spelreëls* (AWS) aangegee word, word as *gelykwaardig* beskou. As 'n vorm ontbreek, beteken dit nie sonder meer dat so 'n vorm goedkeuring of afkeuring verdien nie. Dit is belangrik dat u nie gevalle soos byvoorbeeld *middelweg* of *siekeverlof* moet afkeur as hulle deur iemand gebruik word nie. Slaan sulke gevalle wat vir u vreemd voorkom, of waaroor u onseker voel, eers in die AWS na en daarna in ander naslaanbronne as hulle nie in die AWS voorkom nie. Wees versigtig voordat u 'n bepaalde vorm as onaanvaarbaar verklaar. 'n Mens sou maklik in die versoeking kon kom om gevalle soos *aangesper* (i.p.v. *aangespe*), *kommuniseer* (i.p.v. *kommunikeer*), *abdiseer* (i.p.v. *abdikeer*) en *advokaatpeer* (i.p.v. *avokadopeer*) as foutief te verklaar.

Let veral op die volgende gedeeltes:

p. 3, 1. (iii) en opm. a
p. 4, 1. opm. b en c
p. 7, e (iii) en
p. 8, (iv) a tot (v) b

IV. Doeblette (Vgl. AWS bl. 8.)

Voorbeelde: *doktor* teenoor *dokter; gereelde* teenoor *gereëlde*

IV.1 Vrae

Probeer eers die volgende vrae beantwoord:

Is die skuinsgedrukte woorde in die volgende sinne reg gebruik of nie?

1. Die *gereelde* mondigwordingspartytjie het toe nie plaasgevind nie.
2. Daar lê een *blaadjie* papier op die tafel.
3. Daar is 'n lekplek in die *boom* van die kastrol.

IV.2 Bespreking

'n **Doeblet** bestaan uit twee woorde wat grootliks ooreenstem in spelvorm, maar wat verskil in betekenis. **Wisselvorme** van 'n woord is twee of meer woorde wat grootliks ooreenstem in spelvorm, en ooreenstem in betekenis.

Indien *twak* "tabak" beteken, dan is *twak* en *tabak* wisselvorme (uitspraakwisselinge) van dieselfde woord. Indien *twak* "onsin" beteken, dan vorm *twak* en *tabak* 'n doeblet.

V. Skeiding van woorddele by skryf (Vgl. AWS bl. 9-10.)

V.1 Vrae

Probeer eers die volgende vrae beantwoord:

Watter van die woorde aan die end van die volgende reëls is reg geskei, d.w.s. in watter gevalle staan die koppelteken op die regte plek?

1. Jy moet my asseblief daaraan *her-*
2. *inner* om môre-oggend 'n *hou-*
3. *tjie* te soek waarmee ek hierdie *rollet-*
4. *jie* papier kan vashou. Die *bros-*
5. *jure* wat hy gister aan die *di-*
6. *plomaat* gegee het bevat drie *Ang-*
   lisismes.

V.2 Bespreking

(A) *Betekenisvolle dele.* Geen kommentaar nie.
(B) *Lettergrepe.* Let veral op die volgende gedeeltes:
p. 9, B (a) en (b),
p. 10, b (i) en (ii) sowel as die paragraaf wat *Let Wel* gemerk is.

VI. Deeltekens (Vgl. AWS bl. 10-11.)

VI.1 Vrae

Probeer eers die volgende vrae beantwoord:

1. Wat is die funksie van die deelteken?
2. In die volgende paragraaf is 'n aantal van die skuinsgedrukte woorde verkeerd gespel. Skryf slegs die woorde wat verkeerd gespel is in hul korrekte vorm neer.
   Die vooraf *gereelde reunie* van *bouinspekteurs* wat hier *geëksamineer* is, is gister *beeindig* met 'n lesing oor die *foto-elektron.* In die *vroeë* aandskemering staan die *prieële* soos *silhoeëtte* op die *hoë* heuwel waar die *moë* perde staan en wei.

VI.2 Bespreking

Die **deelteken,** ook genoem **dïerese** of diëresis wat "(af)skeiding" beteken, word gebruik om in Afrikaanse woorde lettergrepe te skei waar klinkers wat naas mekaar voorkom, een- of tweelettergrepig opgevat kan word wanneer ten minste *een* van die dele nie 'n volle woord is nie, bv. *beëdig, geleë, beërf, beïnvloed, geëet, geëien.* (Vergelyk dit met *toe-eien,* 'n verbinding van volle woorde.)

In woorde waarvan al die dele van *vreemde herkoms* is, word deeltekens ook gebruik om lettergrepe te skei waar klinkers wat naas mekaar voorkom, een- of tweelettergrepig opgevat kan word wanneer die eerste deel soms 'n *volle* en soms 'n *nie-volle woord* is, bv. *fotoëlektron, reünie.*

Waarom word *hoë, oë* en *droë* met een **e** geskryf en *moeë, vroeë* en *voeë* met twee **e's?**

Antwoord: Die grondwoord waarvan die eerste drie woorde afgelei is, is *hoog, oog* en *droog.* Op grond van die gelykvormigheidsbeginsel moet die **o**-teken (letter) van hierdie drie woorde in hul afgeleide vorme behoue bly. Ons kry dan *ho* + *ë*, *o* + *ë* en *dro* + *ë*.

Waarom word *diëte* en *priële* met een **e** na die **i** geskryf en *spieël* en *drieë* met twee **e's** na die **i?**

Antwoord: In *diëte* en *priële* is die **i**-klank onbeklemtoon en kort en in *spieël* en *drieë* is die **i**-klank beklemtoon en lank.

Waarom word *diëte, finansiële* en *silhoeët* met 'n deelteken geskrywe en *dieet, finansieel* en *geuit* sonder 'n deelteken?

Antwoord: Indien *diëte* en *finansiële* sonder deelteken geskryf word, sal dié woorde verkeerd uitgespreek word. Die woorde *dieet, finansieel* en *geuit* kan nie verkeerd uitgespreek word nie omdat ons nooit in Afrikaans eindlettergrepe soos **-et, -el** en **-it** kry nie, behalwe in 'n paar woorde van vreemde herkoms, nl. *minuet, duet,* en *silhoeët.* In *minuet* en *duet* word geen deelteken gebruik nie omdat **ue** nooit in Afrikaans eenlettergrepig gebruik word nie. In *silhoeët* word wel 'n deelteken gebruik omdat hierdie woord sonder die deelteken moontlik verkeerd uitgespreek sou word.

Waarom word in 'n *gereelde reënval* die woord *gereelde* sonder 'n deelteken geskryf en in *'n vooraf gereëlde ontvangs,* die woord *gereëlde* met 'n deelteken?

Antwoord: Gereelde is afgelei van die grondwoord *gereeld. Gereëlde* is afgelei van die grondwoord *gereël.* Die grondbeginsel van gelykvormigheid word hier dus toegepas.

VII. Koppeltekens (Vgl. AWS bl. 11-13.)

VII.1 Vrae

Probeer eers die volgende vrae beantwoord:

1. Wat is die funksie van die koppelteken?
2. In die volgende sinne is 'n paar van die skuinsgedrukte woorde verkeerd gespel. Skryf slegs die woorde wat verkeerd gespel is in hul korrekte vorm neer.
   (*a*) Hierdie seekos is *radio-aktief.*
   (*b*) *Foto-ontwikkeling* is 'n ingewikkelde proses.
   (*c*) Die *marine-offisier* word goed betaal.
   (*d*) *Portugeeswes-Afrika* is nie 'n deel van *Suidwes-Afrika* nie.
   (*e*) Hy skiet die *tintinkie* met 'n *dum-dumkoeël.*
   (*f*) Die *hoof mediese beampte* is baie bang vir die *langbeen- harige spinnekop* wat hy in die *lospit-Bolandse perskeboom* gekry het.

"*Meneer, is dit nou 2 tonbakkies of 2-tonbakkies teen R6 000?*"

VII.2 Bespreking

Let op die spelling van *Suidwes-Afrika.*

In samestellinge en samekoppelinge van die volgende tipes is 'n koppelteken voor die slotwoord *gebruiklik*, maar *nie gebiedend nie*, mits die slotwoord net nie los geskryf word nie:

D.F. Malan-gebou teenoor *D.F. Malangebou*
rand-vir-rand-stelsel teenoor *rand-vir-randstelsel*

Let op die spelling van **N**ie-**B**lanke met twee hoofletters. Verbeter die spelling daarvan op bl. 12 in die AWS.

Let op die spelling van *Afrikaans-***N***ederlands* teenoor *Middel***n***ederlands*. Eersgenoemde is 'n kursus waarin twee tale bestudeer word en laasgenoemde is 'n ontwikkelingstadium in een bepaalde taal.

Let op die spelling van *hy loop* **son op** (rigting) teenoor *teen* **sonop** (tydstip). Volgens die AWS moet 'n woord soos *sonop* in *hy kom teen sonop*, wat tyd aandui, los geskryf word terwyl die AWS in sy woordelys aandui dat in hierdie konteks die woord vas geskryf moet word. Dit is verwarrend.

VIII. Afkappingstekens (Vgl. AWS bl. 13-14.)

VIII.1 Vrae

Probeer eers die volgende vrae beantwoord:

1. Wat is die funksie van die afkappingsteken?
2. In die volgende sin is 'n paar van die skuinsgedrukte woorde verkeerd gespel. Skryf slegs die woorde wat verkeerd gespel is in hul korrekte vorm neer.
   Hierdie *Du Toit'jie* moet met die *Roux's* saamry as hulle by die *De Villierse* en die *Cillier's* gaan kuier.

VIII.2 Bespreking

Let op dat die afkappingsteken wat gebruik word vir die vorming van meervouds- en verkleiningsuitgange van persoonsname slegs voorkom by **e, s** en **z** wat nie uitgespreek word nie, bv. *Terblanch'e*, *Cilliers'tjie* en *Du Preez's*. Indien 'n persoonsnaam op 'n **t** of op 'n **x** uitgaan wat nie uitgespreek word nie, word 'n afkappingsteken *nie* gebruik nie, bv. *Du Toits* en *Rouxtjie*. Geen motivering word vir hierdie onreëlmatigheid aangebied nie.

IX. Kappies (Vgl. AWS bl. 14.)

IX.1 Vrae

Probeer eers die volgende vrae beantwoord:

1. Wat is die funksie van die kappie?
2. In die volgende sinne is 'n paar van die skuinsgedrukte woorde verkeerd gespel. Skryf slegs die woorde wat verkeerd gespel is in hul korrekte vorm neer.
   (*a*) Hy *sôre* dat die *wîe vêr* ingeslaan word.
   (*b*) Ek het die *sker êrens gebêre*.

IX.2 Bespreking

Omdat die kappie slegs in oop lettergrepe die besondere lang **ê** aandui, is woorde soos *skêr*, *blêr*, *vulgêr* en *kês* uitsonderinge op hierdie reël. Afgeleide vorme van hierdie woorde kan nie sonder die kappie geskryf word nie omdat dit tot foutiewe uitspraak aanleiding sou gee, bv. *skere* en *vulgere*. Ter wille van gelykvormigheid tussen die afgeleide vorme *skêre* en *vulgêre* en die grondvorme *skêr* en *vulgêr* word die kappie in hierdie gevalle tog wel gebruik, alhoewel daardie kappie in die enkelvoudsvorm in geslote lettergrepe voorkom. Die woord *blêr* kom moontlik van 'n ouer Nederlandse vorm *blêren* en *kês* moontlik van die Duitse woord *Käse*. Indien hierdie vermoede korrek is, dan sou die kappie ook in hierdie twee gevalle voorheen in oop lettergrepe voorgekom het.

X. **Aksenttekens** (Vgl. AWS bl. 14-15.)

X.1 Vrae

Probeer eers die volgende vrae beantwoord:

1. Hoeveel soorte aksenttekens word in Afrikaans gebruik? Noem hulle.
2. Op watter soort vokale word elkeen van hierdie aksenttekens gebruik?
3. In die volgende sinne is 'n paar van die skuinsgedrukte woorde verkeerd gespel. Skryf slegs die woorde wat verkeerd gespel is in hul korrekte vorm neer.
   (*a*) Jy *móet* die *appel* aanvaar.
   (*b*) *Dié kopie* was vir my 'n verrassing.
   (*c*) Dis *onmóontlik* dat *nòg* Jasper, *nòg* Karel die man gesien het.

X.2 Bespreking

Let op dat in die geval van *appel* en *appèl* die aksentteken gebruik word om verskil van beklemtoning en betekenis aan te dui, maar dat in woorde soos *gesel* en *kopie* die aksentteken gewoonlik nie gebruik word nie. Die bedoelde beklemtoning en betekenis blyk in laasgenoemde gevalle gewoonlik uit die konteks, bv.

Daardie winkel bied 'n fantastiese kopie aan.

Indien die betekenis nie dadelik uit die konteks blyk nie, behoort die aksentteken liewer gebruik te word.

XI. **Klinkers en tweeklanke** (Vgl. AWS bl. 15-17.)

XI.1 Vrae

Probeer eers die volgende vrae beantwoord:

1. Om watter rede word klinkers verdubbel?
2. Wat is 'n oop lettergreep?
3. Wat is 'n geslote lettergreep?
4. In die volgende sinne is 'n paar van die skuinsgedrukte woorde verkeerd gespel. Skryf slegs die woorde wat verkeerd gespel is in hul korrekte vorm neer.
   (*a*) Die *Schooneese* het *meewarig* met hul *veëers* gewaai.
   (*b*) Die hoof het die *sluste baljus* afgedank.
   (*c*) Die *confettie* het die *masjienerie* geblokkeer.

XI.2 Bespreking

1. Die eerste grondbeginsel

Dit is die eerste grondbeginsel van die spelling in Afrikaans om woorde te spel soos hulle uitgespreek word (sien AWS, bl. 1.). Daar word soms afgewyk van hierdie beginsel, maar dit help tog met die spelling van baie woorde. In die eerste plek moet 'n mens weet watter vokale *kort* en wattter vokale *lank* uitgespreek word.

2. Die kort vokaalklank

Die manier waarop 'n kort vokaalklank in die spelling aangedui word, is:

(*a*) deur slegs een vokaalteken (letter) te gebruik en

(*b*) deur 'n konsonnantteken (letter) onmiddellik op bogenoemde vokaalteken te laat volg met dien verstande dat:

- hierdie konsonnantteken die lettergreep waarin die vokaalteken voorkom, afsluit of
- die konsonantteken onmiddellik gevolg word deur een of meer verdere konsonnanttekens.

Voorbeelde: d**A**k, d**A**kke, d**O**rp, **A**ktrise, k**O**nstruksie

Uitsonderinge

(1) Sien in hierdie aantekeninge par. XII. Uitsonderinge (*a*), (*b*) en (*c*):

- Met [ə] onbeklemtoon, bv. *heerlIke*, *middEle*
- Woorde met 'n Nederlandse speltradisie, bv. *bAseer*, *tArentaal*
- Woorde met 'n Afrikaanse speltradisie, bv. *frikkAdel*, *tAmeletjie*

(2) Indien die tweede konsonantteken wat op bogenoemde vokaalteken volg 'n **l** of **r** is en die klem daarna val, word hierdie vokaalteken soms lank uitgespreek, bv. *fotOgrafies*, *prOgram*.

(3) Die reël geld nie vir tweeklanke of vir **i**/**ie** en **oe** nie, bv. *duiwe*, *twyfel*, *tipe*, *dieper*, *sproete*.

3. Die lang vokaalklank

Die manier waarop 'n lang vokaalklank in die spelling aangedui word, word uitvoerig in die AWS bespreek in par. XI. bl. 15-16.

In *oop lettergrepe* word die klinkertekens **a, o** en **u** gewoonlik nie dubbel geskryf nie, byvoorbeeld *bane*, *bome*, *mure*, *ma*, *bo*, *ru*. Die klinkerteken word egter verdubbel in byvoorbeeld *ruuste* en *skuuste* omdat hierdie woorde verkeerd uitgespreek sou word met een **u.**

By die spelling van eiename soos byvoorbeeld *Karoo*, *Prinsloo* en *Vosloo* kan hierdie motivering in verband met 'n foutiewe uitspraak nie aangevoer word nie. Hierdie verdubbeling van klinkertekens by eiename het waarskynlik op grond van tradisie behoue gebly.

Let veral op dat die dubbel geskrewe **e** van oop eindlettergrepe soos in *gee*, *see* en *twee* behou word in samestellings, verkleiningsvorms, afleidings en samestellende afleidings, bv. *seekat*, *seetjie*, *tweede* en *senuweeagtig*. Dit word waarskynlik so gespel om uitspraakverwarring met die [ə] -klank te voorkom.

Let egter ook op dat die dubbel geskrewe **e** van sodanige eindlettergrepe nie behou word voor 'n swak beklemtoonde **e** nie, bv. *seë*, *tweë*, *veër*.

Ter wille van gelykvormigheid word die eiename *Roose*, *Roosie*, *Maase*, *Maasie* met 'n dubbel geskrewe **o** en **a** geskryf.

4. Die ***i****-klank*

Die **i**-klank word soms as **i** en soms as **ie** geskryf en kom in woorde voor wat ons in twee hoofklasse kan indeel:

(*a*) *Nie-klassieke herkoms*

Die **i**-klank word oral deur **ie** voorgestel, bv. *bietjie*, *geskiedenis*, *iemand*.

(*b*) *Klassieke herkoms*

- In oop begin- en oop binnelettergrepe word die **i**-klank deur **i** voorgestel, bv. *idee, titel.*
- In geslote en oop eindlettergrepe word die **i**-klank deur **ie** voorgestel, bv. *anoniem, bagasie.*

Met 'n Afr. agtervoegsel *(-e, -er, -erig, -ig)* word 'n geslote lettergreep 'n oop binnelettergreep, maar bly **ie** onveranderd, bv. *anonieme, masjiene.*
Met 'n klassieke agtervoegsel *(-eer, -erie, -is, -iteit, -ities, -itisme)* word 'n geslote lettergreep 'n oop binnelettergreep en word **ie** verander in **i,** bv. *masjinis, parasities.*

XII. Medeklinkers (Vgl. AWS bl. 17-21.)

XII.1 Vrae

Probeer eers die volgende vrae beantwoord:

1. Om watter rede word medeklinkers verdubbel?
2. In die volgende sinne is 'n paar van die skuinsgedrukte woorde verkeerd gespel. Skryf slegs die woorde wat verkeerd gespel is in hul korrekte vorm neer.
   (*a*) Ek word steeds *kwader* as hulle my *hempde* met hul *frikadelle* besmeer.
   (*b*) Die *verplaasde sekretarisse* het die *vereisde* vorms ingevul.
   (*c*) Sy *bedugdheid* vir *adolesente* is 'n *interessante* verskynsel.
   (*d*) Die *kanonnier* suig aan sy *tameletjie* terwyl hy die walvisse *harpoeneer.*

XII.2 Bespreking

Op die end van woorde wat eindig op **-f, -g** en **-s** word geen **d** of **t** geskryf nie, bv. *bedroef, beleef, besorg, bevoeg, bedees.*

1. Die uitgang **-te** *by die verlede deelwoord*
Op enkele uitsonderinge na kom die **-te** by die volgende woorde voor:
(*a*) Wwe. wat op **-k, -p** en **-t** uitgaan, bv. *bedekte, verlepte, besmette.*
(*b*) Wwe. met 'n kort klinker onmiddellik voor die slot **-f** en **-g,** bv. *gesifte, gevlegte.*
(*c*) Wwe. met 'n kort klinker of 'n konsonant plus **-s,** bv. *vervlakste, vervalste, beheerste, gesplitste.*
(*d*) Sommige wwe. met 'n lang klinker, tweeklank of **oe** voor **-s,** bv. *verhaaste, getrooste, vereiste, gekruiste, verroeste.*

2. Die uitgang **-de** *by die verlede deelwoord*
Op enkele uitsonderinge na kom die **-de** by al die ander verlede deelwoorde voor. Let veral op na bl. 19, d. (4) (AWS) met die opmerking wat daarop volg. By hierdie lastige gevalle bestaan daar geen reëlmaat nie en gevolglik moet hulle eenvoudig van buite geleer word.

3. Die verdubbeling van medeklinkers
Hierdie gedeelte kan kortliks soos volg saamgevat word:

> kort beklemtoonde klinker........MM........klinker (M = medeklinker), bv. *dapper, skoppe.*

Opmerking: Die **i-/ie-/oe**-klank geld nie as kort klinkers nie, bv. *wiele, boeke, tipe.*

4. Uitsonderinge

(*a*) Met [ə] onbeklemtoon word die medeklinker nie verdubbel nie, bv. *heerlike*, *middele*, *monnike*, *onverbiddelike*, maar die medeklinker word wel verdubbel as die onbeklemtoonde [ə] voor 'n **-s** staan, bv. *irisse*, *kermisse*. Dit kan soos volg saamgevat word:
kort, onbeklemtoonde, nie-slotklinker........M........klinker.

(*b*) Woorde met 'n Nederlandse speltradisie, bv. *baseer*, *interessant*, *papegaai*, *paraffien*, *onmiddellike*, *ydellike*, *adolessensie*, *galop*.

(*c*) Woorde met 'n Afrikaanse speltradisie, bv. *frikkadel*, *tameletjie*, *tarentaal*.

(*d*) Afgeleide woorde waarvan die stam 'n kort klinker het gevolg deur 'n medeklinker, bv. *adresseer*, *appelleer*, *galoppeer*, *rebelleer*. Die afgeleide vorm verloor die klem op die kort klinker.

(*e*) Superlatiewe soos bv. *boosste*, *dwaasste*.

XIII. Meervoudsvorme (Vgl. AWS bl. 21-22.)

XIII.1 Vrae

Probeer eers die volgende vrae beantwoord:

In die volgende sinne is 'n paar van die skuinsgedrukte woorde verkeerd gespel. Skryf slegs die woorde wat verkeerd gespel is in hul korrekte vorm neer.

1. Hul *oupas* en *skoonpa's* ly aan dieselfde siekte as die *Du Preezs*, *Rouxs* en *Du Toits* van Knysna.
2. Die *dieëte* van die *genieë* bevat geen *alkalië* nie.
3. Die *skêre* en *wïe* het op die *brûens* bly lê.
4. Die *Fouchés* was almal *generaals-majoor* in die staande mag voordat hulle *prokureur-generaals* geword het en hulle het almal *skribas-kasier* geword by aftrede.

XIII.2 Bespreking. Geen kommentaar nie.

Let veral op die volgende gedeeltes: bl. 21, 2 (i) en (ii); 2 (iv).

XIV. Woorde van vreemde herkoms (Vgl. AWS bl. 22-26.)

Gaan hierdie afdeling noukeurig na en onderstreep slegs dié gevalle wat u self moontlik sal gebruik en moeilik vind om te spel. Sorg dat u die betekenisse ken van die woorde wat u onderstreep.

XV. Hoofletters (Vgl. AWS bl. 26-31.)

XV.1 Vrae

Probeer eers die volgende vrae beantwoord:

In die volgende sinne is 'n paar van die skuinsgedrukte woorde verkeerd gespel. Skryf slegs die woorde wat verkeerd gespel is in hul korrekte vorm neer.

1. Dit was *Klaas Vakie* wat *klein Duimpie* gevra het of hy 'n *Fordmotor* of 'n *Dieseltrekker* vir *Kersfees* wil hê.
2. Sê vir *pa* dat *Dominee* op *Goeie Vrydag* die *berymde Psalms en evangeliese Gesange* sal gebruik.

3. Hy sê *Witlies* is 'n *koedoe* en nie 'n *fries* nie omdat sy so graag *dahlias* en *afrikaners* eet.
4. Die *weste* is bekommerd oor die infiltrasie van *Kubane Noord* van *suidwes Afrika.*
5. As dosent in *geskiedenis* en rubriekskrywer van *die Burger* doen hy navorsingswerk oor *bybels* van die *Middeleeue* wat in die *Staatsbiblioteek* gehuisves word.

XV.2 Bespreking

1. Let op: **Jan Rap** *het toe ook daar opgedaag.*
   Elke **jan rap** *het probeer inkom.*
2. Let veral op na: bl. 27, h (1); bl. 28, h (2).
3. Let op die spelling van: afrikaner (blomsoort), onafrikaans, verafrikaans.
4. Let op die spelling van:
   (*a*) Die wind waai oos/uit die ooste.
   (*b*) Oorlog dreig in die Ooste.
   (*c*) Van der Merwe-straat *of* Van der Merwestraat.
   (*d*) blou Maandag.

XVI. Die skryfwyse van woorde – los of vas (Vgl. AWS bl. 31-57.)

XVI.1 Vrae

Probeer eers die volgende vrae beantwoord:

1. Is daar duidelike reëls vir die aanmekaar- of losskryf van woorde?
2. Watter toets bied die grootste hulp as 'n mens nie seker is of woorde aanmekaar of los geskryf moet word nie?
3. In die volgende sinne is 'n paar van die skuinsgedrukte woorde verkeerd gespel. Skryf slegs die woorde wat verkeerd gespel is in hul korrekte vorm neer.
   (*a*) So teen *son op* gaan hy *huistoe*, want hy *bak warm* en brand *erg lelik* in die gloeiende son.
   (*b*) Dit is *gladnie linksom* die heuwel dat hy gevlug het nie, maar *stroomaf.*
   (*c*) Port is 'n *rooiwyn*, maar dis nie 'n *rooi wyn* nie, want dit word nie saam met 'n maaltyd *aan tafel* bedien nie.
   (*d*) Die baba dra al 'n *lang broek*, maar dis nie regtig 'n *langbroek* nie, want dis bloot 'n *tipe broek* wat tot oor die enkels gaan.
   (*e*) Daardie *uithaler speler* moet om *vyf uur* op die veld draf; *vandaar* dat hy nou moet *ophou tou trek*, want *netnou* is hy heeltemal *uit asem.*

XVI.2 Bespreking

1. Algemene riglyne

Wees konsekwent in die aanmekaar- of losskryf van woorde. Dit beteken dat, as 'n mens besluit het dat daar een of meer goeie rede(s) bestaan waarom twee of meer woorde vas geskryf moet word, jy daardie twee of meer woorde dan altyd vir daardie spesifieke betekenis en in daardie spesifieke soort sinsposisie vas sal skryf.

Aanvaar lydelik die inkonsekwensies wat daar in die Spelreëls is – en lê jou daarby neer, wetende dat daar min dinge so moeilik veranderbaar is as juis skryftradisie.

2. Oorweginge om vas te skrywe

Die AWS bespreek tien oorwegings (sien bl. 39-41) waarom woorde vas geskryf word. Van hierdie tien is veral oorwegings (*c*) *Verlies van fleksiemoontlikhede*, (*i*) *Tussenvoegsels en toevoegsels* en (*j*) *Woordomgewing* van besondere belang. Hierdie drie oorwegings kan soos volg saamgevat word:

Indien dit *nie* moontlik is om 'n tussenvoegsel soos byvoorbeeld 'n woord of woorddeel tussen bepaalde woorde in 'n sin te gebruik sonder om die globale betekenis van daardie bepaalde woorde in hul verband in die betrokke sin te verander *nie*, is dit 'n oorweging om daardie bepaalde woorde *vas* te skrywe.

Positief gestel, *lui hierdie oorweging soos volg:*
Indien dit *wel* moontlik is om 'n tussenvoegsel soos byvoorbeeld 'n woord of woorddeel tussen bepaalde woorde in 'n sin te gebruik sonder om die globale betekenis van daardie bepaalde woorde in hul verband in die betrokke sin te verander, is dit 'n oorweging om daardie bepaalde woorde *los* te skrywe.

Voorbeelde

Die woorde *klein* en *kind* word vas geskryf in sin **1**:

1. *Pa se kleinkind word vandag twee jaar oud*

indien die globale betekenis van die woorde *klein* en *kind* in hierdie sin ongeveer is "afstammeling van die derde geslag", want met hierdie betekenis sal enige tussenvoegsel soos byvoorbeeld **-ste** die globale betekenis van hierdie woorde verander.
In sin **2**

2. *Pa se kleinste kind word vandag twee jaar oud*

beteken die woorde *klein* en *kind* nie meer "afstammeling van die derde geslag" nie maar wel "afstammeling van die tweede geslag, wat nie groot is nie". Daarom moet *klein* en *kind* in sin **1** vas geskryf word.
Die woorde *klein* en *kind* word *los* geskryf in sin **3:**

3. *Pa se klein kind(jie) word vandag twee jaar oud*

indien die globale betekenis van die woorde *klein* en *kind* in hierdie sin ongeveer is "afstammeling van die tweede geslag, wat nie groot is nie", want met hierdie betekenis sal enige tussenvoegsel soos byvoorbeeld *-ste* of *woelige* nie die globale betekenis van hierdie twee woorde verander nie.
In sin **2** en **4**

4. *Pa se klein woelige kind word vandag twee jaar oud*

is die globale betekenis van die woorde *klein* en *kind* nog steeds "afstammeling van die tweede geslag, wat nie groot is nie" afgesien van die tussenvoeging van die woorddeel *-ste* of die woord *woelige*. Daarom moet *klein* en *kind* in sin **3** los geskrywe word.

12.1.6 Antwoorde op algemene speltoets van afdeling 12.1.2

1. baseer, oorsese
2. burgemeester, paraffien
3. gereelde, ver, galop
4. paragrafeer
5. weinig, akkommodeer (**10**)

12.1.7 Opdragte

1. *Onderstreep al die onderstaande woorde wat verkeerd gespel is.*
   (*a*) restaurant, restourant, ver, sker, pers
   (*b*) koeël, spieël, prieël, diëte, finansiëel
   (*c*) ruuste, skuuste, sluuste, dwaaste, fluksste
   (*d*) Die beenaf meisie het baie bek-af gelyk toe haar raad op pa haar padlangs vertel het dat sy besig is om hand uit te ruk
   (*e*) Die wolgesig- ou uil het 'n langbeen harige spinnekop en 'n lospit- Bolandse perske geëet
   (*f*) paraffien, parafien, parallelle, paralelle, parrallele, parralelogram
   (*g*) kanonnier, rebelleer, patrolleer, kanseleer
   (*h*) gevlegde (hare), gedroogte (vrugte,) gekruiste (bene), gevreeste (siekte), geploegte (lande)
   (*i*) Na sy troue het hy vir hom 'n 5 tonvragmotor en 'n 7,70 mm-geweer gekoop en in 'n eenslaapkamerwoonstel ingetrek waar hy die eerste nag koue koors gekry het.
   (*j*) benerige, vereniging, oorseese, tweede, parkering, interresant
   (*k*) illustrasie, waardeer, iesegrimmig, gedugtheid, benodigdhede, te gelykertyd, teraarde bestel, teraardebestelling, onverbiddelik, onmiddellikke, ternouernood, irriterend, voor die hand liggende oplossing
2. Gebruik die *Afrikaanse Woordelys en Spelreëls* en slaan na en kyk of al die woorde wat verkeerd gespel is, onderstreep is. Verbeter dan hierdie foutiewe spellings.
3. *Gee aandag aan die skuinsgedrukte gedeeltes in die volgende sinne en sê dan of dit los of vas geskryf moet word.* Slaan die korrekte spellings in die *Afrikaanse Woordelys en Spelreëls* na.
   (*a*) Jy moet net *aan een skrywe* nie aan *al twee* nie.
   (*b*) Die *aan mekaar skryf* van woorde is net so lastig soos die gedurige *aan mekaar skrywery* van seuns en meisies wat mekaar tog *al dag* sien.
   (*c*) Ja, ek het 'n *blou oog*, want hy het my vervlaks gister *blou oog* geslaan oor sy *blou oog nooi!*
   (*d*) Die *eerste minister* is 'n *eerste klas minister* as hy sy *eersteministerskap* altyd *eerstestel.*
   (*e*) Speel die *heelagter speler* dan *heel tyd heelagter* in die span?
   (*f*) Jy sal jou lekker *mis reken* en *mis skiet* net omdat jy so seker is jy gaan *raak skiet.*
   (*g*) Praat maar *padlangs* en bly kalm, want daardie *stroomopvent* gaan jou *opdraand* gee.
   (*h*) Hy is *van kleinsaf* effens *agter af.*
   (*i*) Hy is *allesbehalwe* slim, want hy het *alte veel* geld uitgegee.
   (*j*) *So wat* het ek nog *glad nie* gesien dat *enige iemand* sommer *nou al* daaroor kan besluit nie.

4. Stel 'n speltoets op vir die tutoriale klas. Sluit soveel as moontlik woorde waarmee u self spelprobleme ondervind, in. Stel ook 'n memorandum op wat die korrekte antwoorde bevat.
5. Teken voorbeelde van foutiewe spellings op uithangborde, in koerante, ens. aan. Dui die bron aan waar die foutiewe spelling gekry is en verbeter dit dan.
6. Neem enige bladsy uit die woordelys van die *Afrikaanse Woordelys en Spelreëls* en probeer om al die grammatiese gegewens wat aangegee word so noukeurig as moontlik te interpreteer.

12.2 Lees- en skryftekens

12.2.1 Doelstellings

Ons doel met hierdie kursus is:

1. Om u kennis in verband met lees- en skryftekens wat algemeen gebruik word, op te fris;
2. Om vir u te oortuig van die noodsaaklikheid van die korrekte gebruik van lees- en skryftekens;
3. Om vir u aan te spoor om lees- en skryftekens op 'n verantwoordelike wyse en 'n verantwoordbare wyse te gebruik;
4. Om vir u aan te moedig om "Lees- en Skryftekens" van H. J. J. M. van der Merwe as naslaanbron te gebruik;
5. Om vir u bewus te maak van enkele lastige kwessies in verband met die gebruik van lees- en skryftekens.

12.2.2 Inleiding

Wanneer ons skryf, moet ons altyd probeer om die gesproke taal so noukeurig as moontlik weer te gee.

As 'n mens luister na gesproke taal, dan val dit op dat alles nie maar aaneenloop nie, maar dat daar tussen sommige woorde korter of langer pouses gelaat word. Dit val ook op dat sekere woorde sterker beklemtoon word as ander. Alle sinne word ook nie met dieselfde stemtoon uitgespreek nie.

Die skrywer maak van lees- en skryftekens gebruik om vir die leser aan te dui waar hy 'n korter of 'n langer pouse moet laat, of watter woorde die leser moet beklemtoon, ens.

Op die vraag of die gebruik van leestekens in 'n geskrewe stuk noodsaaklik is, het 'n student by geleentheid die onderstaande antwoord gegee. Lees hierdie stuk deur en besluit dan of dit wel noodsaaklik is om 'n geskrif van leestekens te voorsien.

Leestekens is noodsaaklik in 'n geskrewe stuk want dit sorg dat die geskrif meer leesbaar gemaak word dit klink nou miskien vir die gewone leek snaaks maar jare gelede ek dink dit was in die vorige oorlog het daar die gebruik ontstaan ek is ook nie heeltemal seker van my bronne nie maar terug na die punt die gebruik het ontstaan dat leestekens minimaal gebruik is 'n mens kan net wonder hoe die generaals luitenante en ja selfs die troepe die bevele soos val aan en retireer kon verstaan sonder die gebruik van leestekens vir ons moderne akademikusse of is dit akademici of miskien altwee is my ma het altyd gesê jy moet reg spel is dit maklik want op Universiteit of is dit nou universitêre my ma het gesê jou taalgebruik moet suiwer wees word jy geleer en geleer en dit word jou ingeprop om leestekens wel goed te hanteer belediging vir die intelligensie ek kan mos leestekens gebruik my ma het gesê ek het sulke dinge al lankal geleer

Wat maak punktuasie dan nou saak – kan die prof nie Afrikaans verstaan nie?

As 'n geskrif oordeelkundig voorsien is van leestekens, dan kan dit die leesproses vergemaklik en kan dit bydra tot 'n beter begrip van die inhoud. Ons moet besef dat leestekens onmisbaar is vir 'n behoorlike begrip van 'n geskrewe stuk.

Dit is nie net belangrik dat ons leestekens gebruik nie, maar dit is ook belangrik dat ons hulle versigtig en korrek gebruik, want 'n leesteken op die verkeerde plek kan aanleiding gee tot 'n totaal ander interpretasie as wat die skrywer bedoel het. 'n Eggenoot wou die volgende grafskrif op sy vrou se grafsteen plaas:

"*Hier ligt mijn Griet; in de hemel is ze; niet in de hel, dat weet ik wel*",

maar hy het die kommapunt **na** *niet* **in plaas van daarvoor** geplaas. Die resultaat was toe:

"*Hier ligt mijn Griet; in de hemel is ze niet; in de hel, dat weet ik wel*".

Hieruit sien ons dat die plasing van een enkele leesteken op die verkeerde plek, 'n groot verskil aan die betekenis van die sin kan maak.

Dit val telkens op dat studente die meeste reëls in verband met die gebruik van lees- en skryftekens ken, maar dat hulle nie altyd hierdie parate feitekennis toepas wanneer die geleentheid hom voordoen nie. So sal 'n student die volgende reël korrek weergee, nl. "As daar twee werkwoorde wat tot verskillende gesegdes behoort, langs mekaar staan, moet jy 'n komma tussen die werkwoorde plaas", dikwels sonder om die komma tussen **staan** en **moet** te plaas.

Die meeste van die reëls in verband met die gebruik van lees- en skryftekens ken u waarskynlik reeds, daarom wil ons nie hier in die eerste plek konsentreer op die uitbreiding van u feitekennis nie, maar ons wil vir u die geleentheid skep om dié feitekennis op te fris en om te oefen om u feitekennis in hierdie verband konsekwent en korrek toe te pas. In 'n poging om hierdie ideaal te verwesenlik, sal ons werk aan die hand van H. J. J. M. van der Merwe se "Lees- en Skryftekens" wat in *Afrikaanse Taalmonografieë*, no. 3, verskyn het.

In hierdie afdeling sal hoofsaaklik aandag geskenk word aan leestekens en wel aan die *komma*, *kommapunt*, *russtrepies (aandagstreep)*, *stippels*, *hakies*, *dubbelpunt*, *punt*, *vraagteken en uitroepteken.*

Aan skryftekens soos die *afkappingsteken*, *aksentstrepies*, *deelteken*, *kappie*, *koppelteken* asook aan sake soos *afkortinge*, *hoofletters* en *lettergreepverdeling* sal hier geen aandag gegee word nie omdat dit reeds behandel is in die afdeling wat handel oor spelling. Die enigste skryfteken waaraan hier aandag geskenk sal word, is **aanhalingstekens.**

Aan die ander onderwerpe wat in die handleiding "Lees- en Skryftekens" behandel word, kan die student maar net terloops aandag gee.

12.2.3 Wenke in verband met die gebruik van leestekens

1. Gee altyd wanneer u lees aandag aan die leestekens wat gebruik is en probeer vasstel hoekom 'n bepaalde leesteken op 'n bepaalde plek gebruik word.
2. Onthou om altyd wanneer u skryf ook aandag te gee aan die behoorlike punktuasie van u geskrif.
3. Wees altyd bedag daarop dat die verkeerde plasing van 'n leesteken of die weglating van 'n leesteken, wanneer die teks dit vra, betekenisimplikasies kan inhou.

4. Onnatuurlike pousering kan lei tot ondoeltreffende punktuasie.
5. Die korrekte gebruik van leestekens verg gereelde oefening.

12.2.4 Werkwyse

Die volgende metode is gevolg by die opstel van hierdie afdeling:

1. By die opskrif bo-aan elke afdeling is 'n verwysing na dié gedeelte in *Afrikaanse Taalmonografieë*, no. 3, wat ter sake is. Hierdie gedeelte in die genoemde bron moet eers deeglik gelees word voordat hierdie aantekeninge gelees word.
2. Na die verwysing volg vrae en/of opdragte en/of kommentaar.
3. Die opdragte is so opgestel dat die student se aandag toegespits sal word op dié aspekte wat spesiale aandag vereis.
4. Gedeeltes wat vir die student geen probleme behoort op te lewer nie, is aangedui met die woorde: "Geen kommentaar nie."

12.2.5 Leestekens (Lees bl. 21-22.)

Vrae

1. Watter funksies verrig leestekens in 'n geskrewe stuk?
2. Watter twee sisteme van punktuering word gebruik?
3. Waarop berus die *grammatiese* sisteem van punktuering?
4. Waarop berus die *ritmiese* sisteem van punktuering?
5. Hoekom sal daar soms 'n verskil van mening wees oor die plasing van leestekens?

12.2.6 Komma A (Lees bl. 14-17.)

Daar word soms gesê dat, as 'n skrywer kommas op die regte plekke in 'n geskrif kan plaas, hy al ver gevorder het in die skryfkuns.

Lees die volgende sinne noukeurig deur en voeg dan die ontbrekende kommas in. Kommas wat op verkeerde plekke staan, moet geskrap word. Probeer om in elke geval u invoeging of skrapping te verantwoord.

1. In Piet Pantjies se winkel is absoluut alles: oudhede nuwighede lelikhede mooihede grootgoed en kleinighede.
2. Mnr. Du Toit voorsitter van die dorp se gesondheidsake het self die voorstel ingedien.
3. My liewe vriend moenie vir my met daardie afwesige kyk in jou oë aanstaar nie!
4. Ek sou ook nog dieselfde aand voor donker daar gewees het, maar net voor ek die afdraand kry na Gouritzrivier toe dit was voor die brug daar gebou is verloor my ryperd Voorbly was sy naam sy hot-agter yster en hy word kruppel.
5. Sedert die Nico Malan-skouburg in 1971 in gebruik geneem is het dit een van die stad se aantreklikhede geword.
6. As jy eerste daar kom moet jy asseblief die deur oopsluit.
7. Dit moes eerstens, òf 'n winkel wees wat oor 'n monopolie beskik òf 'n winkel met takke in beide gebiede òf 'n winkel wat basies dieselfde artikels en dienste verskaf in Johannesburg en Pretoria.
8. Hy het belowe dat hy kom, maar tot dusver het hy nog nie opgedaag nie.
9. Hy het my gesoebat dat ek hom moet help.
10. Hy was baie ongelukkig gevolglik het hy die Kaap verlaat.

Kommentaar

Dit is baie moeilik om vaste reëls te gee in verband met die gebruik van leestekens voor 'n voegwoord.

Op p. 16 van *Afrikaanse Taalmonografieë*, no. 3, bespreek die skrywer die gebruik van die komma voor bywoordelike voegwoorde en ander voegwoorde. Hy maak egter nie 'n duidelike onderskeid tussen bywoordelike voegwoorde en onderskikkende voegwoorde nie, gevolglik loop sy gegewens in punt 10 deurmekaar.

Die woordvolgorde van die sin na 'n voegwoord stel ons in staat om agter te kom watter soort voegwoord in die sin gebruik word.

'n **Neweskikkende voegwoord** verbind hoofsinne, bv.

Hulle vertrek al vandag, **maar** *ons vertrek eers môre.*

'n **Onderskikkende voegwoord** verbind 'n hoofsin met 'n bysin, bv.

Natal het Saterdag gewen **omdat** *hulle beter rugby gespeel het as die All Blacks.*

'n **Bywoordelike voegwoord** lei 'n sin in wat 'n vraagsinsvolgorde het, maar wat nie vraagsinswaarde het nie, bv.

Hy het oortree, **gevolglik** *word hy gestraf.*

In die eerste paragraaf onder punt 10 gaan dit dus om die gebruik van die komma voor onderskikkende voegwoorde en in die tweede paragraaf van punt 10 gaan dit om die gebruik van die komma voor bywoordelike voegwoorde. Voor bywoordelike voegwoorde word deurgaans 'n *komma* of soms ook 'n *kommapunt* geplaas. Vergelyk: *Hulle het te laat gekom; daarom het ons maar vertrek.*

Ons weet reeds dat 'n byvoeglike bysin ingelei word deur 'n betreklike voornaamwoord. Die betreklike voornaamwoord het altyd betrekking op 'n selfstandige naamwoord of 'n voornaamwoord wat vroeër in die sin staan. Hierdie selfstandige naamwoord of voornaamwoord waarop die betreklike voornaamwoord betrekking het, word die **antesedent** van die betreklike voornaamwoord genoem.

Die gebruik het ontstaan om geen komma voor die betreklike voornaamwoord te plaas indien die antesedent direk voor die betreklike voornaamwoord staan nie, maar indien 'n ander selfstandige naamwoord(e) tussen die antesedent en die betreklike voornaamwoord staan, word daar wel 'n komma voor die betreklike voornaamwoord geplaas. Sodoende word verwarring uitgeskakel.

Op grond van bogenoemde sal die volgende sinne soos volg gepunktueer word:

1. Piet Smit was die uitblinker by die redenaarskompetisie **wat** verlede week in Bloemfontein gehou is. (geen komma voor **wat**)
2. Die ander pryswenner was Maryna Smit – nie familie van Piet nie – van J. J. du Preez, **wat** verantwoordelik was vir die beste toespraak in Afrikaans. (komma voor **wat**)

12.2.7 Komma B (Lees bl. 17-19.)

Voeg die ontbrekende leestekens in.

1. Daar word tien woordsoorte onderskei bv. die werkwoord, bywoord, selfstandige naamwoord, byvoeglike naamwoord ens.
2. Ek het te veel werk m.a.w. ons moet maar vergeet van die dans.

3. Daar vertrek net elke Dinsdagaand 'n trein Suidwes toe d.w.s. ons sal eers Donderdag in Windhoek kan wees.
4. Hulle kom Vrydag 13 Oktober 1978 op die Jan Smuts-lughawe aan.

Kommentaar

Studente gebruik dikwels in toetse en eksamens die formules **bv., d.w.s., m.a.w.** en **ens.** Voor hierdie formules moet altyd 'n komma geplaas word omdat daar by natuurlike lees altyd 'n pouse voorkom voor hierdie formules.

12.2.8 **Komma C** (Lees bl. 19.)

Verwyder die kommas wat **verkeerd** *gebruik is.*
1. Hy is in Durban gebore, op 2 Desember, 1970.
2. Voordat julle, jul skuld nie betaal nie, kan ons, ons verpligtinge nie nakom nie.

12.2.9 **Kommapunt** (Lees bl. 20.)

Kommentaar

Aanvullend by wat gesê word oor die gebruik van die kommapunt, wil ons daarop wys dat die kommapunt ook gebruik word wanneer 'n reeks newegeskikte hoof- of bysinne in 'n sin voorkom, bv.
1. Sy stem moet volume hê; dit moet aangenaam aandoen; hy moet dit goed kan moduleer.
2. Hy het gesê dat hy vandag kom; dat hy môre vertrek; dat hy oormôre weer terugkom.

12.2.10 **Russtrepies** (**aandagstreep**) (Lees bl. 38-39; asook **parentese** op bl. 33-34.)

Vul die ontbrekende leestekens in.
1. Al die takke gebruik 'n standaard-pryslys, sodat "jeans" die uniform van die sewentigs dieselfde kos op alle plekke.
2. Daar is baie mans kyk maar na jou bure en vriende, ek hoef nie name te noem nie daar is baie mans wat te veel drink.

12.2.11 **Stippels** (Lees bl. 39.)

Kommentaar

Nasieners is van mening dat studente soms stippels gebruik wanneer hul kennis hulle in die steek laat. Let daarop dat dit nie 'n normale gebruik van stippels is nie!

Stippels, ook *weglatingstippels* genoem, word gebruik wanneer 'n gedeelte van 'n aanhaling wat nie vir jou doel ter sake is nie, weggelaat word, bv.

> "Gewoonlik word die stippels aangewend waar 'n sin nie voltooi word nie omdat die skrywer . . .

Die weglatingstippels staan hier in die plek van "dit nie nodig ag nie" of van "dit nie durf nie".

12.2.12 Hakies (Lees bl. 9-10.)

Kommentaar

Ons wil aanbeveel dat u hakies maar baie spaarsaam moet gebruik. Sommige studente het waarskynlik op skool geleer dat jy iets wat om die een of ander rede foutief is in 'n sin, tussen hakies plaas, bv. *Hy het (verlede naweek) verlede Donderdag gaan jag.* Die ronde hakies dui hier aan dat die gedeelte *verlede naweek* vervang moet word deur *verlede Donderdag.* Dit is 'n ongewone en verwarrende soort gebruik van die ronde hakies. Die gedeelte *verlede naweek* moet liewer deurgehaal word en nie tussen ronde hakies geplaas word nie.

12.2.13 Dubbelpunt (Lees bl. 8-9.)

Vul die ontbrekende leestekens in.

1. Die belangrikste buitemuurse bedrywigheid van die studente kan met een woord opgesom word dans.
2. Vyf panele het die grootste aantal inskrywings wat nog ontvang is, beoordeel 133 witwyne, 227 rooiwyne en 32 soet wyne.
3. Voordat hulle vertrek het, het die juffrou nog vir oulaas gevra "Het julle almal jul skoene aan?"

12.2.14 Punt (Lees bl. 37-38.)

Kommentaar

Dit kom dikwels voor dat taalgebruikers 'n punt plaas na opskrifte en subhoofde, daarom vestig ons spesiaal u aandag op punt 6 op bl. 38.

12.2.15 Vraagteken (Lees bl. 41.)

Geen kommentaar nie.

12.2.16 Uitroepteken (Lees bl. 40-41.)

Vul die ontbrekende leestekens in.

1. Blikemmer hoe brand so 'n sigaret my nou.
2. Mag daar 'n oplossing kom vir al ons probleme.

Kommentaar

'n Oormatige gebruik van uitroeptekens skep 'n histeriese indruk.

12.2.17 Aanhalingstekens (Lees bl. 2-5.)

Vul die ontbrekende skryftekens in.

Toe Piet eers weer begin met: Ja, maar ek het jou mos gesê . . ., toe het ek dadelik teruggekap met: Hou nou daardie groot krater van jou toe!

Kommentaar

Die Departement van Nasionale Opvoeding het opdrag gegee dat die aanhalingstekens in Afrikaans in die vervolg, net soos in die geval van Engels, altyd bo-aan die betrokke

woorde moet verskyn en nie onder en bo, soos wat dit tot dusver meestal die gebruik was nie, bv. *Sy het gegil:* "Gee pad, of ek skiet jou!"
(Instruksies in verband met die skryfwyse van aanhalingstekens in Afrikaans en die vorm van die brief in Afrikaans en Engels – Omsendbrief van die Sekretaris van Nasionale Opvoeding, 16 Maart 1973).

12.3 Opdragte

1. Voorsien die teks in kleiner druk op bl. 190 (onder) van die nodige leestekens.
2. Neem enige dagblad en probeer vasstel wanneer 'n komma voor 'n onderskikkende voegwoord geplaas word en wanneer nie.
3. Versamel voorbeeldsinne waarin daar 'n komma voor **en** geplaas word. Probeer dan vasstel wanneer daar wel 'n komma voor **en** gebruik word.
4. Teken 'n kort gesprek tussen twee persone aan en voorsien die teks van die nodige lees- en skryftekens.
5. Proeflees die volgende tekste en vul die lees- en skryftekens wat hier opsetlik weggelaat is, in. U moet ook aandag skenk aan die lees- en skryftekens wat wel in die tekste voorkom en dan besluit of hulle korrek gebruik is of nie.

(*a*) *Jim Carter sê ja vir juigende Demokrate*

Mnr. Jimmy Carter het eergisteraand die Demokratiese Party se presidensiële benoeming amptelik aangeneem en op Amerikaners 'n beroep gedoen om sy geloof in die toekoms van hul land te deel.

Ons was te lank drywend, het hy aan drieduisend juigende en banierswaaiende afgevaardigdes na die party se nasionale konvensie gesê. Hulle het sy toespraak van 25 minute 57 keer met 'n oordonderende gejuig onderbreek.

Die afgevaardigdes na die konvensie het aan mnr. Jimmy Carter se lippe gehang terwyl hy hul benoeming as presidensiële kandidaat aangeneem en 'n prentjie geskilder het van "'n Amerika wat weer beweeg".

Hulle het baie verbaas gelyk toe hy vertel het Ek kan jare gelede onthou toe ek as plaasseun in die middel van die nag saam met my familie buite gesit het . . .

Die afgevaardigdes het byna elke sin toegejuig soos hy sy boodskap oorgedra het Ek sien 'n Amerika wat weer beweeg verenig 'n uiteenlopende lewenskragtige en verdraagsame nasie wat ons derde eeu met trotsheid en selfvertroue binnegaan 'n Amerika wat die statigheid van ons grondwet en die eenvoudige fatsoenlikheid van ons mense gestand bly.

Die vroue in die saal het van aandoening gehuil toe hy beklemtoon het. Ons wil weer geloof hê ons wil weer trots wees en ons wil die waarheid hê.

Mnr. Carter het sy aanvaardingstoespraak met dieselfde sinsdeel begin wat hy negentien maande gelede gebruik het toe hy met mening sy veldtog begin het Ek is Jimmy Carter en ek is 'n kandidaat vir die presidentskap. Die skare het gewaai gefluit en geskreeu Carter Carter.

Na sy toespraak het sy vrou Rosalyn vorentoe gehardloop en hom gesoen. Sy agtjarige dogter Amy het op die tafel met die mikrofone geklim en haar bene oor die rostrum laat hang.

Die afgevaardigdes het gestaan en hande geklap in 'n vertoon van party-eenheid.

Dit is die wonderlikste dag van my lewe, het mnr. Carter aan koerantmanne gesê.

Die konvensie het vroeër met 'n oorweldigende meerderheid besluit dat sen. Walter Mondale van Minnesota die kandidaat vir die vise-presidentskap sal wees. Altesame 2 817 uit 3 008 het vir hom gestem.

Ons sien net mooi dae in die toekoms, het hy aan die juigende afgevaardigdes gesê.

Sen. Mondale het 'n oorverdowende toejuiging ontvang toe hy pres. Gerald Ford aangeval het omdat hy die vorige president mnr. Richard Nixon vergewe het.

Ons het pas die ernstigste politieke skandaal in die Amerikaanse geskiedenis deurgemaak en nou word ons gelei deur 'n president wat die man verskoon wat dit veroorsaak het het hy verklaar. – (Sapa-Reuter)

Uit: *Die Burger*, 17 Julie 1976

(*b*) *Die herkoms van die verbale hendiadis*

In vroeë Afrikaans kom die verbale hendiadis te min voor om algemene of betroubare gevolgtrekkings te regverdig. In *Die Kaapse Taalargief* van L. C. van Oordt het ek in die briewe van 1750 tot 1831 net die volgende voorbeelde gevind

... dan *sou* heij wel anders *staane keijke* ... (brief no. 12, van J. v. Eeden, ongeveer 1770); hij maar altijt *staat* en *vloek* en *schel(t)* mijn brief no 206 van C. J. Foecee 1810 en op de dag als ik *sat* in schreyf brief no 223 van N. F. v. d. Walt 1812.

Ons het hier dan een geval sonder **en** en met 'n hulpwerkwoord **sou** en twee gevalle met **en.**

Daar bestaan geen twyfel oor dat Afrikaans die verbale hendiadis uit Nederlands behou het nie maar daar is sekere verskilpunte tussen die twee tale.

Van P. J. du Toit se tyd af is daar heelwat oor geskrywe maar ons beperk ons hier tot latere en uitvoeriger besprekinge.

Bosman *(Oor die Ontstaan van Afrikaans*, Amsterdam, 1928, bl. 82-3) behandel dit saam met ander sintaktiese groeperinge wat geneties soms geen verband daarmee hou nie 'n Ander tipiese verskynsel van Kreools-Afrikaans is die gebruik van die hulpwoorde *staan lê staan-lê loop aanhou* by werkwoordelike formasies soos *lê praat van die ding my tabak staan oprook die honde staan-lê blaf as dit loop reent aanhou vir my terg.* Ook in Hollands het ons uitdrukkinge soos *staan te zaniken liggen te zeuren* waar *staan* en *liggen* kan opgevat word as duratiewe hulpwerkwoorde maar Kreools-Afrikaans gaan hierin baie verder. Ook in beskaafde Afrikaans kom sulke uitdrukkinge af en toe voor den dag *hy het die heel dag vir my gestaan en pla jy moet aanhou vir my uitskel* sonder dat dit moontlik is om te sê of ons daarby te doen het met ontleende kreolismes of met Hollandse erfgoed. In elk geval blyk dat die kreolismes aansluiting het by Hollands en dus gemakliker kon oorgeneem word in beskaafde Afrikaans.

Uit: W. Kempen: "Die verbale hendiadis in Afrikaans" in *Dietse Studies.*

12.4 Aanvullende bronne

Afrikaanse Woordelys en Spelreëls: Tafelberg-Uitgewers, Beperk, Kaapstad; Sewende, verbeterde uitgawe.

Botha, J. P. en Van Aardt, J. M. H.: *Afrikaans vir die praktyk.* McGraw-Hill-Boekmaatskappy, Johannesburg, 1978.

Van der Merwe, H. J. J. M.: "Lees- en skryftekens" in *Afrikaanse Taalmonografieë*, no. 3. Nasou, Kaapstad, 1978.

HOOFSTUK 13

Taalgebruik

13.1 Doelstellings

Die doel met hierdie hoofstuk is om vir die student 'n verskeidenheid van geleenthede te skep:

1. Om skriftelik te kommunikeer en sodoende sy taalgebruik te verbeter;
2. Om sy taalkennis toe te pas.

13.2 Inleiding

Hierdie boek is gerig op skriftelike kommunikasie. In aansluiting by Hoofstuk 1 moet die student eers weer gewys word op die belangrikste doel van feitlik alle skriftelike kommunikasie, nl. *om informasie oor te dra.* Om informasie werklik doeltreffend oor te dra, moet hy leer om:

1. Reg op die werklik noodsaaklike af te stuur;
2. Sy saak eenvoudig en duidelik te stel;
3. Sy gedagtes so akkuraat as moontlik te formuleer;
4. Stap vir stap in 'n logiese volgorde te werk te gaan.

Voorbeelde van oefeninge wat in hierdie verband gedoen kan word, is die volgende:

13.3 Bondige taalgebruik

13.3.1 Die opstel van kennisgewings

1. Doelstelling

Voordat iemand 'n kennisgewing opstel, moet hy eers noukeurig nadink oor wat hy presies daarmee beoog. By die meeste kennisgewings is die volgende sake van belang:

(*a*) Duidelike informasie moet oorgedra word.
(*b*) Die leser moet reageer op die kennisgewing.
(*c*) Die leser moet die belangrikste inligting onthou.
(*d*) Die kennisgewing moet aandag trek.
(*e*) Die kennisgewing moet vinnig gelees kan word.

2. Inhoud

Om presies te weet watter informasie in 'n kennisgewing opgeneem moet word, moet die skrywer homself afvra watter inligting vir die leser onontbeerlik sal wees. Sulke inligting moet dan in 'n sistematiese volgorde aangebied word.

3. Tegniese aanbieding

Aspekte wat hier van belang is, is bv. die onderstreping van belangrike sake, onderverdeling van die leesstof, lettertipe en illustrasies asook die algemene netheid en bladsyverdeling.

4. Taalgebruik

By 'n kennisgewing is *saaklikheid* van die allergrootste belang. 'n Telegramstyl is volkome toelaatbaar, maar nie noodsaaklik nie. Onnodige woorde of kommentaar doen afbreuk aan die doeltreffendheid van 'n kennisgewing. *Eenvoud* is ook van groot belang. Dit beteken egter nie dat *treffende woordkeuses* vermy moet word nie. Sulke woorde help dikwels om die leser se aandag te trek of om hom die inligting beter te laat onthou.

5. *Opdragte*

1. U is die sekretaris van 'n vereniging. Stel 'n kennisgewing op vir 'n vergadering waarby onder andere 'n besoekende spreker sal optree.
2. Die Poskantoor wil graag matrikulante werf om sy personeel aan te vul. Stel 'n kennisgewing, wat by alle poskantore aangebring sal word, op om die nodige belangstelling uit te lok en voldoende informasie te verstrek.
3. As sekretaris van 'n studentevereniging moet u deur middel van die kennisgewingbord die lede van u vereniging uitnooi om aan 'n uitstappie deel te neem. Oorweeg noukeurig watter informasie noodsaaklik is en op watter manier u dit doeltreffend kan aanbied.
4. Die Munisipaliteit het drie sake wat hy onder die aandag van die inwoners van die dorp wil bring:
   (*a*) Daar is inwoners wat hul tuinvuil op die sypaadjies gooi en nie volgens voorskrif te werk gaan nie.
   (*b*) Daar is inwoners wie se honde nie behoorlik onder beheer is nie. Ook hiervoor bestaan regulasies wat nie nagekom word nie.
   (*c*) Die dorp se waterverbruik het geweldig gestyg. Samewerking om water te bespaar is nodig, anders sal beheermaatreëls ingestel moet word. As stadsklerk moet u 'n kennisgewing in hierdie verband opstel wat aan alle huiseienaars uitgestuur moet word. Wees saaklik en hoflik, maar laat u lesers goed verstaan dat hulle hierdie kennisgewing as uiters dringend moet beskou.

13.3.2 Die opstel van instruksies

Hierdie soort oefeninge in bondige taalgebruik sou uitgebrei kon word met *die opstel van instruksies*. Die soort opdragte wat daarby gegee kan word, is byvoorbeeld iets soos die volgende:

1. Stel volledige instruksies op aan die hand waarvan iemand vinnig kan uitvind hoe om 'n brandblusser te gebruik. Dit is die instruksies wat op die brandblusser self moet verskyn.
2. Gee volledige instruksies hoe om 'n boek oor te trek. Noem daarby allereers die benodigdhede en verduidelik daarna stap vir stap wat gedoen moet word.

Wenke

1. Bied die handelinge in duidelike stappe aan in die volgorde waarin hulle uitgevoer word.
2. Beskryf elke afsonderlike handeling in 'n aparte sin.
3. Hou u sinne en verduideliking so kort as moontlik.
4. Sê presies wat u bedoel. Vermy dubbelsinnigheid of vaagheid.

13.3.3 Skryf van telegramme

Die skryf van *telegramme* kan ook ter afwisseling gebruik word. Dit gaan in hierdie soort oefeninge daarom om in so min as moontlik woorde so veel as moontlik te sê.

Sal hulle hierdie kennisgewing raaksien, onthou en kom?

13.3.4 Maak van opsommings

'n Verdere tipe oefening wat hierby aansluit, is die maak van *opsommings*. Ook hierby moet die student veral leer onderskei tussen kernsake en aanvullende materiaal. Verder moet hy in staat wees om hoofgedagtes bondig in sinne saam te vat. Hierdie werk kan ook uitgebrei word met oefeninge waarin *hoofopskrifte* en *paragraafopskrifte* vir bepaalde tekste gekies moet word. Ook die skryf van 'n *openingsparagraaf* vir 'n koerantartikel is 'n soort opsomming van die leesstof wat daarop volg.

13.3.5 Omskrywing van woordbetekenis

Die *omskrywing van woordbetekenis* (vergelyk woordeboekdefinisies, afdeling 7.4.5 van hoofstuk 7) is ook 'n uitstekende oefening om die student te laat afstuur op die essensie en om sy gedagtes akkuraat, sistematies en bondig te formuleer.

13.4 Korrespondensie

13.4.1 Doelstellings

Die doel met hierdie afdeling is:

1. Om u reeds verworwe kennis in verband met korrespondensie op te fris, en
2. Om u aandag te vestig op die vorm van die brief, maar meer spesifiek ook op die inhoud en taalgebruik asook op die styl van formele briewe.

13.4.2 Vorm van die informele brief

Die Sekretaris van Nasionale Opvoeding het op 16 Maart 1973 'n omsendbrief uitgestuur waarin instruksies onder andere in verband met die vorm van die informele en die formele brief vervat is. Die volgende inligting oor die vorm van die brief is uit hierdie omsendbrief afkomstig.

Die gedagte met hierdie omsendbrief is dat die briefvorm vereenvoudig en gemoderniseer moet word. Hieronder word die **blokvorm** van die informele brief bespreek.

1. Die skrywer se adres

Die adres begin regs bo-aan die bladsy, *net na die middel*, en vertoon soos volg:

Hoofweg 44
Mosselbaai
6500
17 April 1980

Die student moet daarop let dat in die blokvorm **geen leestekens** gebruik word nie, uitgesonderd natuurlik afkortings soos Pk. en p.s. (private possak).

Soos dit die gebruik is, verskyn die nommer van die huis na die straatnaam. Die naam van die huis of plaas of woonstel ens. verskyn nie tussen aanhalingstekens nie; die dorpnaam het kleinletters in geskrewe vorm, maar hoofletters in getikte vorm; die dag, maand en jaar word geskryf soos aangedui en maandname moet liefs voluit geskryf word.

2. Die aanhef

'n Belangrike instruksie is dat 'n reël tussen die datum regs en die aanhef links oopgelaat word. Die aanhef begin teenaan die linkerkantlyn en geen komma word na die aanhef geplaas nie. Die aanhef mag wissel na gelang van die aard van die brief, en die skryfwyse wat hier toegepas word, moet voldoen aan die gewone skryfreëls:

Beste **O***om* (hoofletter O); *Beste* **o***om* (kleinletter o) Piet; *Liewe* **T***ante* (hoofletter T); *Liewe* **t***ant* (kleinletter t) *Hannie; Beste mnr. Van Rensburg; Beste mnr. en mev. Van der Merwe; Geagte* **d***r*. (kleinletter d) *Van der Poel; Liewe Vader; Liewe Mamma; Liewe Pappie en Mammie* (Liewe Ouers is onpersoonlik en word as onaanvaarbaar beskou).

3. Die inhoud

Die eerste paragraaf, en al die paragrawe daarna, word teenaan die kantlyn begin. Tussen alle paragrawe moet 'n reël oopgelaat word.

Let Wel: 'n Reël word ook oopgelaat na die aanhef.

4. Die slot

Beskou die volgende:

Sê groete tuis.

Jou verlangende vriend
Jan

Die student sal merk dat die slot ook teenaan die linkerkantlyn begin en dat die slot ook in blokvorm geskryf word.

Let Wel: 'n Reël word oopgelaat tussen die laaste paragraaf en die slotsin. Ook word 'n reël oopgelaat voor die werklike slot. Die kwalifiserende frase *(Jou verlangende vriend)* word nie deur 'n komma gevolg nie en geen reël word oopgelaat tussen die kwalifiserende frase en die skrywer se naam nie.

By herhaling moet die student daarop let dat daar **geen punktuasie by die adres of slot** aangebring word nie. Bestudeer asseblief ook die volgende:

Met beste wense
jou neef (kleinletter *j* in *jou)*
Sarel (geen punt na *Sarel* nie)

Let Wel: Die slot is een sin, dus word daar **nie** 'n reël oopgelaat nie.

Beste wense.

Jou niggie
San

Dra my groete oor aan jou ouers.

Jou vriend
Jan

13.4.3 Vorm van die formele brief

1. Die skrywer se adres
Die voorskrif is hier dieselfde soos by die informele brief.

2. Die ontvanger se adres
'n Reël moet oopgelaat word tussen die datum (regs) en die adres van die geadresseerde of ontvanger (links). Die adres begin teen die linkerkantlyn en alles word in blokvorm ondermekaar geskryf, sonder leestekens. 'n Reël word oopgelaat tussen die ontvanger se adres en die aanhef.

Die ontvanger se naam of ampstitel moet sy adres voorafgaan. Bestudeer asseblief die volgende:

Die Sekretaris
Departement van Nasionale Opvoeding
Privaatsak X110
Pretoria
0001

3. Die aanhef
Die aanhef begin teen die linkerkantlyn en geen komma verskyn na die aanhef nie. Die korrekte skryfvorm moet gebruik word, bv.:

Geagte Heer (Geagte **m**eneer of Geagte Meneer **nie** toelaatbaar nie).
Meneer of Menere (Waarde Heer word ontmoedig).
Geagte mnr./mev./mej. Van Wyk – verkieslik indien die geadresseerde se van bekend is.
Geagte Mevrou/Mejuffrou.
Geagte mev./mej. De la Rey as haar huwelikstaat bekend is – indien nie, dan *Geagte Dame.*

4. Die briefonderwerp
Na die aanhef word die briefonderwerp geplaas. Daarvoor en daarna word 'n reël oopgelaat. Dit word natuurlik ook teen die linkerkantlyn geskryf. Dit begin met 'n hoofletter en verdere hoofletters word slegs gebruik waar nodig. Die briefonderwerp moet onderstreep word, maar geen punt word daarna geplaas nie, m.a.w. geen leestekens word gebruik nie. **Insake** word nie gebruik nie.

5. Die inhoud
Die eerste en alle daaropvolgende paragrawe begin teen die linkerkantlyn. Ook hier word 'n reël tussen alle paragrawe oopgelaat. Ook word daar 'n reël oopgelaat tussen die briefonderwerp en die eerste paragraaf.

6. Die slot
Die slot word natuurlik ook teen die linkerkantlyn geskrywe en 'n reël word oopgelaat tussen die laaste paragraaf en die slot. Ook in die geval van die formele brief word by die slot geen leestekens gebruik nie.

Gebruik (mev.) of (mej.) voor die handtekening as die skrywer 'n dame is. Indien die handtekening onduidelik is, kan die voorletters en van duidelik daaronder geskryf word. As die skrywer 'n ampstitel het, word dit direk onder die handtekening geskryf. Wat die toelaatbare vorm by die slot betref, is daar die volgende voorbeelde:

(*a*) *Met dank by voorbaat*
die uwe
L. P. Mouton

(*b*) *By voorbaat dankie.*
Die uwe
L. P. Mouton

(*c*) *U word by voorbaat baie hartlik bedank.*

Die uwe
L. P. Mouton

(*d*) *Die uwe*
G. J. Harmse
(Sekretaris van Nasionale Opvoeding)

13.4.4 Die formele brief

1. Voorbeeld van 'n formele brief met 'n aantal opsetlike foute

In die onderstaande brief is 'n aantal opsetlike foute begaan wat taalgebruik en vorm betref. Kyk of u al die foute kan uitken.

```
                                      Kerk straat 69,

                                        Bloemfontein, 9301,
Die verkeershoof                          8 Maart, 1980.
  Munisipaliteit Bloemfontein
            Waarde heer,
                        Met referte tot my verkeersoor-
treding van 5 deser te Langstraat, wens ek u hiermee te
versoek om die volgende omstandighede met betrekking tot
die betrokke saak in heroorweging te neem alvorens u 'n
finale beslissing maak: Vanweë die ongesteldheid van my
dogter moes ek dringend mediese advies van 'n geneesheer
hê aangesien sy by 'n vorige geleentheid by gebrek aan die
korrekte behandeling 'n ernstige graad van dubbele
longontsteking opgedoen het. Daar ek nie by herhaling
hierdie risiko wou loop nie, het ek my genoodsaak
gevoel om sonder versuim na die geneesheer se woning
te gaan sodat hy onmiddellik die korrekte geneesmiddele
kon voorskryf. In my groot haas waarmee ek gepoog
het om so gou doenlik daar te kom, het ek die betrokke
snelheidsgrens met 10 kilometer per uur oorskry.
Die verkeersbeampte wat my voorgekeer het, was nie bereid
om by die aanhoor van hierdie verduideliking my van
vervolging vry te skeld nie, maar het my aangeraai om die
betoog op skrif te stel en aan u te stuur.
```

```
Ek sou dit as die uiterste vorm van onregverdigheid
beskou indien u nie gewillig sou wees om hierdie aanklag
teen my terug te trek nie en versoek u daarom om my
onmiddellik van u besluit in kennis te stel.
                    Die Uwe.
                    mev. J de Ridder.
```

2. Die belangrikste tekortkominge ten opsigte van die taalgebruik

Dit was waarskynlik nie moeilik vir u om die vormfoute in die voorafgaande brief raak te sien nie, maar dit is baie belangrik dat ons ook die tekortkominge in die taalgebruik moet kan uitken.

Die taal van hierdie brief is te **hoogdrawend,** die toon is te **hooghartig** en die meeste sinne is te **lank.** Baie mense begaan die fout om te dink dat formele briewe, verslae, kennisgewings en selfs eksamenskrifte in 'n besonder deftige, moeilike en ongewone taal geskryf moet word. Sommige persone, soos byvoorbeeld die briefskrywer hierbo, wil 'n indruk op die leser maak. In die proses gebruik hulle dan dikwels formele uitdrukkings, soos byvoorbeeld "met referte tot", "te Langstraat", "wens te versoek", wat binne daardie verband glad nie pas nie of selfs verouderd geraak het. Baie mense dink ook dat 'n lang sin 'n veel beter en gesofistikeerder sin as 'n kort sin is. Lang sinne is *soms* noodsaaklik, maar hulle lei maklik tot verwarring. Dit vra dikwels veel groter selfdissipline om gedagtes in 'n kort, helder sin te stel as om dit in 'n lang dubbelsinnige en dikwels lomp sin aan te bied. Onthou die uitdrukking: *Your easy reading is my hard writing.*

Hou die beginsels van geslaagde kommunikasie in gedagte. Die doel van die bogenoemde brief is om 'n versoek te rig. Die skrywer wil weet of die verkeershoof 'n toegewing sal oorweeg. Selfs al het u die reg aan u kant, bly dit nog altyd 'n goeie beleid om hoflik, vriendelik en taktvol te wees. Kompromie is 'n belangrike kenmerk van geslaagde kommunikasie. As skrywer van bogenoemde brief sou u minstens moes toegee dat u 'n oortreding begaan het en dat u die optrede van die verkeerspolisie in hierdie verband aanvaar.

3. Moeilike situasies

Die grootste probleme ontstaan wanneer u u ontevredenheid aan iemand wil oordra van wie u nog dikwels afhanklik sal wees, of met wie u nog dikwels sal moet saamwerk, of wie se welwillendheid u nog graag wil behou. U het byvoorbeeld 'n duur apparaat by iemand gekoop en dit werk nie behoorlik nie. U het herstelwerk laat doen en dit is nie behoorlik gedoen nie. U wil 'n klagte rig aan die registrateur, skoolhoof, predikant of aan 'n buurman. Dit is veral in sulke situasies dat u baie goed moet besluit wat u met u brief wil bereik. Indien u bloot ontslae wil raak van 'n gevoel van ergenis, mag u miskien bevrediging vind in die uiting daarvan, maar u sal nie daarin slaag om die samewerking van die leser te verkry nie. Dit is in sulke situasies dat die **toon** van die brief so belangrik is. En onthou: wees versigtig om nooit lasterlike dinge in 'n brief te sê nie, bv.

"Meneer X, ek moet u eerlikheid in hierdie saak sterk betwyfel", of
"Meneer, u het my met opset te veel laat betaal" –
behalwe as u aanvaar dat u weens laster gedagvaar kan word. Onthou; die **taal** en die **toon** is baie belangriker as die **vorm!**

4. 'n Beter poging

Die opsetlike foute wat in die formele brief in punt 1 begaan is, is reggestel in die brief wat nou volg. Lees hierdie brief noukeurig deur; stel vas op watter plekke dit verskil van die vorige een en besluit dan of hierdie brief werklik beter is,

Kerkstraat 69
Bloemfontein
9301
8 Maart 1980

Die Verkeershoof
Munisipaliteit van Bloemfontein
Bloemfontein
9301

Geagte Heer

Verkeersoortreding

Op 5 Oktober het ek 'n verkeersoortreding begaan deur teen 70 km/h in Langstraat te ry. Alhoewel ek besef dat die verkeerskonstabel wat my voorgekeer het, bloot sy plig gedoen het, sal ek dit tog besonder waardeer as u die volgende verduideliking in aanmerking sal neem.

Aangesien my dogter skielik ernstig siek geword het, moes ek haar so spoedig moontlik by 'n dokter kry. Dieselfde siekte het verlede jaar vir die eerste keer voorgekom en die gevolge was byna noodlottig toe ons haar nie gou genoeg by die dokter kon kry nie. Alhoewel ek te vinnig gery het, het ek probeer om nie roekeloos te bestuur nie.

Dr. Delport, ons huisdokter, is gewillig om 'n verklaring in verband met my dogter se siekte aan u te stuur indien u dit sou verlang. Ek wil vertrou dat u in hierdie omstandighede 'n tegemoetkoming sal maak deur my die boete vry te skeld.

By voorbaat wil ek u vir u welwillendheid bedank.

Met agting
die uwe
(Mev.) J de Ridder
J. de Ridder

Let Wel: Die **d** van *die* in *die uwe* is 'n kleinletter.

13.4.5 Opdragte

1. Lees die volgende opdrag vir die skryf van 'n formele brief:

U vriend/vriendin wat by u in u motor was, is as gevolg van *u nalatigheid* ernstig beseer in 'n padongeluk. U het reeds die beseerde persoon se ouers per telegram van die gebeurtenis in kennis gestel. Skryf nou 'n brief om hulle verder in te lig oor:

(*a*) die toestand van hul seun/dogter
(*b*) waar die persoon verpleeg word
(*c*) die omstandighede van die ongeluk
(*d*) die betaling van mediese onkoste
(*e*) hoe u u vriend/vriendin en/of sy/haar ouers moontlik van hulp kan wees.

2. Hierdie opdrag is deur 'n student uitgevoer en sy poging word onder punt 5 aangegee. *Sien hierdie brief na nadat u die instruksies onder punt 3 deurgegaan het. Ken dan punte toe aan die kandidaat volgens die ingeslote tabel.*

3. *Lees die onderstaande instruksies vir die nasien van die formele brief.*
(*a*) **Inhoud** (10 punte)
Die volgende **kerngedagtes** moet met besonderhede uitgebrei word:
(1) Toestand van seun of dogter
(2) Die verpleeginrigting waarin hy/sy opgeneem is
(3) Hoe die ongeluk gebeur het
(4) Mediese onkoste
(5) Hulp aan die pasiënt of sy/haar ouers.

Uit die voorafgaande moet die volgende duidelik na vore kom:
(1) Opregte spyt
(2) Grondige besef van die erns van die nalatigheid
(3) Bereidwilligheid om te help en te vergoed.

By die beoordeling van die inhoud moet die volgende **vyf komponente** aandag geniet:
(1) Toon
(2) Volledigheid van feite
(3) Saaklikheid
(4) Sistematiese aanbieding
(5) Oorspronklikheid.

Punte moet soos volg toegeken word:

9 – 10	Deeglike aandag aan al **vyf** komponente
7 – 8	Deeglike aandag aan **vier** van die komponente
5 – 6	Deeglike aandag aan **drie** van die komponente
3 – 4	Deeglike aandag aan **twee** van die komponente
1 – 2	Deeglike aandag aan **een** van die komponente
0	Geen van hierdie komponente het aandag geniet nie.

(*b*) **Taalgebruik en die korrekte vorm van die brief** (10 punte)

9 – 10	Uitstekend/geen (feitlik geen) foute
7 – 8	Goed/enkele foute – nie ernstig
5 – 6	Gemiddeld tot redelik goed/meer foute – 'n paar ernstig
3 – 4	Swak/verskeie ernstige foute
1 – 2	Hopeloos/verward/byna onleesbaar/nie Afrikaans.

Totaal (*a*) + (*b*) = *(20)*

5. *Brief aan die beseerde persoon se ouers*

Graaffstraat 16
Villiersdorp
18 Februarie 1980

Geagte Meneer en Mevrou

Aangesien die telegram u reeds bereik het, meen ek dat u seker graag wil weet hoe dit met u dogter gesteld is. Ek kan u verseker dat haar toestand nie so bedenklik is as wat aanvanklik gedink is nie.

Sy word in die Tygerberghospitaal verpleeg en is in baie goeie hande. Die chirurg is dr. S. van der Spuy.

Ek het haar gaan haal en ons was oppad na ons huis toe, toe ons bo-op die berg 'n verskriklike digte mis teëgekom het. Soos u weet moet ons oor 'n baie draaierige pas ry en terwyl ek die draai neem, het die stuurwiel gesluit en het die motor gelukkig teen die berg vasgery en nie teen die afgrond af nie.

Ek voel dit my plig om u te help met die onkoste, want ek is deels skuldig daaraan. Ek sal dit waardeer indien u van my finansiële aanbod wil gebruik maak.

Ek is bereid om u van hulp te wees indien u enige onkoste of reise wil aanpak om vir u dogter te kom kuier.

By voorbaat dank.

Die uwe

(mej.) S. Johnson

6. *Voer nou die opdrag wat in punt 1 gegee word uit deur self die brief te skryf.* Probeer om nie bloot 'n herhaling te gee van die brief wat u nagesien het nie. Kyk of u met u *eie* oorspronklikheid, korrekte vorm en keurige taalgebruik heelwat op hierdie brief kan verbeter.

7. Daar is 'n aangeleentheid in verband met u huisvesting of in verband met die Studente-sentrum waaroor u baie ontevrede voel. *Skryf 'n brief aan die Registrateur om hierdie saak onder sy aandag te bring. Toon ook aan dat u besef dat hierdie saak meer as een kant het. Doen een of meer voorstelle aan die hand om die probleem op te los.*

8. Na 'n onstuimige vergadering is u as primarius deur die inwoners van u koshuis gevra om **drie** dringende sake waaroor daar groot ontevredenheid bestaan onder die aandag van die universiteitsowerheid te bring. Die inwoners het bepaalde dreigemente geopper indien daar nie aan hul versoek gehoor gegee word nie. *Skryf 'n brief aan die universiteitsowerheid waarin u die* **drie** *sake met 'n volledige motivering duidelik uiteensit en waarin u melding maak van die soort optrede waarmee sommige van die inwoners gedreig het.*

9. As studerende inwoner van die dorp of stad meen u dat daar **drie** sake is waaroor studente baie ontevrede voel en wat onder die aandag van die dorps- of stadsowerheid gebring moet word. *Skryf 'n brief aan hierdie owerheid waarin u die* **drie** *sake met 'n volledige motivering duidelik uiteensit.*

13.5 Logiese redenering

13.5.1 Doelstellings

Ons doel met hierdie afdeling is:

1. Om vir u te oortuig, indien u nie reeds oortuig is nie, van die belangrikheid van logiese redenering as u 'n saak stel of 'n betoog lewer;
2. Om enkele belangrike sake uit te lig in verband met logiese redenering;
3. Om vir u die geleentheid te gee om betoë te beoordeel om vas te stel of dit goeie betoë is of nie;
4. Om vir u die geleentheid te gee om self argumente te voer en om sodoende u eie redeneervermoë te ontwikkel.

13.5.2 Inleiding

Dit is vir elke mens van groot belang om sy vermoë om sy mening oor 'n saak uit te spreek, te ontwikkel.

Wanneer 'n mens 'n mening oor 'n saak uitspreek, moet jy dit altyd so probeer doen dat ander mense hierdie mening van jou sal respekteer. As 'n redenaar of 'n debatteerder dit nie in gedagte hou nie, sal hy nooit die gehoor tot sy standpunt kan oorhaal nie.

Dit is vir elke mens van belang dat hy sal nadink oor sake van algemene belang en dat hy vir homself 'n mening sal ontwikkel oor hierdie sake, anders sal hy hoogstens 'n naprater wees.

Net soos dit vir die redenaar en vir die debatteerder van groot belang is om helder te dink en dus nie skewe argumente aan te voer nie, net so is dit ook van belang vir elkeen van ons.

13.5.3 Wat is logiese redenering?

'n Argument bestaan gewoonlik daaruit dat 'n mens 'n stelling maak, dat jy dan hierdie stelling motiveer aan die hand van bewyse en dat jy dan tot 'n gevolgtrekking kom op grond van die bewyse wat aangevoer is. -3 afdelings

Alle redenasies wat gevoer word, is nie noodwendig logies nie. Indien die gevolgtrekkings wat gemaak word op grond van die bewyse wat aangevoer is, logies is, dan is daar sprake van logiese redenering, maar indien die gevolgtrekkings onlogies is, dan is daar onlogies geredeneer.

13.5.4 Hoekom moet ons logies kan redeneer?

Elke dag van ons lewe moet ons besluite neem. Soms is dit klein besluitjies, maar soms is dit besluite wat belangrike gevolge inhou. Dit is dus vir ons van praktiese nut om te oefen om "reguit" te dink oor 'n saak en om ons gevolgtrekkings dan duidelik uit te spreek. Die feit is: die kwaliteit van 'n besluit hang af van die kwaliteit van die redenering wat die besluit vooraf gegaan het, maar logiese redenering is nie net 'n voorwaarde vir goeie besluite nie – die mens se hele voortbestaan berus op logiese denke!

13.5.5 Watter oefening kan ons doen in verband met logiese redenering?

Die beste oefening wat 'n mens kan doen as jy wil leer swem, is om te swem, en die beste oefening wat 'n mens kan kry in logiese redenering, is om te redeneer. Dit is belangrik dat 'n mens van tyd tot tyd aan diskussies moet deelneem.

Ons moet leer om 'n saak altyd van alle kante te beskou voordat ons tot gevolgtrekkings kom. Ons moet sake van algemene belang met ander mense bespreek en ons moet soveel as moontlik daaroor lees om die nodige inligting te bekom.

13.5.6 Oor watter eienskappe moet 'n goeie redenaar beskik?

Die redenaarskuns is 'n baie ou kuns. Dit gaan so ver terug as die Grieke en die Romeine. Een van die hoogste ideale van die ontwikkelde Romein was om 'n goeie redenaar ("rhetor") te wees. Reeds die Grieke en die Romeine het besin oor die eienskappe waaroor 'n goeie redenaar moet beskik.

Die meeste antieke skrywers oor dié onderwerp was dit eens dat 'n redenaar tot vyf dinge in staat moes wees as hy sukses wou behaal, nl.

1. Hy moes materiaal kon vind, gegewens om sy standpunt mee te staaf.
2. Hy moes hierdie stof op die doeltreffendste manier kon indeel en rangskik.
3. Hy moes hom van 'n verstaanbare en elegante taal bedien.
4. Hy moes 'n betroubare geheue hê om sy toespraak te kan onthou.
5. Hy moes oor 'n oortuigende voordrag, duidelike stem en natuurlike gebare beskik.

13.5.7 Twee algemene wenke in verband met logiese redenering

1. 'n Mens moet altyd op jou hoede wees vir oorhaastige gevolgtrekkings. Elke gevolgtrekking waartoe jy geraak, moet op genoegsame, kontroleerbare gegewens berus.
2. 'n Opinie moet nooit aanvaar word net omdat dit 'n openbare mening is nie, maar 'n mens moet telkens vir jouself afvra of die opinie werklik gegrond is.

13.5.8 Beoordeling by debatskompetisies

By die republiekwye debatskompetisie vir hoërskoolleerlinge word die deelnemers op die volgende punte beoordeel:

1. Analise van die onderwerp
2. Organisasie van die toespraak
3. Bewyse wat aangevoer word
4. Redenering
5. Aanval en verdediging
6. Appèl op gehoor
7. Verhoogkarakter
8. Lewering van die betoog
9. Taalgebruik
10. Kruisverhoor

13.5.9 Sake wat van belang is by 'n skriftelike betoog

1. Navorsing en bewyse

Deeglike en betroubare kennis is 'n voorvereiste vir enige goeie betoog, daarom moet die debatteerder so wyd as moontlik navorsing oor sy onderwerp doen. Hy moet bronne soos ensiklopedieë, woordeboeke, vakpublikasies, ens. raadpleeg; hy moet ter sake inligting in tydskrifte, dagblaaie, referate, onderhoude en inligtingsbrosjures soek, en hy moet met soveel as moontlik persone gesprekke voer oor alle aspekte van die onderwerp.

Elke argument moet altyd deur voldoende kontroleerbare gegewens gestaaf word om selfs die bevooroordeelde leser van die geldigheid daarvan te oortuig.

Bewyse bestaan byvoorbeeld uit voorbeelde, statistiek, uitsprake van gesaghebbendes en illustrasies. Bewyse wat aangevoer word, moet waar, duidelik, genoegsaam, kontroleerbaar, onbevooroordeeld, betroubaar en geldig wees.

'n Debatteerder moet altyd 'n wye verskeidenheid bewyse versamel en dan net die beste daaruit kies om sy argumente mee te staaf.

2. Die organisasie/beplanning van 'n betoog

'n Betoog moet altyd so beplan word dat die hoofpunte duidelik na vore kom, sodat die leser dit maklik kan volg. 'n Goeie betoog word soos volg opgebou:

(*a*) *Die inleiding*

In die inleiding moet jy jou standpunt in verband met die onderwerp stel.

(*b*) *Die liggaam*

Na die inleiding word die hoofpunte een vir een behandel en afgerond met bewys en gevolgtrekkings.

(*c*) *Die slot*

'n Betoog moet afgesluit word met 'n samevattende sin wat weer jou standpunt duidelik stel.

3. Taalgebruik

Reeds die Grieke en die Romeine het besef dat 'n mens nie 'n goeie redenaar kan word as jy nie jou taal goed beheers nie. Die Romein wat daarin geïnteresseerd was om 'n redenaar te word, moes 'n deeglike studie maak van die Latynse taal- en letterkunde sowel as van die Griekse taal- en letterkunde. Daar word soms gesê: Taal is vir die debatteerder wat die ontleedmes vir die snydokter is, daarom moet dit behendig, versigtig en met volle beheer gebruik word.

(*a*) Die *woordeskat* moet *uitgebreid* genoeg wees vir 'n keurige en doeltreffende weergawe van idees, maar die woordeskat moet nooit te "geleerd" en te moeilik wees nie. As die leser die woorde wat jy gebruik nie ken en verstaan nie, kan jy hom nie oortuig van jou standpunt nie, en dit is tog die hoofdoel van enige betoog.

Jou woorde moet egter ook *nie platvloers* wees nie. Die redenaar moet altyd sorg dat hy die betekenis van elke woord wat hy gebruik, ken en dat hy dit presies en korrek gebruik.

(*b*) *Kernagtige sinne* en *uitdrukkings* moet gebruik word. Dit beteken nie dat die redenaar net kort sinne moet gebruik nie, maar die sinne moet ook nie so lank wees dat hy in sy gedagtegang verstrik raak nie.

(*c*) *Onvertaalde* of *swak vertaalde woorde*, asook *anglisismes*, moet vermy word.

13.5.10 Ten slotte

Die sukses van 'n skriftelike betoog hang in 'n hoë mate af van die gehalte van jou kennis, die sinvolheid van die aanbieding, die aard van die bewyse wat aangevoer word en die gevolgtrekkings wat gemaak word, en van die standaard van jou taalgebruik.

13.5.11 Opdragte

1. *Lees die onderstaande stuk en verbeter al die taalfoute wat daarin voorkom; bespreek dan die teks onder die volgende hoofpunte:*

(*a*) Navorsing wat deur die skrywe gedoen is en die gehalte van die bewyse wat aangevoer word;

(*b*) Die organisasie/beplanning van die betoog;

(*c*) Die taalgebruik van die skrywer. Raadpleeg die *Afrikaanse Woordelys en Spelreëls* as u twyfel oor die spelling van 'n woord.

Ken 'n punt uit 10 toe aan die skrywer ten opsigte van elk van die drie bostaande onderafdelings, bv.

Navorsing en bewyse:	4/10
Organisasie:	6/10
Taalgebruik:	7/10
Totaal:	17/30

Universiteitskursusse bied nie vir die student genoeg geleentheid tot selfstandige denke nie.

Hierdie stelling word tot vervelens gehoor op die kampus, in gesprekke tussen studente van alle akademiese jare. Dit is meestal die student wat 'n hele paar vakke "sleep" en wat 'n goeie punt vir sy "sosiale lewe" sou verwerf.

As 'n mens kyk na al die geleenthede wat beskikbaar is vir die student om sy selfstandige denke te ontwikkel, kan 'n mens nie anders as om maar te glimlag vir hierdie hol woorde nie, want om te probeer redineer hieroor, het ek al lankal gevind, loop 'n mens jou vas in die "waterdigste" betoë.

Daar is vandag op universiteit 'n baie "oper" verhouding tussen die student en die dosent. Regdeur die jaar is dit moontlik om net jou hand te lig en jou mening omtrent 'n saak te gee. Indien dit nie moontlik is nie, is daar altyd die geleentheid om na klas, na die betrokke dosent se kantoor te gaan en duidelikheid oor 'n spesifieke saak te kry.

Die studente word herhaaldelik versoek om van dié voorreg gebruik te maak, maar hoeveel het al van dié kans gebruik gemaak? Mens sal vind dat die persoon wat die meeste kla, die minste, indien ooit van sy geleenthede, soos dié, gebruik maak.

Daar is vandag verskeie studenteblaaie wat uitgegee word, waarin die gewone student sy mening kan lug. Daar is huisvergaderings en verkiesings en talle ander geleenthede wat die student kan gebruik om sy mening te lug oor aspekte wat sy bestaan hier op universiteit raak.

Dus is dit volgens my mening 'n losse betoog dat die student meer geleentheid moet kry om sy selfstandige denke uit te brei, deurdat die student wat wil, wel die geleentheid daartoe het.

2. Die onderstaande betoë is deur twee studente gelewer oor die onderwerp: **Taal moet in alle omstandighede suiwer gebruik word.** In die eerste betoog word die onderwerp ingelei en in die tweede betoog word die standpunt geopponeer. *Lees eers hierdie betoë aandagtig deur en voer dan die opdragte wat volg noukeurig uit.*

Die eerste betoog

Afrikaans is, relatief gesproke, nog 'n jong taal wat nog baie het om te leer. As 'n mens van hierdie standpunt af uitgaan, kan daar baie maklik verskeie toegewings gemaak word wat die suiwerheid van Afrikaans kan benadeel.

Dit is die beleid van vele groot, of liewer, geëerde taalkundiges om op baie terreine die knie te buig voor ander sogenaamde "vreemde" woorde in Afrikaans. Volgens dié persone is daar in Afrikaans nog nie genoeg eie woorde om op te tree as mededingers of ekwivalente vir die Engelse weergawe nie.

Dat taal in alle omstandighede suiwer gehou moet word, is dus 'n moeilike standpunt om te verdedig. Na my mening is dit egter geregverdig. 'n Mens behoort te alle tye daarna te streef om jou taal so suiwer as moontlik te gebruik. In formele situasies is dit veral belangrik omdat 'n mens maklik van jou gespreksgenoot se taalgebruik kan aflei hoe standvastig sy persoonlikheid is, of wat sy lewensuitkyk is. Selfs in die alledaagse geselsie is dit nodig om suiwer Afrikaans te praat. En suiwer Afrikaans hoef nie noodwendig hoogdrawende of "geleerde" Afrikaans te wees nie. 'n Persoon kan baie maklik in 'n gewone geselsie goeie, suiwer Afrikaans gebruik sonder om "hoë" woorde te gebruik. Dink maar byvoorbeeld aan die woordjie *O.K.* Hoeveel beter beklemtóningswoorde is daar nie in Afrikaans nie, en hoeveel maal hoor 'n mens dat 'n ander woord in die plek daarvan gebruik word? Dan word daar die voorbeeld gegee van 'n persoon wat lid is van 'n eendstertbende en wat, omdat hy suiwer Afrikaans praat, uit hul geledere gedryf word. Word die Afrikaanse taal deesdae gemaak deur eendstertbendes? Dit lyk my asof ons hardkoppige Afrikaners besig is om kop te verloor in hierdie stryd om die Afrikaans te suiwer. Omdat Afrikaans nog 'n jong taal is, sal daar wel veranderings en toevoegings gemaak moet word, maar dit sal beter wees indien dit vir ons moontlik is om ons eie woorde te skep, in plaas van om dit uit 'n verwante of selfs vreemde taal oor te neem. Dit is nie nodig om sommer die maklike uitweg te kies en dan 'n woord uit 'n ander taal te leen nie – 'n bietjie sukkel kan net goed doen.

Dit is myns insiens dus nodig dat die Afrikaanse taal onder alle omstandighede suiwer gebruik behoort te word. As die sterkste bousteen van 'n volk se kultuur, is die ondergang van die taal van 'n volk, die begin van die volk se ondergang as geheel.

Die tweede betoog

"Moenie jou taal met Engels 'mix' nie," het die cliché van voor in die klaskamer altyd bly weergalm. Dag na dag het Afrikaanse onderwysers – elkeen 'n taalbul in sy eie reg – genadeloos gehamer op die feit dat geen ware Afrikaner sy taal in 'n onsuiwer vorm sal besig nie. Nie? Wel, Meneer Afrikaner-onderwyser, dan moet jy my maar "count" as 'n verraaier.

Ek wil nie aandui dat ek ons taal wil sien sterf as gevolg van verbastering en wangebruik nie. Inteendeel. Behoed my egter van 'n gemeenskap wat ons taal "ten alle koste" suiwer wil hou. My argument is gerig teen die absoluutheid van "ten alle koste", of die ontoegeeflikheid van "in alle omstandighede".

Ek glo dat dit 'n taal se belangrikste funksie is om kommunikasie mee te bewerkstellig. Om in alle omstandighede goed te kommunikeer, moet die spreker sy taal by die geleenthede aanpas. Dit is te betwyfel of u tuinwerker u sal verstaan as u vir hom sê: "John, as jy klaar is met die werk waarmee jy besig is, kan jy maar die middag afneem en dorp toe gaan." Om behoorlik met hom te kommunikeer, sal u dit soos volg moet stel: "John, as jy nou gefinish het by die job, kan jy hamba by die town." Daar is vele ander praktiese voorbeelde wat genoem kan word. So sal 'n motorwerktuigkundige dit makliker vind om te verstaan watter onderdele van u motor u versien of vervang wil hê indien u die meer algemeen gebruikte Engelse term daarvoor gebruik.

Weer eens moet ek myself kwalifiseer. Daar kan met alle redelike logika aanvaar word dat die genoemde situasies eintlik relatief ongereeld voorkom in alledaagse kontak met ons medemens. Om dus van die standpunt uit te gaan dat alle persone soos u tuinwerker of werktuigkundige aangespreek moet word, is dus baie naïef. Elke persoon het tog immers 'n oordeelsvermoë wat hom in staat stel om 'n situasie op te som, te isoleer en dan te reageer. En dit is hierdie reaksie waarom my hele argument wentel.

Net soos 'n persoon geneig is om sy maniere van situasie na situasie aan te pas, behoort hy ook in staat te wees om dit met sy taalgebruik te doen. Gesprekke van informele aard of binne geslote vriendekringe, behoort en sal dus neig om meer "onsuiwer Afrikaans" te bevat. Om visvang- en jagstories kleur te gee en daardie een spesifieke "tackle" op die rugbyveld meer verwoestend te laat klink, moet 'n mens soms taal onsuiwer gebruik. Hoe meer formeel die gesprek is, hoe suiwerder moet die taalgebruik wees. Dit is nou maar eenmaal so dat die grootste verkragters van Afrikaans van die felste kritici van 'n openbare spreker kan wees.

Ek wil afsluit deur net 'n laaste gedagte by die leser te laat. Besig u taal volgens die situasie waarin u u bevind, maar moet tog nie die situasie of u gespreksgenote onderskat nie. Dit mag dalk u hoërskoolonderwyser wees. . . .

(*a*) Probeer vasstel of daar enige argumente in bostaande betoë aangevoer word wat nie ter sake is nie.
(*b*) Probeer voorbeelde uitlig waar die skrywers tot oorhaastige gevolgtrekkings kom.
(*c*) Berus die betoë hoofsaaklik op menings of op feite?
(*d*) Besluit watter een van dié twee standpunte u ondersteun; ontleed dan dié standpunt en besluit watter argumente wat die skrywer aanvoer, swak is en watter argumente goed is; probeer dan nog drie argumente bedink wat hierdie standpunt kan versterk.

3. *Skryf 'n stuk van ongeveer twee bladsye (500 woorde) oor een van die onderstaande onderwerpe. U kan die onderwerp inlei of u kan die standpunt wat daarin gestel word, opponeer. Hou die wenke wat gegee is in verband met logiese redenering in gedagte wanneer u u argumente aanbied.*
(*a*) Afrikaans moet oor 'n eie vaktaal beskik.
(*b*) Woordeboeke kan waardevolle naslaanbronne wees, maar hulle moet met die nodige versigtigheid hanteer word.
(*c*) Studente is te onbetrokke by politieke aangeleenthede.
(*d*) Dit is die moeite werd om aandag te gee aan die verbetering van 'n mens se taalgebruik.

13.5.12 Aanvullende bronne

Gonin, H. L.: *Die redenaar as die ideaal van die ontwikkelde man by die Romein.* Publikasies van die Universiteit van Pretoria, Pretoria 1939.
Malan, C.: *Redevoering en debattering.* P. J. de Villiers, Bloemfontein, 1975.
Uys, A. M. en andere: *Moderne Afrikaans.* Maskew Miller, Kaapstad, s.j.

13.6 Paragraafanalise — Prosakuns Bl 11–18

13.6.1 Doelstellings

Die doel met hierdie afdeling is:
1. Om in aansluiting by die vorige afdeling wat gehandel het oor logiese redenering vir u bewus te maak van die struktuur van die paragraaf, en
2. Om vir u paragrawe te laat skryf met 'n hegte, logiese struktuur.

13.6.2 Paragraafanalise

By paragraafanalise gaan dit om die nadere ontleding van die innerlike organisasie of konstruksie van die paragraaf as sodanig. Dit is 'n relatief universele gebruik om die paragraafinhoud rondom 'n sentrale stelling of hoofgedagte binne die hooftema te bou. Hoewel die hoofsin of sentrale stelling op enige plek in 'n paragraaf kan voorkom, word dit meestal aan die begin aangetref, gevolg deur 'n uitbouing of ontwikkeling daarvan binne dieselfde paragraaf by wyse van ondersteunende oorgangsinne, wat meestal na die einde van die paragraaf uitloop op 'n samevattende sin. Hierbenewens omsluit 'n artikel of leesteks egter meermale 'n verskeidenheid paragrawe van verhalende, beskrywende, vergelykende, beredenerende, illustrerende, definiërende en klassifiserende aard, elk met 'n eie besondere funksie. Met die oog op optimale leesbegrip en veral aktiewe evaluering van die leesinhoud tydens lees, moet die leser deeglik vertroud wees met die bogenoemde verskeidenheid van opset van paragrawe.

13.6.3 Hoe word 'n paragraaf geanaliseer?

Paragraafanalise kan op die volgende wyse gedoen word:

1. Skryf die hoofsin van die paragraaf neer.
   (Voorsien die paragraaf van 'n hoofsin indien dit nie spesifiek voorkom nie; u kan daarvoor gedeeltes uit die paragraaf oorneem.)
2. Bepaal watter soort paragraaf dit is, bv. samevattend, illustrerend, ens.
3. Voorsien die paragraaf van 'n subtitel.
4. Stel vas wat die skakelwoorde is, soos byvoorbeeld "daarom", "in teenstelling met", ens., wat 'n aanduiding gee van die soort en die innerlike samehang van die paragraaf.
5. Maak 'n opsomming van die hele artikel deur die hoofgedagtes van al die opeenvolgende paragrawe in een samevattende paragraaf aan mekaar te verbind. Gebruik daarvoor die volgende metode:
   (*a*) Skryf die hoofstelling of inleidende stelling van die skrywer bo-aan die bladsy.
   (*b*) Skryf die slotgevolgtrekking waarop die skrywer se gedagtegang uitloop, onderaan die opsommingsblad neer.
   (*c*) Verbind die inleidende stelling en slotgevolgtrekking met mekaar deur slegs die hoofgedagtes aan te stip wat met albei verband hou.

13.6.4 Die nut van paragraafanalise

Vrae, wat by nadere betragting van die opsomming na vore kom, is ondere andere of elke stelling op sigself aanneemlik is. Daar moet op gelet word of elke stelling logies tot die daaropvolgende gedagte lei en of dit tot die sentrale tema bydra – so nie, word dit weggelaat. Van besondere belang is ook die fisiese versorging van die opsomming om te verseker dat vinnig tussen hoofpunte en besonderhede onderskei kan word. 'n Goeie opsomming bestaan dan uit hoofgedagtes en die belangrikste ondersteunde besonderhede word ook getrou weergegee.

Behalwe dat paragraafanalise die leser se begrip en leesintensie verskerp, bewerkstellig dit by die leser die onderskeiding tussen hoofgedagtes en aanvullende besonderhede. Dit verhoed dat die artikel of leesinhoud 'n ongeorganiseerde massa-effek laat, sonder enige raamwerk of deurlopende ontwikkelingsgang. Paragraafanalise het 'n bevrugtende invloed op die maak van doeltreffende opsommings, waar die onderskeiding van hoof- en bygedagtes van primêre belang is. Doeltreffende paragraafanalise *tydens* lees bied dan ook 'n selfvertrouegewende beheersing van die leesmateriaal en gevolglik 'n makliker ordening van die essensiële hoofgedagtes om dit jou eie te maak.

Hoe kan ek 'n kort berig oor so 'n lang toespraak skrywe?

Paragraafanalise sal voorts ook verhoed dat die leser onder die verkeerde indruk sal kom dat die hoofgedagte altyd in die eerste sin opgeneem is, en sal sodoende meewerk tot groter versigtigheid by sy leeswerk. In sy geheel dien dit om die vermoë te ontwikkel om by die lees van 'n stuk vinnig die verbande te lê tussen die hoofgedagte(s) en die aanvullende gedagtes.

13.6.5 Opdragte

Lees die volgende artikel noukeurig deur en voer dan die opdragte uit wat daarop volg.

Die Ontnugtering

In Kaapstad het vandeesweek 'n Nederlandse vrou aangekom **wat** in haar eie land al baie mense ontnugter het **en** dit oorweeg om in Suid-Afrika insgelyks te doen. Sy werk met mense **wat** toesprake moet hou **of** wil hou, **en** haar metode is baie eenvoudig. **Met behulp van** 'n bandmasjien maak sy 'n woordelike verslag **van** sulke mense se toesprake **en** lê dit dan aan hulle voor. **Dit** bring die ontnugtering. Die volgende stap is **dat** sy hulle leer hoe om 'n toespraak te hou.

Dit is 'n strawwe toets. Daar is min mense **wat** nie 'n sekere mate van ontnugtering sal ondervind **as** hulle met 'n werklik woordelike verslag **van** hul toesprake gekonfronteer word nie. Hulle verbeel hulle miskien **dat** hulle hul ideë helder en duidelik, in vloeiende volsinne uiteengesit het. Eers **as** hulle so 'n woordelike verslag lees, kom hulle agter **hoe** hortend en stotend dit gegaan het, **hoe** hulle van die hak op die tak gespring het **en hoe** hul sinne telkemale in die lug bly hang het.

Dit kos koerantmanne soms groot inspanning om van so 'n toespraak 'n samehangende verslag te maak, en dan kan dit gebeur dat die spreker beswaar maak dat geen woordelike verslag van ten minste sekere dele van sy toespraak geplaas is nie! Hy kan eerder sy sterre dank dat dit hom gespaar gebly het. Inderdaad sou 'n woordelike verslag soms selfs 'n voortreflike toespraak bespotlik kan laat lyk. Want 'n toespraak bestaan uit meer as net woorde en sinne. Houding en voordrag en die gloed waarmee 'n standpunt gestel en verdedig word, speel ook belangrike rolle, en dit kan nie in swart op wit weergegee word nie.

Nêrens kan dit beter waargeneem word as in die Volksraad nie. Daar is die reël dat 'n toespraak nie voorgelees mag word nie. Dit moet uit die vuis gelewer word, hoewel die spreker aantekeninge mag raadpleeg. Een uitsondering geld die toespraak wat 'n minister lewer wanneer hy die tweede lesing van 'n wetsontwerp voorstel. Omdat dit, veral in die geval van ingewikkelde maatreëls, iets soos 'n verklarende memorandum is, kan dit voorgelees word.

In so 'n geskrewe stuk word alles gewoonlik netjies en duidelik uiteengesit, met volsinne in logiese volgorde. Nou is daar manne wat so 'n stuk net nie kan voorlees nie. Hulle struikel kortkort oor 'n woord, haak vas, verloor selfs die draad van hul betoog. Dit kan 'n pyniging word om dit aan te hoor. Maar laat dieselfde manne uit die vuis praat en dan is dit dikwels heeltemal 'n ander storie. Dan rol die woorde en sit almal met gespitste ore en luister, al spring hulle ook rond en al word al om die ander sin nooit voltooi nie.

Dit beteken nie dat sulke toesprake nie nog beter sou gewees het as die spreker vooraf sy gedagtes netjies georden het, sodat die een sin logies op die ander volg en elkeen end-uit voltooi word nie. Dit is wat die Nederlandse besoekster diegene leer wat sy eers ontnugter het. Ook in Suid-Afrika is daar oorgenoeg mense aan wie dit geleer kan word. Dit is op stuk van sake 'n basiese vereiste vir 'n werklik doeltreffende toespraak – en ook die beste versekering teen onjuiste beriggewing. So dikwels is 'n foutiewe of ontoereikende verslag nie die skuld van die man wat 'n toespraak gerapporteer het nie, maar van die man wat die toespraak gehou het. Hy het vooraf min of meer geweet wat hy wou sê, maar hy het hom nie die moeite getroos om sy ideë presies te formuleer nie, met die gevolg dat hy nie gesê het wat hy wou sê nie of miskien selfs die teenoorgestelde indruk gewek het. Dié soort spreker moet nie die verslaggewer blameer nie, en moet bowenal nie daarop aandring dat sy toespraak woordelik weergegee moet word nie. Hy kan eerder dankie sê aan die verslaggewer wat daarin geslaag het om op 'n manier orde te skep uit 'n chaos van ideë.

(Uit *Die Burger*, 6 Maart 1971)

1. Maak 'n paragraafanalise van hierdie artikel soos in punte 1-4 van paragraaf 13.6.3 beskryf word. Maak daarna 'n opsomming van die artikel soos in punt 5 beskryf word. (U hoef slegs die skakelwoorde in paragraaf 3 en 4 te onderstreep. Die skakelwoorde in paragraaf 1 en 2 van *Die Ontnugtering* is vet gedruk om u 'n idee te gee watter soort woorde as skakelwoorde kan optree.)
2. Skryf 'n paragraaf van ongeveer 75 tot 100 woorde waarin u kommentaar lewer op die artikel *Die Ontnugtering*. Gebruik hierby die volgende indeling.
   (*a*) Die oënskynlike doel van die skrywer.
   (*b*) Die werklike doel van die skrywer.
   (*c*) Die geslaagdheid van hierdie artikel as inleidingsartikel vir 'n naweek-Burger.
3. Neem enige stuk wat uself geskryf het en maak 'n paragraafanalise daarvan; besluit dan of elke paragraaf goed gekonstrueer is.

13.7 Advertensietaal

13.7.1 Doelstellings

Daar sal in hierdie bespreking veral aandag geskenk word aan:
1. Die doel van die adverteerder.
2. 'n Analise van die taal wat die adverteerder gebruik om sy doel te bereik.
3. Die skryf van advertensies.

Let Wel: Die doel van hierdie bespreking is **nie** om van u 'n vaardige advertensieskrywer te maak nie, maar om u daarvan bewus te maak hoe taal vir 'n bepaalde doel aangewend kan word en om u oefening te gee in die keurige hantering van u eie taal.

13.7.2 Inleiding

Aangesien die advertensie in ons moderne samelewing so 'n belangrike vorm van kommunikasie geword het, kan dit besonder leersaam wees om na te gaan hoe die sakeman advertensietaal gebruik om met sy lesers te kommunikeer.

Om die geslaagdheid van die adverteerder se taalgebruik te kan beoordeel, moet daar eers vasgestel word wat die doel van sy advertensie is.

13.7.3 Die doel van die adverteerder

1. *Hoofdoel:* Die adverteerder wil iets verkoop.
2. *Bykomstige doelstellings* (om die hoofdoel te bevorder):
   Die adverteerder wil:
   (*a*) Aandag vestig op die naam en die voorkoms van die produk.
   (*b*) Informasie verstrek i.v.m. die produk.
   (*c*) Die leser oortuig van besondere eienskappe van die produk.

13.7.4 Hoe kan die adverteerder die doel bereik?

1. *Tegniese versorging*
   (*a*) Treffende illustrasie.
   (*b*) Prominensie van die naam.

(*c*) Kleur.
(*d*) Lettertipe.
(*e*) Bladsyverdeling.
(*f*)Papier en die plek waar die advertensie geplaas word.

2. Inhoud
Die adverteerder verwys gewoonlik na een of meer van die volgende eienskappe van die produk of artikel wat hy adverteer:

Doeltreffendheid, onmisbaarheid, betroubaarheid, waardevolheid, egtheid, onvergelyklikheid, gebruik, gerief, aangenaamheid, meesterlike vervaardiging, samestelling, soorte, persoonlike smaak, gewildheid, modernheid, luuksheid, duursaamheid, uniekheid, probeer self (ondervind) Koop nou!, waar verkrygbaar, prys.

13.7.5 Taalgebruik

Aspekte van die taal van adverteerders wat die meeste opval, is die volgende:

1. Suiwer taalgebruik en punktuasie of 'n berekende afwyking daarvan.
2. Treffende taal: nuwe skeppinge (neologismes), treffende beskrywings, treffende benamings en woordkeuses, trefsinne.
3. Superlatiewe – die oortreffende trap van die byvoeglike naamwoord en die bywoord.
4. Herhaling van woorde en sinsnedes.
5. Toon: romanties, wetenskaplik/tegnies, formeel/deftig, humoristies, informeel.
6. Sinslengte.
7. Spesiale gebruik van punktuasie – om bepaalde effekte te bereik.

13.7.5 Die ingesteldheid op die leser

Die opvallendste aspekte is die volgende:

1. Die taal en inhoud val binne die begripsvermoë van die waarskynlike leser.
2. Die taal en inhoud sal die waarskynlike leser oortuig of beïnvloed – hom waarskynlik laat koop of laat belangstel. Dit is ingestel op sy behoeftes en belangstellings.
3. Die taal sluit aan by die inhoud en by die teikenmark, daarom is die toon soms romanties, wetenskaplik/tegnies, formeel/deftig, humoristies of informeel.

13.7.7 Taalkundige analise van 'n advertensie

NESCAFE

Sal jy hom afskeep?

Op stuk van sake, hy sorg vir die glanspunte in jou lewe. Dink net aan die onverwagte geskenkies wat jou hart laat bollemakiesie slaan van pure geluk! En die telefoonoproepe so uit die bloute as jy bedruk voel net om vir jou te sê hoe lief hy jou het. Dis die kere dat jy bly is jy gee hom Nescafé, want net die allerbeste is goed genoeg vir hom. Nescafé is 100% suiwer varsgebrande koffie. Dis nie 'n mengsel of net 'n aroma nie, maar die ware Jakob. Daarom dat dit 'n rapsie meer kos. Maar is hy dit nie werd nie?
As jy hom werklik lief het – gee hom Nescafê!

Uit *Sarie Marais*

Analise

Sal jy hom afskeèp?

Die toon: Dis romanties, ingestel op die leser – die vrou.

Die skrywer maak gebruik van suggestie: die voornaamwoord *hom* suggereer: *geliefde*. Die skrywer kon alternatiewe soos die volgende gebruik het: *u man, u vriend, u kêrel, u geliefde*, maar *hom* sluit al hierdie moontlikhede in, en juis deur **nie** die woorde *u geliefde* te gebruik nie, word hierdie gedagte soveel treffender oorgedra. (Die effek van die "understatement" (onderbeklemtoning) – deur minder te sê, word soveel meer gesuggereer.)

Verder gebruik die skrywer *'n vraag*. Dit betrek die leser veel meer as *'n stelling* soos byvoorbeeld: *'n Mens behoort nie jou geliefde af te skeep nie.*

Op stuk van sake, hy sorg vir die glanspunte in jou lewe.

(Dis eintlik nie 'n volsin nie omdat dit met die woordgroep *op stuk van sake* begin wat die funksie het van 'n redegewende voegwoord, soos bv. *want*. Tog is hierdie onvolledige sin hier toelaatbaar en selfs uiters geslaag. Dit betrek die leser en laat hom voel asof hy in 'n gesprek met die adverteerder verkeer.)

I.p.v. *op stuk van sake* sou die skrywer alternatiewe soos die volgende kon gebruik: *As 'n mens goed daaroor nadink; immers* of *want*. Die hele sinsnede sou ook weggelaat kon word, maar hierdie inleidende woorde laat die sin goed aansluit by die vorige vraag. Omdat hierdie woorde taamlik formeel is, gee dit aan die advertensie 'n aanskyn van deftigheid en keurige versorgdheid en dit is juis hierdie kenmerke wat die adverteerder subtiel op die produk *Nescafé* oordra – 'n soort koffie wat ook meer kos as die ander soorte koffie en daarom veral deur deftige mense gekoop word.

. . . Hy sorg vir die glanspunte in jou lewe.

I.p.v. *glanspunte* kon die skrywer miskien *hoogtepunte* of *aangename oomblikke* gebruik het. Die woorde *glanspunte* is egter veel kleurryker en daarom veel meer op die vrou gerig.

Dink net aan die onverwagte geskenkies wat jou hart laat bollemakiesie slaan van pure geluk!

Die geselstrant word effens meer intiem. Hierdie sin is in die bevelsvorm en hou die gesprek interessant. Met die woord geskenkies, i.p.v. *presentjies* word die effens deftiger trant tog volgehou, alhoewel die verkleiningsvorm dit meer intiem maak. Die woorde: . . . *wat jou hart laat bollemakiesie slaan van pure geluk!* is 'n opsetlike oordrywing waarby ook nog 'n uitroepteken gebruik word. Die betekenisinhoud van hierdie sin ontwikkel die romantiese atmosfeer nog verder.

En die telefoonoproepe so uit die bloute as jy bedruk voel net om vir jou te sê hoe lief hy jou het.

Nog 'n onvolledige sin. Die feit dat hierdie sin met **En** begin, skep die indruk asof die spreker die gesprek haastig voortsit in dieselfde trant. Hy kies die uitdrukking *so uit die bloute* wat groter trefkrag het as *skielik* of *onverwags* en verder die bywoord *bedruk* wat weer effens deftiger is as *bekommerd* of *neerslagtig*.

Dis die kere dat jy bly is jy gee hom Nescafé, want net die allerbeste is goed genoeg vir hom.
In hierdie sin word die aandag gevestig op die naam van die produk. I.p.v. die naam kon die skrywer ook die woord *koffie* gebruik het. Die adverteerder probeer om die leser se gebruik van die woord koffie te vervang deur *Nescafé*. Verder gebruik die adverteerder die superlatief *allerbeste* en hy probeer die assosiasie tussen Nescafé, d.w.s. goeie koffie, en haar geliefde verstewig.

Nescafé is 100% suiwer varsgebrande koffie.
Die aandag verskuif van die geliefde persoon na die besondere eienskappe van die produk self. Die syfer *100%* is ook eintlik 'n superlatief. *Varsgebrand* dui op die ingesteldheid op kwaliteit en smaak.

Dis nie 'n mengsel of net 'n aroma nie, maar die ware Jakob.
Met die woorde *mengsel* en *aroma* word gesuggereer dat ander koffiesoorte van 'n laer gehalte is. Die uitdrukking *die ware Jakob* beklemtoon die egtheid en uniekheid van Nescafé.

Daarom dat dit 'n rapsie meer kos.
Weer 'n onvolledige sin wat die geselstrant voortsit. Die woord *rapsie* word verkies bo woorde soos *effens*, *'n bietjie* omdat dit die hoër prys geringer laat voorkom.

Maar is hy dit nie werd nie?
Die retoriese vraag (vraag waarop geen antwoord verwag word nie) beklemtoon die besondere sorg wat die geliefde persoon verdien. Weer word 'n voornaamwoord *hy* gebruik soos *hom* in die eerste sin.

As jy hom werklik liefhet – gee hom Nescafé.
Hierdie romantiese trefsin moet as 'n laaste gedagte bly voortklink in die leser se gedagtes.

Ter afsluiting
In hierdie advertensie vind daar 'n verskuiwing van perspektief plaas. In plaas daarvan om die nooi/vrou van die deugde van die besonderse soort koffie te oortuig, word sy eers tot emosionele betrokkenheid gedwing – om aan 'n minnaar te dink. Die hoofdoel word as bysaak voorgestel. Juis dáárin lê die trefkrag van die advertensie.

13.7.8 Opdragte

1. *Maak 'n taalkundige analise van die onderstaande advertensie van Mazda 1300 Sedan. Bespreek slegs die opvallendste taalkundige aspekte in ongeveer 300 woorde.*

Manjifiek. Die Datsun 1600J Deluxe.

Waarde is die wagwoord vir motors in die jare sewentig. En nou kry u met die Datsun 1600J Deluxe, waarde wat die asem wegslaan.

'n Manjifieke windflous-bakontwerp is maar net die trekpleister sodat u die 1600J-konsep van nader kan bekyk en kan uitvind wat ware motorryplesier beteken.

Probeer bietjie om die pragtige lyne van die 1600J Deluxe mis te kyk. Versnelling en togsnelheid is in ooreenstemming met die voorkoms. Kragdadig en verfrissend.

Maar kom ons kyk bietjie binne. Voor is daar rukstopgordels en sitplekke wat kan platslaan. Die instrumente is indrukwekkend-omvattend en klein ekstratjies soos 'n kwartshorlosie om te sê hoe laat dit is, 'n ritmeter om te sê hoe ver dit is plus nog baie ander eienskappe, maak van die 1600J 'n luuksheid so na jou hart.

Sigbaarheid rondom is puik en driespoedveërs met 'n onderbroke aksie, sorg dat dit selfs in die slegste weer so bly. Straallaagbande vir uitmuntende padhouvermoë is standaard. Die veerstelsel bestaan uit onafhanklike McPhersonstutte voor en 'n bewese vierskakel-veerontwerp agter sodat die 1600J om die wildste draaie sy man kan staan.

Onder die enjinkap is daar die staatmaker L16 S bonokasenjin. Gedurende die afgelope twee jaar het hy al meer as een Datsun laat skoonskip maak in 'n tydren. Die vierspoed gesinchroniseerde ratkas en splitdryfas maak seker dat al die perde ingespan word. Hierdie kragbron met die ligte bak voldoen weer aan die Datsun-beleid van werkverrigting gekoppel met brandstofekonomie.

Kyk nou weer bietjie na die 1600J se manjifieke voorkoms en onthou dat skoonheid en deug hier hand aan hand gaan. Dis 'n motor met krag vir 'n lang, lang pad, omvattende luukse eienskappe en ware ryplesier. U sal moet saamstem; dis Manjifieke Waarde.

Datsun se nuwe J-reeks – Beskikbaar in 1600J Deluxe, 1800J Outomaties, 1800J-SSS en 1800J-GL.

Die mooi voorkoms is nie al rede waarom u een moet koop nie.

Puik Eienskappe Maak Datsuns Puik.

Uit: "Die Burger"

2. Maak 'n taalkundige analise van die onderstaande advertensie. Kies **tien** gedeeltes (woorde, sinne of frases) daaruit wat u besonder opval. Noem by elkeen wat daarin vir u opval, of as watter soort taalverskynsel dit beskou kan word. Verduidelik dan watter effek die skrywer moontlik met daardie bepaalde woord, frase of sin kan bereik.

"VOED U GESIN UIT DIE NATUUR SE SUPERMARK.

Kaas is kitskos, ideaal vir die gejaagde lewe van vandag. Maar daar is niks kunsmatigs omtrent kaas nie. Kaas is natuurkos kant en klaar. En dit smaak soos natuurkos móét smaak.

Kaas word van melk gemaak – dis ryk aan proteïne en vitamines. 'n Paar gram kaas gee u bykans driekwart van die proteïne wat u daagliks nodig het.

Kaas is ook die smaaklikste manier om u gesin gesond te hou. Daar is meer as vier-en-twintig heerlike kaassoorte om te ontdek. Allerhande groottes en fatsoene: Ronde skywe. Romerige smere. Bolvormige kase. Klein peuselpakkies met elke stukkie afsonderlik toegedraai.

Daarby kan kaas op honderde maniere voorgesit word. As 'n hoofgereg. As 'n bygereg. As 'n tussenin-happie. By 'n kaas-en-wynonthaal.

Mens word moeg vir kamma-kos. Dan is dit goed om te weet van die natuur se superkos. Kaas. EET GESOND. EET KAAS."

(Uit: "Sarie Marais")

3. Stel vir 'n maatskappy 'n advertensie op van nie minder as 80 woorde nie om 'n nuwe soort sambreel, 'n verslankingsmiddel, 'n hoesstroop of 'n skeermes in 'n studentekoerant te adverteer. Probeer om sommige van die taalkundige tegnieke wat bespreek is in u advertensie te gebruik.

13.7.9 Aanvullende bronne

Smith, A.P.: Aspekte van die Afrikaanse reklametaal. M.A., Unisa, 1972.

Bronne wat aanvullend by hierdie hele hoofstuk gelees kan word, is:

Odendal, F. F.: *Aspekte van taal.* Nasou, Kaapstad, Tweede uitgawe, Jan. 1979.

Walraven, T.: *Taalgebruik en taalwetenschap.* Van Gorcum, Amsterdam, 1975.